中国当代作家论

谢有顺 主编

苏童论

中国当代作家论

谢有顺 主编

苏童论

张学昕/著

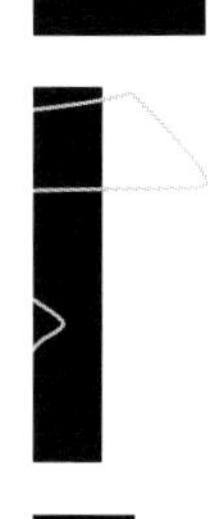

作家出版社

张学昕

■ 文学博士。先后毕业于中国人民大学和吉林大学，获文学硕士和博士学位。辽宁师范大学文学院教授，博士生导师。在《文学评论》《文艺研究》《中国现代文学研究丛刊》等期刊发表当代文学研究、评论文章三百余篇，出版有《真实的分析》《唯美的叙述》《话语生活中的真相》《南方想象的诗学》《穿越叙述的窄门》等十余部专著。曾获第三、四、五、六、九届辽宁文学奖文学评论奖，《中国现代文学研究丛刊》2014年度优秀论文奖。2008年，获首届当代中国文学批评家奖。

主编说明

自从到大学工作以后，就不时会有出版社约我写文学史。很多文学教授，都把写一部好的文学史当作毕生志业。我至今没有写，以后是否会写，也难说。不久前就有一份高等教育出版社的文学史合同在我案头，我犹豫了几天，最终还是没有签。曾有写文学史的学者说，他们对具体作家作品的研究，是以一个时代的文学批评成果为基础的，如果不参考这些成果，文学史就没办法写。

何以如此？因为很多学问做得好的学者，未必有艺术感觉，未必懂得鉴赏小说和诗歌。学问和审美不是一回事。举大家熟悉的胡适来说，他写了不少权威的考证《红楼梦》的文章，但对《红楼梦》的文学价值几乎没有感觉。胡适甚至认为，《红楼梦》的文学价值不如《儒林外史》，也不如《海上花列传》。胡适对知识的兴趣远大于他对审美的兴趣。

《文学理论》的作者韦勒克也认为，文学研究接近科学，更多是概念上的认识。但我觉得，审美的体验、“一个灵魂唤醒另一个灵魂”的精神创造同等重要。巴塔耶说，文学写作“意味着把人的思想、语言、幻想、情欲、探险、追求快乐、探索奥秘等等，推到极限”，这种灵魂的赤裸呈现，若没有审美理解，没有深层次的精神对话，你根本无法真正把握它。

可现在很多文学研究，其实缺少对作家的整体性把握。仅评一个作家的一部作品，或者是某一个阶段的作品，都不足以看出这个作家的重要特点。比如，很多人都做贾平凹小说的评论，但是很少涉及他的散文，这对于一个作家的理解就是不完整的。贾平凹的散文和他的小说一样重要。不久前阿来出了一本诗集，如果研究阿来的人不读他的诗，可能就不能有效理解他小说里面一些特殊的表达方式。于坚也是一个典型的例子。很多人只关注他的诗，其实他的散文、文论也独树一帜。许多批评家会写诗，他写批评文章的方式就会与人不同，因为他是一个诗人，诗歌与评论必然相互影响。

如果没有整体性理解一个作家的能力，就不可能把文学研究真正做好。

基于这一点，我觉得应该重识作家论的意义。无论是文学史书写，还是批评与创作之间的对话，重新强调作家论的意义都是有必要的。事实上，作家论始终是中国现代文学的一个宝贵传统，在1920—1930年代，作家论就已经卓有成就了。比如茅盾写的作家论，影响广泛。沈从文写的作家论，主要收在《沫沫集》里面，也非常好，甚至被认为是一种实验。中国现代文学研究界的许多著名学者都以作家论写作闻名。当代文学史上很多影响巨大的批评文章，也是作家论。只是，近年来在重知识过于重审美、重史论过于重个论的风习影响下，有越来越忽略作家论意义的趋势。

一个好作家就是一个广阔的世界，甚至他本身就构成一部简易的文学小史。当代文学作为一种正在发生的语言事实，要想真正理解它，必须建基于坚实的个案研究之上；离开了这个逻辑起点，任何的定论都是可疑的。

认真、细致的个案研究极富价值。

为此，作家出版社邀请我主编了这套规模宏大的作家论丛书。经过多次专家讨论，并广泛征求意见，选取了五十位左右最具代表性的作家作为研究对象，又分别邀约了五十位左右对这些作家素有研究的批评家作为丛书作者，分辑陆续推出。这些作者普遍年轻，锐利，常有新见，他们是以个案研究的方式介入当代文学现场，以作家论的形式为当代文学写史、立传。

我相信，以作家为主体的文学研究永远是有生命力的。

谢有顺

2018年4月3日，广州

目录

引论　苏童的写作，南方想象的诗学

一

我相信，熟悉或喜爱苏童小说的人，都会在当下这个被许多人称之为“文学式微的时代”或者“技术主义时代”惊异于他的写作状态或叙事立场，惊异于三十余年来他对自己写作方式和品质特立独行的坚守。回望他的创作历程，我们会发现，或者说，会为他梳理出一条精彩而自然的文学、精神活动的轨迹：他极其自我地从二十世纪八十年代文学的先锋状态，超越浮躁、焦虑、复杂的九十年代写作现场，翻过自身种种写作困境的栅栏，以自己的小说成就，构筑了自己独特而厚实的文学文本世界，为中国当代文学写作建立了近乎经典的具有浓厚唯美品质的写作范例。因此，可以说，我们从苏童身上所看到的，不仅是一个作家成长、变化和成熟并创造自己独特小说美学、创造文学奇迹的现实，而且也是中国当代文学在二十世纪末和世纪之交的几十年中的精神状态、艺术创新、文学变革，以及作家苏童以自身的文学实践、与生俱来的艺术敏感，铺展、繁衍自己极富个性的文学世界，并与世界文学真正对话的智慧和勇气。从二十世纪八十年代初到世纪之交的复杂、动荡的文学风云变幻中，苏童在文坛上偏安一隅，虽曾裹挟于“先锋潮流”之中，却又超越、远距于种种所谓“运动”“叙述成规”之外，虽具

“先锋”气度，却又不失“古典”风范。尤其是他对现代小说语言的创造性使用，使汉语写作中文学叙述的“陌生化”所产生的表意效果，更接近文学的审美本性。他没有许多作家面对多变的文化现场、时代生活时所表现出的“影响的焦虑”和“表意的焦虑”。实际上，在他写出《妻妾成群》《南方的堕落》《红粉》之后，他就已经脱离了文学史家为他界定的“先锋小说”的范畴，进入一种非常具有古典气质的写作情境和状态。在此后大量的短篇小说写作中，他追求着精妙而质朴、深邃而瑰丽、梦幻而细腻的小说品质，融中国传统写实和西方现代叙述技巧于一炉，使短篇小说的艺术形态、文体焕然一新：精致、纯粹而想象力丰盈。

在他的小说创作中，他仿佛一次次地“回家”，回到“过去”，回到记忆，回到生活本身，也回到想象的天空。有时又如同一次次远足旅行，在写作中被人物或故事牵引着作陌生而神秘的游历，进行着一次次精神的还乡。苏童在有意与无意之中体现出对“文学边缘化”时期严肃文学艺术创造活动的执着坚守和捍卫。他坚守自己的文学理想，用内在的激情与文学信仰，维护了文学本身的尊严和力量。其作品浓郁的“古典主义”意味，就是对当下“工具理性主义”“技术主义时代”的一种疏离和超越。写作，既丰富着他自己的心灵，也承担着人文理想和美学价值，为读者的心灵世界提供精神、文化食粮。一句话，苏童的写作是为了建立普遍的精神良知。因此，我们说苏童有两个心灵世界：一个用来应付日常生活，一个用于幻想从而沉浸在另一个世界。我们在这后一个世界里，看到了其小说艺术的独特魅力。

相对于他的同时代作家，包括与其一起“出道”且成就斐然的作家，苏童似乎更倾力于小说艺术自身的“微言大义”和汉语写作所可能产生的语境或情境。从这个意义上讲，在当下喧嚣的文坛，他实际上是最“边缘化”的一个，所以我们说，这些年来，苏童最令人惊异的是，他对小说艺术的执着追求及其写作的姿态，始终没有大的起伏和波澜，苏童智慧地在写作中区分和处理了现实和现实感的差异，在享受写作的个性自由的同时，在自己作为一个作家所面临的种种限制中，进行着自己有意义和有价值的写作。苏童这一代作家的文学写作，代表了一种巨大的历史转变，他们不仅打破了自二十世纪四五十年代以来的“宏大叙事”的政治意识形态话语系统，重新创立了一种更具美学意蕴的文学话语，而且，更多地回归到个人的才情和美学追求。一个显而易见的事实是，在苏童、格非、余华、孙甘露等年轻作家的作品中，文学话语轻松地越过简单的“社会意义与价值”的层面，摆脱了小说仅仅是抽象的思想分析的对象和“社会文化批评”研究的对象的尴尬境地，而进入美学的、修辞的领域，进入丰富的文学表现、文化历史的层面。即使将苏童的写作历程及其作品放到当代世界小说创作的格局中，我们仍会强烈地感觉到，他小说所呈现出的对中国现代、当代生活的开放性和隐秘性，以及对于现代小说元素富于优越感的深入弘扬，体现出他以自己的方式和对文学的理解，积极参与当代小说写作历史转变的诚恳和率真；同时，也体现出他作为一个作家，在这一进程中的与众不同的禀赋、气质、想象力、语言方式、风格类型。我们感受到他小说艺术从现代重返古典、从先锋抵达浪漫的微妙变动。特别是，面对二十世纪九十年代以来，由于时代商业、消费意识、倾向的喧嚣所带来的审美错乱，苏童在三十余年的写作中，表现出与众不同的独立品质，并以其卓越的感受力、惊人的想象力、独特的表现力，对历史和现代生活、对人性深入参悟。从故乡小街、小镇的实景百态，到三十年代的深宅秘闱，到王朝帝王、草根平民的传奇生涯，透过他的小说意欲展示的，就是现代人心底深处的一种精神体验。他以江南的类似于美国作家福克纳“约克纳帕塔法”的在地图上没有邮票般大小的“香椿树街”“城北地带”“枫杨树家乡”为地域半径，创作出无数鼓胀着生命力的或传奇、或平静、或凄艳、或沉郁的故事。其中，无论是人物的酸楚动人、别具意味的命运，还是文字中发散出的时代气息，都不能不让我们为叙述的睿智和独异的气质而生出崇敬之意。我们很难说，《我的帝王生涯》中的端白的命运就是一个“走索王”的命运，《米》中的五龙就是一个充满罪恶感的男人，也无法判定，《红粉》《妻妾成群》等大量中、短篇小说中的人物，或单纯、或恍惚、或匪夷所思的生命形态是关于人生的简单写意和素描，他们都不是被轻易灌注某种作家个人意志和理念的象征。我想，端白是一种梦想，五龙是一种欲望，秋仪是一种命运，颂莲则是一种苦难，或者说只是一种人生悲凉的化身。他们都在南方的无法逃离的魅人秩序中张扬着或沉溺着。苏童写作的最初动机，或许没有太多对“意义”的寻求或期待，但他对于文学叙述的热情和敬畏，使得他的语言才能获得出神入化的发挥，使他的出色的想象力渗入准确、细致的细节描绘和复杂热烈的情感流动，人物、故事、情绪、色调、节奏和谐而见功力，尤其短篇小说，从未见有断裂游离之感。许多篇章通篇叙述质地绵密，激情内敛。我们在他这些年的写作中，看到了一个文学信徒对自己文字的虔诚的经营和快乐的向往。他不断地在写作中放大自己的目光，精练的风格，实验的精神，古典的品质，这些文学气质和劲道赋予今天的苏童，我以为丝毫也不为过。我们清楚，在现时的物质文化空间里，一个坚实的作家用心去写小说是一件非常不容易的事情，但我们阅读苏童写出的这些好小说，也确实是一件令人无比赏心悦目的事情。

苏童说过，“作家可以不要风格，只要你的自由”[①]。我想，苏童很早就清醒地意识到，要远离自己给自己埋下的文字陷阱，那是一种枷锁或者死亡的形式，他恐惧在风格建立的同时也丧失了自己的创造力。实际上，作家的写作永远都处于一种难以避免的矛盾和悖论之中，他在渴望自己风格及其价值的同时又忧虑风格像引力一样限制和操纵自己的写作。苏童也像所有有出息的作家一样，顽强

---

① 苏童：《风格的困扰》，《寻找灯绳》，江苏文艺出版社 1995 年，第 126 页。

地与自己的风格搏斗着，不断地跳出自己语言和叙述为自身编织的罗网而获得艺术的再生。一个真正的作家在度过了写作的“青春骚动期”和“膜拜期”之后，写作的狂热、野心和激情一定会衍生出一个自由宽广的创造领域，清晰的现代小说意识，匀称美观的小说结构，饱满自信的语言形状和语感意绪，文字的多重意义和丰富内涵，必然产生深邃无际的艺术魅力。这是作家实现自己写作梦想的前提和基础。苏童就是这样在小说之中、风格之外，为我们建立起一个不同凡响的小说世界和想象空间，使我们得以看到他日臻至境的“南方写作”。

二

我认为，苏童最具个性的文学魅力在于，他的写作和文本中呈现出的南方气质、“南方想象”形态和与之相应的美学风范。这种气质和风范，也成为贯注苏童写作始终的内在底色和基调，形成别具风貌的文学叙事。

这里，需要首先说明或阐释的就是“什么是南方写作”“什么是南方想象”这样较难以界定的概念和问题。无疑，这是一个古老的话题，尤其关于“南学北学”“诗眼文心”等文章、学术风格，在近代、现代就有许多学者对此做过不少的论述。若在文学写作学的意义上进行考察，则需从文化、文学的传统渊源，人文地理的沿革方位，语言与思想的品质，“言语悬殊”等诸多方面入手。对此，学者王德威曾有过一个大致的梳理。在文学的地理上，南方想象自楚辞、四六骈赋起直至明清的声律学说、性灵小品、江南的戏曲丝竹，无论雅俗，都折射出文采斑斓、气韵典丽的风貌，而历来的“南渡、南朝、南巡、南迁、南风”，还有政治、经济诸多因素，都使得南方想象发展出自己独特的文化象征系统。王德威在描述苏童的创作时特别地强调了苏童写作的南方“民族志学”问题：“检视苏童这些年来的作品，南方作为一种想象的疆界日益丰饶。南方是他纸上的故乡所在，也是种种人事流徙的归宿。走笔向南，苏童罗列了村墟城镇，豪门世家；末代仕子与混世佳人你来我往，亡命之徒与亡国之君络绎于途。南方纤美耗弱却又如此引人入胜，而南方的南方，是欲望的幽谷，是死亡的深渊。在这样的版图上，苏童架构了——或虚构了——一种民族志学”。[①] 汪政、晓华认为，“南方写作”，是二十世纪八十年代末以来，一批江浙的年轻作家，他们身上洋溢着一股与其他地区尤其是同样活跃于文坛的“陕西作家群”“北京作家群”“山东作家群”“东北作家群”不同的风味，它自然而然地让我们重新想起南方写作的存在。他们结合江浙作家的写作，将作家与南方文人文化紧密地联系在一起进行考察，突出这种写作中那些怀旧、伤感、精雅、女性化的方式。[②]

更为确切地说，我们这里所说的“南方写作”，在某种意义上就是一种“江南写作”，这似乎是更为具体的一个命名，因为“江南”是有既定概念的，而“南方”则没有一个概念上的准确界定。我之所以使用“南方写作”这样一个称谓，主要是考虑到，我们能在更宽广的范围和意义上理解南北文化造成的文学写作上的差异性。从文化上讲，具有强烈阴性文化色彩的江南传统的形成，是盛唐以降，尤其是宋代以来延续、沿革至今的一些文化因素所致。应该说，江南文化相对比较完美，是“完成”得非常好的一种文化风尚或风格，它包括文化上的、地理上的，也有包含其中的日常的生活状态。既有空间上的发散性，也有时间上的纯粹性。我们甚至可以通过文本，通过充满文明气息的江南的每一个生活细节，在一个特别纯粹的时间状态中、特别感性的空间维度里面，触摸到它非常诗性化的、充满诗意的柔软质地，感受到近千年来在词语中完成的

① 王德威：《当代小说二十家》，生活·读书·新知三联书店 2006 年，第 107 页。

② 汪政、晓华：《南方的写作》，《读书》1995 年第 8 期。

个性化的江南的文化魅力。不夸张地讲，江南文化不仅体现了南方文化的魅力，也曾在较长的时期里成为一个民族文明的高度，而其中的文学则真正地表达出了它个性的、深邃的意味。其实，正是在这样一个具有个性化的历史、文化背景下，文化、文学在一种相对自足的系统内，呈现出了生长的和谐性、智慧性和丰富性。自鲁迅、周作人、沈从文、叶圣陶、朱自清、郁达夫、钱钟书直至当代汪曾祺等，其想象方式、文体，其形式感都呈现着独特风貌，与中原、东北、西北等江南以外的文学叙事判然有别。而南方文化、南方文学绵绵不绝、世世相袭的代代传承，更加显现了自身精神上的相近、相似性和地域文化上的一致性。有所不同的是，新一代的江浙作家，在他们身上出现了许多新的禀赋和气韵。同前辈作家相比，他们的学识、才情、心智构成，对文化、文学精神的体悟都个性十足，鲜活异常，毫无疑问地成为自二十世纪八十年代以来崛起的当代作家中最有影响力的新一代中国作家。他们的大量小说文本，在一定意义上，已经构成记录南方文化的细节和数据，成为用文学的方式记录南方、记录人类的心灵史。概括地说，这种写作的叙事美学特征具体体现在这样几个方面：一是在作品的选材上，喜欢在旧式的生活题材中发掘、体验、想象，无论是着意于伤感、颓废、消极的生命形态，还是臆想存在的疼痛，都会很强烈地表现出丰富的沉淀和文化分量。从中可以清晰地看出作家理解世界方式的特别。他们的代表性作品，几乎都是以渐渐“消逝的历史”和衰朽、腐败的家族、家庭为故事，而“江南”普泛的消极、虚无、逃避、放弃姿态，成为人物的价值取向和人生态度。由于作家对生存的比较普遍的关心，对价值的疑虑，他们的文学叙述显现出哲学的深度。二是“江南格调”构成了“南方想象”的最基本的底蕴和色调。有人认为，江南的地理、地貌以及潮湿阴郁的气候天然是形成南方作家写作格调的主要因素。我觉得，对南方作家文体风貌构成最大影响的还是这里世代相袭的文人传统，这种文人传统的因袭主要是依靠文化底蕴和文字的传承。古往今来，及至现当代，江南的文人世风、诗学经验，为他们以诗的气质进入小说埋下了种子。朦胧、氤氲、古典、雅致，不失艺术体统的节制，叙述善于敷衍成篇，工整秀丽又不乏枝繁叶茂，蔚为飘逸，使文字中升腾出华丽而精妙的气息。三是叙述语言的主体性、抒情性和意象气韵。这里有两个问题不容忽略，首先，南方作家都是在努力地克服了“南方”方言话语惯性的同时，确立自己对地域、文化南方的表达信心的。关于这一点，余华、苏童等人都曾表示过，在自己使用的方言与标准的普通话写作之间他们作出了极其艰苦的“搏斗”。他们在“以北方方言为基础方言、北京音为基准音”的现代汉语写作中，顽强地对自己赖以成长的地方方言进行了“扬弃”，努力服从于现代、当代文化的表意方式和内蕴。可以说，这是对自鲁迅这一代作家以来汉语写作的深刻继承和发展。另外，语言的“临界感”造成的叙述的抒情性弥漫于作品的始终。这也是他们与前辈江浙作家的差异。他们对语言的重视达到了相当高的程度，强调词语对感觉的真切表达，强调叙述情境，追求叙事向着感觉还原，其中大量的意象性话语和抒情性话语的使用，隐喻、象征中蕴涵的智慧、灵气既体现了母语文化的深厚传统，又充满着经过现代意识过滤后的开放性和反讽性意味，由此带来小说文体的独创性特征，并且坚定地突破了中国小说单一的现实主义话语机制，在一定程度上补充着中国文化精华的意蕴。这些，不期然地形成了南方作家写作的诗人气质和唯美气韵。

弗罗斯特说：“人的个性的一半是地域性”[①]。这就是说，地域性对于人的个性的形成和塑造是至关重要的。而对于写作而言，地域性几乎是一种源头般的力量。任何一个人从他出生开始直到生命的终结，无不带有他的出生地和成长地的印记，对于一个作家就更是如此。对作家而言，地域性早已不只是一个空间的概念了，独特

① 转引自沈苇《尴尬的地域性》，《文学报》2007 年 3 月 15 日。

的地理风貌、世情习俗、历史和文化积淀，都统统成为他们的文化资源，无论是直观的、隐蔽的，还是缄默的、细微的，都随时可能激发他们的想象和虚构的冲动。有了空间感，有了对空间的觉醒，就是一种对世界、存在的深度的觉醒，就会有内在的、深层的温度和气息。而同样值得警惕的是，地域性也可能会给写作带来尴尬和陷阱。就是说，空间作为地域性的显现方式，在宿命般地馈赠给作家写作资源的同时，也会无情地剥夺作家的个性优势以及个人的独特性。因为地域的内容还有更多是社会性的，它对于文学的影响可能是全方位的。总之，"南方"在多大程度上给予了作家的自信，又在多大意义上限制了写作的自由，这的确是一个两难的悖论性的问题。"诗人是地域的孩子，也是地域的作品"[①]，那么，南方既是作家独特的写作起点，也是惯性叙述的囚笼，会使作家沉溺，还可能使作家成为想象的"风之子"，这些都需要我们在对文本的阐释中得出结论。

我们看到，"南方""唯美""典雅""古典"等美学规约已在许多的南方青年作家的写作中蔚然成气。回望二十世纪八九十年代的"先锋文学"浪潮，和后来被许多研究者称之为"新历史小说"的一大批作品，大都出自南方作家之手。苏童、格非、叶兆言、余华、北村，还有韩东、鲁羊等人的写作，在题材选择、作品美学风格气韵等诸多方面已明显呈现出迥异于其他同代作家的特征。还有，在一定意义上，王安忆、孙甘露、韩少功等人的文字，对城市和乡村、对于世情情感的书写，或华丽凄凉，或耽溺忧伤，或传奇，或绵长，也已明显地超出了"海派""南风"格调的统治，衍生出地域视景以外的特有的文化气息。在这里，我无意于将这些作家人为地、刻意地划定所谓"群落"或派别，只是想通过他们各自充分个性化且又颇具独特地域美感和气质的写作，发掘这些作家令人惊异的艺术潜质，以及他们对那一时期乃至一个时代文学风貌的

---

① 转引自沈苇《尴尬的地域性》,《文学报》2007 年 3 月 15 日。

重大影响。我更感兴趣的是，究竟是哪些因素左右了他们写作的艺术风格和气度？所谓“南方写作”“南方想象”的历史渊源及其在当代伸展和延续的动力何在？他们对于历史、文化、语言的渗入肌理的体悟和重现，在多大程度上彰显了所谓南北文风的巨大差异？这些小说文本在多大意义上代表或敷衍了南方人文乃至一个民族的文化意绪和这一脉的精神传承？

只要简单地比较苏童、叶兆言和格非等几位江苏籍作家以及他们的小说，就不难看出他们在许多方面的“近似”以及“和而不同”。他们与同代同龄的北方作家，甚至江浙以外作家存在着重大差异。首先，从人生经历、经验与文学关系的角度看，无论是同龄的苏童、格非，还是年龄稍长些的叶兆言，他们都没有任何艰苦卓绝、轰轰烈烈的个人经历的峥嵘岁月，也没有对现实生活某一领域有更为直接的静谧的“切身体验”，除了他们一致的单纯、丰富的求学生涯之外，他们的经历、阅历是很难简单地用特别“复杂”“丰富”来形容的。但不能不令人惊异的是，他们的小说无一例外地表现出对于生活描摹、刻画的细腻逼真，具体地说，对历史的模拟与描绘，对家族、个人的记叙，皆隐藏于诗性的意象和浪漫、抒情的想象里。苏童的《妻妾成群》《红粉》《园艺》《妇女生活》将二十世纪三十年代的女性、家族、生活氛围和气息，写得可谓“无微不至”，毫发毕现，风韵涤荡。其对人物或环境时而粗线条地勾勒，时而细腻入微地描绘，每每给人以身临其境之感。叶兆言的《状元境》《追月楼》《半边营》等，也将民国以后的秦淮风月、颓唐的家族传奇写得气韵生动，逼真感人，文字中透射出怀旧、“复古”的“幽韵”和气息；而格非的小说《青黄》《迷舟》《雨季的感觉》似真似幻，朦胧玄秘，历史、现实都悬浮于南方黏滞潮湿的雾霭里，其长篇小说《人面桃花》《山河入梦》更是把大半个世纪前的种种生活演绎得惟妙惟肖，令人不胜唏嘘。

那么，他们的叙述依据是什么呢？想象。我们是否可以说，这是一种特别的“超验想象”，否则似乎难以诠释这种持续不羁的文字流淌。苏童曾说过，人，是文学的万花筒。生活，在他们这些俊彦的想象中都变得如万花筒般绚烂，肯定不是意外的巧合，而是他们所历经的江南文化使然，是他们“化腐朽为神奇”的、充满“文气”的艺术思维方式使然。

其次，就是这种所谓的南北差异，一方面，南方的地域文化、风气赋予了他们独特的“文气”和意味，自然、飘逸、旷达、幽远、恬静、沉郁、暧昧、自溺等种种神韵，以及人事风物、坊间传奇，为他们提供了充足的“地气”；另一方面，包括江南文化和士风中古典情韵的“贵族”一脉，给予他们种种艺术“风骨”。再加之二十世纪八十年代末中国文学的实验、技术主义写作潮流的冲击，又为他们形成了无形的助力。因此，他们迥异于北方作家的“写作修辞学”悄然形成。我们知道，考察或是审视一个作家写作功力和劲道的，主要有两个因素：语言和结构。他们都是对小说艺术颇为耐性子的作家，近二十年的修炼，使他们的小说语言在工整、气韵上和谐、洒脱而谨严，并以此为艺术方向在一种“旧”上做足了文章。“怨而不怒”之旧，流风遗韵、慷慨悲凉之旧，也可谓在题材上意趣趋异、变幻多端。他们在写不尽的“旧”里检阅一个时代的“慧”与“气”。小说的结构策略也称得上既考究又常常是抹去雕饰的痕迹的，是颇为“耐旧”的文体格局。像苏童的《妻妾成群》《妇女生活》，叙述不露声色，老到纯熟，决然意想不到它是出自一个二十六岁年轻作家的“青春写作”。还有，从作品所表现的生活内容，或者说，作品对事物、人物的摹写角度或写作伦理看，这几位作家既注重对存在的积极、健康、美的一面的书写与想象，还注意对诸如人物、故事中不健康、消极、末世衰音一面的呈示，挖掘出存在的荒谬或迷乱，使他们在一些衰朽的事物上能够获得如“恶之花”般的诗意。在这方面，苏童显然是有别于前辈作家的，他在文学理念上显示出包容的姿态。拟旧的气息，梦魇的呈现，灰暗与潮湿，欲望与宿命，虚无与消极，种种高蹈的和低鄙的，在他的作品里都有大胆不羁的、不揣任何进行价值修复企图的表现。也就是说，他的小说从不对应任何既有的价值结构，在充分考虑生活世界的暧昧性的同时，为我们提供探求存在可能性的艺术蓝本。特别是他的大量短篇小说，让我们看到了“创造”两字的分量。现实中存在的，我们不必再写入作品，我们可以直接去体验现实就足够了，小说所要实现的，就是在看似没有小说的地方写小说，在看似没有故事的地方衍生出情节和意蕴，在现实结束的地方开始叙述，这是现实与文学的最大区别，因为它所要建立的是一个有别于存在的新世界。而考验一个作家的重要一点，就是创造、想象的力量。因此，在这个意义上，“南方写作”的唯美倾向和创造的品质不言自明。具体地说，苏童的《妻妾成群》《南方的堕落》《城北地带》《米》，细腻而绵长地表现了人性、欲望的鼓胀和南方生活的真相；格非在《敌人》《欲望的旗帜》《人面桃花》和《山河入梦》中，在揭示人性在历史中的迷惘和沧桑外，特别耐心地梳理了有关南方的种种破碎的记忆；叶兆言的“夜泊秦淮”系列小说，既传奇、吊诡，又隐含深意，令人对类似“城南旧事”的叙述充满了无尽的缅想。而抒情性、民间生活的“精致化”表达，强有力地透射出南方写作的独创性和纯粹性。因此，南方想象的诗意，在他们的创造性想象中获得自觉、自然的开掘和提升。

我们还注意到一个有意味的现象，对于苏童、余华、格非、叶兆言，我在前面曾提及他们虽在“旧”上做足了文章，但他们对“新题材”的处理却少有令人惊异之笔。所以，但凡他们写作表现现实生活的小说，就明显露出他们的“软肋”。苏童的《蛇为什么会飞》，格非的《欲望的旗帜》，余华的《兄弟》都是特别明显的个案。我觉得，苏童的《蛇为什么会飞》，太过于注意诸多现实因素的象征性，如蛇与人性、蛇与时代的比附关系、“世纪钟”的隐喻作用等等，小说过多地考虑南方一条街上的昔日少年，在世纪之交的现实命运和归宿，而对现实的粘着叙述限制了想象的宏阔。格非的《欲望的旗帜》，则是由于特别考虑到破解现实的某些“玄机”，而显得有些生硬。余华的《兄弟》，更是写实的压力与想象的自由的矛盾产物，余华在作品中试图表现两个时代，一个是历史，一个是现实，或者说，他试图极力写出当代中国社会生活近四十年内的巨大落差，这让我们在这部小说中看到了两个自我搏斗的余华：在历史和现实之间，作家在历史叙事和现实生活叙事中感受到的自由度和压抑感是如此截然不同。这时，我们深感作家的写作，需要冷静、耐心、深刻、超然地面对生活，只有这样，才能抗拒时代以及自我的种种精神焦虑，从容地进行文学的想象。可见，他们文学叙述的根还需深植在对历史文化想象的深层。现实生活在他们想象的时空似乎难以支撑起叙事的动力。也许他们在处理现实与想象的关系时，更加在意或过于强调了技术的成分，而这又恰恰抑制了文学的虚拟化、象征化本质和功能，使得想象的翅膀并没有能在现实的维度飞翔起来。

作为当代“南方写作”“南方想象”的代表人物苏童，从其整个写作看，早已超出了此间个案的意义，而无可争议地成为“南方想象”“南方写作”在当代再度崛起的标志或旗帜。三十余年来，四百余万字的小说作品，几乎全部以南方为书写背景和表现内容，南方俨然已经成为他施展其艺术天才的坚实根脉和殷实积淀。即使是“重述神话”的苏童的长篇小说《碧奴》（还包括叶兆言的长篇小说《后羿》），其所叙述的生活也笼罩着浓郁的南方世界的气韵。《碧奴》除再次显示了苏童回顾历史、瞻望历史、重塑历史的能力外，我们从中还见识了他沉厚、隽永的民间叙事的功力。碧奴从南到北的艰难行旅，让我们见证了南方特有的柔弱和北方一贯的坚硬。我们同样看得出，作为一个南方作家，苏童写作脱胎于孟姜女原型的女性碧奴，是如此渴望进入或制造出超越了南方语境的汉语母语的文学语境。

我们不能忽略的是，苏童与美国文学主要是美国的南方文学的微妙联系。无论是福克纳、麦卡勒斯，还是塞林格，都对他的写作风格的最初形成产生了重要的影响。这也是我们研究苏童“南方想象”无法绕开的一个极其重要的话题。这其中，恐怕不仅是叙述视角、话语情景和氛围的影响，更多的还有文体风貌、艺术倾向的潜在的深度冲击。对此，在这里暂不展开论述。

三

回过头来看，引发我对苏童等南方作家产生强烈研究欲望和长期阅读动力的是我对苏童数年来如此执着守望文学家园的写作心境的敬畏，感佩其永不枯竭的对世界想象、虚构、叙述的热情和虔诚。苏童缘何会有如此绵绵不绝的文学叙事？并且，故事或人物在他的文字里为什么始终保有旺盛的生命力而不曾枯竭？他又为什么会有这样长久的虚构的耐力和热情？我们如何看待苏童小说的“自传性”？如何体味他小说结构与生活结构的奇妙碰撞，以及其中细节叙述的敏感性和逻辑力量的有效结合？他对历史、对世界、对中国南方文化、对人的理解，其在叙述和表现中的丰饶与经典，缘何会持续地唤起我们阅读的兴奋点？我们惊叹，他对人的命运成分和小说真正持久诗意成分的文字保留，语言和现实的有效连接所提供的审美经验，尤其是他在孜孜不倦的写作中所表现出的强烈的对当下中国文学现实的挑战性，这些，无不给我们以持久的震撼。不仅如此，我们还会在他四百万字的写作中，清晰而欣慰地发现他写作的“坡度”或“弯度”，可以说，那无疑也是他在小说艺术探索上所体现出的上升的高度和难度，虽然其中难免也会有一些无法回避的“败笔”，但苏童对小说写作的激情甚至某种固执，更让我们体味到一个拥有自己艺术个性追求的作家对文学的信仰、信念和敬畏。我们是否可以由此推想：一个作家在写作中对自己的坚持和不断跨越，以及他所贡献出的文学叙述和美学形态的独特性，是对时代生活的精心雕刻，也是他对时代文学的最好贡献。更重要的是，给予了我们对文学不衰的乐观和信心。那么，这一切又是如何发生的？从最初与文学结缘，到一篇篇精彩绝伦的小说文本产生，苏童为当代小说做出了怎样的重要贡献，他在先锋小说中有着怎样的重要地位和独特影响，他的写作与整个当代文学的发展有着怎样的联系？总之，苏童的写作，牵扯、引发出许多当代文学创作中重要的文学问题，需要我们认真而仔细地去探究。

熟悉文学史的人都不会忘记一条中断已久的“史的线索和脉络”，这就是从鲁迅的《故乡》《社戏》、废名的《竹林的故事》、沈从文的《边城》、萧红的《呼兰河传》等等作品延续下来的一批以回忆为视角，挖掘乡土平民生活中的世情、人情，记叙种种复杂的人生况味的经典名篇，这些作品被称为“现代抒情小说”。我们会发现这一流脉在当代的延续。仔细翻阅苏童大量的“香椿树街”系列小说和“枫杨树乡村”系列作品，我们会惊异地发现，苏童将对世界的观照和审视，都巧妙而从容地置于童年的视角之下，写出南方的城乡世情。这里既凝结了苏童对南方文化和存在的理解，也寄寓了他缅怀历史的悠远情结。由此可见，“南方的诱惑”的神异之光，对苏童一辈作家的普照之源的力量。在相当大的程度上，“南方”，这个“地缘视景”给予了苏童文学叙事的内蕴和氛围，构成他小说叙述的深层动力。所以，一旦进入属于自己的写作状态后，苏童很快就摆脱掉了“先锋”冠名的羁绊和束缚，迅速建立起自己的叙述话语、文体机制。无论是早期的《罂粟之家》《1934 年的逃亡》《园艺》《祭奠红马》《像天使一样美丽》《吹手向西》《仪式的完成》，还是近年的《水鬼》《古巴刀》《白雪猪头》《哭泣的耳朵》《人民的鱼》《拾婴记》等，我们都可以从中清晰地寻觅到自二十世纪二三十年代至今的南方政治、经济、文化、历史等人文发展变异的踪迹。重要的是，苏童自觉或不自觉地将他所体验、感悟到的南方生活，凭借他意识到的异己的诗意或文学性，进行着有意味的表达。这既获得了一种创造力，一种把握世界的方式，也发现了时间之流中地域南方和人文南方的文化，及其生活、生命活动形式的无限可能性。这无疑是一种诗意的传达，一种江南神韵的展示，一种对生命和存在的沉浸。可以肯定，苏童在对南方的抒写中创造了一种苏童式的文体，我们能在他的小说里，像感知不同时代的音乐旋律一样体会到不同时期时代生活的意蕴。苏童的小说形式，在某种程度上正是现代写作不同于传统写作的特征，他的小说写作的意义在于，他能以持续的文学叙述，聚合起整个南方生存者的存在形态、经验及其语言形式，并在经验与语言的互置中呈现出一种诗意的模式。他以一种诗的形态结合着存在与文化，呈现这一时代深层的蕴含。我们感到，“南方写作”，作为一种坚实的存在，它为我们所提供的是富于地域精神的历史、现实图景，对存在的想象性虚构。它艺术地绕过了政治、历史的尴尬，其中的“逃亡”“还乡”、市井、村镇、男女、传说、欲望、死亡，反复演绎出南方略带神秘的风流云转，虽无刻意的对于人性、灵魂和道德的纠正，但其中无不蕴藉着情感的担当。故事、人物、意蕴无论荫翳或是明亮，诡谲或是清晰，都尽显南方文化的盛衰，文化构成质地浑然天成，不一而足。

可以这样讲，苏童这一代南方作家，是最早偏离传统知识分子启蒙立场进行写作的中国当代作家。他们自二十世纪八十年代步入文坛伊始，就游离于主流话语之外，但他们具有个人立场的叙事本身却充满别具深意的历史、人文内涵。而且，从“先锋小说”阶段到近年，他们始终保持着对小说文体的独特实践，而这一文体，恰好应和其面对历史与现实、民间等元素在历史变动中自身所拥有的自然形态。也可以说，以往传统的小说文体形式在他们这里获得了解放和再生。在这里，作家完全放弃了将文学叙述转向任何社会、意识形态抽象化的可能，更绝少所谓社会意义的引入。倘若说，他们的叙述除审美功能外还有另外的意义的话，那就是对世道人心的人文性复活，从而使文学、文字拥有了社会、政治、意识形态之外的更大的包容力。我们不断对苏童的写作潜能发出惊叹和疑惑：他想象历史、现实及南方生活的巨大库存从何而来呢？这恐怕不是南方历代文人词曲、歌赋影响所能简单敷衍的，主要还是他对于存在超越线性时空的宇宙整体观、轮回宿命的开放性理解，以及在人的"性命"之中进行勘探的结果。加之他与生俱来的美学天性，构成了他以唯美语言对"南方"的独特命名。因此，南方，在苏童的文字里获得的绝不仅仅是文化符号学的意义与价值，也不仅是一个地理空间、生态空间的个性化示范，而主要是文化诗学的空间维度。如此说来，苏童们的写作显然又已经超出了我们所界定的"南方写作"的范畴。这样，我们在阅读他们的作品时，就不再会刻意地将这些南方作家的小说视为汉语写作的"次生性文本"，而会将其认定为当代汉语写作的"正典"。

我在本篇论文中，将以苏童小说写作为中心，深入分析、研究以苏童为代表的"南方写作"的文本特征、唯美的艺术形态、文化价值、诗学内涵，并提出苏童作为当代汉语文学中唯美写作的美学意蕴和丰厚价值。

第一章　苏童小说的写作发生

苏童说："对于一个作家来说，虚构对于他一生的工作是至关重要的。虚构必须成为他认知事物的一种重要手段"[①]。我们很早就已体悟到苏童是一位依靠灵感、激情和个人天赋写作的作家，他很早就充分地具备了想象、虚构和创造的能力，他之所以将虚构视为"他一生的工作"，并且"成为他认知事物的一种重要手段"，是因为他早已将小说写作当作是自己的生活方式和存在方式。这无疑是他从事职业小说写作的坚定而自觉的前提。

> 虚构不仅是一种写作技巧，它更多的是一种热情，这种热情导致你对于世界和人群产生无限的欲望。按自己的方式记录这个世界这些人群，从而使你的文字有别于历史学家记载的历史，有别于报纸上的社会新闻或小道消息，也有别于与你同时代的作家和作品。[②]

从以上的文字中，我们强烈地感到苏童写作的另外一些毫不讳言的动因：一是"记录"人群和整个世界的强烈欲望；二是要使自己的文字成为超越"历史"本事的叙述；三是试图摆脱所谓新闻对事物的"真实"记载；四是使自己的叙述区别于同代作家。我在近

① 苏童：《虚构的热情》，江苏文艺出版社2003年，第219页。

② 同上。

些年对苏童创作的研究、思考中渐渐发现，苏童正在小说这种“虚构”的工作中实现着他虚构的梦想和叙述的快乐，而且虚构在成为他写作技术的同时也成为他的精神血液，不仅为他“个人有限的思想”提供了新的增长点和艺术思维广阔的空间，虚构也使文字涉及的历史成为其个人心灵的历史，写作，也同样构成他“异于”他人的个人修辞学。同时，这也使他自己在审美回忆中建立起来的生命气量不被吞噬，使一个作家精神的“内宇宙”在对世界的想象和“破坏”中日渐丰盈。而且，在他写作的大量文本中，既呈现给我们无数耐人寻味的世相图景，也留下许多引人深思的写作沿途的秘密。

而我们这里所感兴趣和要探讨的问题依然是，苏童是凭借何种艺术理想、道德活力建立起或是说创造出了他虚构的魅力也即小说魅力的？苏童的小说世界、叙事形式美学及其与生活的关系是怎样在他的写作中缘起、生发和不断延宕、生生不息的？苏童又是如何将个人的生活经验与对历史和现实的想象融为一体，呈现为种种超功利性的审美文本的？因此，我们仍从虚构这一小说的本质出发，进入苏童小说的叙事空间和审美视域，去寻找苏童“小说神话”的“原型”。

在苏童刚刚崭露头角的时候，季红真就曾以“极好的艺术感觉与非意识形态化的倾向，都表现出一种极为个性化的姿态”[①]的判断来评价苏童。现在看，这种评价十分符合苏童创作的实绩。前面我曾经强调，苏童的写作很少为文学潮流所裹挟，近年来，我们在他的小说中几乎看不到现实的文学潮流的流变背景。无论是长篇、中篇，还是短篇创作，都明显地保持他个人自觉选择的内在动因。小说独特的美学风格深刻地体现着个人自觉艺术追求的力量，而这种对个人创作大势的执着保持，显然是由苏童的艺术感觉和写作心性所决定的。在这里，我无意对苏童的小说作那种索隐学、考据学的分析或统计，但寻找和发现苏童小说文本生成的创作心理机制、

---

① 季红真:《众神的肖像》，人民文学出版社 1996 年，第 168 页。

文化语境，梳理和辨析出作家的情感体验与表现方式及其发生学层面，爬梳苏童“想象生活的方法”，肯定是一件有意义且有兴味的工作。

确切地说，苏童的小说写作是从 1983 年开始的，而且在 1989 年，也就是在他三十岁以前就“写出了许多杰出的文学作品”[①]。著名的《妻妾成群》和“枫杨树系列”中的许多作品都是在这个时候完成的。我认为，那些真正有影响、有价值、有生命力的小说中一定是要有“哲学”的，而这种“哲学”是深潜于形象之中的，是以艺术之光折射出来的。前文提到，苏童的艺术思维、艺术感觉中有极强的非意识形态化倾向，这似乎注定了苏童个人天赋中极好的文学感觉和想象力，会在更大的程度上发挥、体现得淋漓尽致，而少有审美之外的种种束缚。所以，那种企图在苏童小说中搜寻当下“意义”或现实“启迪”的想法是愚蠢的。写《妻妾成群》时二十六岁的苏童，绝少意识形态话语的缠绕，更多的是极其纯粹的虚构的热情，而这种虚构的热情则主要源于苏童个人的一种奇怪而奇妙的欲望：“想闯入不属于自己的生活”[②]。他的心理动因就是想“体会一种占有欲望，一种入侵的感觉”[③]。苏童通过他的大量小说，为自己建立了一个独特的小说空间，并在其中体验到了艺术的妙处。我们所看到的这个虚构的、虚拟的、虚幻的空间与现实生活则有着巨大的差异。他创造的这个小说世界，在一定程度上可以说是真实世界的不同寻常的奇特变形，是超越了世俗世界的一个具有神性之光的梦境。有趣的是，这个小说空间并不是苏童个人生活的模拟，而是一种精神、愿望的极度扩张。这样，虚构世界与现实生活产生了客观距离，“而且在感情上又恰恰投合，兴趣和距离导致

---

① 苏童、王宏图：《苏童王宏图对话录》，苏州大学出版社 2003 年，第 3 页。

② 苏童、王干、叶兆言：《没有预设的三人谈》，《大家》1996 年第 3 期。

③ 同上。

我去写，我觉得这样的距离正好激发我的想象力”[1]。他二十六岁的年龄和阅历中产生一种强烈愿望，这就是想到他人身上体验一种东西，这种体验写出来就是小说，也就成为创作主体对生活、对不同空间的个人占有，尤其是一种精神上的拥有。我认为，这个时期苏童的写作“资源”和“资本”主要有四个方面：一是童年、少年生活经验的回忆，二是阅读的影响，三是想象力的张扬，四是语言表现力对现实的冲撞。这时的想象完全是建立在追忆、阅读基础之上的想象，而个人惊奇的想象力附着于他敏感、丰富、细腻的语言载体而横空出世。

我相信，苏童对于小说的理解更接近文学的本性。作为一位优秀的作家，他可能没有哲学家那般高明、深奥的思想和哲学，但他一定会有高明的文化诗学。这种诗学的建立，可能经由他对于历史和现实的文化想象，通过一个个叙事的文本结构最终完成。而苏童的小说写作，一上手就显示出与众不同的才华，并且还能让自己的叙述经受得住时间的洗礼。这里一个重要的原因，就是苏童审美意识中“唯美”情愫的积淀和对社会意识形态的摆脱。这种写作恰好契合苏童的性情和心境。而想象力融汇、开发了童年、少年的生命经验，他由此出发，以种种小说结构寻找、对应生活世界或者想象世界的结构，以相对单纯的理念判断复杂人生，创作出无数的“镜与世俗神话”。

具体讲，苏童的想象在写作中主要有两种指向：一是对于少年生活的结构性回忆；一是有关“历史”的虚构性想象。从他写作之初，这两种指向就毫不犹豫、毫不隐藏、流畅地“扩张”着。令人颇费踌躇的是，前者很难说就是小说叙述简单的背景“衬托”，后者也不能武断地确认为是为摆脱历史焦虑的有效“敷衍”。苏童常常将小说写作看作是人生的一夜惊梦，实际上，他正是不断地在对时间的“打磨”和“浸泡”中捕捞历史和人生的旧梦。回忆，

---

① 苏童、王干、叶兆言：《没有预设的三人谈》，《大家》1996年第3期。

如同灵感之帆，给苏童的超验式叙事以遒劲的笔力，给“灵龟苏童”[①]以无尽的启迪。

第一节 童年生活与小说写作

对于许多作家而言，童年，似乎永远也不可回避。那么，一个与苏童天才想象力密切相关的因素也正是他的童年经历和经验。童年这个因素，曾一向被作家本人和许多研究作家写作发生学的学者们所广泛重视。莫言在谈到童年记忆的时候曾经讲，每个人都有自己的童年，但是你当了作家以后，这个童年就显得特别重要。这可能是一种职业性的需要，每个作家都有一个自己最初的出发点，这个出发点是人生的出发点，也应该是写作的出发点。在作家这里，在他进行审美创造的时候，他会把亲身经历的东西，包括他的力量感觉、他的努力、主动或被动的感觉，移植到外在于他的事物里面去，移植到在这种事物身上发生的或和他一起发生的事件中去。也就是说，作家在面对生活或产生灵感时，他的心中不是一张白纸，而是把一个早已形成的心理图式变成了一种期待。诗意就从人化和对象化中凭借开放的心灵找到了源泉，童年经验以回忆的机制与作家的现时经验接通，并进行了再组织和再创造。可见，童年、少年的性格特征和经验会影响作家日后的写作似乎已成某种定势，或者是作家少年时代“白日梦”的变形。我想，这对于苏童大体也不能例外。“我从来不敢夸耀童年的幸福，事实上我的童年有点孤独，有点心事重重……在漫长的童年时光里，我不记得童话、糖果、游戏和来自大人的过分的溺爱，我记得的是清苦”，“因为早熟或不合群的性格，我很少参与街头孩子的这种游戏。我经常遭遇的是这种晦暗难挨的黄昏”，“读小学二年级的时候，因为一场重病使我休

① 胡河清：《灵地的缅想》，学林出版社 1994 年，第 177 页。

学在家，每天在病榻上喝一碗又一碗的中药，那是折磨人的寂寞时光。我不能去学校上学，我有一种莫名的自卑和失落感”。[①] 可以看出，孤独，同样不可避免地成为苏童最早的心理积淀之一。这种积淀，对于一个人最终选择写作，对作家后天的写作状态，都是至关重要的因素。我曾试图探讨和寻找苏童最初写作的触发点和出发点，即“这一个”作家存在的理由，他是如何从一个虔诚至极的文学信徒成为一个成熟的小说家的。苏童相信，特殊的人生经历和丰富敏锐的人的天资往往能造就一名好作家，造就他精妙充实的艺术境界。当然，作家需要审视自己灵魂的真实状态。而寂寞和孤独，加之忧郁、敏感和天分，使作家喜欢在虚构和叙述中消解“莫名的自卑和失落感”，改变现实中那个怯弱的自我。在二十世纪八十年代初，虽然从事文学写作确实是一件令人感到非常荣耀的事情，但对于苏童来说，更主要的动力恐怕还在于写作可以使他获得身心的独立。诗人的气质，使苏童在那个时代选择文学应属必然。许多卓有成就的作家都坚信自己既不是一个真实的人，也不是一个虚构的人，这种观点用在苏童身上再合适不过了。苏童永远也不会混淆写作与生活和现实的关系，而且，他还具备在写作中扭转生活的能力。

这样，童年生活就成为苏童小说题材的主要源泉和写作动力之一，事实上，也很少有作家像苏童这样在他的大量小说中不断地重拾令其别梦依稀的旧梦。关于这一点，我体会到了苏童对童年记忆与幻想的刻骨铭心，他喜欢将与他在一条街上长大的孩子们的故事、成人世界的往事搬进小说，构成他一组组南方少年、成人的故事，以至于在近几年若干短篇小说中仍然不断闪回已逝的童年岁月。《骑兵》《白雪猪头》《哭泣的耳朵》《小舅理生》等新作仍都源出于他有关少年生活的记忆库。苏童深陷旧时童年岁月之中，寓情于里，这恐怕不仅是童年旧事的人事风华本身的魅力使然，而且

---

① 苏童:《过去随谈》,《寻找灯绳》, 江苏文艺出版社 1995 年，第 2—5 页。

回忆、叙述中时空交错带来的情绪循环、昔日的情结诉求，也许恰好与其构成了文学写作、心灵和个人心理传奇的对话关系。也就是说，苏童对那个时代的生活的诗性的表现，不在于他表达了那个时代的某种意识，而在于他以童年视角对那个时代富有意味的细节的呈示。我们无法清晰地判断，苏童对于童年那条“香椿树街”固执的描绘是出于缅怀之情还是毁坏之心，而他“替”一条街道说话竟然说了这么多年。对于这条街道的回忆，有温情也有敌意，有迷恋更有想象。苏童看上去所摆出的像是在幽暗中回忆的姿态，也许他自己也没有想到，在他回忆的眼光中，这块“邮票大”的地方竟然是如此的广阔。所以说，苏童的童年，以及那条街道是通向世界的。

苏童有大量散文、随笔记叙他的童年生活旧事：《过去随谈》《城北的桥》《在农村边缘》《童年的一些事》《三棵树》《露天电影》。我们从中会感受到他那种强烈的怀旧、恋旧意绪。许多文字讲述中弥漫着浓郁的惆怅和感伤，更多的还有对过去生活、人物的珍惜、怜爱，其中也不乏大量在他后来小说中频频隐现的重要意象。我甚至怀疑，他的许多小说都是从这些感伤、珍爱和意象中衍化而来，都可能寻找到其中的必然联系，这也就在相当程度上决定了他小说的取材方向和想象源头。虽然，作家的写作出发点并非一定是现实及现实中的人，而是他的另一个自我，但这另一个自我却是现实的精神投影。同时，文学起源于心灵，心灵是人的第二个自我，而这个自我，只能以精神的方式即关于情感、生命的艺术方式到达理想的存在的彼岸，重组往日生活的情境，一次次完成文字与世界、回忆与往事的双重认知。早期的短篇小说《桑园留念》，苏童曾多次表达对它的格外喜爱。这篇表现少年成长的小说，浓缩了苏童少年时代的“街头”生活，可以说，它是苏童此后“香椿树街”系列小说的起点或“引子”。小说中的“我”，像影子一样飘荡、隐现在《沿铁路行走一公里》《伤心的舞蹈》《刺青时代》《回力牌球鞋》《游泳池》《舒家兄弟》《午后故事》《西窗》等一大批作品中。若干小说的故事、人物、叙述语言包括氛围，构成了一个浑然一体的动态画面，给人以身临其境之感。即使其中有些作品的风格非常散文化，叙述仿佛是一段童年、少年记忆，或是一些散漫、惆怅、忧怨、平淡的思绪，但它表现出少年走进现实世界时的懵懂、冲动、敏感、孤独甚至不知所措。同时，小说还表现出他们成长途中与那个时代芜杂、零乱、荒唐的成人世界之间的隔膜和猜忌。无疑，苏童在他的随笔《城北的桥》中反复提及、描摹的那个桥边茶馆，显然是他的著名中篇小说《南方的堕落》中“梅家茶馆”的原型，虽然发生在那座两层老楼里的生死歌哭、爱恨情仇当是苏童的虚构、想象和演绎，但小说中喜爱幻想的少年，也必定带有苏童自身的影像。《红桃Q》实际上就是苏童亲身经历的文学记叙。“我”的形象明显意象化、朦胧化，在“香椿树街”这个虚拟的空间里踯躅和游荡，张扬着从“身体诉求”到“精神诉求”的主体萌动和向往。《刺青时代》中少年血的黏稠更是富于文学的意味，面对“少年血”在那样一个混乱无序的年代的流淌，苏童细腻而耐心地梳理出了它的曲折轨迹。苏童坦陈这类小说共同的特点是“以毁坏作结局，所有的小说都以毁坏收场，没有一个完美的阳光式结尾……成长总是未完待续”[①]。这无疑取决于苏童所生长的二十世纪六七十年代的时代处境，苏童小说虽触及到“文革”的背景，但他并不以成人视角进入那个年代，其结果是以单纯的孩子的眼光表现成人灾难生活中少年们些许充满阳光的岁月，这非常接近很多知青作家所描绘的对自己在“蹉跎岁月”中青春的缅怀和留恋，在叙述上无意中也构成了对当时主流、宏大叙事话语的某种反拨。由于苏童对少年生活体验的敏感与细腻，使他不经意间本然地走出了八十年代的文化想象，他从不去附着任何具有理性色彩的启蒙话语，只有对存在本身的自由、姿态、欲望和人性的感知，小说的道德向度也处于中性的摇摆状态，绝少有某种意识形态的价值判断。因此，他

① 苏童、王宏图：《苏童王宏图对话录》，苏州大学出版社2003年，第80页。

小说中的地理空间的单纯也避免了更复杂的文化压力的纠缠。

前一阶段的“香椿树街”少年小说的背景、故事和人物都有很强的“原生态”味道。而1996年以后写作的《古巴刀》《水鬼》《独立纵队》《人民的鱼》《白雪猪头》《骑兵》《点心》等，已将“香椿树街”衍生、“预设”成他小说恒久的叙述背景。回顾苏童三十余年的小说写作，以“香椿树街”为背景的小说近于他创作总数的一半，可以看出，苏童特别喜欢、迷恋在这个背景下展开他的文学想象，淘洗他记忆中的生活铅华，不断地对记忆中的生活、感受进行再体验，并创造出新的有意味的世界图景。可以说，他以自己更加成熟的小说理念和心性感悟，重新照耀过去的生活。在一个新的艺术表现层面上，通过意象、意绪、场景、人物，超越传统的写实情境而达到对现实具象的张扬与超越。在这一组小说中，记忆和想象铸就的意象已经很少在小说中有明显外在的痕迹，过去的生活、当下的故事已存在于这一重要的“背景”之中，已融进小说的灵魂之中。故事的基础不复杂，小说的结构也不复杂，但篇篇都流溢出灵气和神韵。显然，苏童驾驭有关童年生活和表现记忆时充满了自信。我们愈发感受到苏童小说观念在发展、变化、更新中走向了一种成熟。《古巴刀》中，古巴刀成为那个特殊年代一代人记忆的“见证物”，它与早期小说中经常出现的回力鞋、U形铁、滑轮车、工装裤、刺青一样，都是凭吊往昔岁月的“中介物”，蕴含着那个时代的锋利与沧桑。不同的是，以一把古巴刀引申出古巴革命者切·格瓦拉和二十世纪六七十年代中国的街头少年三霸、陈辉的某种联系，确实会自然地衍生出一种奇特的人生经验和历史沧桑感。《独立纵队》中，“独立纵队”的幻境满足了少年小堂的刚毅、冲动、英雄向往的人格选择和期待，从中我们能够想见“文革”岁月所构筑的人与人的“二元对立”，以及和平岁月里人为制造的动荡中，弥漫在灵魂深处的硝烟。那个少年小堂，很容易让我们联想到七十年代盛极一时的长篇小说《渔岛怒潮》中的铁蛋。我猜测，苏童写这篇小说的灵感是否源自《渔岛怒潮》的阅读记忆的碎片?《人民的鱼》讲述“香椿树街”两位女性之间发生的故事，苏童在此有意将视角作了大的调整，并把故事搁置在时代转型变迁的动态背景下，这无疑增加了叙事因素的多元性。小说通过主人公柳月芳和张慧琴对“鱼头”的好恶转换，演绎着社会、时代与世俗风尚的变化。“鱼”与《白雪猪头》中的“猪头”、《点心》中的“点心”都格外独特传神，看得出苏童在小说中处置“物”的功力，这些日常生活“物象”可以说是他少年生活记忆中与生存极为关联的那一部分，它们长久而鲜活地保存在苏童的记忆深处。苏童这个时期开始对短篇小说的写作更加迷恋，而苏童对童年、少年记忆碎片的重新整理和连缀，使他更为细腻地考虑在短篇小说这一文体中找寻岁月的印痕。而短篇这种文体也恰好契合他此时愈发平易的写作心态。

我认为，中篇小说《南方的堕落》《舒家兄弟》和长篇小说《城北地带》，是苏童“香椿树街”系列中最为用力的三部。作为“成长小说”，其所涵盖的内蕴已达到了一定的浓度。苏童对“成长小说”的理解可以帮助我们更准确地把握他的写作，他认为，“所谓成长小说，大多是变相的自恋的产物，抒发个人情怀来寻求呼应，它的局限在于个人的成长经验是否一定会引起回音”[①]。显然，前两个中篇小说的写作皆源于苏童对于南方记忆的体味和认知。苏童坦言自己对南方记忆有着奇怪的情绪，甚至是不愉快的，“所有的人与故乡之间都是有亲和力的，而我感到的是我与故乡之间一种对立的情绪，很尖锐，所谓的南方并不是多么美好，我对它则怀有敌意”[②]。在这里，苏童在回忆之前已不自觉地为自己设立了一种情感立场，而且他选择了一种冷酷的、几乎像复仇者一样的回忆姿态，我们对这种敌意很难作某种理论上的解释，我们无法厘清这种情绪为何如此偏执。因此，我们在小说中看到了以“香椿树街”为

① 苏童、王宏图:《苏童王宏图对话录》，苏州大学出版社 2003 年，第 88、89 页。
② 苏童、王宏图:《苏童王宏图对话录》，苏州大学出版社 2003 年，第 106 页。

代表的南方生活，无论是少年还是成人，在那条记忆中的街道上的存在之“痒”。这组小说透射出一种阴郁的气息，充满了颓败、通奸、乱伦、凶杀的气息，如苏童自己在《南方的堕落》中所表述的，“南方是一种腐败而充满魅力的存在”。我们看到，苏童竭力表现的是南方的阴郁、混沌与杂乱无章。这当然缘于南方生活形态上的杂乱。作为从小就生长在南方的作家，或许苏童觉得并没有几条线索或角度可以轻易地表达他所生长的环境。虽然他所有的小说都以南方为背景，但他似乎从来也不认为自己能把握南方，总是觉得很难将它写深、写透。正因为如此，苏童从不将地域上的南方作为他写作的精神支柱，而他的“纸上的南方”则是他试图理出南方头绪的一次次文学体验，当然，也是他对种种“地域性意识形态”的挑战。

可以说，这些小说是苏童自己认为写得最满意的、带有浓郁自传色彩的小说。“它们都有出处，在实际生活中都有具体的原型。我自己的写作大致采取这样的方式：从我脑子里印象深的地点、人物出发，旁生出各种枝节，并进而衍生出其他所有的东西”[①]。如果说，《刺青时代》通过讲述一群野性十足的街区少年的小镇传奇，表现他们在一个相对封闭的天地里演绎的闹剧、恶作剧、悲喜剧，借此表达苏童对时代性的荒凉匮乏的深刻体悟，那么，《南方的堕落》和《城北地带》则力图凸显南方的脆弱、虚幻和精神失落。苏童有篇小说就叫《平静如水》，我们会想，面对记忆中的南方，在充满怀疑的猜想和虚构过程中，苏童怎样才能做到“平静如水”呢？

坦率地讲，我们无意一定要到“虚构”的世界里去找寻与他现实存在中的“对应”经历和现实佐证，但一个作家在对世界和生命深入感知后自然生成的情结，必然在他的心理上形成某种“机制”，对写作产生各种暗示或指引。在文学写作中，我们必须区分“存在”与“现实”这样两个完全不同的概念。存在作为一种尚未被完

① 苏童、王宏图：《苏童王宏图对话录》，苏州大学出版社 2003 年，第 105 页。

全实现的现实，它指的是一种“可能性”的现实。从某种情形上来看，现实在世界的多维结构中一直处于中心地位，而存在则处于边缘。“现实”可以为作家所复制和再现，而存在则必须去发现、勘探、捕捉和表现。如作家格非所言：“存在则是个人体验的产物，它似乎一直游离于群体经验之外”[①]。像苏童这样的作家，他的写作更多的是凭借个人审美体验而不受某种意识形态支配，这样，他就会在审美领域对存在作出超越现实甚至伦理的非功利的美学判断。

长篇小说《我的帝王生涯》《米》和中篇小说《妻妾成群》《红粉》的写作，不仅可以视为苏童虚构的另一种走向——“历史想象”，也可当作是对“自我往事追述”的深入和超越，它充分体现了作家对“审美形式意味”的自觉。可以看出，题材的“复古”化，使苏童想象的内驱力更为强劲。我们在苏童大量小说中已深深体会到他善于处理虚构、想象与存在关系的能力，而且对于他的审美意味的独立性、敏感性深信不疑。这就意味着，与“香椿树街”系列小说的“记忆型”比较，《我的帝王生涯》《妻妾成群》《园艺》《红粉》这类作品呈现出幻觉型、超验型倾向和特征。想象中的“体味”走向一种高度的语言自觉、叙述自觉，构成了纯粹审美，小说成为经验载体，并赋予这种载体“事实性存在物”的功能。在这些小说中，苏童还借助自身知觉活动与知觉经验的直观性，设定了他小说话语的情境。记忆、幻觉中的事物在叙述中极其鲜活，作家所关怀的意绪和氛围造就出一个又一个充满无限可能性的世界，这个世界就是苏童小说中的意象世界，同时也为我们建立了文学叙事的无限空间，给阅读留下更大的想象性。那么，我们现在可以确定，从“香椿树街”到《我的帝王生涯》《妻妾成群》，苏童写作的心理起点完全是超越了日常心理记忆的创造性审美回忆。特别是《我的帝王生涯》，少年帝王端白的经历和生存选择，简直可以视为苏童作为一个作家“白日梦”的别样演绎。看得出来，苏童确实

---

① 格非：《小说叙事研究》，清华大学出版社 2002 年，第 15 页。

是太喜欢这种艺术表达方式了，尤其后者所述的故事，他完全可以用“呈现”的方式讲述，以进行式时态讲述，但他选择了过去的方式。苏童显然钟爱这样的心智活动，唯其如此，才能表达出自身的艺术个性。这种感觉的持续和牢固，使他的写作状态能一以贯之并不断延宕。可以说，苏童艺术想象方式最明显的特征是远离现实，有时甚至是富于童年梦幻的天马行空的幻想。具体地讲，他更偏爱选取一段虚拟的历史布景，展示对人性、对人类生存境遇的看法。这里的问题是，我们要看到苏童这种艺术想象方式与现实和历史的联系，它们是如何在相互间建立起一种审美维度的？历史、现实在作家的凝思中幻化成动人的意象，并获得独特形式，呈现在人们的审美观照面前。作家把他内心深处幽闭的情感、记忆碎片，通过回忆、幻想整合成审美意象，并在叙述中传达出来。因此，我们在苏童的小说中发现了审美创造的价值，也是他重新以虚构的方式阐释回忆、超越回忆的价值，以及他对于小说处理的强烈的自主意识。他希望在小说的每一个细节，都打上他某种特殊而微妙的审美记忆的烙印。在《妻妾成群》《红粉》《米》《我的帝王生涯》中，他极其耐心地用自己摸索、喜爱的方法、方式，组织、表现每个细节，包括人物的对话、叙述者的声音。而这一切“需要孤独者的勇气和智慧。作家孤独而自傲地坐在他盖的房子里，而读者怀着好奇心在房子外面围观，我想这就是一种艺术效果，它通过间离达到了进入的目的”[①]。

我想，这里需要我们关注的，还有苏童语言形式感的生成和坚守。苏童在写作中能保有自己的叙事风格，一方面由个人性格天赋所定，另一方面是苏童极好的语言感觉使艺术表达的形式感具有了生命的活力，苏童对历史的想象和虚拟主要是通过“语境”的建立而达到了种种“间离”效果。在语言学上，他的语言存在就是一种想象迷宫，是一种想象的结构和解构存在的迷宫，在追求纯净与

---

① 苏童：《想到什么说什么》，《寻找灯绳》，江苏文艺出版社 1995 年，第 101 页。

透明的叙述时，自然地创造出隐喻和朦胧的诗意。这也许是一个优秀作家的伟大向往。但苏童自己也同时意识到，形式感，尤其是语感一旦被作家创建起来也就成了矛盾体，它作为个体既具有别人无法替代的优势，同时又有一种潜在的危机。这种危机一方面源于读者的逆反心理和喜新厌旧的本能，另一方面也源于作家努力摆脱模式、超越自身的困惑。一名作家的写作要保持永久的魅力似乎很难，因为他的每一次写作都是“一次性”的经验的完成，若想有新的发现、新的突破，只能是另起炉灶。这里，作家是否存在着一种对自身的不断超越和升华？是不是需要作家提供某个具有说服力的精神实体，然后才能成为形式感的化身？这确实是苏童应该注意到的问题。苏童的小说从诗学的意义上讲，有几个主要特征：一是象征、意象、隐喻；二是浪漫、伤感和悲剧性；三是叙述风格的迷离、传奇、拟旧。正是这些美学特征整体地确立了苏童小说的审美风格，这几点在他这几部“拟古拟旧”作品中尤为明显。考察他的这类小说，我们会体味到苏童习惯用“间离”手法营造出“审美距离”的变化。在《我的帝王生涯》《武则天》《妻妾成群》等小说中，作家、叙述人、小说中人物以及读者，相互间保持着一种或道德、或智力、或时间、或情感价值上的审美距离，并在叙述中透射出难以控制的“情绪”，使艺术氛围与情境由此而出。这里，苏童或把我们引领进“史前史”，或在“家史”中演绎、暗喻国族寓言；或表现对遥远历史的凝视，表现“一种奇异的族类在此生老病死，一种精致的文化在此委靡凋零，苏童以他恬静的、自溺的叙述声调，为我们叙述一则又一则的故事”[①]。前文曾提到，苏童有着强烈的“想闯入不属于自己的生活的一种占有、入侵的感觉”的创作心理动因，加之他叙事语言的独特和艺术感觉的出色，使苏童“出入稗官野史之间，尽情舞弄、揶揄正史的合理性甚或合法性。他批判中

① 王德威：《南方的堕落与诱惑》，《中国当代作家选集·苏童卷》，人民文学出版社2001年，第1页。

国人挥之不去的‘皇帝癖’，更要令读者发出会心的微笑。作家如此热衷于小说重写历史，以鬼魅似的虚构声音打扰历史叙述的定论俨然已为大陆小说树立一种独特风气，借古寓今、故事新编，掩于其下的政治企图”[①]。我觉得，王德威在这段文字后面部分所概括的“政治企图”对苏童来说有些言过其实。苏童是当代最具唯美精神和气质的小说家，其创作中的“非意识形态化”倾向有目共睹，苏童对写作要求最强烈、最敏感的就是“作家在写作中能不能感受到应有的乐趣，这对我是一个非常现实的问题。当我意识到我会厌倦小说的某种写作方式，如果这种厌倦伴随着我，使我厌倦写作本身的话，那么我就肯定要另起炉灶，换一种能唤起我新的写作欲望的东西，哪怕这个东西有可能是不成功的”[②]。苏童已把小说写作视为一道心灵之光，视为一种生存方式。作家只有把自己灵魂的一部分注入作品而使它有了血肉，才会有真正的艺术高度，所以作家需要审视自己真实的灵魂状态，并首先塑造自己，这对于一个作家的写作生命来说，恐怕是最为关键的。从这个角度讲，苏童的写作是谨严而愉悦的。

归结起来说，苏童对童年“记忆”和“想象”的迷恋，使得他在处理小说最重要的两个因素即结构与时间的时候表现出张弛有度的控制力，既有节奏感又有分寸感，并且显得从容不迫。他让童年“记忆”与直觉彼此呼应，“记忆”中的事物已被想象穿透，人生的感遇幻化成纸上的风景纷至沓来。我们感到，他小说创作中还有一个最活跃的因子，那就是自由联想。这一点有着与童年、少年密切相关的心理学基础，所有的经验和记忆都在意识中被调动起来，与现时的感悟与艺术冲动交融，从这个角度讲，小说文本已成为其心理、情感结构的摹写，叙述的过程成为一个将过去经验、记忆与现

---

① 王德威：《南方的堕落与诱惑》，《中国当代作家选集・苏童卷》，人民文学出版社 2001 年，第 17 页。

② 苏童、王宏图：《苏童王宏图对话录》，苏州大学出版社 2003 年，第 168 页。

时情绪、冲动连接的过程，不断“解构”，又重新“结构”的过程。“记忆”“想象”成为苏童结构小说的一种重要的功能。而且，这个过程又是一个极其自然的过程，由此也就呈现出苏童小说极为自然的小说美学形态。而其叙述语言简洁、质朴，错落有致，饶有韵致，叙述形式也不事雕琢，蔚为大气。智慧潜隐在文字的背后，支持着结构的坚实，加之童年经验的与众不同、艺术表达的分寸感，所有这些，对于一个情感内倾型的作家来说，的确会形成一个不同凡响的小说世界。

第二节　苏童小说写作的外国文学影响

不可否认，二十世纪九十年代的“先锋作家”在某种意义上“是由外国文学抚养成人的”。他们赖以写作和成名的外国文学背景，是决定其早期写作文风形成的一个重要因素。外国文学对于苏童写作的影响是极其深远的。可以这样讲，在整个九十年代，苏童的小说创作在很大程度上都没有离开外国文学营养的“生命线”。我们甚至能够在他的小说中依稀辨析出他对外国作家借鉴并进行本土化艺术改造的轨迹。苏童在若干年前就说过，他在努力靠近文学的梦想，他想趁年轻时多写些小说，多留几部长篇和小说集，这是作为一个文学信徒对大师们最好的祭奠。对于美国作家塞林格的一度迷恋就使他写下了许多短篇，包括《乘滑轮车远去》《伤心的舞蹈》《午后故事》。他说：“塞林格是我最痴迷的作家。我把能觅到的他的所有作品都读了。直到现在我还无法完全摆脱塞林格的阴影，我的一些短篇小说中可以看见这种柔弱的水一样的风格和语言”，“一种特殊的立体几何般的小说思维，一种简单而优雅的叙述语言，一种黑洞式的深邃无际的艺术魅力。坦率地说，我不能理解博尔赫斯，但我感觉到了博尔赫斯。我为此迷惑。我无法忘记博尔赫斯对我的冲击”。[1]可以说，苏童是当代中国作家中最坦率而又毫不讳言受到外国作家写作影响的作家。在他前不久与学者王宏图的一次对话中，在回顾自己成长过程时他谈道：“我的作品中关于少年人的那种叙述的腔调受塞林格影响很大，我一直坦白交代的，哪怕好多人认为他是个二流作家。任何一个作家都会多少受到一些他人的影响，没有所谓真正横空出世的作家。受外国作家影响也好，受中国作家影响也好，都是影响，影响以后还有一个成长的过程，你的成长才是属于你自己的轨迹，对此我不忌讳”[2]。在此，我们可以看到苏童的胸襟和坦诚。所以，面对苏童的小说，我们也可以放心地发掘、研究他对于外国作家的阅读经验及其积淀之于他小说写作中的种种潜在的、暗示性、启发性影响。这可以让我们更充分而从容地追溯这位作家写作发生的可能。准确地说，这会使我们在苏童小说的研究中减少许多无为而犹疑不定的障碍，找到其小说文本生成的种种内在机制和玄奥。

可以说，苏童小说的非意识形态化倾向或形态，与塞林格、辛格、博尔赫斯、麦卡勒斯、雷蒙德·卡佛的小说艺术感觉不谋而合。我们知道，博尔赫斯对小说写作艺术的审视基本保持在这样的两极：古典与现代。他的小说“既有古典的幻想与理念，又表达出现代的怀疑与冥思。在他的艺术精神中，就是如此奇异地熔铸着古典与现代的合金”[3]。博尔赫斯小说给我们的整体感觉就是，他努力地通过叙述展现一种洗尽铅华的文学语言。不夸张地说，苏童与博尔赫斯的这种唯美风格有着异曲同工之妙，两者似乎在不经意间“互为照亮”。考察、梳理苏童的文学阅读与接受，苏童谈得最多的仍然是外国小说家对他的视觉冲击力和由此引发的他对小说艺术的迷恋。我们无意在这里详细论证博尔赫斯小说、塞林格及其《麦田守

---

① 苏童：《阅读》，《寻找灯绳》，江苏文艺出版社 1995 年，第 145 页。

② 苏童、王宏图：《苏童王宏图对话录》，苏州大学出版社 2003 年，第 45 页。

③ ［阿根廷］博尔赫斯：《博尔赫斯文集·代序》，王永年等译，海南国际新闻出版中心 1996 年，第 7 页。

望者》在世界文学史上的地位和价值，但一位异国作家能对苏童产生如此深重、深入、深远的影响，肯定有其充分的理由和根据。苏童在谈起塞林格的时候，毫不吝惜地用了“钟爱”“启迪”和“感染”，“渗入心灵和精神”，“无法摆脱塞林格的阴影”等诸多的词句来表达自己对塞林格的无限感激。作家格非在比较鲁迅和卡夫卡时，曾特别提到博尔赫斯关于不同时代、不同民族作家之间关系的论述：作家与他的先驱者之间的关系并非通常意义上的借鉴或经验、方法上的传承，而是一种更为神秘、隐晦的相类性。[①] 苏童坦言：“那段时间，塞林格是我最痴迷的作家。我把能觅到的他的所有作品都读了。我无法解释我对他的这一份钟爱”[②]。

二十世纪八十年代正在北师大读书，刚刚开始小说写作不久的苏童，接受了塞林格给予他的文学滋养或者说“第一线光辉”，塞林格给了苏童一个在青春期看待人生的角度。客观上讲，塞林格的《麦田守望者》之于苏童，并非对于所谓“经典”的那种近似崇拜、敬畏的感觉，而完全是一种彻头彻尾的喜爱。对于塞林格与苏童，我认为可以用布鲁姆在《影响的焦虑》中的一个著名的观点来解释：并不是前辈诗人的作品影响了后来的诗人，而是后辈诗人的成就和光辉照亮了前辈诗人。我觉得这样评价苏童并不为过。前文提到的苏童早期的若干短篇小说中，苏童直接或间接、表层或潜在所接受的，不仅是塞林格小说中的题材取向和人物存在方式、状态，而且还有塞林格创造的新颖的艺术风格，那种少年心理、颓废状态、青春启迪和自由舒畅的语感，它直接渗入其心灵和精神并在写作中呈现和张扬出来。对于塞林格这样的作家，苏童不能接受他在美国文学中被一些人定位为二流作家的现实，但苏童不必忧虑的是，二流作家所影响的绝不可能也是一个二流作家，事实已证明了苏童对塞林格的吸收、摆脱和超越。我们可以在苏童早期的大量小

---

① 格非：《鲁迅和卡夫卡》，《当代作家评论》2001 年第 1 期。

② 苏童：《阅读》，《苏童散文》，浙江文艺出版社 2000 年，第 191 页。

说中找到如上所说的痕迹，甚至在他许多近年的作品中感受到塞林格小说叙述的感觉、风格和气度。在《乘滑轮车远去》《午后故事》《游泳池》《刺青时代》《古巴刀》《独立纵队》等小说中，二十世纪六七十年代少年们的桀骜不驯、初涉人世的懵懂、成长情绪、青涩心态、青春的迷茫、生命的混沌，特别是小说叙述中的艺术格调与气质，与塞林格小说有着发生学的同源性。

除了塞林格，对苏童小说影响较大的应该是短篇小说大师博尔赫斯。在虚构、叙事技术、小说智性，古典气韵与现代小说技巧相和谐几个方面，我们很难在苏童小说中找到其他现、当代中国作家的风格痕迹。而苏童小说，特别是短篇小说的构思、表现风格、艺术体貌的形成与博氏小说却都有着密切的关系。可以说，后者的影响已完全渗透在苏童的艺术作品之中，经过苏童的消化、理解、吸收，已成为小说的有机组成部分，其风格体貌已与苏童的艺术感觉、表现方式，即语感、语句、遣词习惯水乳交融为一体，成为苏童许多小说的写作起源。像《大气压力》《水鬼》《海滩上的一群羊》《白沙》《神女峰》《巨婴》《世界上最荒凉的动物园》以及早期写就的《祭奠红马》等一批短篇小说，很有博氏《南方》《手工艺品》的神韵，充分地显示出叙事的智慧与优雅，具有强烈的现代唯美风格。从某种意义上说，小说，意味着词与物之间的错误联系，或是对不存在之物的言及，或者说是对现实的某种改写。短篇小说《巨婴》和《你丈夫是干什么的》表现出对“不存在之物”的兴趣。前者一本正经地讲述一个荒诞的故事，情节荒诞不经，使人感到讳莫如深，处处充满悬疑；后者是作家为我们制造的一个女性的情绪、情感冲突，心理发生扭曲的人性迷宫。同样，短篇小说《拾婴记》也是一篇充满悬疑的小说，一个婴儿和一只小羊的失与得，完全将叙述带入了一个想象的迷宫。其中主要都是对人物言语行为的一种想象，叙述的真空、“空白”随处可见，虚构的迷宫将生活、存在引向象征和隐喻。看得出，这是一些颇为讲究小说技术的作品，对叙述的控制，明显有着博尔赫斯的气韵。所以，不夸张地讲，苏童对大师博尔赫斯的学习、借鉴或写作发生可以这样概括：想象和虚构，心灵与技术，古典与现代。更具体说，包括描写的细腻柔美、构思的精巧雅致、情节的奇幻神秘，或哲理、或玄奥、或荒诞、或迷离的情境氛围，呈现出隽永、深邃、流畅、沉郁、亦真亦幻的文体风格，并且，苏童与博氏在整体形态上都表现出叙事结构的细腻和工整。关于写作动机和艺术思维取向，他们也有着极为相近的理念。博尔赫斯说："我不认为个人作品应该使人得到教益。当我写作时，我不想教导任何人，但是我想讲，讲一个大家都感兴趣的故事、神话，讲一首动人的诗，如此而已。也就是说我的目的是抒发感情"[①]。苏童也不止一次地表达他对小说审美性的理解和追求："我是更愿意把小说放到艺术的范畴去观察的，那种对小说的社会功能，对它的拯救灵魂、推进社会进步意义的夸大，淹没和扭曲了小说的美学功能。小说并非没有这些功能和意义，但对于一个作家来说，小说原始的动机，不可能承受这么大、这么高的要求。小说写作完全是一种生活习惯，一种生存方式"[②]。苏童的写作，在不同阶段始终远离"当下"的写作潮流，坚守自己独特的美学形态，在其自由、平和、平实中衍生故事结构本身的内在张力，营造奇异的想象空间。这既有苏童个人写作的内在必然性倾向，也显然受到"大师"心智上的启迪和鼓舞，这恐怕是另一种形式的写作发生学。通过虚构来总结人的存在经验和状态，并暗示人们关于思考、智慧和创造的意义、价值，这些，无疑是对于唯美的艺术追求。

与此同时，苏童始终非常注意在小说的阅读中获得写作的灵

① 转引自何仲生、项晓敏编《欧美现代文学史》，复旦大学出版社 2002 年，第 463 页。

② 林舟：《苏童——永远的寻找》，《生命的摆渡：中国当代作家访谈录》，海天出版社 1998 年，第 81 页。

感。他对美国作家雷蒙德·卡佛和意大利作家卡尔维诺的阅读和研究，也直接影响着他近年的小说写作，尤其使其在作品的内蕴上更具那种“纯小说”的魔力。苏童对卡佛的文风倍加赞扬，敬佩他对现代普通人生活不凡的洞察力和平等细腻的观察态度，喜爱他的同情心像文风一样毫不矫饰。苏童的《桥上的疯妈妈》《手》和《垂杨柳》都是表现、描写生活中底层人物的作品。从“疯妈妈”、小武汉、“垂杨柳”的小雪这几个人物身上看得出，苏童开始注意在“搅拌时代与人物的混凝土”[①]，开始有意地抓住现实生活，混淆虚构和现实的界限，让小人物的境遇在故事的叙述中意外地凸现。受伤害的人、敏感的人、迷惑的人都荡涤着伤感、忧郁的气息。这种艺术感觉上的变化让我们联想到苏童对卡佛的痴迷，让我们想起苏童曾经多次提到的《请你安静一点好不好》《羽毛》和《卧铺车厢》。我们会对苏童的小说发问：苏童是对自己笔下的人物有兴趣，还是因为卡佛的小说影响了他小说的人物而更加开心呢？

苏童曾经写过一组关于外国小说的阅读随笔，关于小说的人物、情节、故事，他作了敏锐和细致的揣摩。这是一个小说家对另一些小说家的倾心阅读和感知，那些伟大的小说大师仿佛正在等待着苏童的阅读，他们对他不再保守任何文学的秘密。苏童特别感兴趣的是，雷蒙德·卡佛小说简洁叙述中所隐藏的复杂性。短篇小说《羽毛》写两对夫妇的一次聚会，但这次聚会的开始也是他们告别的开始。主人巴德家养了一只美丽的孔雀和一个八个月大的婴儿。这个婴儿起初是在幕后哭泣，女主人无意把女儿抱出来，可是客人却坚持要看看可爱的婴儿，结果，那千呼万唤出来的婴儿竟是一个丑陋的怪婴。巴德夫妇的隐痛彻底地展示在朋友的面前。而参观别人的创伤是要付出代价的，从此，这次难得的家庭聚会成为唯一的也是最后的一次。另一个短篇小说《卧铺车厢》写一个经不起伤害的男人梅耶乘坐穿越法国的火车去看八年未见的儿子，但这次

---

① 苏童：《去小城寻找红木家具》，《小说选刊》2003 年第 10 期。

旅行因为一次意外而失去了目标。梅耶的手提箱被小偷偷走了，这个男人在遭受不幸时作出了顺流而下的选择，让不幸延续了下来，他在车站看到了等他的儿子，但是他不下车。他怀着一种无以名状的哀伤、恐惧和来历不明的愤怒和复仇心理，拒绝了那个车站。他留在了那个火车上，居然很快地对法国乡间景色产生了深刻的印象。我们从这里看到的不仅仅是小说中弥漫出的孤独和虚无的意绪，还有卡佛叙述的“尖锐”。我们同样会在苏童的许多短篇小说里，看到极其相似的意绪和叙述的“尖锐”与“突兀”来。短篇小说《神女峰》写的是两男一女乘船游览三峡风光，男人李咏一路上不断遭到女友描月的抢白和奚落，李咏的粗鲁和无聊加剧了描月对他的厌烦，而同行者老崔似乎得到了某种机会。结果完全是令人意想不到的，描月放弃了游览三峡、观光神女峰，而是选择与老崔在武汉下船，这虽然不能称为“私奔”，但男人李咏却遭遇了人生莫大的尴尬和无奈。短篇小说《灰呢绒鸭舌帽》，描写一个弥留之际的父亲，将生前最喜欢的灰呢绒鸭舌帽传给他唯一的儿子老柯的故事。父亲是一个过早谢顶的男人，老柯也继承了父亲的遗传基因而过早谢顶，他在一次扫墓的途中，竟因为这顶帽子而殒命。另一个写于 1992 年的短篇小说《一个礼拜天的早晨》，写一个男人抵御不住老婆的嗔怪和谩骂，因为一块买得不合适的猪肉重返菜市场去和商贩讨价还价，在急促和愤懑中突遭车祸而殒命。苏童有一批这类表现宿命、虚妄、偶然性的小说，我觉得，这其中叙述的某种“尖锐”既可能来自卡佛的启发，也可能是苏童在艺术气质和小说理念方面与卡佛有着某种精神的同构性，从而成就了这类小说写作的发生。

在这里，我们会发现，即使是“先锋时期”的苏童，在他的内心也未必完全接受现代主义的文化精神，更多的是对外国作家的艺术感受力和表现方法的浓厚兴致。这一点，恰恰具有写作发生学的意义。任何外来的“主义”或者“潮流”未必就是“先进”的，真正有意义的是那些富于创造活力的启示性影响，写作灵感的来临可能常常就是一种叙述方式的启迪。因此，与其说苏童受到了博尔赫斯、辛格、马尔克斯等大师的影响，不如说苏童更加喜欢、迷信这些大师的艺术想象力。这在苏童的写作中有着明显的印痕。

苏童一直很推崇吴亮的一句话：真正的先锋一如既往。当苏童被认为是“先锋小说作家”的时候，苏童并不否认自己的写作与当时的文学叙事语境、文学话语背景的一致或背离，以及这些主要因素对自己写作的深刻影响。正如陈晓明对包括苏童、格非、余华、孙甘露、北村在内同代作家的分析和判断：“我们时代的晚生代面对的是‘卡理斯玛’解体的现实，处在文化溃败的历史境遇，他们没有现实的神话可讲，他们没有历史、没有现实、没有大众，只有孤零零的自我”，“他们从自己生存的文明现实中体悟到特殊的记忆形式，并且以此表达对语言异化和历史困厄的反抗”。[①] 我觉得，苏童虽然经历了近二十年的写作生活，但终究处于“主题化写作”之外，处于“文化焦虑”之外。他的写作，以自由而洒脱的文学理念，搁置“道德化诉求”的写作姿态，使虚构逃避或遗忘掉种种文化上的困境，建立了自己的美学叙事。其实，苏童小说的许多次发生，可能来自一次偶遇、一次突发奇想，甚至一个美妙的句子。《妻妾成群》这部小说，既是诗人丁当的“男人都有一个隐秘的梦想：妻妾成群”，也受《红楼梦》《金瓶梅》和巴金《家》的启迪，而小说叙述基调和总体风格的确立，则是他提笔后写下的第一个句子：“四太太颂莲被抬进陈家花园的时候是十九岁……”这普通的白描式的语言不仅决定了叙述的类型，也在很大程度上改变了苏童后来小说写作的方向。总之，他小说写作的每一次发生，都源于对现实的一次次超越，都源于精神、情感和逻辑的并重，源于对存在

① 陈晓明：《无边的挑战：中国先锋文学的后现代性》，广西师范大学出版社 2004 年，第 39—41 页。

的内心重构。以苏童目前的状态看，他仍然能不断给我们贡献出迷人的故事、有趣的人物、纯粹的小说结构和叙事风貌，以及叙事的自由张力、富于现代感的小说策略。他对任何的小说元素都不加排斥，也没有其他修辞上的戒律。我们从他的写作中感受到这样的事实：写作的发生是一回事，作品的形态与魅力则是另外一回事。但我们无法忽略，苏童小说中任何虚构也不可能代替的从容的叙事节奏和智慧。他的小说总是散发着浓郁的浪漫意味，这是一个作家与生俱来的自我呈现。这些，对一位作家来说令人瞩目。苏童同时代的另一位作家余华由衷地赞叹苏童短篇小说写作所达到的艺术高度。其实，无论他写什么，似乎所有的事物已完全与苏童近于宿命的小说写作融为一体。

有人责备苏童的小说创作长期沉醉于唯美状态，甚至称其有"中产阶级情结"。须知，苏童毕竟不是那种想振臂一呼应者云集，披肝沥胆、血染战袍的壮烈写手或时代的呐喊者，当然，像苏童这样的作家，也不会像卡夫卡那样喜欢在晦暗中掩抑心灵、自我煎熬，做一个精神的苦斗士，苏童用自己的方式领略并体验生活、生命和世界的风景与沉重，他有自己抵达心灵、表现精神的方式。他从容不迫地行走，慢慢体味、感悟存在的美好与沧桑，虽没有冒险也少有刺激，但无可厚非。因为世界的存在本身就是多元的，人们的艺术选择和需要也是多元的，难道作家不能有自己的个性选择和追求吗？他写作，在一个文学略显凄清的时代，他能够保持自己不衰的"虚构的热情"，表达美好和思考，表现人的各种存在，那就是因为他在用自己的良知审视自己的心灵，回味生命，为人们贡献着独到的、用心用力的艺术文本。

当然，我们很难在苏童的小说文本中捕捉到苏童作为一个作家的形象，他总是非常冷静、也非常残酷地像一个外科医生一样，以他精准的刀法，去解剖他人并"对抗"着这个世界。可是，我们在他的文本中，既看到了他与小说人物的“对抗”，也看到了他与读者的“对抗”，还看到了他与自身的“对抗”。也许，他所有的小说，都是在这样的“对抗”中发生的。

我们可以坚信，至今苏童的艺术矿藏还远未开采穷尽，还有更深层的特别之处，他自身也还会有更多重、多元的小说写作发生。那么，在时间的长河中，避免写作上精致的重复和空洞，避免世界与文本之间情感联系的缺失和“短路”，就应该是苏童最要注意的方面。因为，每一篇小说都源于一种事物或作家心性的被感召、被“唤醒”，都源于新的动机或过程的发生和开始，以及由此促成的写作力量的产生。

第二章　苏童小说的母题

第一节　对“历史”的诗意描摹

作为“先锋小说”重要作家之一的苏童，在先锋文学叙事革命的浪潮裹挟中，广泛为人们所看重的常常是其写作中的“语言经验”“叙事策略”“抒情风格”。的确，没人会否认苏童对于想象中知觉经验富于形式感即“审美形式意味”的特殊兴趣和天赋才能，但同样不可忽略的是，在苏童自觉地获得从容优雅、纯净如水的叙事感觉的同时，他文字中所发散出来的对历史和现实强烈的精神性关注和理想冲动。也就是说，苏童从二十世纪八十年代及至近年的写作，在逐渐偏离叙事方式的实验性倾向的同时，其作品呈现出的情境和旨意，已远远超越了“话语”“抒情”的美学意识层面，而且更容易使人沉浸于故事的魔力、人物命运的跌宕起伏，还有对历史、宿命、神秘、死亡、罪恶、颓败等自形而下到形而上的追问。在这些最基本的意义单元，其小说主题表现出某些“全球化”和异质同构的特征，形成自己小说主题对生活的“倾向性介入”，对若干文学母体进行重构和提升的愿望。苏童的小说，虽表面上看不出那种普世的哀伤和悲悯，但宽柔中却体现出对存在世界个人体验的细腻和纯粹，直抵心灵深处的虔诚与率真。正是这种对生活和文学的虔诚与率真，使他数年来能超脱或超越种种时尚、炒作、争执和纷扰，“于无声处”远离庸俗，恪守、扎根自己的文学乐土。所以，作为作家的苏童，才有了对自身精神个性的鲜明保持，对诸多所谓“公共价值”的挣脱，才有了非常阔大的文学表现的空间和维度。

苏童在一次谈话中曾坦言：“在我的字典里是‘固执’这个词在起作用。我是一个看上去比较温和但实际上蛮固执的人”[①]。实质上，苏童的写作确实是一种坚守中的写作，无论是他的话语风格，还是他对母题的恒久选择，可以说都是对自己文学空间的一种独特的坚守和把持，始终保有自己文学写作的价值取向。

反观苏童三十余年的小说写作，可以说，其风格的变化与发展是摇曳多姿的，而小说表现的母题则是相对稳定的，鲜有变异。1993 年出版的苏童文集《世界两侧》似乎就暗示了苏童对小说母题的选择，“乡村”“城市”同时构成了苏童小说的两个较大的叙事背景，而创作这些小说则是他的一次次精神“还乡”：“我用我的方法拾起已成碎片的历史，缝补缀合，这是一种很好的小说创作的过程，在这个过程中我触摸了祖先和故乡的脉搏，我看见了自己的来处，也将看见自己的归宿”[②]。不仅如此，我们还在苏童小说世界的两侧看见了在“历史”与“时间”容器之中的巨大空间张力，看见了在其大量文本中先后铺陈的广阔的人生经验，这其中特别包含了幻想的经验，尤其保留着丰盈的人的命运的成分和真正持久的诗意成分。我们更在苏童“已成碎片的历史”中，一再发现或看到了“罪恶”“苦难”“死亡”“堕落”“疯狂”“暴力”“逃亡”“欲望”的生命即景。这些人类最基本、最原始、最牢固的心理体验，使艺术产生了难以言说的神秘美感。苏童已在不知不觉中坚守、建构着关于存在的叙事结构和小说的母题。我们发现，他的虚构或幻想并不沿着某种意识形态的规约逻辑地展开，尽管他似乎对“死亡”“罪恶”“堕落”“女性”的描述与认知带有不自觉的非理性的迷恋，但

---

① 苏童、张学昕：《回忆·想象·叙述·写作的发生》，《当代作家评论》2005 年第 6 期。

② 苏童：《苏童文集 · 世界两侧 · 序》，江苏文艺出版社 1993 年，第 1 页。

苏童作品中丝毫没有对存在世界“陟罚臧否”的现代性的两难，而是延伸性地挖掘历史表象之下精神记忆的自我惯性，这种记忆呈现出对存在本相的种种拟态。可以看出，苏童极其正视文学虚构的本质与铁律。丧失记忆无疑等同于丧失自我和身份、丧失历史，而失去历史则意味着精神内在机制的缺失，意味着叙述的空洞，也就意味着没有了过去和未来。因此，苏童对“历史”的叙述几乎完全是在“回忆”中完成的，“回忆”成为他审美地判断时间与空间历史构造的唯一途径。也许正基于此，如“罪恶”堕落”“死亡”“逃亡”“性”等母题及其人物、故事情节等字样句式一再出现在苏童一系列有关“历史”的作品中，甚至成为统摄其整个作品的有本质意义的线索，以至成为若干意象或故事“原型”的组合。它们的反复呈示或展开，使苏童的作品形成了一个清晰的脉络，强化、张扬着他小说的美学吸引力。虽然，这类主题作为小说的内在核心，并非苏童的原创之意，但在苏童的叙述文本里，他在对历史竭尽想象的描述中，彰显的却是别一种历史意识，他在历史律动中所觉察的是隐藏的诗意。成王败寇，古今皆然，红尘怨女，洒泪尘埃，童年旧事，难拟情状，今日的满腔冲动，瞬间即可化为远遁的难堪。所以，唯有大的想象才华，才能赋予历史以阔大、朗润的形状，才会发觉其中的深邃和奥妙，也才会重新整饬时间烟云中的历史废墟，这也许才是诗与史的辩证。

这里，我们对苏童小说世界中的“历史”需要有一个开放性的、广义的理解。历史与诗，历来是文学写作中激情涌动的不竭动力。因为苏童从未有过对世事的绝望，所以，他这类颇具“天堂哀歌”品质的叙事就少有写实的焦虑，唯有不乏的畅想。

无论是以《我的帝王生涯》《武则天》为代表的“古代帝王叙事”，还是以《米》《1934年的逃亡》《罂粟之家》《红粉》为代表的“现代叙事”，或以《南方的堕落》《舒家兄弟》《仪式的完成》《刺青时代》《吹手向西》为代表的“南方叙事”，在某种意义上，都可以将其理解为是对历史的叙事。一般地说，叙事总是把往事作为对象，从而在一种时间距离中完成所谓本质的必然选择或基本动机的逐渐展现，作家从广泛丰富的生活中选取更“本质”的东西，并以一种让人误以为是作家按照完全展开的生活广度来呈现全部真实的生活的方式。而苏童并不在意对某种价值的寻找，也无意为“历史”作注，他似乎更注意“往事”“历史”与“叙述”造成的时间“间性”，重视历史中“时间的现场性”、存在的本然情状即心灵的状态和情绪的状态以及人物的内在冲动。很显然，苏童以自己“小我”的叙述声音，将历史抒情诗化。在苏童的小说中，我们看不到对历史的某种伦理承担，确切地说，“历史”的异质性包括种种“历史碎片”在写作主体意识中交替、更迭，不仅造成苏童小说特有的层次感、节奏感、构造感，而且衍生出不同凡响的叙事结构方式和叙事母题体系。而母题也就成为苏童小说的叙事功能，而且是更为重要的功能，在很大程度上，叙事推动着它，它也推动着叙事。

与众不同的是，除了前面提到的“历史”这个巨大的承载事物和存在的时间容器之外，苏童的“寓诗于史”或“寓史于诗”的抒情风格和叙事姿态，也为苏童小说母题的凸显提供了无限的生机。历史是如此诡谲变幻，往往陷身于无从把握与捉摸不定的罪恶与荒谬中，我们所能看到的，也许只有诗意中的题旨。或如有人指出的，当代作家这种将历史抒情化、私有化的作风，暗指后现代主体性分裂的事实。[①] 对此，王德威的说法更接近苏童小说的实况：“抒情风格强烈诉诸文字符号本身托意引喻的功能；诗的表达在于文字最凝练的比、兴演出。相对于历史叙述对文字传真、模拟的要求，抒情风格的叙述毋宁凸显了作者与文字间相辅相成，却又不滞不黏的一面。换句话说，如果我们能意识到任何的叙‘史’行为只是叙‘诗’欲望的延伸，我们也许可跳出实证主义及种种意识形态的先验牢笼，而一任文字想象的驰骋。强调以诗叙史因此不只是回到个

① 王谨：《本位化情结与大跃进心态》，《今天》1991 年第 3—4 期。

人主义的老套，而是肯定历史‘想象’及‘符号’的重要”①。这样，小说中的母题，也就具有了源自神话和史诗的结构性功能，小说既意味着对一系列历史事件的文化讲述，也意味着一种虚构性话语的力量。虽然苏童小说母题并未呈现为小说的某种结构形式，但它却鲜明地体现了苏童小说文体、故事情节、话语形态、作家主体意识与文化形态的密切关系。这显然在一定程度上已经超出了作家个人心理体验的范畴。

确切地说，苏童小说介入历史的激情，游走在对存在感悟的虚实之间，尤其贯注于对“生命”“宿命”“罪与罚”的观照中，通过对历史神圣性的解构牵扯出人性诸多的神秘元素。循着苏童小说的地理路线图，从“枫杨树乡村”到“香椿树街”，及至“城北地带”，包括古代、二十世纪三十年代和六十年代的生活场景，虽然，苏童更多的是在自然呈示中繁衍题旨，但在其描述的人的生命存在的现象之下，在试图于叙述中见证生命欲望张扬的同时，也对生命的委琐、存在的文化病态满怀疑虑和惊悚。生命诞生于自然，同时又成为自然的破坏者，原本丰饶、健康、自然的心灵在精神、物质的双重妄想中扭曲、沉沦，背叛着与自然的和谐。不期然中，苏童在其一以贯之的若干文学母题的演绎中，发动了一股强大的历史叙事的力量，努力找到了历史中人性的裂隙。对人性历史中的自我冲突、“罪与罚”，我们既可将其置于现代中国历史背景中去读解，也可以细致研究苏童一方面如何唤起一种历史想象，而另一方面又如何“拂掉”这种文学想象的动机与目的。那么，我们不禁想问：苏童为何要召唤出如此一组颓废苍凉的世界性文学母题，营构阴森、怪异的想象，这些母题是否在折射着不同历史情境中人的种种变异或凄怆？抑或赋予他和他的作品持续不减、类似于使命幻觉的兴奋力量，以及不同寻常的胸襟和命运感？抑或，当任何人面对历史试

① 王德威：《想像中国的方法：历史·小说·叙事》，生活·读书·新知三联书店 1998 年，第 381—382 页。

图进行叙述的时候，他都难以摆脱历史为其早已编织好了的近乎宿命的罗网？

第二节　家族之罪与苦难渊薮

如果说，《桑园留念》之于苏童的小说写作，其最早所呈现出的许多较为密集的意绪、意象在苏童后来写作多年的“香椿树街”系列中逐渐隐现、弥漫、发散出来，成为统摄这类小说的纲要的话，那么，《飞越我的枫杨树故乡》毫无疑问是他所有“枫杨树故事”的起点和相关母题的表征及“代码”。在这里，现实仿佛是很深的幻象，从这篇小说的词语中透射出许多具有延伸性的、箴言性质的存在。

这里的“飞越”显然具有非同寻常的意义，它作为意象，在苏童后来的小说中仍不断有细腻的发挥。就“飞越”意象本身而言，表面上看似乎是对故乡的一次沉重超越，或是对故乡的叙事或是抒情；或者缅怀故乡风物的质朴、简陋；或者慨叹近现代文明冲击下人心不古的功利世俗；或者是对童年、少年往事的追怀；或者彰显祖先父辈难以启齿的陈年尴尬、奇闻异秉。实质上，“故乡”这一神话、宿命般的存在，已远远不只是南方地理位置上的普泛关怀，而是精神延伸、个体生命、存在之痒的力量源头。苏童对“故乡”的“飞越”不仅仅是简单的“空间位移”产生的传奇想象，而且是在一次次表达“传统与现代的冲突，往事不堪回首的凄怆，在体现时间消磨的力量”[①]。在这篇《飞越我的枫杨树故乡》中，“飞越”就伴随着一次精神的逃离，对“苦难”“罪恶”的逃离。故乡是祖先和自己的“血地”，尽管它是“一条横贯东西的浊黄色的河流”，

---

① 王德威：《想像中国的方法：历史·小说·叙事》，生活·读书·新知三联书店1998年，第226页。

是红波浩荡的罂粟花地卷起的龙首大风。而在“我”这个远离故乡的枫杨树后裔的眼中，故乡极其模糊，幺叔和老族公像幽灵一样在“我”心中徘徊，“我”无数次不知疲倦地试图寻找自己的生命之源，寻找枫杨树故乡的千年痕迹与人世沧桑。在对故乡若即若离、似近实远、既亲且疏的浪漫想象中，故乡的悲欢美丑、生命遭际、人性善恶、朴素梦想，包括在叙述“飞越”中的观察之深、责备之切，还有，生命、存在的无从捉摸、行止诡秘飘忽、窘态魅影都跃然纸上，不一而足。“枫杨树故乡”作为苏童小说拟设的一个叙事背景，“飞越”作为苏童小说内在精神气度和内在焦灼，在其后的许多篇章中渐次出现，它们之间构成了补充与敷衍、重复与延宕的对话关系，亦成为苏童表现离乡、还乡主题，陈述“苦难”与“罪恶”，抒发生命内在张力和诗性的表达形式。

对于苦难和罪恶，古今中外小说大师已有无数丰富的表达与倾诉。生命的沉重和痛苦，物质和思想的贫困，情感的颓废，人性的暴力与扩张，精神的创伤或存在的迷茫与困顿，死的恐惧，生的烦恼，人在面对这些痛苦时所生出的绝望……更多的作家会沉浸在哲学的思维状态来表达自己对这些问题的思考。而苏童在面对苦难与罪恶的存在并进行审美想象时，却能获得一种超出一般性想象的奇妙感觉，这无疑给人的困窘找到了一条现实的、理想的出路，这就是对“苦难”“罪恶”进行狂欢化的修辞性叙述。在《1934 年的逃亡》《罂粟之家》《十九间房》《逃》和《米》中，既有家族的悲惨命运的书写，又有个体生命欲望衍生的人性罪恶，也有充满乡土气氛的冲动和堕落、人心的萌动和朴拙。可见，苏童并非想在文字中再现其想象中“故乡人”的本来面貌，重组乡土生活以及乡土冲击城市文明的现代情境。但他却总是在文字中无奈地带出想象与“原欲”，文字与存在世界，回忆、幻想与“往事”追怀间的裂隙，总是在叙述中不经意地涨溢出人性存在的内蕴以及与此相关的紧张、神秘与感伤。

苏童的《1934 年的逃亡》是他的中篇小说处女作，无疑也是他最重要的代表作品之一，他对其如同像短篇小说《桑园留念》一般挚爱。这篇写于 1986 年秋冬之际的中篇小说，虽说是苏童小说中相对显得稚拙的一篇，但却强烈地显示了他少年意气的叙事气度。《1934 年的逃亡》的篇名已标明了它其后一脉相承的母题：时间、记忆、苦难、罪恶、逃亡，这无疑是一次在时间隧道里驰骋的关于历史的想象。苏童用接近“元小说”的笔法“讲述”一个枫杨树家族的起源，以及家族在“1934 年”这个时间隧道中穿行的历史和宿命般的传奇，家族史实则是对人性史进行的“狂欢化”的颠覆，并且，小说赋予历史、世界以可变性、可能性和价值的相对性、暗指状态。

叙述是从“讲述人”的“审父”开始的。讲述人先是严肃地梳理自我的心灵细节，坦承自己追踪先辈生活史、找寻生存“根性”所在的强烈欲望，并将自己同样置于“迷失”的危险境地，强迫自己摆脱对历史的失语状态，校正“哑巴胎”对过去生活的缄口不言，并在城市的飘浮和“枫杨树老家”的沉没之间建立起“回忆”和寻找的障碍，这也就能够得以在“诗中幻想了我的家族从前的辉煌岁月，幻想了横亘于这条血脉的黑红灾难线。有许多种开始和结尾交替出现”，从而，“我”固执地进入历史的画面。苏童有意把叙事结构建立在远非任何外在秩序所能触及的地方，选择一个十九岁离家、二十六岁写诗的后生与家族进行悠远的对话，这种颇有距离感又暧昧的角色，可以说既是对历史的一种无奈，也是一种戏谑，似乎只有这样，他也才可能有足够的勇气重温先祖的苦难，清算人性的罪恶，反省种族的诟病，揭开过去的伤痕，照亮今天的现实。这样的叙述方式，陡增了我们对苦难与罪恶的达观与非理性认识，仿佛是参加一场盛宴或诗意凯旋，萦绕难忘。

于是，《1934 年的逃亡》在苏童的小说长廊里不仅是一个“自我”冲动与激情的文本，也是一次浮现历史情境的奇诡的“时间”

的旅程。

> 1934年是个灾年。
>
> 有一段时间我的历史书上标满了1934这个年份。1934年迸发出强壮的紫色光芒圈住我的思绪。那是不复存在的遥远的年代，对于我也是一棵古树的年轮，我可以端坐其上，重温1934年的人间沧桑。①

苏童凭借个人生活的零星记忆和想象经验，在对乡村的想象中抓住了一种新的时间，并开始让幻想的主体自信地把“历史”穿透。在作品中我们看到，苏童不厌其烦地渲染、铺陈陈文治家族富庶的糜乱和荒淫：“他们的寿数几乎雷同，只活得到四十坎上。枫杨树人认为陈文治和他的先辈早夭是耽于酒色的报应。因为他们几乎垄断了近两百年枫杨树乡村的美女”。而文中反复提到的陈文治窥视蒋氏及整个“枫杨树乡”的“黑砖楼”和那只聚敛少男少女精血的“白玉瓷罐”，就成为罪恶制造苦难的见证。家族、人性的颓败与疯狂由此而发，这也构成陈宝年“逃亡”的背景之一。与此同时，以陈宝年为代表的枫杨树人将疯狂地逃离家乡、逃离土地视为脱离苦难的最佳通道。1934年呈现出事物的两极，一方面，“众多的枫杨树乡亲未能逃脱瘟疫一如稗草伏地，暴死的幽灵潜入枫杨树的土地呦呦狂鸣。天地间阴惨惨黑沉沉，生灵鬼魅浑然一体，仿佛巨大的浮萍群在死水里挣扎漂流，随风而去。祖母蒋氏的五个小儿女在三天时间里加入了亡灵的队伍”②；另一方面，依靠手艺擅做竹器的陈宝年在脱离了乡村的苦难发迹之后，在远离“枫杨树”八百里的城市坠入了深重的罪恶的深渊。苦难、灾难、死亡缠绕着“祖父”“狗崽”“父亲”几代人。“陈家老大狗崽”在追寻父亲的时光

---

① 苏童：《1934年的逃亡》，《罂粟之家》，上海文艺出版社2004年，第132页。

② 苏童：《罂粟之家》，《罂粟之家》，上海文艺出版社2004年，第153页。

中同他父辈一样重蹈蜕变的覆辙，永远不会改写家族的历史。人似乎可以暂时地脱离苦难，却永远无法摆脱或弃绝欲望。

从一定意义上讲，“逃亡”是人自身重新布置的又一个陷阱。很难说苏童在此表达了某种明确的历史意识，或建立了一种生死、善恶乃至因果的悖论。他在意和重视的是叙事者自身的位置，对苦难、罪恶相辅相成微妙联系的洞悉，对某种如烟往事的兴趣。他感知到的是历史与人的命运的不确定性，尤其是在整个叙事过程中一种蓄意的精神的自我流放。我们在他不断有意延宕地享受叙述带来的悬浮、游荡的快乐中，体味到苏童不经意间消解历史、沉溺幻想，努力摆脱精神自传意义的隐秘状态。事实上，若不以阅读主体的独立身份着眼，《1934年的逃亡》里的许多场景、语言乃至整个叙事的进行方式都是很难理解的，历史的迷魅在想象中变成了若干在时间中飘散的意象，证实了苏童自我意识在个体经验中的苏醒。如陈晓明所言：“此时的苏童对所谓人类的真实处境没有兴趣，他关注的只是那些处于困境中的人们生存状态突然敞开迸发出的诗意火花，这些火花竟然使得所有的生存苦难变得异常美丽。”[①] 而我觉得，这恰恰是探究历史真相与细节，发掘人性、苦难、罪与罚的神秘的艺术途径及其修辞手段，并最终由记忆和想象完成的纯粹的美学之旅。历史、农村、城市、生殖、发迹、革命、宿命构成了祖父母及其家族的灾难之源。所以，“1934年”是颓败的、罪恶的，也是丰满的；是具体的，也是抽象的；是僵硬的，也是生动的；是阴性的，也是阳性的；是内容的，也是结构的。所以说，这篇小说在一定程度上具有很强烈的文化寓言性，其中涵括着中国传统史学中神秘学的精神基础。我们不禁猜想：苏童是借助了何种充满神性的灵感获得对时间和家族宿命的感知的？

另一部中篇小说《罂粟之家》，表面上看也是以一个家族由盛

---

① 陈晓明：《无边的挑战：中国先锋文学的后现代性》，广西师范大学出版社2004年，第181页。

至衰的历史架构起来的世态演绎。但“罂粟”和水稻作为乡村象征的标志，为苏童带来的文学想象，远远超出家庭、乡村本身的历史，潜藏在文字底下的是难以掩抑的道德隐忧，甚至直指南方文化的实质与内核。“罂粟”作为“罪恶”的符码曾在《飞越我的枫杨树故乡》中被“大肆”铺垫和渲染：

> 直到五十年代初，我的老家枫杨树一带还铺满了南方少见的罂粟花地。春天的时候，河两岸的原野被猩红色大肆入侵，层层叠叠，气韵非凡，如一片莽莽苍苍的红波浪鼓荡着偏僻的乡村，鼓荡着我的乡亲们生生死死呼出的血腥气息。
>
> 多少次我在梦中飞越遥远的枫杨树故乡。我看见自己每天在迫近一条横贯东西的浊黄色的河流。我涉过河流到左岸去。左岸红波浩荡的罂粟花地卷起龙首大风，挟起我闯入模糊的枫杨树故乡。①

“罂粟家族”就是在这样的疯狂浩荡而嚣张的气息中沉浮的。依靠种植罂粟创造家族一代辉煌的乡绅刘老侠，是苏童着力描述的一个充满颓败气息的人物，写出这个颓败的人物意在表现家族的颓败和将尽的劫数。刘老侠以及他与家族成员之间的仇恨，性、罪孽、死亡构成家族破败的必然逻辑。行将破败的家族总不可避免地陷入人性的迷失和错位之中。本以血缘关系建立起来的家族，其生命力竟是如此孱弱，其支撑点那么容易就发生坍塌。刘老侠和刘老信兄弟的无情，沉草和演义胞亲之间的无义和相互间的杀戮，刘老侠以女儿刘素子换取三百亩土地的身体交易，家庭成员的肆意乱伦，人性与性在这里发生了令人惊诧的畸变。性，成为家族的罪

---

① 苏童：《飞越我的枫杨树故乡》，《苏童文集·世界两侧》，江苏文艺出版社1993年，第155页。

恶动力，衍生为“罪孽”，而“罪孽”作为性的一种变体，直接造就了家族的劫难和人性的荒凉。这种类似“原型”的“罪”，暴露了中国社会从基础层面到“高贵”群落无处不在、根深蒂固的丑陋。小说中人物密集而嚣张的欲望和冲动，对生存情境原生态的叙事，使作品获得了一种超历史的深邃与神秘性，构成人类最内在的现实。还有一点不可忽略，在这篇小说中，刘老侠、刘老信、陈茂、土匪姜龙、刘素子、翠花花，共同书写了一部典型的“枫杨树社会”各阶层的性史，与“死亡”形成两条驱使家族历史沉浮的暗流，牵动着生命的此消彼长。而刘沉草死于罂粟缸中，从另一方面又是一个巨大的生命隐喻。从这个角度讲，性与死亡、罪孽一道构成了人的“本能”的身体狂欢。“罪”与“性”交织成家族繁衍的潜在动力，鼓荡着人性的雄奇磊落、内敛沉毅。这也可以看作是苏童对“历史”的一次简洁而率性的解构和改写。

表现苦难与罪恶最见力道的还要数苏童的长篇小说《米》。从某种角度讲，它的主人公五龙完全可以看作是《1934 年的逃亡》中陈宝年的个人史写真，弥补了我们对陈宝年城市生活想象的空白。长篇小说宽广的叙述空间，给苏童对这一母题的演绎提供了更大的可能，性、罪、苦难的母题在这部长篇小说中得以充分地展开。

现代存在主义大师雅斯贝尔斯在论述人的自由选择观时强调，人的本然的自我只有通过非理性的、自由的、无条件的选择才能实现。他认为“人永远不能穷尽自身，人的本质不是不变的，而是一个过程；他不仅是一个现在的生命，在其发展过程中，他还有意志自由，能够主宰自己的行动，这使他有可能按自己的愿望塑造自身”[①]。我们完全可以用这个论点来对五龙这个人物作某种理论性的诠释。五龙是因为一场空前洪荒造成的苦难和生存危机而逃离枫杨树乡村的，可以说，他对一个陌生世界——城市的进入是属情理

① ［德］雅斯贝尔斯：《存在与超越：雅斯贝尔斯文集》，余灵灵、徐信华译，上海三联书店 1988 年，第 209 页。

之中的无奈选择。问题在于，五龙进入城市并“发迹”，不仅没有改变他生命的深层本性，几十年谋生、打拼之后，城市依然没有成为他栖居的所在，相反，灵魂丝毫没有获得片刻的安宁，欲望给五龙带来的是另一种意义上的苦难。最初，五龙并不是怀揣阴谋与邪恶闯入城市的，但善良、淳厚的枫杨树乡风是无法抵御种种欲望侵袭的，城市文明的负面衍生物——人性之恶如罂粟或像毒蛇迅速缠绕了五龙，他生命的原始欲望开始无限制地膨胀起来。他渐渐蝉蜕掉善良、美好的品性，终成为一个杀人越货的地地道道的恶霸，狡黠、凶狠、残暴统治了他的生存方式。我们在五龙身上发现了另一种生存逻辑：“米”引发了对故乡、饥饿、贫穷、苦难的恐惧，性的欲望引发的生活变故给他带来存在性的烦恼与焦虑。欲望是五龙走向人性堕落与罪恶的温床，其欲望宣泄的极致便是“换牙”，没有任何精神性依托的五龙让医生敲掉了自己全部健康的牙齿，镶上满口纯金假牙，彻底地满足“枫杨树乡”光宗耀祖的梦幻，实际上，这正是五龙由歇斯底里的“疯癫”走向虚妄的开始。最终，五龙所能实现的也只能是充满恐惧、哀伤的虚幻感觉，既无法清洗罪恶，也难从极端中摆脱。苏童在写完这部小说后说：“《米》的主人公五龙是一个理念的化身。我尝试写一种强硬的人生态度，它对抗贫穷、自卑、暴力、孤独，在对抗中他的生命沉浮着，发出了我喜欢的呻吟、喘息、狂喜或痛苦的叫声。”[①] 苏童不仅在自己的叙述里听到了五龙不断变换的古怪的声音，而且我们也从中能够辨析出一个灵魂飘浮的曲线。

苦难，尤其是罪恶，在苏童大量的“南方小说”中都有所呈现，形成了苏童普查人性恶的不同路线。历史、人性、想象展开了文字寓言的多个层次，虽无意提供疗伤、弥合的可能性或方案，但苏童在人物的行走中早已自然而然厘定了通过小说写作质疑人性与生存的母题策略。与众不同的是，苏童让人物的灵魂自己狂舞起

---

① 苏童：《急就的讲稿》，《寻找灯绳》，江苏文艺出版社 1995 年，第 153 页。

来，裸露出来，汇集成极具浪漫色彩的传奇和诗学狂欢，以此完成某种叙事对历史的颠覆性解构，当历史在进入另一套叙事的时候，苦难和罪恶，也已经超出了简单的阶级概念的范畴，人性的冲突和自我搏斗就成为文学想象的最大可能。

第三节　逃亡：生命的仪式与狂欢

“逃亡”作为意象，或作为小说的母题，大量出现在苏童、北村、格非这一代作家早期和近年的大量小说中。初看，在他们的作品中，“逃亡”的方式、意绪、情境常常会引发似曾相识的感觉，人物、故事无论多新奇多刺激，总感觉像是人们旧有的熟悉的东西的变相，仿佛“逃亡”是所有写作者、阅读者或所有人类心理层面的某种文化积淀和潜意识。但细究和分辨他们各自不同的文学表达，其“逃亡”表现出的美学形态、想象方式、文学的现实价值与意义却有极大的区别。北村的逃亡更具形而上的抽象意义，他的小说叙述往往有哲学思辨力量的支撑。“逃亡”在北村那里，是人类毫无缘由的生命的本能冲动，是生存的本质，因此他的叙述充满了幻觉经验，而且，“逃亡”这个一再于作品中浮现的主题又经常被北村关于“逃亡”故事的奇异讲述所消解、冲淡，也就是说，“逃亡”作为母题的文化、悲剧意义被彻底解构、颠覆掉了，“逃亡”成为一次人类摆脱现实存在困境、尴尬、苦难、罪恶的洗礼或圣洁之旅，成为掩饰生存真相的一次“自欺欺人”的精神游戏。说到底，这是一种文学化、美学化的形而上的超脱，当然，这与北村的宗教情结密不可分。而格非最近完成的长篇小说《人面桃花》，既保持了他与余华、苏童、北村等人出道时的“先锋文学”气质，又在写作中发掘出许多小说元素的新的质地，同时，格非还很好地将先锋与古典的诗学风格作了有效的整合，尤其是其小说文体特征堪称“逼近经典的有效标志”。在这部小说中，格非多次写到“逃亡”，不同身份、处于不同精神层面的人物都进行着不同意义上的逃亡。陆侃的精神逃亡，翠莲的“身体”逃亡，秀米的逃与归，在格非有意设置的叙述“空缺”中，构成了历史烟云中无尽的迷魅，也使“逃亡”这一母题滋生出一种前所未见的神秘力量。

北村对逃亡母题的纯粹性思辨，格非对“逃亡”的“空缺”化处理，试图引出这一文学母题的理性和神秘意味的深层、潜在根源，以此破解人在历史生活中的存在困扰，寻找可能的突围策略，这使我们所受到的小说中谜样逻辑的影响越来越深，甚至被带入叙事的罗网，颇感沉重与抑郁。

与他们的叙事姿态和立场不同的是，苏童的叙述尽管依照生活“本来”的样态描述，但他既不瓦解生活或者事物的“原生状态”，又能够去诗意地挖掘存在情态中有意味的因素——母题的诗性特征。这样，作品既不凸显叙事人、作家的主体意识，也没有在叙述中对存在的确实性表示怀疑，而是在结构中建立起超越经验层面的诗性祈祷，排除掉人为改写历史的冲动和动机，让“逃亡”成为与历史情境对话的依据，成为生命、历史存在的情绪所在，或抒情性起源。实际上，文学对“逃亡”的表现由来已久，而借历史情境、人物塑造、意绪传达表现这一生命内在冲动与狂欢，来指涉近、现代人的存在伦理，并产生深广想象，则显示出苏童的与众不同和精彩发挥。他似乎并不想在叙述中表达某种精神的味道，而是要张扬记忆和想象的活力，这实际上是叙事对功利性的超越，所以，“逃亡”的母题也就不在于是否是对现实的逾越，而在于分享人性的狂欢过程。这倒是容易让我们产生这样的犹疑：苏童究竟是站在艺术感受或个人幻觉的立场上，还是处在现实经验的维度中？

我感到，《1934 年的逃亡》的写作，一定是苏童在经历了某些灵魂的自我煎熬、祛除了种种压力之后的一次自由的文字行旅。于是，关于“逃亡”的这次虔诚的写作活动就具有了双重隐喻：一是有关祖辈、人类在存在现场对困扰自我、约束生命、切割人与自然关系的“处所”的逃离，苏童还在判断、揣摩这是否就是解决生命与现实对立的有效途径，他在尝试以自己有限的人生经验、体验，将对人性的把握和猜想上升到无限的精神领域；二是苏童通过“我告诉你们了，我是我父亲的儿子，我不叫苏童”的“元叙述”，将自己虚拟为陈姓家族的成员后，叙述开始在极其轻松的语感状态下从容、舒缓地前行，也开始展示作家那种诗人般的生命本质方面的自由，我们甚至能够感受到苏童的眼神、手势和声音，带动出“我”与家族、与生命体验一起谐振的原生态话语。这样的写作，使作家的言说穿过时间的迷津，穿行于没有太多历史压力的语境中，显现出一个充分诗性的、自我的叙述个体——这是一种无本质的写作存在，一种相当率性、洒脱的“形而下学”寻根之旅。我们从这个意义上来理解《1934 年的逃亡》中的“逃亡”，还会发现其承载、构成了文本中叙述者与人物之间独特的修辞、对话关系。

1934 年的“逃亡”，是焦灼、苦难、冲动、欲望与“时间”的一次次对抗，也是生命的一次次历险和狂欢。对于陈宝年来说，1934 年是“逃离”枫杨树村的贫穷之年，是逃入城市潜心发迹、肆意放荡的一年；对祖母蒋氏来说，1934 年是孕育、等待、生殖、坚守、追踪直到不堪隐忍、愤怒的一年；对狗崽而言，这一年是成长、寻找、忧伤的一年；而对陈文治，他用那只神秘的白玉瓷罐聚集起了乡村的罪恶，在营造家族风光史的同时加速着生命的颓败。如果我们更为仔细地阅读此作，就不难发现其中无数“对立”的事物或许就是事物一体的多面，而在涌动的生活背后，更有神秘的、宿命般时间洪流的运作。在整篇小说中，时间与空间、历时性与共时性、“逃亡”与“还乡”、追踪与遗弃、生殖与死亡间的互动关系，得到了相当细腻的呈现。这篇小说运用将时间“空间化”的抒情叙事模式让我们徘徊在对历史偶然性与人性的不同解读之间，由此《1934 年的逃亡》便有了真正的痛苦和存在性焦虑。从这个角度讲，苏童不期然不经意间在历史劫后的残余痕迹中，提醒我们以往所见证历史时那种“主观历史”与“客观历史”“想象历史”间的断裂。

如果说“逃亡”暗示出的人的生命力、历史的冲动力、狂欢化，体现出了叙述的诗意，很少道德焦虑的话，苏童也常常通过表现“逃亡”的“无意义”“无缘由”来反讽人在世界中的某种尴尬和无奈，呈现历史的扑朔迷离和难以捉摸。以短篇小说《逃》为例，主人公陈三麦是一个懦弱害羞的男人，他的整个生命活动似乎没有任何道德、伦理的精神承载，毫无缘由的本能的“逃亡”，几乎就是他生存的方式或者说是存在本身，而苏童讲述的这个故事在表意的深处形成的也是根本意义上的“悬而未决”，他仍然采用抒情叙事而拒绝“意义”“教条”“理性”意识的负担。“我爷爷说三麦那狗杂种扶不上轿，你让他吃饭他也逃，让他洗澡他也逃，你抓着鞋底揍他他更要逃，三麦长大了给他娶媳妇他还是逃。你就不知道三麦除了想逃还要干什么。”“你有金腰带也拴不住他。三麦就是活不安稳。”陈三麦永远处在一种“白日梦”的生存状态，他与现实总是错位的。他一次次逃离“枫杨树乡”村，又一次次回到故乡，他身上聚集着纯粹的、善良的、丑陋的、欲望的、理智的、疯狂的种种生命元素，故事中他经常突然逃离数日、数月或数年，回来时也无任何喜悦或者颓唐的表情，而且一次次循环往复地重复。这期间他发生了什么？是什么让他烦恼？在这里，苏童非常清楚，跨越理智与疯狂、现实与虚构的边界，不是叙述和文学的修辞策略所能做到的，而需要对灵魂或心的认知上的诗性把握——存在的可能性的把握，甚至可能是一种神秘的启悟。而苏童对此尚无把握，所以除了抒情叙事，他只能重现人和世界不可言说的缺失和重复。这一点与格非的“空缺”重复不约而同地具有同源性，这是唯有诗性才能达到的境地。在这里，我们非常认同哲学家德里达的

"补充"观念："在场是对不在的补充方式，而补充并不是因为习惯所认为的暂时的空缺，而是因为本源性的匮乏才引起补充的需要，正是对根本性的'不在'的补充，才使在场成为可能，而在场因此被当成是本源性的存在。对存在的本源性追踪，揭示出存在的根源不过是'补充'的结果这一事实，无疑对存在的本来面目有着重新认识。"[①] 苏童以叙事策略的方法论力量重新结构人物，表达对现实的特殊感悟，以写作"故事"、想象"存在"来填补"不在"的空洞，对其进行抒情性的描写，演绎历史现场中破败的生活景象。轻松的、超历史的体验，将我们重新带回历史深处，"逃亡"的历史情境在这里无疑是注入了写作者激情的审美回忆，同时体现出他对于纯粹的小说本体意识的把握。所以，无论是《1934年的逃亡》中的陈宝年，还是《逃》中的陈三麦，本身也就没有丝毫的负罪感和人性的自责，因此，"救赎"和"罚"在小说中也就变得不再可能。

我不反对长篇小说《我的帝王生涯》被一些读者认定是一部宫廷绞杀的帝王故事或传奇、演义，对其讲述的天灾人祸、宫中秘闻、民心离乱、兄弟篡位、反叛阴谋，我也认为是小说必不可少的经典片断，但值得更深入关注的，恐怕该是端白作为庶民的真正的民间流亡生活。这里的叙述同样没有任何反讽和透不过气来的沉重，而是继续显示浩荡想象的路数和框架。苏童赋予主人公端白绝对的生命自由感，倾诉其逃亡中对罪与罚的抒情性申辩，虽心有戚戚焉，但端白对命运、世事沧桑的放达和平静，也算是苏童对帝王生涯推陈出新的浪漫表达。我们不时地从已沦为一个游走江湖杂耍艺人的端白的回忆中，感受生命的悲凉和浓郁的末世情调：

> 火海中是我诞生和成长的地方，是蓄积了我另一半生命、欢乐和罪恶的地方，我以衣袖捂鼻遮挡飘来的呛人

---

① 转引自陈晓明《无边的挑战：中国先锋文学的后现代性》，广西师范大学出版社2004年，第120页。

的烟雾，试图在它行将消失前回忆一次，回忆著名的燮宫八殿十六堂的富丽堂皇，回忆六宫粉黛和金鸾龙榻，回忆稀世珍宝和奇花异草，回忆我作为君王时的每一个宫廷故事，但我的思绪突然凝滞不动……[①]

当端白在远离故土的地方，在从前几个世纪无人管辖的高山林区的世外桃源——苦竹寺中从容地准备度过他的下半生时，他在白天思索、夜晚读书中感伤着存在的万世苍凉："我用了无数个夜晚静读《论语》，有时我觉得这本圣贤之书包容了世间万物，有时却觉得一无所获。"在这里，苏童为他对"逃亡""流亡"的理解找到了另外一种表达方式——虚无与恬静。可以看出，苏童的抒情叙事特质来自生命感知内容的相互消长补充，来自不可逆现实的随心所欲，其想象远景的力量在此得到确定。历史、人的命运的无常和心像的变迁相互浸漫，影响、左右对生命存在的观照，不断地加强着抒情感触，这样，"逃亡"引生的"大悲大恸"，不仅留给我们丝丝缕缕的遗憾与惆怅，更给人带来一种飘移的茫然，无可挽回的人生失败感被写得如歌如诉。苏童在这部书的"跋"中的感慨，从另一个角度诠释了他对诸如"苦难"与"逃亡"的感悟："喜欢苦难与欢乐的交融，赞叹人生的动荡和起伏，我觉得最完美的人生莫过于火与水、毒与蜜的有机统一。"[②]这坦诚地表达了"逃亡"的凄美的形态特质。无疑，这里的"逃亡"已经成为生命的存在仪式。

其实，"逃亡"这一母题几乎始终贯穿着苏童小说的写作，即使在书写当代人生活的长篇小说《蛇为什么会飞》中，他仍通过主人公最后的逃离，彰显人性的不羁，表明人在现实中挣脱的枉然和痛楚。相对于《1934 年的逃亡》《逃》《狂奔》《乘滑轮车远去》等篇章，这部小说表现的"逃亡"似乎更在意其形而上的隐喻，更重

---

① 苏童:《我的帝王生涯》，花城出版社 1993 年，第 178 页。

② 苏童:《我的帝王生涯》，花城出版社 1993 年，第 186 页。

视其过程以及逃亡者最后疯狂的结局。其中的人物梁坚和疯大林显现出更为偏执的精神病态，他们在强大的现实面前无所适从，而克渊再次表现出在现实面前“屈就”“滑行”的蛇性，乘火车逃离他生活的城市。但从另一方面考虑，对于精神孱弱的克渊，逃亡又确实证明了他最后的一丝勇气。较其他小说而言，虽然偏重于写实的叙述大大减弱了这部作品中“逃亡”的隐喻性，但小说对现实的晦暗性的强调，对“蛇性”的有意夸张，反衬出人在现实生活中的无奈与无力。

苏童以丰富的感悟和文字表现“逃亡”的意象和母题，呈现了生命状貌的狂欢性，而且，呈现出的景象或沉郁、或苍凉、或风流洒脱、或幽恨绵绵，既饶有寓意，又具有美学拟境的后悲剧风格。我所要强调的是，正是苏童独特的修辞策略和美学立场，使这一沉重母题在不同叙事情境或层面上隐现自如，造就了一种参差、错落、别致、和谐而松弛的文学叙述。

第四节 “性”象的颓败

应该说，在苏童“香椿树街”“枫杨树乡”“红粉”等不同系列的小说里，较早地表现或者说具有浓郁“颓废”色彩、因素的是中篇小说《妻妾成群》。这部由苏童在二十六岁写出的成名作也是代表作曾引起了文学界极大的关注和反响。关于这篇小说的发生，苏童曾强调两个主要的原因：一是他在对先锋叙事技巧的迷恋中，受马原给他的一封信的影响，他觉得，以他当时的写作热情和写作姿态，自己应该变一下写作路数，于是开始对“古典叙述姿态”产生了浓厚的兴趣；二是西安诗人丁当的一句颓废的、玩酷的诗“妻妾成群”给他以灵感的触发。[①] 显然，自觉的写作意识和意外因素所

① 苏童、张学昕：《回忆·想象·叙述·写作的发生》，《当代作家评论》2005 年第 6 期。

导致的灵感触发，促成了这篇小说的诞生。于是，苏童从“颓”的美学角度，试图在叙述性与性之间呈现一种非常“黏”的“勾结”、纠缠，并以这样的眼光、语气进行文学叙述。这篇小说最初的来源是这样，但在具体写作上，它却是一个慢慢的谋篇布局和酝酿的过程，也可以说它是来自《红楼梦》或《家》《春》《秋》的篇章格局的触发。令人欣喜的是，这篇写于 1989 年的小说，不仅是对狂热的“先锋文学运动”的一种反省，也是一种新的小说叙述方式建立的一个标志性起点。而且，苏童在这样一个讲述四个女人和一个男人的老故事中，既发掘出了小说叙事若干新的可能性美学元素，又在其中探讨了人与人的关系，男人与女人、女人与女人，或者女性与社会的一种惨烈的对抗，采用了一个极其反常的作家立场，隐藏同情心，拷问人性和人心。显然，这种叙述扩展了小说在肌理和内涵方面的内容，重新梳理了我们所拥有的小说空间。我觉得，更为重要的是，这篇小说是当代文学近几十年来第一篇表现“颓废”的小说。看上去，小说是在表现一个封建旧式家庭的腐朽与衰微、行将破落的家族之中性的错位，实质上是想表达出由性、罪恶、死亡、欲望等构成的家族、人性、存在的颓败与悲凉，同时，也暗示、折射出整个历史的颓败之象。所以，这里的“性”象，引申出的是生存之象、历史之象。“性”象的颓败，也就喻示着生存、历史之象的倾颓和毁损。小说通过颂莲这个敏感、内倾型的知识女性在这个特定环境中的孤独和绝望，表现了生存世界的阴森、恐怖和垂死，同时，也凸现人性、存在的残酷和虚无。

如果我们从原欲、性的角度来解释少女颂莲所面对的欲望世界中的人物，不考虑作为生存模式的家庭、家族的政治结构的话，这些处在原欲支配下的人物完全可以厘定为一群生存的欲望者，而欲望的基础则是原型欲望，也就是性的欲望。我们在《妻妾成群》中的所有人物身上，几乎看不到出于对美或善的感动，或出自生命需要的爱的自觉意识，以及由此产生的人物的原欲，从生存的欲望向有内在生命激情的爱的欲望的升华。因此，小说中人物由性引起的人与人的角斗、人性的狂躁与绝望才显得如此膨胀和疯狂，而几乎没有理性的内在规约。在一定意义上，这篇小说也可以说是一个由欲望引发的“恐惧和痛苦”的故事。有女人的痛苦，也有男人的沮丧。小说极写陈佐千和飞浦父子的性无能，揭示生存中那些令人惊悸的瞬间，而着意呈现给我们的是陈佐千与颂莲行床第之事的衰颓：

> 花园里秋雨萧瑟，窗内的房事因此有一种垂死的气息，颂莲的眼前是一片深深幽暗，唯有梳妆台上的几朵紫色雏菊闪烁着稀薄的红影。
>
> 她敏锐地发现了陈佐千眼睛里深深的恐惧和迷乱。这是怎么啦？她听见他的声音变得软弱和胆怯起来，颂莲的手指像水一样地在他身上流着，她感觉到手下的那个身体像经过了爆裂终于松弛下去，离她越来越远。她明白在陈佐千身上发生了某种悲剧，心里有一种奇怪的感情，不知是喜是悲，她觉得自己很茫然。①

苏童凭着他天才的直觉和艺术天分，使他的叙述超越了传统经典现实主义、自然主义的美学规范，以接近象征、寓言的方式，获得了一种新型的现代汉语语言经验，创造出了极其主观化、个人性的话语情境。而这篇小说在叙事上的古典性、欲望表达方面的抒情性，使这个“性”颓败的故事，散发着那种无可挽救的末世情调和忧伤、苍凉的气息。这种性颓废，既可以看作是纯粹的美学上的具有唯美品性的颓废，也可视为对历史、家族、人性的沦落、沉溺、凄清、悲苦的生存基调中飘荡着的孤魂的“拟旧”、想象。这一点，苏童多少承继了中国传统古典叙事中体现出的传统文人的颓

---

① 苏童：《妻妾成群》，上海文艺出版社 2004 年，第 15 页。

废气质。我觉得，苏童小说所弥漫出的颓废感，对人被压抑下去的品性的揭示，更是一种颇具唯美意蕴的表达。其实，唯美与颓废都是一个现代主义的美学问题。多年以来，中国现代主义美学之所以没能建立起来，形成自己的独立品格，主要是它往往被自我、个性解放、道德、伦理等一系列意识形态的现实问题、功利性审美所支配和消解。因此，近些年虽然不断有人在小说中大量描写性的场景和情境，但大多脱不开对人性的社会学、历史学叙事动机的缠绕，而苏童的一系列小说则彻底打破了过去的美学谱系，在一种新的叙事立场和修辞策略中对既定的艺术经验进行了强有力的超越。无论是颂莲、飞浦，还是陈佐千及其妻妾们，“性”象的颓靡并不呈现任何生存的本质或存在的终极性意义，只隐现“性”的错位制造的人性的变异。这也是苏童以“零度写作”姿态对文本与现实之间重建一种新型关系的尝试。裸露真相并解构存在真相的意识形态“监控”，无疑使小说叙事从另一侧面打开了当代叙事文学的另一种思维和想象的维度。小说的母题也由此被以一种极其曲折的方式传达出来。

在苏童的这篇小说里，性的张扬与颓废，看上去并不具有意识形态的规约和限定，似乎也与“权力”无关。但它的“衰颓”则可以视为某种社会存在和精神无序的征象。福柯认为，“在任何一个社会里，人体都受到极其严厉的权力的控制。那些权力强加给它各种压力、限制和义务”[①]。无疑，性是人体的重点部位，而且由于它所能给人带来的巨大快感而潜隐着相当大的危险性、非常规性。一切社会统治、权力机构都会对“身体”充满警惕，因为人们在疯狂地追逐生理快感的同时会对一切既有的存在秩序进行冲击，构成冒犯和威胁。《妻妾成群》中的陈佐千的性，显然不具有这一特性，除了维持性的生殖功能外，性享乐是其不可遏制的欲望。但这

① ［法］福柯：《规训与惩罚》，刘北成、杨远婴译，生活·读书·新知三联书店1999年，第155页。

对于他也已经不构成生命、存在的能量，只是陈佐千与儿子飞浦多多少少还隐含某种因果报应的主题。而颂莲在这场家族“争宠”角逐中，也没有真正彰显自我主体的革命性冲动和震撼。苏童正是在这样烦闷的、颓丧的消极景观里来突出“颓”和“败”的美学气息的。仔细地看，这的确是一篇写得很“细”的小说，我们甚至可以在其中闻到那口“死人井”所散发出的青苔的气息，可以闻到陈佐千每个夜晚的糜烂的味道，还可以隐约感到颂莲、梅珊们内心无法抚平的褶皱。无疑，苏童的叙述，没有简单地停留在事物、人物的表层和肖像，而是在“性”象的暧昧中牵出人性、存在世界的困顿和崩溃，无法承受的生命的“轻”。

中篇小说《舒家兄弟》和《南方的堕落》，可以说是苏童延续此前写作惯性的产物。它们从另一角度呈现了“性”象的颓败、落魄。

《舒家兄弟》描述了舒家和邻家两代人之间所发生的性的纠缠，以及由此引发的涵丽、舒农的先后殒命。小说充分展示了生活蒙昧、放荡的存在，呈现他们如何在无所顾忌和不羁的快意中制造形形色色的性爱经历。性，在这里已不再是一个犯忌的对象，在苏童稍显矜持但仍然从容不迫的叙述中，性表现出肉体和精神的双重激动，同时直指南方文化意义上性早熟、性压抑的现实及其反抗。这无法不触及二十世纪六七十年代精神、物质生活的极度苍白和贫血。但在表现性的世俗形态时，苏童并没有放肆地将注意力移至性快感、性乐趣、性幻想上以表达压抑的解放，更多的是呈现一种苦闷、一种罪恶、一种身体的扩张。性，是生活中潜伏的令人不安的危险的因素，性本能的持续冲动与政治、文化、社会现实的恒久压制以及私人性的彻底丧失密切相关，理性对感性的强迫性征服，必然造成人心理、情感的逐渐分裂。物极必反，不论是生理的冲动还是精神、体验上的拥有，人会愈发痴迷或疯狂地追逐这种快感，甚至反抗、冲击既有的伦理、社会秩序。舒农和涵丽的死并非是苏童为了表现道德视景的功力，也不是演出阴森恐怖的滑稽剧，而是自然地呈示小说的悲剧张力。

苏童在《南方的堕落》中坦言："南方是一种腐败而充满魅力的存在"，"我厌恶南方的生活由来已久"。[①] 在这篇小说中，苏童写出了金文恺、姚碧珍、李昌、红菱之间暧昧、腐朽、糜烂的生命存在形态，用着同样抒情、飘逸、不畏缩的"仿纪实"的手法，再现一种南方的"罪恶"现实。因小说中"性"的能量的扩张或贬损，南方的荫翳与纵欲、乱伦的气息混合而成奇特的景观，苏童试图将性的意义置于一个复杂的文化网络、生存背景上，给予解释，破解南方或者说人性中的文化因子，也暗示出性的无法遏制、无法阻挡的冲击力量。同时，苏童让他笔下的人物遭受到一系列的惩罚。金文恺、红菱的死，李昌的断指与坐牢，姚碧珍"梅家茶馆"的破败、萧条，让我们对于生存的形态和人性的挣扎，得到了战栗性的震动。

金文恺阴暗、猥琐、敛财，沉思冥想，陶醉在种种白日梦中，对姚碧珍的性幽闭，体现出人性的别一种恶毒，别一种残忍；李昌的无赖、城市流氓无产者的性格、无知与卑鄙给人性的丰富性添加了新的因素。红菱实质上是苏童笔下的又一个乡村"逃亡者"的形象，她能忍受梅家茶馆的污辱，显然是由于无法忍耐在乡村老家更大的身心迫害；而姚碧珍的生活史简直就是性欲风流史，这个人物是一目了然的欲望化对象。苏童写了她的蛮横恶劣、风骚狠毒以及精神深处的幽暗，很显然，她应该算是苏童小说女性形象中"出类拔萃"的一个。人物的性格形态与小说叙事形成一种内在的令人动荡不安的空间和张力。在这篇小说叙事的生活层面，性就是一种病相的、扭曲的存在，它可以拖曳出其中每个人一生最重要最不可理喻的细节，构成他们南方生活的命定之路。从这个角度看，性象的颓势，也昭示一种强大的历史文化之虞。在这方面，苏童又并不像

---

① 苏童：《南方的堕落》，《苏童文集 · 少年血》，江苏文艺出版社 1993 年，第 168 页。

其他先锋小说家那样，把“性”的人文和社会意义完全消解掉，而是表现欲望之性和精神之性的严重分裂，我们从他们身上只能感受到出人意料的超然于情感之外生存的某种宿命论，以及其中不可洞见的神秘性。所有的性活动，都冲向人性的深处，构成苦难、残酷的根源。性与苦难的相连，完全失去了道德品性、本质，使一切变得暧昧不清。

前文曾提到《米》以直接彻底地书写人性的罪恶、堕落、暴力、救赎并富传奇性而引人注目，而且对乡村、城市暴力、还乡等母题有进一步的深入探索。但我们不能忽略的是，小说的一个重要视点仍然是“性”的问题。苏童的叙事并不热衷于设置悬念和男女之间的诱惑，浪漫故事的渲染，更不是在写作中去追逐性爱故事中的人生内涵，而是在作品中通过性这个悲剧或恶作剧因素将人性推到极端的地步，对人性用小说的方式作出一种推测，发掘人性的灰暗性。苏童强调：“我觉得《米》的写作是非常极端的”，“我把人物拉到了黑暗的死水中游泳。五龙也好，织云、绮云姐妹也好，让他们在我这里淹死，我在这里面只是做一种函数的最大值。我实际上是在写不存在于我的生活印象中的人性世界，从某种意义上来说是人性幻想主义小说。为什么我说是反方向的，因为它是很晦暗的非理性的写作方向”。[①] 可以说，苏童是在对五龙和绮云姐妹之间性的纠结的想象中，表现欲望给城市和时代造就的堕落景象。性在五龙的整个“发迹史”上，可谓具有革命性的意义，他对两姐妹的征服更像是一个“盗火者”的胜利，在某种意义上是摆脱压抑，挑战、冒险的一剂春药。性的能量构成了一幅世俗的构图，性的放纵和欲望开始不断地制造五龙的美丽梦想。人只有在经历了堕落之后，或许才能对罪恶有所意识，灵魂才有获得拯救的可能。五龙陷入人性的罪恶的深渊，而性加剧了他死亡、毁灭的速度，他向着个

① 苏童、张学昕：《回忆·想象·叙述·写作的发生》，《当代作家评论》2005 年第 6 期。

人无法控制的区域迈进。人物的性格、内心的无意识，使这个关于有性无爱的人性故事充满了动态的可变性而跌宕起伏，这是由种种欲望引发的五龙的生存的极端状态和不可思议的多样性。暧昧、隐晦、阴暗、潮湿的南方气韵再次给堕落的男性、女性提供了零乱芜杂的“次生态”背景，它们充斥着一种末世学的情境和意味。我们惊叹苏童的大胆、神奇的想象，这既是记忆中的南方故事，也是对存在秘密和存在本相、人性的局限性的探究。这时的苏童是机警而敏锐的，我们甚至在他的叙述里读出了人的绝望感、人性的尊严感的丧失，以及历史中飘舞着的破碎的、扭曲的灵魂。

可以说，性作为苏童小说叙事的母题之一，在他包括后来的许多作品中都往往对叙述和人物起着某种强大的统摄作用。这是苏童现代唯美写作表达策略和解构历史与生命的平台或想象视角，它为小说叙事提供了一个必要的语境，同时也构成展示人的荒谬、生存真相的结构性元素。既是历史、人性的“罪”，也是超自然的宿命的“罚”，更是文学对这非理性人生以及死亡、苦难难以言说的迷恋、困惑与悲悯。苏童将“性与死”处理得如此凄婉动人，写出了精彩绝艳的美感与力度。旺盛的生命力的毁损，浪漫激荡的血性的衰朽，使文学的叙事气象异彩纷呈。

所以，好的小说叙事既应该是个人生活史、个人生活状况的异常有力的书写，也应该是对个人欲望、人性隐秘甚至历史文化的揭示和锐利穿透。苏童一些小说将欲望、性、生殖置于历史之中，表现人陷入欲望困境中的紊乱。在《罂粟之家》里，这种紊乱导致刘老侠生育出畸形的后代，引发陈茂的身体暴力和欲望革命；在《妻妾成群》中，性的纠缠制造了陈佐千“无声的衰颓”。这些“衰相”，既是个人的，也是历史的。其实，根本不必对这些进行历史理性的思辨，性对存在的建构和破坏，都会与历史构成有意味的错位，对历史造成影响。

归结起来讲，罪恶、逃亡、死亡、性、苦难和堕落作为小说的母题，在苏童的小说中互为缠绕，为我们提供了生动而透明的历史表象，同时，也表现为对人性和存在的本质性质疑，我们在其中看到了人的根本性的和无法逾越的困境。这些人类的文化、文学的母题，在“非规范”的南方文化情境里，呈现出的文化意味更为浓郁。蕴含于南方民间文化中的神秘、狂放、奇丽、忧愤的文学创作的诗学元素，透过人物悖乎人性的人生形式，也显示着玄妙的哲理，存在的无限的可能性、偶然性和神秘性。尽管现代性已赋予人类的生活以历史感和使命感，赋予生存以更充实的内涵，但我们依然需要对人的内在的反思性力量的寻求，而超越“现实”去理解人的本质和痛苦，理解历史、理解事物的存在，无疑是一条美学的途径。苏童小说文本中这些“罪与罚”的意象令人荡气回肠、触目惊心，呈现的生命景观和人性视域更使人难以模糊和忘记。这既是文学对历史、人性断层的剥离，也是沉沦与幻想、欲望与死亡、文明与愚昧的辩证和对照。

第三章 苏童小说人物的美学谱系

在中篇小说《南方的堕落》中，苏童对南方作出了一种介于“形而上和形而下之间”、不含有任何道德皈依的美学判断：南方是一种腐败而充满魅力的存在。我们当然知道，苏童在这里所说的南方，并非完全是我们地理学意义上甚至是直接文化意义上的南方，而是他小说中的南方，是能充分体现其自信的虚构的产物。因此，苏童对“南方”的界定就是一种充满美学意义的文化想象。他也曾怀疑他笔下的南方是什么，南方到底在哪里，他也从不认为他关于南方的记忆是愉快和幸福的。但我们在他一大半的小说叙事中，感受到了他对南方如此迷恋和固执的想象，他在他的记忆中不停地筛选、描摹南方的生活和人物。当然，我们也惊异他这种“南方写作”的持久，回顾苏童三十余年的写作，就会发现无论是“先锋时期”的“枫杨树系列”“香椿树街系列”，还是近年大量短篇小说中的“城北地带”“马桥镇”，苏童似乎都难以回避他记忆中的南方，或者说是难以割舍关于南方生活的文学记忆，我们也在他各式各样的小说面目中，竭力地搜寻赖以长久支撑其结构、人物、故事的精神力量。在一篇《南方是什么》的文章里，苏童试图从一条狭窄、破旧的小街出发，回忆童年往事，找寻以往日常生活的场景，“那种视觉印象自然是混乱的，说不上有多少美，但里面透出鲜活的气息”。他也曾想用几句话勾勒出南方的整体特征，勾勒出南方的人群，但南方生活的混沌和紊乱，是无法让他轻松地把握住南方的气质、南方的基调和南方精神的底蕴的。我们可以肯定的是，苏童小说的重要因素，基本都有实际生活的具体原型，他是从印象深刻的地点和人物出发，旁生出各种枝节，并进而衍生出南方的故事和情境。那么，我们可以说，苏童对南方的理解和文学建构，是在他所有关于南方的叙述中完成的，他的小说组成了一个耐人寻味的美学意义上的南方，它也构成了文学苏童的独特魅力。

我们还察觉到，苏童小说的不同的叙述，隐蔽着非常复杂的精神张力，尽管他的“南方小说”只有“枫杨树”和“香椿树街”（进而扩展为以此为核心的“城北地带”）两处主要的地理标志，但其中生生不息的人群所演绎的个人或家族历史的腐朽、颓废及人性图景，为我们提供了历史和人性的想象奇观。一个值得注意的现象是，苏童这位“说故事的好手”所讲述的故事，却大多是不能轻易地“复述”或讲述的，尤其是他的大量短篇小说，我们也由此感觉到苏童小说叙事功能中修辞力量的强大。而且，他的小说完全是依靠人物、语言和情节的整体性力量获得叙事的张力和有深厚内力的细节。我们在考察研究苏童小说主题时，曾挖掘在“性”“罪恶”“暴力”“逃亡”等存在极致状态下人物的现实困境，而我们不能忽略的还有，苏童小说人物在日常状态下强烈的“南方性”特征，人物在“欲望”“原欲”驱动下呈现的乖张，以及在苏童所营构的“艺术氛围”中人物内心世界涌动的人性的波澜。还有，他笔下人物所负载的命题常常就是苏童设想的人类的种种困境和可能性出路。我们在他的文本世界里，深深地体味到作家所赋予人物的气质、面孔和行动的美学效果。苏童的人物身上缘何总是弥漫着阴郁、怪诞，充满死亡之气，他文字中的南方缘何总是流淌着颓败、肮脏、浑浊、幽暗不明的氤氲，苏童又缘何在如此时间长度内痴迷南方人物的形态与幻象？我想，苏童之所以以三十年功夫小心翼翼、煞费苦心地让人物成为他优雅、精致、忧郁叙述中的重要元素，主要是因为他要表达他对生命记忆的沉醉，对他赖以生长的南方的坚守，对南方满怀宿命的神秘的猜想。作为一个优秀的小说家，他并不想极力地宣扬什么，更不会有意地回避什么，他所关心的永远是人的声息甚至困境，种种的孤独、寂寞、忧伤和难以摆脱的种种艰难却又无效的自我拯救。因此，从这个角度讲，苏童在他的“南方小说”中表达的是人类生活中非常重要的细节。我们在苏童先后不同阶段写作的文本中也发现了他内心的微妙转移，但我们所要分析的是，苏童小说文本中人物所透示出的存在经验与文化、生命，与变动不居的世间万象之间隐秘而又密切联系的踪迹。我想，在苏童这里，南方与人物，生死忧欢与颓败行径，记忆中的历史与想象中的人间风情，它们之间一定存在某种“镜与灯”的互为映照。在人物的表现方面，苏童绝不是一个传统的小说家，也不是喜欢刻意标新立异的小说家，他不想通过人物来发掘和启悟人类的灵魂与良知，并以此体察人类的生活，但他却以他智慧的小说观在人物身上不惜气力地试探人性的秘密、存在的世象和深层的黑暗。他始终注重讲故事的方法，凭借对生活可能性的有力推断和审美想象，在一个更具有寓意的文本空间展示人性的“函数最大值”。

总体上讲，苏童在自己的小说中，虽然并没有特别倾心对人物的塑造，但我们还是能够感觉到他十分注重人物作为小说结构性功能的作用和意义。海明威主张作家塑造“活的人物”，他认为，“如果作家把人物写活了，即使书中没有伟大的性格，他们的书作为一个整体也有可能流传下来”[①]。黑格尔也认为，“一个真正的人物性格须根据自己的意志发出动作，不能让外人插进来替他作决定”[②]。苏童的小说人物就大多属于这种“心理性人物”[③]，不同的是，苏童小说的这些相对“独立”的人物，常常具有作用于情节和故事的结构性功能作用，是作品重要的结构性元素，也就是说，这些人物倘

① ［美］海明威：《午后之死》，《春风文艺丛刊》1979 年第 3 期。

② ［德］黑格尔：《美学》（第一卷），朱光潜译，商务印书馆 1996 年，第 307 页。

③ 梁工：《圣经叙事艺术研究》，商务印书馆 2006 年，第 80 页。

若离开了叙事结构，即特定的“上下文”，将会失去自身的生命力。人物的独特个性和心理特征是伴随故事和情节的“被讲述”而显示出来的。我这里想进一步探究的是，苏童是如何通过小说人物审视南方现实及其历史存在的来龙去脉，包括人物与小说叙事、人物的人性及其生活的意义的，还有，苏童小说叙述与人物有怎样的复杂关系。这些可能会从另一个层面或美学维度，呈现苏童小说的另一种魅力。

第一节 “城北地带”少年血的黏稠

我们说，故事的叙述者和小说家之间是一定不要画等号的，倘若如此，那一定是被小说家的智力所迷惑了。小说家不过是一个故事的讲述者而已，需要我们仔细把握的则是，“小说家所需的持续记忆与讲故事人的短期记忆形成了对照”[①]。本雅明的这句话，对于我们考察苏童的“少年小说”富有很大的启示性。我们在谈及“苏童小说的童年经验”和他的写作发生时，曾提及“香椿树街”小说写作与苏童个人经历的微妙关系，他回忆、想象着“一条狭窄的南方老街，一群处于青春发育期的南方少年，不安定的情感因素，突然降临于黑暗街头的血腥气味，一些在潮湿的空气中发芽溃烂的年轻生命，一些徘徊在青石板路上的扭曲的灵魂”[②]，但是谁也没有预想到，这条街竟然让苏童沉溺其中并且写了三十余年，而且，他以这条街作为背景演绎世态人生的写作仍在持续。有人嗔怪苏童要一辈子陷在一条街里出不来，其实，在苏童这里，却是他“陷”得好不好的问题，他要坚守这条街几乎已经成为他的哲学问题，而且是作家个人生命体验或经历的“持续记忆”的美学延伸。这块“邮票

① 转引自［法］萨特《萨特文集》（第七卷），施康强等译，人民文学出版社 2006 年，第 66 页。

② 苏童：《自序七种》，《苏童散文》，浙江文艺出版社 2000 年，第 246 页。

般大”的地方，聚集着苏童所看到的南方生活残存的诗意，他从这里的现实看到了与之映照的“另一种现实”，并以此打开人性的褶皱。从《桑园留念》开始，苏童就不断地记录他同代少年的故事，叙述他们摇晃不定的生存状态，描述“少年血”在混乱无序的年代是如何流淌的。那些少年及其活动的时代和背景，虽然已幻化成纸上的风景，但文本早已飘零出少年们难以复活的内在激情，流溢出那个年代的辉煌和神圣。一般地说，苏童总是喜欢写那些没有经历过的事情，这与他崇尚虚构有最为密切的关系，更为重要的是，他的叙述热情总是穿过浮躁的现实生活而指向过去，这已经成为他的写作、思考习惯，其实这些“少年小说”也不例外，他以文学的“仪式”经历着一代人的精神和心理的积淀。“什么是过去？什么是历史？就是一杯水已经经过沉淀，你可以更准确地把握它看清它。它对于我是一堆纸质的碎片，因为碎了我可以按我的方式拾起它，缝补叠合重建我的世界。”[①]我们知道苏童是在写包括自己在内的一代人的情绪，可是在他闪烁的文字后面我们如何才能在“城北地带”的沧桑岁月中看清他的身影和面庞？

苏童多次提及《桑园留念》之于他写作的意义。实际上，多年来苏童从这篇“少作”中找到并建立的怀旧感，不仅使他开启了短篇小说写作的良好感觉，和写作这篇小说时自己的个人生活情景的复杂记忆，更主要的是，苏童在这篇小说的写作中最早地意识到叙述话语、故事、人物和记忆与虚构的微妙关系。同时，他也开始意识到如何得体地处理和有效地运用个人的经历、情感积淀等资源。一句话，就是苏童由此获得了对小说人物、叙事节奏、叙事语气等要素的感觉方式和有力的控制能力。尤其是，苏童在小说中描述了肖弟、毛头、丹玉、“我”等少年青春期的骚动，那个年代青春、精神的寂寞无奈和心理恐慌。如果我们仔细将这篇小说与苏童其后的“香椿树街”作品相对照，就会发现，前者中的人物及其命运、

① 苏童：《天使的粮食》，台北麦田出版公司1997年，第38页。

人物关系实际地呈现出后来大量人物的端倪或“原型”，我们甚至会在桑园中嗅到少年在“街头”的血腥气息和“原始野性”。

我们注意到，苏童的这一系列小说所建构的一个最为独特而经典的背景就是“街头”。这是只有那个年代才可能有的一种情境或场景，这当然是二十世纪八十年代以后出生的少年所不能想象的一种存在。在这样的背景下，苏童大肆地铺排南方少年的种种特殊的体验，演绎他们年轻生命的激情美学，让他们在南方人文的地缘环境和充满怪异的、“疯癫”的成人世界的喧嚣中“本能”地生长和变异，为我们展露出文本以外更广阔的诗意空间。

我觉得，苏童对小说中“少年”形象极力渲染的并不是看似令人不可思议的“暴力”，而是深埋于叙事之中的骨子里的“浪漫性”。看得出，这些作品的写作是苏童真正地执着于记忆中的南方，用自审和忧伤的眼光在寻寻觅觅地打量南方世界中少年的神秘和对世界的向往。从苏童大量的“香椿树街”小说所述年代看，对应的应该是现实中的二十世纪六十年代中期至七十年代末期，但在小说中历史的大背景都被大大地淡化了，更多的是表现整个少年世界与社会的对峙。在他早期的小说里，也许由于处于“写作青春期”的苏童，对已有永恒意义的形式感的追求与狂热，他总是把人物置放于相对空灵诡谲的世界中，我们往往会将他的小说人物与其中的乡村、少年、红马、水神、回力牌球鞋、铁路、U形铁、稻草人视为“同类”，构成一组能映现那个时代特征的象征符码。实际上，苏童对于现代小说叙述技巧的出色运用，已经使人物在相当大的程度上被拉到了半真空状态，少年的纯净、透明、精确、强悍也同样被牵制到意象和幻象的层面上。《伤心的舞蹈》和《乘滑轮车远去》堪称这个时期的代表作。前者写的是一个少年最年轻的尊严及其心灵遭遇。这篇小说很短，却融会了许多在当时鲜见的小说元素：像“东风吹，战鼓擂”“或重如泰山，或轻于鸿毛”这种当年的政治话语在文中的穿插，与小说的叙述语境形成饶有兴味的调侃；小说结尾处“我”与妻子的对话，从一定意义上构成了对“故事”的“补充”，而且使小说具有了“元叙事”的意味。关键是，如果按照传统的小说阅读习惯，读罢这篇小说，很可能会作出这样的判断：这篇小说没写任何东西。但我认为，这篇小说最值得称道的是对一个少年心理的摹写，我们可以通过这个人物读出那一代人的心情。孩子的天性、嫉妒、自我的觉醒，与舞蹈之间自然而神奇的联系跃然纸上。小说也没有刻意地去刻画人物，堆砌性格，故事几乎是在“流水账式”的叙述中完成的，我们虽然没有在叙述中发现一群十二三岁孩子的什么性格或相互之间的内心冲突，但我们分明感受到了一个时代人与人之间简单、粗糙的紧张关系。这和舞蹈的柔软、细腻恰好形成一种有趣的悖谬。显然，这既是一个与舞蹈有关的故事，又是一个与舞蹈无关的命运的传说。《乘滑轮车远去》中的“我”“猫头”“张矮”，可以说就是后来《城北地带》《刺青时代》《舒家兄弟》中“小拐”“达生”“红旗”等的“前少年时代”。这又是他们少年经历中一次艰难的心理历险，作家写“我”在一天里所目睹的生活现场造成的疑惑和迷惘，“本能欲望”的萌动，意外的“人祸”，对成人世界的警觉，都是加速少年成长的催化剂，在这篇情节上同样“散淡”的小说中，苏童再一次将现实生活、记忆和小说混淆在一起，对人物虽只是勾勒其轮廓和线条，但不经意间塑造了他小说中最早的南方少年形象。这里提到的两篇小说，虽然在许多方面都无法与苏童后来的短篇小说相比，但他叙述文字、描绘人物的颓靡、耽美已初见端倪。另外，不依靠人物、不以人物性格或经历结构故事，这在八十年代的写作情境中并不多见。

从写作短篇小说《沿铁路行走一公里》起，苏童似乎突然之间找到了叙述的方向。他除了赋予人物基本而必要的动作，还逐渐加大作品整体的容量。死亡、病态、孤独和惆怅开始进入少年的视域，小说也开始更多地考虑人物的主观感觉，“主人公”的味道也渐渐弥漫出来。或许苏童当时还没有意识到，他笔下的主人公少年剑内心的孤寂、惆怅，对世界的渴望以及无法和现实达成默契的苦恼，难以名状的抑郁，这已不仅仅是成长的烦恼，更多的是他所处生活世界的幽闭。作家让剑在一公里有限的长度里与存在、与世界进行对话，但在那种年代，他的内心、他的命运也只能和扳道工的那只笼中鸟一样，无法摆脱其被精神囚禁的悲凉处境。剑和铁路之间似有一种说不清的关系，但妹妹的死和扳道工老严的致命错误，并没有成为剑拒绝现代文明的心理障碍。剑对那列上海至哈尔滨列车的向往和猜想，倒是会很容易让我们把这篇小说与苏童那篇叫《三棵树》的散文联系起来："午后一点钟左右，从上海开往三棵树的列车来了，我看着车窗下方的那块白色的旅程标志牌：上海—三棵树，我看见车窗里那些陌生的处于高速运行中的乘客，心中充满嫉妒和忧伤"。在我自己的少年记忆中，直到二十世纪八十年代初，上海至哈尔滨的旅客列车的终点始终是"三棵树"。我在这里无意考证苏童记忆与写作的某种奇异关系，但我们在剑身上所感受到的不仅是作家自身遭遇的某种压迫，而且强烈体味到现实给内心带来的巨大的空虚或虚无感。"行走""鸟笼"的意象，与作为"一部简单而干脆的死亡机器"的铁路，它们之间也构成了一种有关存在的隐喻。生命个体的孤独感，笼罩着整个时代的空虚感，都在这篇小说中隐约呈现出来。

在涉及"乱世"中少年乖戾心理的"城北地带"小说中，我们不能不注意的是稍晚些写作的《犯罪现场》和《古巴刀》。无疑，《犯罪现场》中的启东是一个患有心理疾病的少年，他对于注射针管的迷恋到了无以复加的地步，治病救人、救死扶伤的器械在这个无知少年的手中俨然已经成为杀人武器，这从一个侧面暗示出一个时代的荒诞和不可理喻。但我感到，苏童并不是想写启东这个人物的什么性格，因为，任何疯子的性格就是疯子，在一个非理性的时代，解决疯狂的方法也只有疯狂。所以，那个莫医生将启东的疯狂也变成了自己的理性迷失。一般地说，苏童的故事可能经常回避叙事的深度，在这里，依靠人物的行动直接判断心理和精神，既是短篇小说的要求或限制，也是作家放弃居高临下这一普遍的审美视域的智慧选择。《古巴刀》中，“古巴刀”成为叙事、展开人物必不可少的功能性道具，它既是那一特定历史时期的“历史化石”，蕴含着那个时代的尖锐、锋利与沧桑，也是人物所处时期“暴力情结”的“见证物”，它已完全逸出了“刀具”本身的含义，进入人的政治和心理范畴。它与前期小说中的回力鞋、滑轮车、工装裤等一样，都是凭吊往昔岁月的中介物。不同的是，用一把古巴刀将古巴革命者切·格瓦拉与二十世纪六七十年代中国街头少年三霸、陈辉们联系在一起，并衍生出奇特的人生体验和历史沧桑，这就显得别有新意。陈辉冒险为地痞三霸这些“刺青少年”从工厂偷盗古巴刀而事发，无助的陈辉非但没有得到“仗义”的支持和帮助，反被三霸们拒之门外，由此引发陈辉愚昧疯狂的本能冲动。陈辉在这场突发的事件中充分地暴露了其内心的无比脆弱，表现出一种古怪的、难以抑制的疯狂。性格老实木讷的陈辉瞬间变得比三霸更为嚣张和不可一世，更加粗野、愚昧和肆无忌惮。从他身上，我们开始对这个时代和民族产生巨大的隐忧：我们古老礼仪之邦的“集体无意识”中潜隐着的非理性的冲动，恐怕不是陈辉一个人的偶尔为之，这极可能摧毁一个民族的正常心智和心灵的空间和精神的存在秩序。古巴丛林中的那个传奇人物切·格瓦拉的英雄气和草莽气，在那个年代也被非理性地引申为另一种暴力的象征。在这里，苏童没有控制陈辉这个人物内在变化的种种可能性，因为，一个卑微的灵魂为了内心的尊严同样会摆脱掉任何性格惯性的束缚。这篇小说是苏童在短篇小说有限的空间中，试图凸现人物精神变异轨迹的有效尝试。苏童这时明显已注意到叙述和结构对小说人物本身的“惩罚或救赎”作用。从短篇小说的写作角度而言，苏童也在不断寻求变化，他通过对记忆的整理发现悠远岁月里世间所蕴含的“真实”。陈辉、三霸和古巴刀，切·格瓦拉的母亲和中国街头少年的母亲，那些早已沉浸在黑暗之中的事物与心灵之间是否存在着神秘的联系或彼此的“唤醒”呢？

在苏童“少年小说”中，最能凸现少年心理而又能让我们强烈感受二十世纪中国艰难时世的作品，就是中篇小说《刺青时代》和《舒家兄弟》。尤其前者，可以说是一部描写当代中国少年生活的经典性作品，在某种意义上，甚至可以说它是今天时代生活的一种“镜像”。一代人有一代人的成长方式，我们前文曾提到“街头”的概念，在二十世纪六七十年代的中国社会所谓“革命的年代”，实际上是指称一种民间的、底层市民的世俗生活环境下青少年们的游戏场所或方式，是孩子们学习和生活的处女地。在今天看来，它更是“精神实体”“物质实体”的共同体，它以极大的可能性引导、统摄着个体的成长。“街头”，表面上无可争议地服从当时道德规范的制约，而在街头主体自身与社会意识形态貌似浑然一体的关系之间，则存在着街垒分明的叛逆。这种叛逆在少年精神主体那里往往表现为某些蒙昧、缺陷、冲动、脆弱、内心骚动和精神盲目。同时，也呈现为另一种精神情状：对现实的否定，对群体的对抗，对自身的隐藏，对个人性的强调及自我实现，对真正精神需要的渴望和自由度的寻找。苏童本人对于“街头”的理解，更具有一个作家的胸襟、经验和审美维度：

> 五六十年代出生的人身上有种自然的“街头气”，不管你的性格是怎么样的，是温和的还是刚烈的，但确实是在街头长大的。所谓“街头”是指从小就跟人打交道。当然有可能是孩子跟孩子，孩子跟大人，所以他的心灵深处是开放的。那时代的孩子，比如对美感的培养，对事物价值的判断的培养是没有教科书的，教科书就是他人。暴力的孩子拿另一个暴力的孩子做自己的课本。一个有小流氓基因的孩子，他的经典则是大流氓。这样的学习过程给那

> 时的青少年留下更多的故事。现在的孩子没有来自街头的故事，为什么呢？因为他们不在街头生活了。[1]

在今天看来，我们可以体恤那一代少年成长道路的乖戾、自我建构的迷惘与错位，以及由此折射出的成人世界的荒诞和现实的紧张、无序，生命主体个性的迷失。从另一角度讲，生活的这种丰富性、复杂性也给写作提供了巨大的资源和动力。苏童可以写作“香椿树街”三十余年，且资源不曾枯竭，可想而知他对“街头”体验与理解的深厚和宽广。难怪苏童郑重地强调，他之所以长期如此陷在这条街里，几乎就是他的哲学问题。从这个角度看，《刺青时代》中的重要人物少年小拐，就具有丰富的多层面的可解读性、阐释性。苏童发现了这一代人所面临的物质和精神的双重困境，他的深刻感悟正是通过少年小拐这个未成年的孤独孩子真实地传达出来的，而这个发生在“街头”的故事，则喻示着整个时代的混乱、衰朽和麻木。少年小拐、天平、红旗的命运和遭遇，很容易让我们想起苏童的同代作家余华的一部长篇小说《在细雨中呼喊》。后者只是让一个孩子用冷冷的目光打量这个世界，心底充满厌恶、悲凉和绝望，在空旷、寂寥的暗夜寻求信心和光亮，这无疑显示了余华坚硬的思考的力量。而苏童更多的是表现少年许多本能的冲动，和整个社会失范造成的人的精神通道的狭窄、病态生存空间中欲望的失度。我感觉，小拐这些所谓街头的孩子是深陷于社会、家庭愚昧和精神的麻木之中的。在他们身上，社会学所谓的“反向社会化”和“审父”都以暴力的形式不遗余力地表现出来。他们生活在一个充斥着贫困、无知，没有任何文化底蕴的现实当中，社会政治的畸形导致他们无法正常地接受现代文明和教育，可以说，他们的“街头”几乎是没有任何文化成分的一种粗糙的、破碎的“垃

① 苏童、张学昕：《回忆·想象·叙述·写作的发生》，《当代作家评论》2005年第6期。

圾桶”。道德和伦理对他们不存在任何规约。这一点，在《舒家兄弟》中得到更充分的表现。因此我们说，小拐、红旗、舒农、舒工们所处的时代是一个非理性的、非文化的时代。那么，平淡、无序生活的背后包藏愚昧、罪恶、血腥和死亡也就不足为怪。我们在《刺青时代》这一类小说中看到了他们内心世界的极度紊乱，暴力事件如同家常便饭，肆无忌惮。我们发现，小拐、天平、红旗这些少年对结盟、帮派和械斗的迷恋，相互之间的不信任和仇恨实际上就是成人世界惊人的翻版。现实文化世界的萧条与荒诞必然培育出少爱而冷漠、残酷的心灵。令人惊奇的是，他们的成长只有悖逆而没有内在的精神恐惧。所以，像小伙伴将小拐推向铁轨，天平为报复父亲严厉的管教而聚众殴打父亲，都是盲目、空洞的个人英雄主义的嚣张。而小拐们执着的刺青，更接近于可怖的自残，小拐关于猪头的刺青，也可以视为少年小拐身体残疾后寻求梦想中尊严的标志。所有街头少年的绰号也都选择当时最受标榜的样板戏“反面人物”的名字，是否也可以视为未成年者对社会的另一种“反向”自我认同？小拐被强迫刺青后的生活变得日益古怪，神圣感和偶像坍塌之后的孤寂成为青春彻底毁损的最终象征性结局。同样令人深思的是，究竟是什么力量塑造和培植了这种阴郁、凶狠、荒唐、颓废、变态甚至嗜血症般的质地，南方的湿闷、荫翳、混沌和紊乱真的能够构成他们邪恶与冲动的杀机？孩子们仿佛在人性的荒原狼奔豕突，匍匐在堪与成人世界比照的罪恶的渊薮。这里，我们无意阐发这篇小说许多细节可能具有的人文含义，但有一点我们不应该忽略，无论苏童自觉与否，这篇小说确是以仿真传奇，模拟神话叙事、英雄叙事的方式来表达人的放纵、自由、自觉。这既具有文本戏仿的意味，也是对那个时代文化的一种颠覆和反讽。

在苏童描写“城北地带”的小说中，有一部写于2005年的短篇小说《西瓜船》格外引人注目。这部短篇小说虽说也是以“香椿树街”为叙述背景，细腻地描写了一个懵懂少年寿来因为一件小事杀死乡村青年福三的暴力事件，但叙述已经越过了一般性人性冲动的事件描摹，关注点开始移向城乡纠葛及其冲突，其中福三的乖戾，种种不可思议的心理背后隐藏的城乡世俗观念的差异，都给我们带来那个特殊年代的文化思考。

美国导演罗伯特·阿特曼曾经把卡佛的九个短篇小说和一首诗拍成电影《快捷方式》，他是把卡佛所有的故事当作一个故事来看的。苏童则认为，我们甚至可以将卡佛小说所有的人物当成一个人物来看，而这个人就是卡佛自己。对于苏童的小说，主要是“香椿树街”系列，我们虽然不能说其中的人物有多少他本人的成分，但对这些作家烂熟于心的人物，我可以肯定他当年一定是他们身边的朋友，因为他是如此熟悉他们以及他们活动的方式和表演的舞台。那么，我们是不是也可以把苏童的许多故事看作是一个故事的不同讲法呢？

这一时期，苏童一直不能割舍“街头少年”小说的写作，“我觉得写了那么多短篇以后，应该写一个长一点的东西，把它们串起来，集中地予以表现，所以就写了《城北地带》。我觉得很过瘾，觉得是圆了一个梦”[①]。从文本叙述的角度看，长篇小说《城北地带》再次集合了一批生长在“香椿树街”的重要人物：红旗、小拐、达生、叙德、美琪、金兰、王德基、锦红等。与短篇小说在叙事长度上极大地压制人物精神层面的表现不同，长篇小说的文体优势显而易见。在这种更为“宽容”“悠长”的结构里面，人物的欲望、精神乃至性格的形成历史都能够充分地展开。如果说，“香椿树街”短篇系列是一个个顺手可以打开的扇面，那么《城北地带》就是一幅需要细读的多层面的长卷画幅。这其中，少年们的青春影像叠印出更复杂的色调，已不同于零碎、片断式的素描和涂抹。这部长篇小说，我们显然不能简单地将其置放在所谓成长小说一类

① 林舟：《苏童——永远的寻找》，《生命的摆渡：中国当代作家访谈录》，海天出版社 1998 年，第 79 页。

的主题范畴里，它在许多层面上有着更意味深长的内涵和诗意形态。也可以说，大不相同的叙述运作，迫使原本可能在短篇小说中独立简单的故事现出了纷杂的含义。小说以红旗“原始欲望”的宣泄即对少女美琪的性暴力牵引出少年们精神的浮躁、晦暗和内心的风暴。我们可以清楚地明晰他们对父辈的效仿和继承，性、通奸、死亡、械斗、扭曲的人性、市井恩怨仍然成为叙述最为敏感的区域。而叙德和金兰的私奔，则暗喻出他们步入成人世界后无望的逃离，这也是苏童小说“逃亡”意识和主题的进一步延伸。从这个角度看，《我的帝王生涯》中的少年端白，也是苏童表现少年逃亡意识的典型。他从帝王到庶民，从王宫逃到民间，少年端白形同精神的流浪者，在世间的人性、血腥和罪恶中，找寻自己迷失的灵魂。“逃”是他内心的需要，“白天走索，夜晚静读《论语》”，从人性的沦落到人性的复活，在一种终极孤寂中消解俗世的抑郁和欲望。不同的是，在这里，人与人之间的关系进一步得以扩展，情节的铺排更为从容，情感的描摹更加细腻，特别是，我们在一个更大的小说结构中感受到了那个时代底层市井生活中涌动不羁的情绪和氛围。可以说，“堕落”在苏童的小说里被抒写得淋漓尽致：小拐的心理畸变和偷窃、达生对生死的不屑和荒唐血腥、红旗无法自控的强暴、叙德与有夫之妇的通奸和私奔、金兰的放荡不羁、王德基及沈叙德的猥琐淫逸等等，不一而足。小拐们的心理轨迹在这里也变得愈发清晰，他们少年的梦想及其与现实对抗的悲剧舒缓地展开。少年和血、青春冲动和“原我”欲望、生命和死亡交织、黏着，他们无不在吮吸自己的无知、愚顽与骚动不安以及自我伤痛意识的缺乏带来的麻木。苏童一般不去追求对人物精神结构和心理空间的穿透力，也许他会忧虑，对人物行动的精确求证会破坏小说结构可能造成的叙事的神秘力量。虽然这个长篇小说中的人物，大多是以往若干短篇小说中曾经出现过的人物，看上去就如同记忆的再次回放，但叙述空间的转移和扩张并没有割断记忆中的时间，人物以另一种方式重新获得进入世界的角度和方法。我没有仔细考证过，苏童这样处理长篇小说和中、短篇小说之间人物给熟悉并追踪他创作的读者带来的接受感觉。还有，文本要素的“非陌生化”会否干扰阅读、破解结构的多重引申义，这也是需要面对的问题。但可以肯定的是，这种有意的在背景和人物方面的“重复”，更容易把我们从虚构世界拉回到现实生活。在这一类小说中，无论是长篇小说还是中、短篇小说，苏童都让叙述者与故事尽量保持一定的距离，叙述也都保持一种完整而匀称的结构，故事在富有个性的口吻下也保持着一个统一的语境，这不仅意味着它们有着某种一致的情节逻辑，同时，语境的统一、对话空间的建立、人物的相互“补充”，还喻示着对生活判断的共同认可的文化假定。显然，苏童不想让作品中出现面目不清的人物，而又无意去刻意地剥离、拆解人物，这样的写法恰恰又不易破除人物的神秘性。米兰·昆德拉在谈及现代小说家布罗赫的写作时曾说过：“既定的现代主义废除了小说人物的塑造，认为这种人物说到底不是别的，只是毫无意义地掩盖了作者脸孔的面具；而在布罗赫的人物中，作者的自我是不可识破的。”[①] 苏童自己也曾说：“有时候写小说可以不动情的，像舞台导演一样，让故事在叙述中非常戏剧化地表演。”[②] 那么，我们是否可以推断，苏童具有唯美品质的写作，可能会趋向一种道德的中立主义？苏童有时甚至对伦理学意义上的虚无主义也会发生一定的兴趣，那么，苏童这位总试图“越过道德红线”的写作者在叙述小拐们的英雄传奇故事时，是否也对自己的叙述人角色有所顾忌，遮遮掩掩，间或还忍受一些无以名状的哀伤、恐惧和良心的煎熬呢？在“香椿树街”系列小说中，可以隐约地感觉到苏童被一种感伤、抑郁的情绪所缠绕。但不管怎么讲，我们从小拐、达生、红旗以及他们的父辈

---

① ［捷］米兰·昆德拉：《小说的艺术》，唐晓渡译，作家出版社 1993 年，第 69 页。

② 林舟：《苏童——永远的寻找》，《生命的摆渡：中国当代作家访谈录》，海天出版社 1998 年，第 79 页。

王德基、沈庭方放纵欲念、自甘堕落、委靡颓唐的游戏般的生命状态里，惊奇地体察到文化文学想象中“南方”的“诱惑与堕落”与鬼魅，这里，当然也就不存在对任何审美以外的意识形态的困扰。

与其他擅写南方的作家比较，苏童显然对自己小说的地缘背景、时代背景以及人物类型情有独钟，迷恋往返间自顾不暇。苏童在三十余年的写作中，以一个独特的叙事视角，精心建构了一个广阔的南方人物的虚构世界，我认为，他写出的不仅是“衰世”“乱世”中人的生存状况，还渗入了南方风俗的内在肌理，并且在人物的命运中传导出世事的苍凉与沉浮。学者王德威精到地概括了苏童描绘文学图像时的写作姿态：“作为南方子民的后裔，苏童占据了一个暧昧的位置，他是偷窥者，从外乡人的眼光观察、考据‘南方’内里的秘密，他也是暴露狂，从当地人的角度渲染、自嘲‘南方’所曾拥有的传奇资本。南方的堕落是他叙事的结论，但更奇怪的，也是命题。他既迎合又嘲讽‘南方主义’的迷思，从而成为当代大陆文化、文学论述中的迷人声音”[①]。无疑，我们在苏童的南方小说里听到了这种声音，那种在喧嚣尘世中以少年、青春、欲望的脆弱和单薄抗衡存在、不可知命运的呼喊。

第二节　孤独“红粉”的剩余想象

如果仅仅从人物形象的角度讲，苏童对当代文学人物画廊的丰富也是有着重要贡献的。他以荡气回肠的柔美文字创作了许多独特的女性形象。他通过对女性世界的描摹、观照，表现她们的哀苦悲凉、缱绻细腻的风骚与艳情。我们注意到，苏童女性人物形象最令人耳目一新和不同凡响之处就在于，他极力地抒写了许多女性凄艳的命运及其无法避免的毁损，同时还从另一角度映现出男性世界的

---

① 苏童：《天使的粮食》，台北麦田出版公司 1997 年，第 29 页。

颓败的生存。随着时代、社会的变迁，“颓废”这个外来语词，在现代汉语语汇的不同语境、不同范畴中产生了不同的涵义。一般地说，它常常与“情色”“放荡”“颓唐”“败落”“欲望的宣泄”有密切的关联。在苏童的小说中呈现为较为复杂的意蕴，“颓废”体现为一种颓唐的意绪和美感，并以女性美艳的衰颓、个人生存境遇的沦落和凄楚、对外在世界的反抗构成叙事的情境。对生命的力量或美而言，“时间的进展过程所带来的却是身不由己的衰废，不论是身体、家族、朝代都是因盛而衰”[①]。可见，衰，指示的是一种形态，也是一种气脉的走向。如何把握它，对作家而言，确实是一件颇见功力的事情。作为当代为数寥寥的具有鲜明唯美气质的小说家，苏童的写作，无论是其文本所表现的或阴森瑰丽、或颓靡感伤、或人事风物、或历史传奇，还是精致诡谲的文字意象、结构形式，无不呈现叙述的精妙与工整，发散出韵味无穷、寓言深重的美学风气。小说透过叙述的故事、人物，触及的是那个时代的伦理、欲望、物质和精神失落与惆怅的存在境况，并以此建立起了苏童与众不同的唯美想象方式。

最为有趣的是，我们会在苏童这类女性小说叙事视角或叙事意识的特别运用中，体验到苏童对女性独特的想象方式、描述方式及其呈现出来的人性内涵、文化意味，而在美学范畴方面，则可以获得“悲凉之美”的界定。苏童笔下的女性人物几乎都是城市女性。如果按这些人物所处的年代划分，大致可以分为两类：一类是二十世纪三四十年代的飘零女性；一类是七十年代以来的各类女性人物。倘若按小说的地缘背景划分，她们活动的场景主要有两处：一处是南方市镇底层的市井群落；另一处是三十年代南方城市的青楼或富豪人家的深宅大院。我认为，苏童小说最具魅力的女性是其笔下的二十世纪三四十年代的人物。对于苏童为什么如此迷恋对这些女性人物的刻画，曾引起人们的极大兴趣。显然，这位二十世纪六十

---

① 李欧梵：《中国现代文学与现代性十讲》，复旦大学出版社 2002 年，第 51 页。

年代出生的小说家，彻底摆脱了传统小说写作的教义和套路，完全沉浸在富于个性审美创造的空间，他以完全虚构的方式，凭其“描绘旧时代的古怪的激情”，写出了二十世纪中国文学极为鲜见的女性人物形象。

无疑，苏童最具代表性的“红粉小说”是中篇小说《妻妾成群》和《红粉》。这无疑是当代小说中两个出色的文本。可以说，在这两部小说里，苏童不仅实现了叙述从故事到小说的现代整饬，而且为我们贡献了两个有意味的女性人物：颂莲和秋仪。苏童在小说中表现出对女性命运、生存境遇的精神关切，这里道德是非的判断早已不在话下，而人情世情的冷暖、新欢与交恶的变奏，极其冷峻犀利，得意与失意的轮回中彰显出无奈的卑微人生。人物在幻觉、诱惑、神秘、死亡的缠绕中接近一种鬼魂附体般的状态。学生出身的颂莲憧憬爱情和性爱，她有着良好的女性意识和浪漫心性，但却在陈家的深宅大院中遭到毁灭性打击。陈佐千、陈飞浦父子的性无能、衰颓使重视心理感觉的颂莲处于尴尬的境地。但颂莲在对自己的“玩物”地位早有清醒意识的情况下，仍强烈地渴望在陈佐千家族中追逐到丧失生存自我的世间享乐。我们能够感觉到，一个生命在孤寂、晦暗的世界里无望地挣扎，尽管她年轻生命本能的跃动和残余不尽的激情还在激烈地涌动，但她却无法实现与这父子俩在精神和身体上的双重交合，在她醉酒的疯狂里，在她目睹梅珊被弃入井中的狂叫声中，颂莲对男性世界的幻想终于坍塌。这既可以看到人的心智及其逾越和发狂的潜力，也让她意识到人心无法抹除的罪恶。周遭世界的嘈杂与变异，被书写得丝丝入扣，气韵横生。能深深触动我们的还有颂莲对男性力量和支撑的最大绝望。关键是，苏童写出了她被无形而巨大的环境压抑乃至吞噬时，颂莲骨髓里渗透出的瘆人的冷气，生发出一种凄楚之美。苏童小说弥漫的柔弱凄丽的颓废情绪由此款款流溢，发出淡淡的幽香。这篇小说在叙写家族传奇的外表下，实际演绎的是人情的空虚委靡、世间的慵懒风物。家族主体及其结构性颓落，必然导致大局的整体性虚浮。依据这样的推断，颂莲最后的疯狂是必然的。看来，苏童似乎并不十分在意对家族兴衰的求证，他感兴趣的是，一个男人和四个女人之间的纠缠和黏着，和由此引发的人物的耽溺与逃避，也勘探出人生的僻陋和人性的幽暗。另外，这个看似争宠的故事，实际也是关于欲望的叙事。颂莲作为一个生活“闯入者”，她越过虚幻和现实的界限，与存在进行了一场势单力薄的争辩。颂莲这个人物本身，作家并没有赋予她任何文本符号的作用，也没有深刻的象征，但苏童明显想以她作为叙述的轴心，小心翼翼地表现她内心世界的资质，并依赖强大的想象功能，沉醉于文字所能够呈现出的情境，以达到浪漫的、临界的、诗意的话语形态的实现，体现出苏童的欲望美学。

与颂莲的让人黯然神伤相比，秋仪这个形象则弥散着狂傲不宁、具有男性阳刚之气的质感。这个在两个时代交替的风雨中飘零无着的风尘女子，虽有着刚柔相济的品质，但也无法摆脱心理深层的焦灼和悬浮感。看得出，《红粉》是《妻妾成群》写作的惯性的产物，因此，在对秋仪这个人物的感觉和处理方面，苏童还保持着与前者大致相同的审美向度。这同样是一个女人努力要依附男人的故事，表面上看，秋仪的欲望与激情更为外化，性格也更为尖锐。在老浦身上寄托着她的女性想象生活的原型，执着刚毅的秋仪，在风尘中个人命运的起伏与沦落中，真正感悟到世界的坚硬和生命的柔弱、不堪一击。她深知自己处境的卑贱，识透了人情的冷暖和人心的难测，她也不断地竭力自我拯救，试图冲出命运的樊篱。不幸的是，秋仪所遭遇的依然是一个陈佐千一样的“不中用”的男人，世间终无可以平静栖身的“避难所”，因此，走出“翠云坊”的秋仪，已经没有任何理由可以同环境对抗。在她走投无路的时候，老浦和小萼没有伸出温暖之手，给她一个困厄中的支撑，她只有独自暗思年华，吞食自己人生的苦果，而且仍关切他们的境遇。内在的温情、善良、大气与外在的风骚、刚烈同时汇合在一个“妓女”身份的人身上虽不足怪，但秋仪身上体现出的“义气”和“不羁”是惊世骇俗的。这里再一次映照出男性力量的贫弱。秋仪内心的悲凉和孤独毫发毕现，在人生的一次次逃离中，她只能无奈地选择对生活的趋同和世俗的皈依，逃脱不掉的却是落寞与孤寂。总的说，在苏童的叙述中，秋仪丝毫也不给人粗俗的感觉，包括她最终对命运的无奈和认同，这是否可以说是另一种颓废的演绎？显然，在二十世纪八九十年代之交，苏童打破了以一种特殊的叙事姿态写妓女的禁忌，他意味深长地描摹了这个旧时代的人物在新社会的迷惘与绝望，一个人的命运与一个时代的不可兼容性，既写她对于醉生梦死的生活的留恋、难以割舍，也写她保持自我的叛逆。这些都给我们留下疑问：一个人是否真的要永远地背负自己的过去，而无法摆脱宿命的囚笼？秋仪和小萼的命运是悲剧性的，其后面的黑手当然难以寻找。它与历史、社会既有关也无关，但肯定与人性有关，似乎又不是人性本身的错误。在这里，一个作家的眼光可以是迷惘的，但绝对不应该是庸俗的，他对人性、人心的判断按某种意识可以是“不正确”的，但一定应该是独特的。

苏童的另一个中篇小说《妇女生活》，发表时似乎并未引起评论界太大的注意。像前面论及的两部小说一样，这个作品的取材仍然是一个并不新鲜奇异的故事，但却为我们提供了又一种审察女性哀艳命运的视角和文本。我们注意到，在这篇小说中，苏童对女性命运的哀惋已从“宿命”的认同游弋到“轮回”的层面上。三代女性娴、芝和萧的命运的更迭与无常，几乎都是在主人公一念之间铸成的。仔细分析，无论是娴在手术室不听孟老板劝阻，执意拒绝流产手术而走向人生的落寞和落魄，还是芝在婚姻上不听从母亲的阻拦而与平民后代邹杰结合，还有萧这个被抱养的女孩在后来岁月的经历，她们无力抗拒男性的嘲弄，都具有强烈的宿命味道。颇有意味的是，三代女性对自己的母亲都有莫名其妙的憎恨，代代承传。这里自然潜隐着她们对自己韶光不再的喟叹和悼念，更多的则是自我的没有归属感，她们对生活和男性的猜想与期待的惊人一致。尤其是，这种女性间的无故恩怨、相互攻击竟然发生在母女的伦理之间，很是让人不可思议。这里也似乎存在着某种不可理喻的人性心理辩证法："被男人所宠爱的女人，自然要被女人嫉恨，而得不到男人爱的女人，也自然得不到女人的尊重。女人受到男人攻击时，最高兴的莫过于其他女人。"[①] 苏童借同性之间大性的"战争"，进行了小说结构上的复现，写出一个人可能是另一个人的背影，故事后面还有故事、结局后面还有结局的生死轮回般的复现。在这里，女性自身所凝聚的历史的、道德伦理的内涵和隐喻，都在女性和女性、女性和男性之间的宿命关系中被感受、被认识，女性人物形象的所指，已非简单的个体性别存在，而是性别的能指。同时，我们也体味到这几个女性生命漂泊历程中内在孤独的难以避免。

苏童在呈示女性与自身命运抗争的过程时，还特别注意从男性视角表现男女两性的微妙关联。或许，再没有哪种角度比男性如何想象女性，如何虚构、描述女性之间的关系更能表现性别关系的文化内涵了。性别的"物品化"[②] 和女性欲望的张扬及其被遏制，使我们能比较清楚地洞悉叠合于男性心理结构中的女性的意识和无意识层面。有一点不能回避，与许多男性作家一样，苏童对女性的文学描述方式即想象策略未能免俗，这就是对女性形象的"物品化"处理，借物象喻指女性外貌。在《南方的堕落》中写姚碧珍的美貌与风情时，用"雪白如凝脂"来形容她的肌肤；《像天使一样美丽》中描绘珠珠时，说她"具有美丽的黑葡萄般的眼睛"；《城北地带》中，苏童甚至将美琪写成狐媚的幽灵等等。这些，无不体现出苏童作为男性作家对女性在自我意识方面的某种潜在的排斥，女性的存在与焦点都集结在男性的思维结构和漩涡之中。从这样的角度思考苏童的女性小说，我们会看到所谓"男权意识"视域中的女

① 季红真：《世纪性别》，时代文艺出版社 1997 年，第 104 页。

② 孟悦、戴锦华：《浮出历史地表》，河南人民出版社 1989 年，第 15 页。

性状况，尽管苏童自己对此并无任何明确意识。像《桑园留念》中的少女丹玉无奈地陷于少年肖弟和毛头的追逐而不能自拔，最终两人相拥而死。在他许多小说中，我们看到了更多的女性在男性或男权世界中的种种不测乃至毁灭。丹玉脸颊上遗留的毛头的深深的牙痕，仿佛女性命运中不可抗拒的男性影响和统治的象征。在《城北地带》中，人物间的两性关系的冲动、冲突也被置于道德的风口浪尖，红旗和美琪的"性暴力对话"，除了可以视为少年红旗在当时混沌、无序社会状态下的粗陋低劣的蒙昧之外，其背后无形的男性中心意识则秘密地蛰伏在人物的心理结构之中。因此，美琪在那个时代招致毁灭，红旗灵魂的难以苏醒、觉悟也就成为必然的结果。在这部小说中，有一个女性人物能够体现一种反叛的力量，这就是被人们称为"骚货"的金兰。对这个人物的描写，作者一改以往"红颜薄命"的情感叙事模式，让金兰在男性世界中成为在一定程度上主宰他们生活的重要力量。金兰同时与沈庭方、叙德父子两人私通，这在那个"禁欲年代"断然会被视为冒天下之大不韪，但她对众人的鄙视和谴责不以为然。叙德的恼怒，在金兰的镇定和从容的状态下显得苍白无力，最终在金兰的诱导下踏上私奔之途。男性在这里成为女性意识中的情感链条，女性主体成为欲望现实。在《米》中，放纵的女性织云比金兰呈现出更十足的"野性"，她在与男人的周旋中，往往以征服男性开始，却以失宠而终。她视男人为自己的"玩物"，而自己却终遭遗弃。她和金兰相同之处在于，欲望是自身内在情感意绪的统治力量，她们除此再无任何精神驱动可以支撑自身。

具体地说，苏童在对两性关系的书写中基本保持相对中性的立场和姿态。而且，我们发现，在叙事中心的把握方面，他关心、重视、抓住的是人物的种种欲望而非性格。因为欲望才是能够深入人的复杂层面的关键因素，欲望比性格更能代表一个人的存在价值和意义，性格只是人物的表层特征，欲望与人物的精神更为接近。在某种意义上，“欲望是生命的忠诚卫士，没有了欲望，生命就不存在。欲望的强烈程度，显示生命的活跃程度。欲望的力量就是生命本身；力量就是生命的有机体对压力的综合反映”“在欲望的刺激下，生命的内核才得以发芽、茁壮”。[1]那么，生活就是欲望不断产生、高涨、满足、期待的强化、消长的过程，在欲望的鼓动下，生活才可能充分地展开迷人的风景。在“香椿树街”的平民女性中，姚碧珍应算是最典型的具有“南方风韵”的风骚女性。在叙述人的眼里，“一直把姚碧珍这个人物作为南方生活的某种象征。我讨厌南方。我讨厌姚碧珍”[2]。她与近乎幽灵、死鬼般的丈夫金文恺和无业游民李昌两个男性之间糜烂、龌龊、粗俗不堪的纠缠，乡村姑娘红菱放荡、扭曲的心理形态，其中显现的人物关系的失常与神秘，都成为我们打开南方世界的另一扇窗子，使我们感到其背后某种隐秘的“操纵性”力量：南方的文化结构及其种种因子。姚碧珍作为南方小镇的女性的品质，她与南方的荫翳和明丽，与南方生物的那种滋生性、感染性和易变性在一定程度上达成了一致。她身上的那种算不上邪恶的骚动的欲念，病态的活力，身心的相互虐杀，不自觉的意识状态和行为方式，不可告人的家族秘史，整体上让我们感到一种灵魂的“湿度”，泛起一种渗入骨髓的幽凉之气。姚碧珍欲望的隐秘的饥渴和心理压抑，在李昌那里得到了有限的缓解或释放，但这是以“梅家茶馆”畸形的人际关系的彻底裸露为代价的，而且，姚碧珍的风骚也始终处于受鄙视的状态。她只能依附男人来维系自己的存在，无论是什么人，这从她对李昌这种人的选择就可以看出其女性自我的本质性缺失。无意识的生命主体就无法把握无意识的欲望，她只想利用唯一的能掌控自己身体的权力放纵本能的压力。她对红菱的监视与嫉妒，实际上从另一侧面暴露出她内在的孤寂和贫弱。另外，像《另一种妇女生活》中简家酱园的几个女性

① 谢选骏：《荒漠·甘泉》，山东文艺出版社1987年，第323—324页。

② 苏童：《南方的堕落》，《刺青时代》，上海文艺出版社2004年，第74页。

粟美仙、顾雅仙、简少芬和杭素玉，也是耐心、细腻地表现了市井女性日常生活中对存在环境压抑的反抗。

迄今，在苏童三部以历史、传说为题材的长篇小说《我的帝王生涯》《武则天》和《碧奴》中，尽管《武则天》这部小说的写作是他最不愿提及的，但我觉得在武则天这一形象身上所呈现出的“欲望叙事”，恰恰体现了苏童对生命、对历史文化及创作这一文本时的复杂心态。看得出，他在这部小说中还是投入了巨大的热情，正是通过武则天这一形象想象的相对自由度，苏童将女性可能有的喜怒哀乐、梦想、情感与权力欲望的冲动，智慧或狡黠的逼仄，人性可能遭遇到的屈辱、仇恨、凄苦、孤独甚至歇斯底里，在宫廷这个人性和欲望的角斗场上演绎到了极致。在叙述中，男性的光芒开始退隐，女性对欲望的张扬，对自身命运的掌握，对男性世界的悖谬，以及人生的有限性、神秘性、悲剧性成为小说表现的核心。小说有意选择不同的“人物视角”审视武则天，审视权力的武则天、欲望的武则天、在时间中遁逝的武则天。小说挪用了通俗小说的一些因素：罪案、暴力、性、权谋、玄机和复仇。叙事围绕武则天身边的几个人物展开一个开放式结构，既写女性命运的主动选择，又探究生命失去内在性的一种为不可知力量所操纵的“错位”。叙述透过表面化的生存图景发掘精神性存在的焦虑，深入到武则天这个人物的自我意识，表现其“欲望”对命运的自我拯救。文本从“大叙事”中逸出，以“小叙事”的表意维度聚焦人物细微的心理现实。可以说，苏童“复活”了作为女人的武则天，推断出她被以往历史、文学叙事所忽略的情感世界，包括她内心的柔软和所面对的现实的坚硬、她的洒脱与狂狷，关注她隐匿的生活和可能性的存在。叙事凸现了一代女王武则天这个影响历史走向的人物的情感和精神孤独，发微历史烟云中的来龙去脉、她个人生命的起伏盛衰。

当大典钟声最后的回响消失在晴光丽日下，媚娘双手

> 掩面发出凄绝的哭声，宫中旧交对媚娘的哭声错愕莫名，她们围住她警告道，大典之日怎么哭起来了？不怕住持告回宫里给你死罪？媚娘仍然呜咽着，她说，什么叫死、什么叫活呢，到了这里都是明器婢子，死了活着都一样。
>
> 女皇想起了她传奇式的一生，其实那是一个大唐百姓尽人皆知的故事了，宫女们不堪卒听，而女皇或许也不堪回忆，十四岁进宫，下雨，后来怎样了？女皇没有说。[①]

在这篇小说的叙述中，我们再一次看到苏童描摹女性的能力和精灵之气。她既可能是躲在角隅处难忍悲凉寂寞、顾影自怜的脆弱婢女，也可以是站在权力巅峰不可一世的混世魔王，但这终究敌不住时间的消殒。我们还看到，女性的欲望，作为被压抑在文本之下的“沉重的肉身”，面对存在骚动不安的低语，充满了令人心醉神迷的幻觉，充满了自行解体的内在瓦解力，充满了潜意识痛楚。女性被命运所追逐，被虚无所包围。对于武则天这样一个女性来说，存在与其说是自我的拯救，毋宁说是漫长的毁灭。这位出自男性作家笔下的一代女皇并未变成某种历史的虚无符码，在某种意义上，她的肉体、灵魂和生命存在已经不只是一个简单的人物形象所能承载的，而是为了以她的存在形态和欲望搏杀印证历史中的非理性、非人性因素，及其在历史中灵魂的狂乱反响，这也可理解为对男权社会中女性的一种想象性救赎，甚至对男权神圣的尖锐挑战。

需要特别注意的是，苏童在这一类小说中审视人物的叙事人的“眼光”和“立场”。我们会看到，苏童在叙事上与前期写作已有不同，渐渐发生了一些重要的变化和调整。在早期的《桑园留念》《像天使一样美丽》《城北地带》等文本中，叙述者是采取“强调主语”的口吻，人物、故事的情致、氛围明显带有作家本人的个性经验痕迹，叙述人的视点与人物处在大致相同的水平线上，故事就是

---

① 苏童:《武则天》,《苏童文集·后宫》, 江苏文艺出版社 1994 年，第 20 页。

经验，往事就是回忆。而《南方的堕落》《园艺》等作品中，叙述人“我”渐渐开始与作家经历脱离，出现双重视角的巧妙收束，并于独白中透露出冷静的沉思或批判，亦不乏对“南方”的另类打量。这时的“叙述人”大胆地浮出水面，以高于人物的姿态，以既熟悉又陌生的面孔，越过人物生长的平面，成为一个“孤独”的讲故事者。相形之下，在《武则天》中，叙述人亦“腾挪”到故事的背后，虽未达到罗兰·巴特所说的那种“零度写作”，但明显已无“亲历性”经验的复现。多个视点交叉，不断地复现一个人物的种种侧影，将人物心理过程简单化，制造人物内在的新的神秘感或疑团，让故事或传奇游弋在现实与虚幻之间，获得与“全知全能”视角迥异的陌生化效果。曾有论者指出苏童叙述视角和叙事话语的所谓“男权中心”姿态，其实，对于苏童这样的唯美作家，他在小说写作中的创作主体意识并非“算计”得很清楚的，他更多的是依靠感受力、想象力结构作品，较少受先验意识形态的某种规定。苏童自己也对此直言不讳：“我喜欢以女性形象结构小说，女性身上凝聚着更多的小说因素”[①]。在《妻妾成群》中，家的秩序实质上就是严格的男性秩序，其中的一切都笼罩在男性的统治原则之下，对于颂莲来说，并不存在真正意义上的“家”的感觉，她只是一种家族结构中的附属物。在苏童的小说中，他也并不是想通过颂莲传达某种价值的意向，而是表现其充满幻想、浪漫的憧憬中的失望以至绝望的情绪曲线，或者他就是只想写一个“痛苦和恐惧”的故事，所以，颂莲在这个故事中就成为一种既突兀而又自然的存在。苏童的“作者感”“叙述感”就在对一个女性的推想中获得具体体现。我们也许会考虑和猜想苏童为何总是喜欢徜徉在二十世纪二三十年代或古代，对历史、对已逝岁月的凭吊造成新的审美间离，或许更加使文学的本性在一种新的时间逻辑中获得显现。这样，苏童小说以女性人物作为自己的结构方式，就带有某种先验的味道。在这里，回

① 苏童：《怎么回事》，《寻找灯绳》，江苏文艺出版社 1995 年，第 129 页。

忆既是一种先验的存在，又是经验的事实，关键在于对生命的理解：你到达的每一个地方都与记忆有关，每一个地方你都有过记忆。只是苏童格外重视和强调超越了现实功利考虑的作家个人经验和情绪对小说写作的意义，当然，这也就构成其想象的巨大动力和写作自信心的建立，同时，也使他的小说人物能传达出更深厚的美学意蕴。

第四章　苏童小说的叙事形态

第一节　“先锋”中的“另类”书写

对于发生在二十世纪八九十年代的中国当代先锋文学运动，曾参与其中并且具有自己独特贡献的苏童，有着十分清醒而鲜明的见解：“中国当代的先锋只是相对于中国文学而言，他们的作品形似外国作家作品，实际上是在另外的轨道上缓缓运行。也许注定是无法超越世界的。所以，我觉得他们悲壮而英勇，带有神圣的殉道色彩。对于他们，嘲笑是无知的表现，冷漠是残忍的表现。他们应该有圣徒的品格和精神。所以，真正的先锋永远是一如既往的。”[①] 我觉得，苏童所强调的“形似”虽然主要是指中国当代先锋小说叙事策略对西方或拉美的接近与借鉴，而相对于中国小说的叙事传统，中国当代先锋文学所进行的绝不仅仅是形式实验，而是一场艺术思维方式的革命性转变。具体说，中国传统小说文本写作的目的性、伦理性、终极价值追求、文本必需的深度意义模式被拆解掉，文学叙述的结构形式发生了革命性的变化。无论这种艺术方式是来自西方后现代的启迪，还是作家对自身生存体验、生存态度在当代新的感悟，中国的当代先锋小说一出现，的确呈现出属于自己的发展轨迹和创造性力量和活力。对现代小说叙事方法的接近，使中国当代

① 苏童：《虚构的热情》，江苏人民出版社2003年，第260页。

小说真正切近了文学的本义。马原、残雪、莫言、苏童、格非、余华等人的写作，不仅预示或宣告了中国文学向写作叙述本身的还原，真实与虚构不再起源于某种先验的硬性规定，最重要的是，中国作家终于获得了富于文化个性的现代审美形式感，并以此更为扎实更为有效也更为智慧地传达着“中国经验”。现在看，当代先锋小说写作所积累的形式主义经验，已经构成了当代中国叙事文学发展不容忽视、不容置疑的重要的艺术经验，并且仍将继续影响着中国作家的写作。

从总体上讲，早期先锋小说相对于传统叙事，虽然表现出一定的极端倾向，作家叙事的“临界感觉”“空缺”“重复”“语言暴力”“冷漠叙述”，包括对“苦难”“死亡”“逃亡”“罪恶”等主题的呈现象征化、寓言化，其中，无不张扬着大肆铺陈、重构历史和现实的抒情性想象和叙事冲动，字里行间渗透出激越的表达历史、现实的欲望，但我认为，苏童的写作，在很大程度上，却是先锋写作中的“另类”。我之所以作出这样的区别和判断，主要是有这样两方面的分析和考虑：一是尽管苏童在“先锋浪潮”裹挟之下，其写作理念和文本表现形态呈现着对传统叙述方式的超越性，而且早期作品的实验特征和“模仿”痕迹也显而易见。更主要的，还在于苏童在二十几岁的年龄对于小说叙事的敏感，对于小说技巧的极度迷恋，确实影响到他日后独特美学风格和气质的形成。因此，在“先锋时代”也的确呈现出一定的极端性、先锋性。但是，苏童写作的“内驱动力”是与众不同的，他最初的写作实践是为了满足其追逐文字的兴趣，满足表达的欲望，同时，他也试图建立或创造属于自己的私密性的、虚拟的空间，创造一个可供自己徘徊的世界。“这个写作姿态本身也改变着我的生命状态，我能感到打量世界的时候自己的目光，也看见了自己的力量，写作就像一面镜子，借助它可以看到自己和他人的两个世界。写作也可能借助纸上的时间，文学的虚拟世界，拥有一个物质生活之外的另一个精神空间。”[①] 从这个角度看，苏童的写作姿态和立场应该说是非常“自我”的、特殊的，他把写作完全看作是自己个人生活中的重要内容。这样，就使他的写作既有别于那种传统的作家立场，又能保持在表达世俗生活时超越现实的必要的审美姿态。他坚信非功利性的、个人性写作才是小说获得独特价值的有效途径，这就可能造成两个情状：苏童的写作永远是一种愉快的而非焦虑、焦躁的；在文本形态上打破了叙事和抒情、写实和想象的文体界限，创作真正的“非经历性小说文本”。二是苏童在三十几年的小说写作实践中逐渐建立了自己更加成熟的小说理念。他的小说写作极少为现实的某种功利性目的所干扰，他将自己置于“主流化写作”或“文化焦虑”之外，甚至在写作中少有“道德化诉求”。苏童从二十世纪八十年代末就开始钟情于“古典叙述姿态”及其美学风格，这也恰恰与他“支撑一个作家最理想的基础是超越道德基础的哲学基础”主张相契合。当然，这也对苏童的想象力，对苏童在小说中扭转生活、现实的能力形成了挑战。这里我想强调的是，这种“古典叙述姿态”，在苏童的写作中是一种非常现代的小说策略，“先锋性”的表达激情在苏童的小说中呈现的是极为内敛的抒情、雅致、深沉、结实的叙事风貌。即使在他早期较为“先锋”的小说《罂粟之家》《1934年的逃亡》《飞越我的枫杨树故乡》《仪式的完成》《蓝白染坊》等作品中，苏童也很少像余华、格非、孙甘露那样，以叙述的实验性打压故事、人物、情节等传统小说中的重要元素，他仍相当注意生活结构、生活中的现实逻辑、因果关系与小说结构的必要关联，并进行合理的、有叙事情境的诗性想象。加之他性格品质中强烈的怀旧倾向导致的对于记忆的奇思异秉，使他经常流露出“神以知来，智以藏往”的灵气，因而，他也就从不刻意过分地夸大存在、生活的虚无性。尤其是叙事感觉和语言始终注重“呈现”客体世界的

① 苏童、张学昕：《回忆·想象·叙述·写作的发生》，《当代作家评论》2005年第6期。

“实在性”，而较少对经验的“临界状态”的张扬。具体地说，苏童的叙述基本上都是依傍故事、人物等进行想象性虚构的，而他的灵慧天赋又能够让他的文本衍生出空灵、飘逸的语境。

基于此，无论在“先锋小说”的鼎盛阶段，还是整体性“退潮”期，苏童的文学叙事都表现出执着的对“古典性”的追求和超越。我在谈及苏童小说的几个重要主题时，曾指出“死亡”“逃亡”“罪恶”“性”是苏童对历史颓败深入肌理的文化探索领域，但他与余华、北村、格非在表达策略上则迥然不同。相对于后者叙述语言的纯粹性，对现存世界的质疑式表现，或通过语词对存在异化状态最大限度的追问，苏童的表意策略就显现出传统叙事的美学风范：既没有特定的意识形态规约下的冲动，又能保持文学叙事形态上更为平静乃至保守的审美价值立场。可以说，在苏童的小说中，他始终致力于对生活的全部丰富性和可能性的表现，而且在不脱离传统形式和想象情境的状态下，最大限度地把握、控制叙事的内在节奏，特别是在处理生活经验、虚构力量、抒情风格方面，苏童的叙述精致而典雅、质朴而美妙，颇具诗意和浪漫主义的风韵。这一点，倒是非常切近陈晓明的描述：“先锋派在文化上总是激进主义与复古主义的奇怪混合，他们经常保留有恢复古典时代的残败文化记忆的奇怪梦想，因此，不奇怪，当代先锋派就其美学特征而言，可以称之为‘后浪漫主义’，它像一段美妙而古怪的旋律，环绕着文化溃败的时代，它伴随先锋派应运而生，却未必会随先锋派销声匿迹”[①]。

我们知道，小说叙事最重要的艺术功能，一方面在于聚敛和呈现审美个体的审美情感，并对存在进行审美观照，在对自己经验的进一步想象中建立小说的形象体系；另一方面，由于小说叙事并不在于纯粹地描摹、复制现实，也不在于再现情感、事件本身，而是

---

① 陈晓明：《无边的挑战：中国先锋文学的后现代性》，广西师范大学出版社 2004 年，第 148 页。

艺术地呈示作家的审美发现、感知、理解、阐释、把握现实世界的行进过程，即作家重铸存在世界的过程，从这个意义上讲，小说叙事也是再度唤起人们审美情感、认知现实世界的艺术符号，因此，叙事方式、叙事策略不仅决定小说的审美叙事形态，还体现着一个作家的审美趣味、审美选择、结构能力和语言经验的成熟与否。另外，小说叙事、技巧的多样性在一定程度上来源于艺术想象力和经验本身的多样性，作家的全部努力就在于小说形式本体意味的深厚，具体地讲，故事、结构、语言乃至时间、空间、情节、节奏、意象、隐喻、喜剧、怪诞等都是叙事的重要、基本元素，正是这些特殊的记录经验的方式，造就了小说不同的叙事风格。

那么，这些叙事元素在苏童的小说写作中为他的叙事形态确定了怎样的基调和具有审美质感的想象空间呢？如果说，小说的主题等思想含量立足于作家对人的生存状态、存在世界的思考、怀疑、想象的广度和深度上，那么苏童小说日趋丰沛的巨大的深厚性，文化、文体的开放性，则建立在作家在写作中合理地运用这些叙事元素去扭转生活、协调生活及其艺术想象关系的能力和天赋之上。

苏童在谈及小说叙事中技术的力量和必要时，曾以音乐的美声唱法与陕北“信天游”作比较，阐发自己对小说的理解。他认为，艺术产生的过程天生不是一个追求自然的过程，艺术中必要的“限制”和“镣铐”，其实也是艺术的一部分。这就像美声唱法的发声方法，它对胸腔、喉头、鼻腔的控制与运用其实接近于科学，而不是人们通常所说的想唱就唱的自然境界。艺术之所以成为艺术，“镣铐”是必不可少的，艺术的神妙就在于它戴着“镣铐”还可以尽情地飞翔。可以看出，苏童对叙事技术的强调和重视。可以说，苏童小说所呈现出的叙事形态，这种古典与先锋文体的有效整合和确立，不仅仅是一个小说修辞学的话题，而且是作家与他所面对的存在之间关系的一个隐喻或象征。一般地说，文体当然会受到一个时代总体特征的影响，社会形态和一个历史时期的文化氛围也与作家的写作密切相关。苏童的写作就经历了所谓“先锋浪潮”“新写实主义”“新历史主义”几个阶段的历练，关键是，苏童在三十余年的小说写作中始终保持着自己的叙事立场、叙事理念，从而显示出叙事风格的独创性。我们这里想探讨的是，苏童讲故事的方法，结构或“解构”生活的策略，小说中的时间、意象、象征因素，对中国传统叙事的诗性资源和西方现代小说叙事技术的不同程度的吸收和改造，并由此形成的“抒情性”“古典性”“超验性”“浪漫性”，以及小说叙事形式与题材的微妙关系，以及这种叙事形态和文体风貌在中国当代小说中的价值、意义。我想，当文学叙事形态、文体分析直接与审美境界、艺术精神联结在一起的时候，我们的判断就已经不仅仅是对一个作家的考察了，而且是对一个时代文学状况的深入而有效的研究。

所以说，先锋中的“另类”苏童的写作追求，就显得尤其重要。

第二节 “古典性”和“抒情性”的张力

学者王德威在评价苏童的小说时说：“苏童天生是个说故事的好手”，其小说“开拓了当代文学想象的视野”。[①] 毫无疑问，苏童小说的“故事性”强是显而易见的，但苏童喜爱或擅讲什么样的故事、如何讲故事似乎更值得我们关注。

我在上一章关于苏童小说主题的论述中论及他的小说对“性”“死亡”“罪恶”“颓废”等的表达，这些当然是贯穿苏童小说的一个恒久的叙事话题和情节引线，除此，家族破败、女性命运、童年少年生活与成长、南方人事风华都是苏童演绎世界和早年记忆的主要故事构成。应该说，苏童的小说，无论是长篇、中篇还是短

① 王德威：《南方的堕落与诱惑》，《中国当代作家选集·苏童卷》，人民文学出版社2001年，第1页。

篇，故事作为小说叙述结构中最重要的因素之一，都体现出一种开放性的叙述语境。它既保持了传统写实主义文学中注重故事的自我起源、自我发展情节，最大可能地构造现实、存在的客观历史性，从而保持叙事的古典性，又能在故事的讲述中重构生活，表现出与存在对话，改写历史或现实的欲望与冲动。也就是说，苏童既不放弃故事的写实性，保留传统故事的“超稳定结构”，即故事的发生、发展、高潮和结局，也不忽视对人物、情节的重构，破坏掉事件内部原来可能性的依存关系，“切割”“中断”传统故事的线性时间流程，在与“故事”的对抗中，整合小说叙事的传奇性与虚构性特质。

我们知道，传统小说叙事往往推崇故事的戏剧性，讲究故事的完整性，这样才有可能推导出其中包含的意义层面，作家就是试图以此在故事中建立某种价值、意义乃至生成寓言。问题在于，生活或存在本身充满了偶然，生活和存在的结构并不可能就一定构成故事的结构，所以，小说家的叙事冲动和虚构就成为对存在展开故事讲述的又一个起点。苏童的大量小说都有很完整的情节结构，其中也不乏传奇性或戏剧性场景，但他的叙事却不断地对生活原有的因果关系形成阻遏、质疑。有时，他甚至取消故事结构框架中的某个环节，实现对故事叙述效果的营造，让叙述作为一种独立的声音，与我们日常所感知的实在世界形成落差，故事也不再是自然主义的延续，有效地造成故事的张力状态。因此，我们在苏童的小说中就很少看到那种密不透风的情节，而是在叙述的人为拟设的空隙和停顿中，感受到想象空间的张弛有度。

中篇小说《1934 年的逃亡》和《妻妾成群》都堪称苏童小说的经典，前者是“先锋小说”的代表作，后者是曾给他带来巨大声誉和影响的成名作。从叙事的角度看，这无疑也是体现苏童小说叙述风格的两部标志性作品。《1934 年的逃亡》看上去是讲述一个关于“逃亡”的故事，确切地说是通过乡村、城市的历史变迁以及家族的破败、人的堕落表达人性苦难、罪恶、生存的艰辛、死亡的宿命。故事浓缩于 1934 年这个“时间的容器”之中，家族主要成员陈宝年、蒋氏和狗崽活动于一个没有任何意识笼罩、驱使并有所命名的城乡背景之下，蒋氏一生的乡间劳作、生殖力的旺盛与她的善良、愚朴、仇恨，陈宝年逃离灾难乡村后在城市的发迹与堕落，狗崽的寻父，地主陈文治的古怪、丑恶与神秘都被死亡、宿命的叙述暗线牵引着，起承转合。特别是陈宝年的发迹史和堕落史更是一个传奇故事的核心情节，陈宝年仿佛一个乡村的幽灵，在逃离灾难、潜入城市之后，由于与罪恶纠结在一起而彻底丢弃了关于枫杨树故乡的全部亲情与生命记忆。叙述中对堕落、欲望的描写简洁而沉浸，优雅的叙述从容不迫，使那个时代的堕落景象充盈着末世学的氤氲。传奇、戏剧性、较为完整的故事行云流水般地把握、传达了人物的生存情状，体现出小说叙述的“古典性”倾向。但我觉得，这篇小说的独特与出色更在于它的“抒情性”和“浪漫性”，其实，这与叙事的“古典性”风格是同源的、一脉相承的两种文本气象。苏童在这篇小说中选择了开放性的叙事结构，传统小说叙事的第一人称集中表现出了叙述（叙述人）的能动性、想象性和猜想推断人物、情节发生的优势；叙述视点的“全知全能”，又使“我”的回忆、追述被强调到极端的程度，人物的活动和故事情节依照叙述的能动性来展开。在叙述的层层推进中，“我”站在时间的另一端对家族旧事的逼视，不断地发掘出生存的种种情境和不可思议的多样性。令人惊异的是，这篇小说并不想彰显传统小说的寓言性力量或任何道德使命，而是有意利用叙述对故事结构中“时空统一性”的破解，切割事件、人物行为的可能性、直接因果关系，谋求对存在自身逻辑和规律的传达。这样，故事的发生和结局就成为没有任何特定历史动机和文化规约的历史、存在图景，存在情境的呈现在叙事中也没有任何理性依据，情境本身就构成故事的诗意内涵和美学风格，而且，作家的自我和自我的幻象很明显是在其中相互影响着的。在这里，我们还是感觉和认识到苏童对古典叙事在一定程度上的摆脱和精心改造，凭借叙述视点和叙述人的“移位”和“腾挪”，尽力寻找存在所固有的诗意。传统现实主义叙事以“客观”为特点，而客观则是一个有着种种定义的概念，从某种角度讲，所谓客观是一切主观或武断的对立面，作家似乎就不该给“个人”立场或“叙事姿态”介入故事的机会，但从另一角度看，客观又意味着作家无须抵制自己的个性和话语，而要表达体验和想象到的存在的“真实”形态。苏童显然在这篇小说的叙述中先验地超越了历史的表象特征，在主体与存在的交汇点上，进行“超距叙述”①，涌动出强烈的主观抒情气息，同时，也在对历史的深刻质疑中打开了当代叙事的另一种想象和思维的空间维度。

而《妻妾成群》在“古典性”和“抒情性”以及叙事的自主性方面体现出更加耐人寻味的奇特的文本张力。如果说苏童在写《罂粟之家》《1934 年的逃亡》时，还属于当时非常狂热的新文本运动的参与者，但在写作这篇《妻妾成群》时，他已开始意识到并警惕小说写作可能具有的惯性，在具体文本上寻求叙事形态和走向上变化的意识也开始坚定和清晰起来。这篇作品就是他试图在“先锋性”反方向上的努力，也就是对“古典叙述”的兴致和启发直接导致了这个小说的灵感并最终问世。正如苏童自己所说，小说写作有时就是一次无中生有，那么这篇小说就是一次纯粹的“无中生有”的虚构，并且，已经基本上脱离了先锋小说对叙事话语本身的迷恋，以另一种方式挣脱了“现实生活”的羁绊，提供了新的文学想象的可能性。

可以说，《妻妾成群》那种“抒情性叙事”的美学气质完全是建立在叙事的古典性、故事的虚构情境上的，叙事的仿真、叙事对生活可能性的推测，或对存在本然状态的想象性复制，使小说在叙述形态上产生了拟旧风格，这无疑是又一种“超距叙事”。这部小

---

① 陈晓明：《表意的焦虑》，中央编译出版社 2002 年，第 125 页。

说写的虽是中国封建旧式家庭四个女人和一个男人的故事，但已经远远超出了故事模式本身的文本限制。我们知道，这部小说的写作有一个慢慢的谋篇布局过程。在具体的写作上，也可以说它可能来自《红楼梦》或《家》《春》《秋》的篇章格局的影响，但是没有人会想到在二十世纪八十年代末颇显激进的先锋浪潮崇尚文本叙事实验的时候，苏童突然会作出这样一种小说表达，想去恢复或者说建立一种新的小说叙述。他在小说中开始表达人与人的关系，男人与女人、女人与女人，或者女性与社会的一种琐碎而惨烈的对抗，采用一种反常的叙事立场，隐藏同情心，拷问人物的人性、人心。实际上，这样的叙事是一种很冒险的文本叙述，因为这篇小说在故事上并没有太多新的东西，但在叙事上却依然体现出一定意义上的先锋品质。小说保持了故事的"原型"或起源性，即一夫多妻制家庭的"类型"故事结构模式，但苏童却通过古典小说的白描手法、复调小说的文本修辞策略，营构逼真的存在情境，使看似宽柔、恬淡的文字中隐含着强大的叙事的结构性力量。

颂莲和陈佐千的故事作为"已死"的陈年旧事显然有别于苏童大量"回忆中的往事"，而完全是一次无中生有的想象，一次没有任何历史、现实动机的故事营造。当然，一个没有现实意图的叙事就可能会呈现符号、图像式的多义性，故事形态就会生发出种种艺术感受和效果，引领我们进入关于存在的难以逻辑化的隐秘结构。人与人之间的复杂情感关系，性、死亡、颓败、家族都是故事中最活跃的因子，我们会在叙事的"传说"中，体悟到人性和宿命的历史。可以这样讲，苏童着力地叙述这个家族颓败的故事，还是重在对情境的诗性体验和对神秘存在的激情表达。浪漫的古典性，使苏童的小说叙事不仅与其他先锋叙事区别开来，而且大大扩展了文学叙事表达的边界，这是对传统小说叙事学的挑战。苏童这种带有现代意识的浪漫叙事，显示出独特的个性气质和魅力，形成自己的小说叙事美学。美学家杜夫海纳说过："在审美知觉中起作用的、使审美感性更加敏感的东西，就是想象。这丝毫不是永远不受知觉抑制的那种令人忘乎所以的和兴奋得发狂的想象，而是那种有支配能力和令人激动的想象”[①]。我想，苏童的叙事就是“那种有支配能力”的叙事，是对陌生空间入侵、占有并对存在固有逻辑秩序反叛的结果，也就是我们前面提到的叙述中自主性对故事进行编排、“超距叙述”的体现。叙事在行文中取消了人物对话时标点符号的使用，小说人物话语与叙述话语融为一体，相辅相成，构成了一种复杂的对话情境，不同的人物、叙述人话语在小说中故意混杂，使雅致与粗俗、高贵与卑下、聪颖与愚蠢、期待与落寞等相互接近，融汇交织，在叙事话语的丰盈与混沌中，叙述不仅制造出了故事的暧昧、迷蒙、浪漫的美学格调，还迸发出看待世界观点与方式的内在冲撞，这种叙事立场的后现代意味丰富地涵盖了存在世界的不确定性、支离破碎性，以及相互指涉、相互黏着的无我性，事物之间的内在依存性。具体说，在《妻妾成群》中，苏童几乎让作者、叙述人隐退，叙事上不对表现事物作任何强制性介入，让读者的历史、文化、心理等个人经验失去以往的惯性，在读解文本中失去常规的对应理解的作用。这时，阅读中的感性的、情感的甚至欲望的快乐就会油然而生，所以说，这种没有道德、意识形态承载和负荷的叙事一定是源于那种“令人激动的想象”，也就是对存在的“想象性重构”。

长篇小说《我的帝王生涯》，再次深入地体现了苏童想象性写作中激越的情感与浪漫抒情的气质。这部长篇小说本身同样拥有一个强大的传奇性故事框架，这显然会给叙事带来极大的便利，但苏童却有意改变了传统故事应有的旨意和方向，通过抒情性的诗意呈现，颠覆掉故事中“写实”的元素，让传奇渗透出极强的浪漫品质。作品描述了古代少年帝王端白在偷梁换柱式的宫廷政变中从帝

① ［法］米盖尔·杜夫海纳：《美学与哲学》，孙非译，中国社会科学出版社 1985 年，第 65 页。

王沦为民间艺人“走索王”的离奇命运。令人惊异的是，端白居然对巨大的人生落差平静如水，无论是父王驾崩，还是沦落后在苦竹山静读《论语》、修炼自身，少年端白内心无限的感伤与惆怅、人生的孤寂与悲凉都被文字的充满修辞性的语态推到一个形式意味浓郁的审美境地，时间仿佛停滞，故事原本可能产生的意义出现了别一种样态或转义。

> 父王驾崩的那天早晨，霜露浓重，太阳犹如破碎的蛋黄悬浮于铜尺山的峰峦后面。我在近山堂前晨读，看见一群白色的鹭鸟从乌桕树林中低低掠过，它们围绕近山堂的朱廊黑瓦盘旋片刻，留下数声哀婉的啼啭和几片羽毛，我看见我的手腕上、石案上还有书册上溅满了鹭鸟的灰白稀松的粪便了。
>
> 人都在山下居住，遇到天气晴好的早晨，他们可以清晰地看见山腰上的寺庙，看见一个奇怪的僧人站在两棵松树之间，站在一条高高的悬索上，疾步如飞或者静若白鹤。那个人就是我。白天我走索，夜晚我读书。[①]

小说首尾两段描述的端白对鹭鸟的细微谛视和“疾步如飞或者静若白鹤”的生存状态，彻底摆脱了“雨夜惊梦”式的宫廷阴谋，凸现端白存在的忧虑、恐慌和焦虑。苏童舒缓轻捷、平衡节制的中立性审美观照立场，衍生出文学叙事的暧昧格调，将具体的、历史道德的形而下内容引向一种文化上的超验性体悟，一种诗性沉湎。在这里，苏童还把存在的神秘、宿命意味引申为诗性的浪漫祈祷，历史意识、故事本意已被话语诗意所取代，这种叙事所打破的不只是宫廷故事的经典古老模式，而且，词语与其建构的情境相互的碰撞产生的诗性冲力也打通了古典与先锋的边界，故事的乌托邦

---

① 苏童：《我的帝王生涯》，花城出版社1993年，第1页。

消解了乌托邦的神话魔力。端白若干年的生活似乎都是在回忆中完成的，但回忆的视角却使叙述的故事在时空的交错中留下盲点，先验性的感觉催生故事中的历史，而讲述中的历史才让我们感觉绵长悠远。叙述中反复强调的是“我”的视点，这个“我”是端白也是叙述者，带有浓郁的个人经验色彩，表达个人对存在、生活和历史的特殊感觉，“生活体验转化为特殊的语式或语法，过剩的语言句式其实隐含了不可表达的情感，因而，那些主观性浓重的叙述句式总是自然而然地滋长莫名其妙的抒情意味”[①]。苏童靠故事性支持的叙事，其中充满了感伤、优雅、悲剧情境、气韵的跌宕，这些也成为他抒情性、古典性美学风貌的“关键词”。而且，不可否认的是，不管是信赖梦想写作的苏童，还是那些不愿放弃写实的作家，他们都既能保持叙事的古典性传统，又重视主体抒情性，既有故事坚硬的经验内核，也有浪漫主义的幻想抒情气质，这正是二十世纪九十年代的一些年轻作家对当代汉语写作所做出的重要贡献。

第三节　“时间感”与小说叙事

我在前面关于苏童小说叙事“古典性”“先锋性”“抒情性”的分析中，没有涉及他最成功的短篇小说写作，这是因为，相对于他的中、长篇小说，苏童短篇小说的“先锋性”或古典气质更加偏重叙事的结构性力量，而且，苏童在短篇小说叙述、文体上的探索、实践已达到了相当高的程度，在后面论述其写作的“唯美”和语言、灵气时，我们还要专门谈到短篇小说的文体问题。在这里，我只想从苏童小说叙事中的“结构”和“时间”这两个方面考察他对“古典”的超越，对现代小说技术的创造性吸纳，这一点不仅是苏

---

① 陈晓明：《无边的挑战：中国先锋文学的后现代性》，广西师范大学出版社 2004 年，第 139 页。

童个人创作中非常敏感的问题，也涉及当代作家小说写作中现代小说观念的转变及模式的更新与变化。小说中的时间与结构是不可分割的，可以说如同一枚硬币的两面。结构附着于时间，时间寓于小说的叙事结构中，并呈现它自身的质地。

华莱士·马丁认为，"从哲学对于真实的追求这一角度看，小说（虚构）与叙事之间的关系变得更为清楚。正如虚构可以对立于事实和真理一样，叙事对立于非时间性的规律。任何一种解释，只要它在时间中展开，在过程中时有惊人之处，知识仅仅得之于事后聪明，那它就是一个故事，无论它如何证实。叙事作品，无论点缀多少通则概念，总是为思想提供多于它们自己已经消化的信息和食粮"[①]。我们可以从中意识到叙事中的"非时间性"对小说即虚构的意义，马丁强调的是，除了时间本身的永恒之外，我们的叙述对"时间"与"非时间"的双重依赖性，也就是"经验中的"时间。杜夫海纳说过，"时间性不是入迷的境界，而是诸多入迷境界的统一"，传统经典小说中的时间观里，时间不是一个中性的事物参照的坐标形式，总是隐含着一种运动着的神秘力量，而现代小说的时间观常常放弃这种时间参照，作家可以在叙事时，根据自己虚构的需要对中性的时间进行重组，形成文本自身的时间秩序，从而建立小说坚硬的时间结构。这也是作家对生活、存在的重组，它最能体现作家虚构的方法和能力，小说的力量也于焉而起。

苏童的小说叙事结构能力和对时间的理解，使他的小说呈现出与众不同的叙事形态和美学风格，增加了作品和叙述的内在力量及蕴含意义。特别是结构对人物、情节、意境的作用与影响，造成了诗化的效果，体现出现代小说结构上的极大优势和创造活力。我们在苏童的小说尤其是短篇小说中，深深地感受到形式感及其叙事技术的精湛，这已成为苏童表现世界和生活的主要策略及重要途径。

---

① [美]华莱士·马丁：《当代叙事学》，伍晓明译，北京大学出版社1990年，第238页。

而且，苏童小说虚构的实质就是通过叙事结构和时间感赋予生活一定的形式感，这也可见出苏童小说写作的审美能动性。

我们首先从苏童在小说中对“时间”的理解、把握、控制来认识他小说的叙事结构和情节逻辑。

“神话学的时间感知是一种和自然的循环往复相应和的观念，其中深藏着排除时间的热切愿望，通过节日和献祭活动，把自然时间改变为社会化的时间。对于人类社会来说，没有节日就没有时间。”[①] 如同神话式的时间感知，文学叙事或文学虚构，在某种意义上说其实就是人类的另一种节日，每一篇小说中都蕴含着作家对时间的抗拒，对空洞抽象的时间的绵延或重复，它以一种新的时间形式表达自己的想象力和个性经验内容。这样，时间结构重新编码和设置，为叙述提供的叙事结构就会产生无比奇妙、有小说自身独特逻辑的故事。

短篇小说《蝴蝶与棋》的叙事情境就是通过时间感建立起来的，这种时间感主要是借助“往事追述”式的审美回忆和知觉经验传达来实现的，具体说，就是在小说文本叙事时间与对小说人物活动时间的双重感知中营造小说的意绪和氛围，表达故事内蕴。“蝴蝶”与“棋”，既是小说中两个重要的文学意象，又是推动和改造物理时间，引进另一个时空情境的时间意象载体。这篇小说并不像其他许多小说，通过使用大量的时间叙述句和空间描述句交错、辐射、收聚成小说的叙事结构，而是使用回忆的方式，以过去时的方式进行富于心智活动的讲述，实现苏童十分喜欢的情调和风格。在这里，苏童将人物置于一种非物理时间即感觉经验的流动中，超越了传统古典式回忆的线性时间结构。小说呈现“我”与棋手在“那年春天”寺前村的一次短暂而莫名其妙的遭遇，蝴蝶与棋在他们两人生活中意外错位对他们各自命运的改变。人物的活动及整个故事，虽然表面上看完全在一个封闭的时间结构中，实则由于回忆中

---

① 耿占春：《叙事美学》，郑州大学出版社 2002 年，第 204 页。

时间的不确定性，故事变化的线性逻辑被打破、消除，讲述者的感觉成为推动小说情节发展的黏合剂，人物的命运及其神秘感都呈现出某种荒诞和诗性。物理时间被解构掉，叙述人感觉到的时间进入具体的情境描写中，时间制造出了幻觉。“水边棋舍”中两位老者的存在与不存在，棋手由迷棋到恋蝶，五年后“我”的重访寺前村，人生的变幻无常仿佛都是在叙述所进行的时间里产生的转瞬即逝的“临界存在”[1]，这本身就似乎在表明时间无法永恒的虚无与存在。而且，最初棋手对棋的痴迷，“我”对蝴蝶的追踪，在五年后竟发生错位，蝴蝶与棋重新取代他们的生活目标和人生定位，使一切都像是在梦中，棋手与“我”在经历了一次意外变故后，成为时间变迁的化身，人的存在际遇让时间轮回，人与物、棋与蝴蝶同处于一个对称的虚拟的时空之中。显然，正是时间推动着小说的叙述，人物、行为、事件无不打上了叙述人对时间的心理感觉的烙印。

中篇小说《1934 年的逃亡》更是借助时间建立起的独特的小说叙事结构。人以及社会生活历史时间的多元性在这篇小说中被充分显示出来，恰如其分地印证了洛维特所说的：“历史所有的时代，是行动和承受、征服和屈服、罪和死的历史。在其世俗表现中，它是令人痛苦的怪胎和一再受挫的昂贵努力……的不断重复。历史是一种一再留下废墟的、极其紧张的人生的舞台。”在时间里面“一切都可能发生，而且是从秕糠考验和甄别麦粒的关键性时间”[2]。在小说中，人的生活、存在在时间的多个层面上同时展开，“逃亡”成为时间的一条主动脉，在存在的历史现实中聚合起崩溃的时间碎片，支撑起审美主体意识到的存在、生活或精神结构。无疑，这是具有充分现代感的时间观念，小说叙述结构的坚实质地冲击了以往意识形态话语或某种既定文化秩序的规定，同时也拓展了时间之上

---

① 陈晓明：《无边的挑战：中国先锋文学的后现代性》，广西师范大学出版社 2004 年，第 103 页。

② ［德］洛维特：《世界历史与救赎历史》，李秋零、田薇译，汉语基督教文化研究所 1997 年，第 237、229 页。

的经验文化背景。我们可以把“1934 年”视为作家拟设的一个时间容器，它承载着特定时空中人类特有的存在状态和存在经验，并且在回忆的平台上再次切进真实和存在、沉重与轻松、庄重与抒情、幻想与偏执，破碎的历史欲望与表达的障碍交织重叠。这时的“时间”又作为小说中的“角色”或“视角”，成为对存在的见证方式、一种生活的存在方式的指引：“1934 年是个灾年。有一段时间，我的历史书上标满了 1934 年这个年份。1934 年迸发出强烈的紫色光芒，圈住我的思绪。那是不复存在的遥远的年代，对于我也是一棵古树的年轮。我可以端坐其上，重温 1934 年的人间沧桑。”时间可以是抒情的对象，但更关键的是，苏童强调了在时间之流中展现种种复杂而奇妙的人生经验。我们十分清楚，我们虽然无法将时间、事件本身，按照它的本相对其进行描绘，但小说叙事却可以依靠作家的智慧拉长、缩短甚至挣脱时间、复现时间、逆反时间，获得一种对抗宿命的力量。这是一种与时间搏斗的力量，是对业已存在的世界既有秩序的反动。作家在对生活的叙述中拓展出时间中感觉与经验的边界，让感觉中破碎的事物和精神在时间的促成下完整地存在并且得到延伸。有时，作家潜藏着非常大的野心，他甚至试图调整时间的秩序，调整日常的生活秩序，也就是对真实的现实生活或者历史秩序进行重新的安排。这无疑对历史、现实构成一种巨大的破坏性，但恰恰是这种重新编码，使得生活具有了一种新的可能性，因此，我们也就在这里看到了作家为我们建立的现实。

苏童在小说叙事中，对时间的“利用”非常含蓄和内敛，尤其在他大量“过去时态”的小说中，人物的命运与历史漫长的流动，在他充满主观性叙述的诗化表意话语中获得活力。而这一点完全可归结于苏童对时间的独特感悟和理解。在他早期的小说《祖母的季节》中，他将对故乡的记忆凝聚在老祖母生命的最后一个秋天里，把处于弥留之际的祖母写得极其细腻，令人难忘。很早就耳聋的祖母，竟然在她生命的最后一个秋天里说自己什么都听见了，每天早晨她被雨声和潮水声惊醒，“每天坐在门槛上听雨，神态宁静而安详”。祖母在这个秋天仿佛突然意识到了生命即将终结，“她向每一个走过家门的村里人微笑，目光里也飘满了连绵的雨丝”。苏童讲述的是祖母一生的坚韧，是她对那个新婚五天后就出走的祖父的一生的怀念支撑着她的生命，当她临终前看到祖父留下的那把二胡时，“她脸上浮起了少女才有的红晕，神情依然是悠然而神秘的”，并且她在感觉中与祖父相遇，他在梦中为她拉琴。实际上，苏童在叙述中表达的不仅是祖母生命感觉的又一次“轮回”，而且在小说中表现出时间的循环或者说时间的可逆性。显然，一个秋天和一个人的一生，以短暂的弥留浓缩一生的沧桑，对死亡平静、从容的等待，这样一种时间结构为小说提供了一种新的叙事结构，祖母也就成为时间变迁的化身，叙述就成为可逆的时间魔法，成为存在的某种隆重的仪式。那么，在时间面前，存在的现实与消逝的历史便不再具有喜剧、悲剧之分，唯有时间是神圣的，它会根据对人心灵的测量和对情感、精神的甄别，呈现出应有的空间秩序。在这篇小说里，祖母那块金锁如同时间一样被一个人一生收藏起来，时间也会像金锁，很可能会神秘地消失。

我们看到，苏童所虚构的故事充满强烈的对世界的阐释、解读愿望。也可以说，他对生活是发现的而非建构的，如前所说，既是古典的也是抒情的。这种具有充分现代感的小说叙事美学原则，使苏童对自己的写作有着极为稳定的把握，他的叙事也就没有对绝对神性的沉迷和寻找，而只有关于存在、生命、人性迷津的浪漫构想。因此，我们还可以这样理解苏童，苏童之于现代小说技术的讲究与迷恋，不仅仅是简单超越写实主义对想象的羁绊，更是要通过虚构的实质赋予生活一定的形式感。而这种体现生活态度与精彩绝伦想象的形式感恰恰显示了苏童推断、“扭转”生活的能力。对时间、结构等小说元素的合理使用使这种能力在小说文本中发散开来。短篇小说《拾婴记》就是典型的例证。

读罢这篇小说，我们不仅会惊异苏童这位“说故事的好手”，竟然将一个“弃婴”的故事讲得如此神奇，如此飘逸和洒脱，而且会深深感受到苏童虚构生活、扭转生活的能力，我们不能不由衷赞叹他在小说中推断和“结构”生活的能力。“一只柳条筐趁着夜色降落在罗文礼家的羊圈”，这句话在小说的开头和结尾两次出现，正是“时间”先后打开和关闭一个既离奇又独特、既单纯又复杂、既诗意又怪诞故事的方式。我们在看似封闭的小说结构中，发现苏童小说叙事的倔强与坚定、大胆与自信的品质，以及苏童小说结构极大的开放性美学特征。一个婴儿深夜被弃置在罗家的羊圈里，这个原本已算不得奇异的故事就显得有些传奇和神秘了。婴儿和羊之间显然不会相互对话和关照，但他们在某种意义上又有异质同源性。因此，“神秘的迷宫般”的氛围就此确立起来。接下来的叙述使苏童完全摆脱了落入某种套路的危险。一个名为“拾婴”的故事实则衍变为一个“丢婴”和“弃婴”的过程描绘，但其中蕴含无限的多义性和可能性。可以说，作为一个有惊人想象力和虚构能力的小说家，苏童是不会轻易放弃虚构给叙述带来的种种便利的，当然这也是小说魔力的起源。这一次苏童同样又毫不犹豫地选择了把小说和现实混淆起来的策略。面对一个两个月大的弃婴，苏童通过邻居们的集体出场，以及先后让少年罗庆来、几个保育员、李六奶奶、张胜夫妇、妇联女干部、老年、食堂女师傅纷纷与婴儿发生一定的联系，为婴儿划出了一条“行走”的路线和“活动”轨迹。婴儿的一次次裸露和亮相，使看上去极为客观冷静的叙述不断地泛起波澜，世态人心情晰可见。我们看到，小说叙述的直接力量来自对人物自我意识的舒缓流露或揭示，人物的自我意识在与环境、与一个无言的婴儿的互动过程中被逐渐发掘出来，这些偶然甚至有些乖戾的不同的人物意识活动，被一步步地展开，编织成一条无形的心理之索，呈现出世道人心的现实图景，单纯的事件引导出暧昧而复杂的生活表情。卢杏仙想将婴儿推给“组织”，少年庆来把婴儿丢给幼儿园，李六奶奶拾婴后，张胜再次送给“组织”后不得已又一次被迫弃婴，直到婴儿被疯妇瑞兰领走。婴儿的命运与其说是表现的中心，不如说是叙述的轴心。围绕这个轴心，小说叙述的功能才充分地展开，小说的种种表现性因素才能获得丰富性和复杂性。在这里，追问到底是谁的婴儿已经显得没有丝毫的必要了，婴儿最终还将遭遇怎样的命运似乎也不构成叙事最大的动力和悬念。问题在于，苏童又一次将叙述推到了极致或极端。那只柳条筐居然神奇地再次降临罗家的羊圈，不过它所承载的已不是婴儿，而是一只小羊，一只会流泪的小羊。我们当然不会相信这是罗家夏天时走失的那只小羊回到了主人的身边，可是，我们是否可以延伸苏童对生活的猜想和推断：那个被遗弃的婴儿终有一天也会静悄悄地突然扑到母亲的怀里。我们相信苏童的想象力和推断力，也就是他所拥有的在小说中扭转生活的能力，只要他将生活嵌入某种叙述结构，只要他哪怕稍加调动起小说修辞的诸种元素，将人物置于一个特定的舞台上，现实就会幻象化，直接经验的有限性就会折射出生活世界的多样性和可能性，就会使得原本不可能的事情得以发生。在一天一夜的时间里，婴儿神奇的“行走”路线划出了一个时间的圆弧，时间如同一只看不见的手，笼罩住小说的结构，牵动着叙事的起承转合，让我们获得一种神秘的迷宫体验。故事的悬疑与浪漫情调不仅因故事本身的内容产生，也部分地借助小说在故事叙述时间和发生时间上所作的巧妙穿插。这里，我们联想到苏童对电影的迷恋，苏童在此一定是借鉴了电影“叙事断裂”的经验和手段，让人们的阅读在“空缺”中获得更大的想象空间。

苏童对短篇小说文体的驾驭和准确把握可谓出神入化，他常常能在叙事中捕捉到生活的过程和断片后制造生活的奇观，显示出自己推断生活的浪漫品质。因为他从不为那种探究生活的深度所困扰和焦虑，所以，他也就总能在抒情、轻盈而智慧的叙述中找到表达的自由与快乐，也将小说的“现代性”理念向前推进了一步。

在其他小说，诸如中篇小说《妇女生活》《妻妾成群》和长篇小说《我的帝王生涯》《蛇为什么会飞》等作品中，苏童较强的“时间意识”和“结构感”，使小说叙事中的时间成为叙述的一种功能性元素，帮助作家实现其文本策略的方式或手段。作者隐藏在时间的背后，在叙事结构中重建了表达存在的维度，叙述的起点源于创作主体对世界和人的存在性、精神性的理解和体察，小说文本的双重性就呈现于时间之流的现实性之中，在时间和空间两个维度展开。值得注意的是，苏童的叙事总是保留着传统浪漫主义的古典气质和风韵，“那些错位的故事情境，或是破败的历史使命感，促使那些优美或优雅的抒情呈现出一种特殊的‘后悲剧’意味”[①]。这也是苏童与其他“先锋作家”在叙事风格上较为明显的差异之处。

第四节　灵动的文学意象

我们从苏童三十多年的写作中可以感觉到，苏童的写作，并不是那种依靠一些小算计，甚至反复修炼小说“写作辩证法”的文学匠人式写作。这一点，我们早已在他的文字中有很深的体悟，他是倚仗才气和对生活的用心揣摩而进行文学想象和小说叙事的。所以，他对叙事技术的运用也就不是单纯地以叙事策略本身为自己的尺度和目的，而是更多地寻找能感知文化及其有所包蕴的小说的内在精神。苏童的小说，既有取材于历史，或古代、近现代，也有对当下生活的现实表达。无论是描写古代帝王，还是叙写底层人生活，作为一个情感型作家的苏童，他作品中真正迷人和动人心魄的，其实正是小说结构中涌动着的情绪和情境。其中“情境”的雅致与独特，既显示出现代小说叙事技巧的魅力，也体现了苏童在

---

① 陈晓明:《无边的挑战：中国先锋文学的后现代性》，广西师范大学出版社 2004 年，第 143 页。

故事的流畅讲述中，对含蓄、可读两方面同时兼顾的“古典性”追求。究其本质，苏童是在探索“现代”与“古典”的和谐，寻求王国维谈诗论词时所推崇的那种“无我之境”与“有我之境”的“优美”与“宏阔”。可以说，他的小说已达到了对诗境的想象、营构的层面，叙述始终徘徊在自由的虚实相结合的领域，故事不仅耐读，文势亦极其流畅，而且还让我们获得了美学的意蕴。那么，苏童小说情境营造的重要因素是什么呢？也就是说，是什么因素构建、强化了他小说叙事中弥散出来的那些或忧伤、或颓废、或衰败、或妙不可言、或纯净幽远、或悲凉缠绵的情调和气息呢？我认为，苏童小说叙事，除语言、结构之外最为重要的元素就是意象，从这个角度讲，这也是苏童挟中国传统小说的古典、浪漫余韵，接近二十世纪现代叙事与修辞策略的现代艺术理念的具体体现。从作品中看得出来，苏童在努力以大于古典浪漫的状态写出了浪漫与古典，以大于技巧与修辞的气度写出了“现代感”。于是，他这种建立在大胆想象力之上的将艺术移情于世俗、人生的写作姿态，给小说叙事带来别样的气象和景观也就成为自然而然的事了。所以，我们在苏童小说的叙事形态里看到了中国现代、当代小说在二十世纪八九十年代所重获的这种真正的小说的生态。

对于“意象”这一概念或艺术存在的理解，我倾向于庞德的观念：意象是一种呈现意志和情感的复合物的东西。庞德所谓的“意象”不是观念的形象显现或者说“对象的人化”，而是表象与主体情意的直接同一。这一点接近于象征派的“客观联系物”，也接近中国古代文论、现代文论中关于意象的认识：意象既不属于纯粹的客观事物，也不是指某种独立的艺术形象，而是指经主体感知、反省的表象符号，甚至是一个已经实现主客观、意与象、情与景相统一的独立的艺术形象，是作者在生活中因物有所感，选用最有象征性的物象最恰切地表达情思和体悟的载体。我们在苏童小说中所看到的大量的意象，不仅使他的小说获取了更大的表现自由与空间，使叙述向诗性转化，而且使“抒情性风格”向更为深邃的表意层次迈进、延伸，尤其是在表现南方生活的作品中，意象与南方的自然、生态、人的存在方式、存在体验之间构成了各种神秘的文化联系，甚至可以说，南方就是一个庞大的文化象征或隐喻，就是一个无限丰富的意象。它是苏童摹写、想象生活的另一种方式，或者说是另一种寓言诗性结构。我感觉，苏童想借此表达“南方”作为一种物质、精神、幻想存在的复杂与诡谲，即那种“腐败而充满魅力的存在”，或者说，表现“南方”生活的可能性。另外，苏童小说中的意象虽然也常常比附于某种存在具象，但其空灵、别致和洒脱使其没有丝毫生硬、古板的文人腔——文人小说而没有造作的文人腔，恐怕是小说走向诗化的重要前提。再者，苏童营构意象并非刻意地张扬、赋予某种符号以情感、哲学使命，而是着意以另一种视角表达人与世界的内在关联，呈现写实主义写作所无法描述的经过艺术整合又充满激情的美感，而现代汉语写作的魅力也由此在苏童小说中充分地显示出来。

我们首先应关注的，是苏童小说中的“南方意象”。苏童小说的南方，当然是他虚构的南方，他以自然的南方作为叙述的地缘背景和人文的描摹对象，它是情感的发轫地，也是写作的聚焦点。而在不同的小说中，南方又呈现出各式各样的形态和丰富的表情与面孔。在《南方的堕落》中，苏童曾这样表达过对南方极其复杂的感受和体验：

> 我从来没有如此深情地描摹我出生的香椿树街，歌颂一条苍白的缺乏人情味的石硌路面，歌颂两排无始无终的破旧丑陋的旧式民房，歌颂街上苍蝇飞来飞去带有霉菌味的空气，歌颂出没在黑洞洞窗口里的那些体型矮小面容委琐的街坊邻居。我生长在南方，这就像一颗被飞雁衔着的草籽一样，不由自己把握，但我厌恶南方的生活由来已

久，这是香椿树街留给我的永恒的印记。[①]

这正是作为作家的苏童，对故乡、对南方的一种整体性感悟和精神性判断。这一点与他的小说写作视角、写作方式有着密切关系。苏童异常喜欢以回忆视角进行艺术想象和虚构，但在写作中，他有时给自己的回忆设定的情感却是一种敌意的、冷峻的、偏执的，甚至是复仇者的姿态。即使苏童自己也无法讲清这其中的原委："我产生了怀疑，怀疑我的南方到底是什么？到底在什么地方？而我自己对我经常描述的一条南方小街的了解到底有多深呢？我对它固执的回忆，是否能随着时间的推移触及到南方真实的部分呢？我有些困惑。"[②]一方面是对于南方"如此深情地描摹"和"歌颂"，另一方面是"厌恶南方的生活由来已久"。这种悖论式的矛盾意绪决定了苏童叙事的走向和追求，决定了他作品的基调和气质，也决定了小说的叙事形态。毫无疑问，也直接影响着小说意象的营构。在苏童的写作意识中，语言与现实并不是直接同一的，语言包括意象本身可能也可以越过物质世界的存在或实在状态，建构一个自足的世界，这也许可以成为表达世界的最自然的方式之一。

在苏童的"香椿树街""城北地带"系列小说中，街与河这两个意象几乎贯穿、绵延在所有的叙述之中。这条街是泥泞不堪的，"狭窄、肮脏、有着坑坑洼洼的麻石路面"；河是永远"泛着锈红色，水面浮着垃圾和油渍"，"河上飘来的是污水和化肥船上的腥臭味"，"间或还漂流而下男人或女人肿胀的尸体"。两者已成为人物活动的背景框，其中的人事物流几乎没有任何鲜亮、温和的诗意，而其中充满破烂、罪恶、肮脏和丑陋甚至残暴的故事，正是这个独异的生存环境的产物，凸显出人性的粗俗和灵魂的弯曲。在《南方的堕落》中，乡村姑娘红菱坠河而死，"尸体从河里浮起来，河水

① 苏童：《南方的堕落》，《刺青时代》，上海文艺出版社2004年，第72页。
② 苏童、王宏图：《苏童王宏图对话录》，苏州大学出版社2003年，第107页。

缓慢地浮起她浮肿沉重的身体，从上游向下游流去”；在《城北地带》中，少女美琪在遭少年红旗强暴后无法忍受世俗的屈辱，落水自溺而死；《舒家兄弟》中，舒农试图纵火烧死兄长舒工，爬上屋顶凌空飞下，而在河里的水面上同时漂浮着一具被烧焦的猫的尸首残骸，在暮色中沉浮，时隐时现……街与河在这里既构成人们生存的环境和背景，也成为南方生活的见证。街，凝固着人们种种复杂的生命记忆；河，流逝的浊流中漂浮的是无法洗涤的人间沧桑，它们贯注着作家对世态人生这出活剧的惊悸、恐惧和战栗，也深深地表现出对其封闭、乏味、淫乱、无序生活的存在性焦虑。

在苏童小说中经常出现的还有“米”“水”“洪水”等意象。在《米》中，主人公五龙的名字似乎也暗含作家的另一种隐喻，龙在万物生灵中居首，是华夏民族文化的图腾标志，苏童在小说中多次渲染“洪水”意象，是否也喻指、象征五龙这个逃离南方枫杨树家乡的“无水之龙”的无根无源之意？因为龙弃水而去必死无疑。如五龙这样的“恐龙”客死异乡异处成为无根浮萍，无疑具有深层的文化之象。而五龙生殖器的最终溃烂，也喻指阳刚之气的丧失与沉沦，其生命力、意志力与现实对抗终以迷失自己而终结，给人惨烈、孤独之感。五龙只记得“他是在一场洪水中逃离枫杨树家乡的。五龙最后看见了那片浩瀚的苍茫大水，他看见他漂浮在水波之上，渐渐远去，就像一株稻穗，或者就像一朵棉花”。五龙最终的幻觉与梦还是将“水”和“稻穗”“棉花”连在一起，他带着整列车的大米踏上归根之途，“水”与“米”是五龙的归宿。他虽然在一车“最好的白米”中死去，满口金牙被儿子柴生挖走，没能成为辉煌的殉葬品，但我们看到了苏童为这个“龙之子”所布置的轰轰烈烈的死亡场景：隆隆地向故乡奔驰的列车，车内五龙仰卧于雪白闪亮的米中。这里的“米”与“水”已不是瞬间的视觉印象、一瞬间的内心感觉，这个并置的意象映现出的不仅是一个生命充满恐惧、哀伤的虚幻感觉，而且使整部小说通体都笼罩着那种哀婉、沉重的氤氲，时有时无，时隐时现，似意似境，构成俗世的粗陋与优美、潮闷与宽大对比强烈的画幅：人与自然、俗世的悖谬与荒诞，内心的动荡不安、心灵风暴与生命的无常，意象的直接呈现传达出作家可能在刹那间感悟的生命的全部内涵，意象如语言，打通了感觉与世界的对应，使作品灌注着生命与死亡的气息。

我们在苏童近年的一系列短篇小说《白雪猪头》《人民的鱼》《手》《哭泣的耳朵》和《骑兵》中，发现他以许多人物或动物的肢体作为叙述故事的牵引，或象征、或隐喻、或暗示，成为寄寓作家某种精神指向的独特意象、叙述意图的寄托物。当然，小说写“猪头”“耳朵”“手”“鱼”并非写这些事物本身：《白雪猪头》是借猪头的买卖写二十世纪六十年代两位母亲之间的猜忌、怨尤、对抗、理解和宽容，以及努力摆脱贫困生活的窘境；《人民的鱼》通过主人公柳月芳和张慧琴两位女性在时代变迁的不同背景下对鱼头的好恶，演绎社会、世俗风尚的沧桑变化，“鱼头”的命运似乎潜在地主宰了小说人物的命运，强烈地透射出主人公命运、生活形态的剧烈变化；《手》则是写出了一个人和自己手的关系、和自己手的战争以及人和命运的搏斗。“形”与“物”是一种显和隐的结合，构成故事坚硬的情感、精神内核。这一组小说让我们更深入地闻到了小说的气味。

我认为，对于苏童的小说，我们不能用“深邃”“广阔”“凝重”这样空洞的词语来概括，倒是可以用“宽柔”“灵性”“有慧根”“绵密通透”这样的话语来进行审美判断，也就是说，他的写作少有拘谨和困惑，更多的是智性的策略和充满灵性的感悟。我们感到，对于他笔下的南方，他表现出些许理性上的迷惘，因此，这使我们很难理清苏童小说地缘视景、试图虚构一种民族志学及其文学图像转换的重要线索。意象，或许正是我们打开他“南方精神”的一条艺术通道，我们在他许多“个别的”而非“类”的意象中仍能感受到他另“类”的小说叙事诗学。

短篇小说《狂奔》是苏童早期非常重要的一篇作品。这篇并未引起人们太大关注的小说，其结尾部分的意象几乎潜在地控制了整个小说的叙述。小说讲述的是一个患有严重头疼病的乡村少年榆生活中的无限寂寞和恐慌。他在“无父”的阴影下承受着巨大的心理压力和精神裂变。小说最后让少年榆终于发出“凄厉的尖叫。他推开人群在公路上狂奔起来，榆头戴白色孝布在公路上狂奔起来，远看很像一匹白鬃烈马”。其实，在苏童小说中，“逃”也是出现频率很高的意象之一，这里榆的“狂奔”更带有瞬间爆发的人性的自然、天然层面的含义，而白色的孝布与“狂奔”“白鬃烈马”三个意象并置，组合成一个新的意象，意象与意象之间构成修饰、限定、比喻、补充等关系，给小说增加了更复杂的内涵。这个新的意象实质上就是“逃”的延伸和进一步具象化，“白色孝布”与“狂奔”构成静态意象和动态意象的融合，古典美的浪漫品格在强调动感和活力的同时，表现出少年榆天性的无邪与美好、生命的冲动与倔强，他摆脱令人窒息的存在困扰后的狂喜奔泻而出。苏童在这篇结构谨严的小说的结尾处，运用意象暗示的方法，牵出小说的多重多义的象征，一步步引导读者进入具有多样性、丰富性的有心灵状态的体验之中，以达到理解世界的目的。

长篇小说《蛇为什么会飞》，是苏童试图“打碎标签化了的苏童”的一次叙事突围。这部长篇小说并不被研究者和读者广泛看好，而整体上探索的偏执，又给文本带来了一定程度、一定意义上的损害。苏童自己也承认自己在一定程度上“走得有些偏执”。但在这部小说中，苏童着力“扶植”起的几个意象，仍显示出他叙事的功力和审美判断的坚定立场，提升着他小说表现的力度。这部小说中除同样呈现“逃”的意象外，“蛇”是作者用力营造的贯注整个叙述文本的主体意象。一群不知从何处来、到何处去的所谓“基因蛇”弥漫在城市诸多个角落，而“美丽城”蛇餐馆的红火经营，似乎也在拉近人与蛇的关联。冷燕在餐馆中所找到的“蛇小姐”角色，意在象征人性的某种衍变。主人公克渊在飞驰的列车上看到的蛇，则是苏童拟设的一个悬念，以引发更大的想象空间。当然，仅从人蛇联系的表层接触中，我们还很难确切地感受到两者的某种关联或隐喻关系，关键要看人性的内涵和张力是否在蛇意象中有何凸显，而非只是两者属性的简单比附。苏童想通过蛇光滑的形状象征整个社会存在的难以把握，象征人性的冷漠，这一点多少给人一些勉强的感觉。小说描写蛇餐馆中女人与蛇共舞，冷燕对蛇与生存环境的双重征服，在一定程度上暗喻人性的变异。苏童喜欢在小说中讲究一种紧张与舒缓的叙事节奏，蛇意象在小说叙述中的游移灵动，也可以说起到了控制节奏的技术作用，只是人性与蛇、人与蛇之间更深层的隐喻关系以及意象的诗学追求，并未达到作家预期的寓言效果。

关于这部小说，我认为，苏童的失误并不在于运用叙事技巧方面，而是他太过写实并且疏于讲故事的方法。其实，讲故事与运用现代叙事手段应是相辅相成、互为作用的，关键在于故事的讲法。

总的说，苏童的小说始终崇尚含蓄，所以，他选择在小说中大量地使用、创造意象，构成其小说丰厚的内在精神的载体和较大的隐喻性空间，从而使叙述更具艺术韵味，更好地表达意绪、情感和体验。显然，意象超越了他小说中形象的表现强度，具有对存在世界和生命深层次的审美观照。而且，这些意象的作用已超出一般性叙述手段的意义，而与人物多舛的命运、文本的结构密切相关。可以说，这也是苏童小说的一种形象诗学，是一种叙事形态和叙事策略，极大地体现出文学叙事的先锋性与古典性，体现出审美的能动性及其对现实的超越。因此，苏童也才能够稳健地在小说叙事中不断构筑自己一个个新的文学叙事形态和表意的空间。

第五章　苏童短篇小说论

在当代有较大影响、活跃的作家中，苏童无疑是属于成熟得相当早，而且个性天赋、才华发挥得淋漓尽致的小说家之一。苏童1983年开始发表作品，迄今已有三十余年的创作历程，无论是引起影视媒体高度青睐的中篇《妻妾成群》和《红粉》、长篇《米》，还是“先锋”时期备受关注的中篇《罂粟之家》《1934年的逃亡》《南方的堕落》，都足以证明苏童作为优秀小说家的存在。因此，苏童也赢得了很高的赞誉和评价。文学史家洪子诚认为，“苏童的小说，既注重现代叙事技巧的实验，同时也不放弃‘古典’的故事性，在故事讲述的流畅、可读与叙事技巧的实验中寻求和谐”[①]。王德威说：“苏童天生是个说故事的好手。过去十年来他的创作力丰沛，中、长及短篇形式无不擅长，苏童营造阴森瑰丽的世界，叙说颓靡感伤的传奇，笔锋尽处，开拓了当代文学想象的视野”[②]。也就是说，人们仍然没有忘记在“先锋”浪潮、“新历史主义”写作中的苏童所取得的小说成就。我认为，以上的评价基本上中肯地概括了苏童二十世纪九十年代中前期小说写作的风貌。这其中的原因当然可以从多方面来分析，而他独特的叙事美学风格，对小说叙事可能性坚持不懈的探索，尤其近年来对短篇小说“唯美”品格的追求，

---

① 洪子诚：《中国当代文学史》，北京大学出版社1999年，第342页。

② 王德威：《南方的堕落与诱惑》，《中国当代作家选集・苏童卷》，人民文学出版社2001年，第1页。

恐怕是最应该受到重视的因素。综观苏童的小说创作，并将其置放于当代作家写作的大的背景与环境中，他可以说是最具艺术创作形式感的作家之一，有两方面的表现足以说明这 点。 是即使是写于“先锋”潮流中的诸多短篇小说，如《桑园留念》《仪式的完成》《祭奠红马》《狂奔》等，也都强烈地表现出对表意策略的高度重视。现在反观“先锋小说”的形式探索，我们可以提出种种质疑或批评，但同时却无法否认他们使小说艺术形式变得灵活和丰富。在苏童的小说中，小说的诗意化、情绪化、寓言化倾向显露出独特的风采，苏童在叙述中，在处理故事与叙事，人物、叙事与结构关系时充分地显示出他的力度，小说写得异常优美，随处都是浓郁的抒情风格，语言的修辞策略也颇引人注目。透过文字，我们会深深感觉到他对生活柔软、细腻和深微的敏感，没有丝毫的单调和想象的粗糙。另一方面，在三十余年的小说写作中，苏童对短篇小说的写作热情持续不减。近些年来，虽然每年平均只有七八个短篇，但几乎所有的作品都能引起读者的喜爱和“选家们”的密切关注。作为一个“纯文学”作家，苏童小说的被“需要”，在某种程度上可能会体现出时代审美方向的些许变化，主要的恐怕还与苏童对短篇小说探索的专注和执着有关，也证明了苏童驾驭短篇小说的能力。

早在二十年前，苏童就曾这样表达过他的短篇之“恋”：

> 我想我患有短篇“病”，尽管它在我的创作中曾被莫名地抑制了，但我知道它在我内心隐匿着，它会不时地跳出来，像一个神灵操纵我的创作神经，使我深陷于类似梦幻的情绪中，红着眼睛营造短篇精品，我把创作短篇小说的时间放在一年中最美好的季节，暮春或深秋，这种做法未免唯心和机械，但我仍然迷信于好季节诞生好小说的神话。
>
> 有朝一日让我成为一个优秀的短篇大师吧，我将为此

祈祷。[①]

苏童至今仍愉快地坚持着他的短篇小说写作，在前不久的一次文学对话中，他又表示："我写短篇小说能够最充分地享受写作，与写中长篇作品比较，短篇给予我的精神上的享受最多"，"我觉得很多短篇我可以用成功来形容"。[②] 由此可以看出，苏童之于小说艺术形式感的追求，之于短篇小说的精心结撰，显然已经远远地超出了"表现生活"的主题学限制和范畴，更非"文学潮流"裹挟而致。这种艺术选择有着他个人自觉选择的内在动因。苏童试图通过短篇小说来表达他的叙事美学取向和艺术"哲学"，他始终在短篇小说的艺术世界探索着富有自我个性的写作堂奥。即使是写于二十世纪八十年代的一些短篇小说，也都很有个性特征，质量上乘，体现出与"潮流"、与同期许多小说迥异的风格风貌。1998 年以来，除一部并未引起太多关注的长篇小说《蛇为什么会飞》以外，苏童主要的精力都倾注于短篇小说的创作上。就这一文体而言，苏童文学表现的艺术水平特别是叙事技巧和文学语言、语感的高超精妙，人们已经有目共睹并广泛认同。现在的问题是，对于苏童这样有相对稳定美学风格追求的作家，其写作的立场和动机，虽说不能仅用"唯美"的文学姿态来判定，但我们在肯定其短篇小说创作的同时，会在他的小说中发现或寻觅到怎样的短篇小说艺术哲学和审美意蕴？苏童在短篇小说有限的篇幅中是如何拓展了想象的维度，延伸了生活记忆的道路？他又是如何努力进行挣脱束缚的叙述，使小说文本与现实、与阅读保持更大的弹性？退一步说，在当代作家的写作中，除苏童外，很少有人会对短篇这种艺术形式作情有独钟、不遗余力的探索。这是一种摆脱了急功近利的追求，也可以说是某种程度上的写作冒险。当然，时间的炼金术最终会检验苏童短篇小说

---

① 苏童：《我的短篇小说"病"》，《寻找灯绳》，江苏文艺出版社 1995 年，第 134 页。

② 苏童、王宏图：《苏童王宏图对话录》，苏州大学出版社 2003 年，第 185 页。

创作的优劣、成败。现在我们重新阅读、体悟和分析苏童三十余年的短篇小说，希望能够梳理出他短篇小说艺术发展、变化的轨迹，厘清短篇小说元素在他叙述中所体现、发挥出的功能，想以此追寻文学叙述在历史和现实、艺术和现实之间的某种秘密通道，特别是发现苏童短篇小说中若干令人意犹未尽的东西。

林斤澜先生说过："小说的文野之分，我想是分在语言。文体之分，分在结构。作家的面貌之分，我以为分在语言；体格之分，则分在结构。"[①] 我觉得，苏童的短篇小说在这些方面都是极富个性的。那么，我们就从苏童短篇小说的叙事策略、叙述美感、结构和语言几个方面论述苏童短篇小说的唯美形态和虚构的张力。

第一节　叙事策略与唯美形态

我们如何能在苏童当前的小说形态中发现短篇小说艺术表现的可能性空间，并找到制约苏童小说写作获得更大发展的可能性呢？这也许才是对苏童创作乃至当代小说艺术有意义的话题。也如苏童本人而言："小说是一座巨大的迷宫，我和我同时代的作家一样小心翼翼地摸索，所有的努力似乎就是在黑暗中寻找一根灯绳，企望有灿烂的光明在刹那间照亮你的小说及整个生命。"[②] 我认为，从某种意义上讲，苏童的小说对中国当代文学的重要贡献更在于他的短篇小说。我觉得，在他写作《妻妾成群》之后，苏童的写作状态就已经变得相当"自我"、相当自由了。从 1998 年以来二十年间，他的写作，主要是短篇小说写作，仿佛一直在一种特有的自我感觉和节奏中进行。像《小偷》《巨婴》《向日葵》《古巴刀》《水鬼》《骑兵》《西瓜船》《拾婴记》等一大批短篇小说，写得自由、轻松、洒

① 林斤澜：《论短篇小说》，《当代作家评论》2007 年第 1 期。

② 苏童：《寻找灯绳》，《寻找灯绳》，江苏文艺出版社 1995 年，第 116 页。

脱，极好的语言感觉，现代文人的唯美话语，精致的结构，将当代短篇小说推到一个很高的境界，正是短篇小说体现出了他的叙事美学和他的艺术哲学。因此，称苏童为当代的短篇小说大师也毫不为过。

那么，苏童是如何寻找短篇小说艺术迷宫中那根灯绳的呢？首先，我们看苏童短篇小说的叙事意识和艺术策略。

小说表现的具体感性与富于哲学意味的艺术形式在苏童小说中交互作用，构成了苏童短篇小说的叙事形态。进一步讲，这里说的具体感性对于苏童这样的作家来说，就是源于对生活的想象，是“令人激动的想象”支撑着苏童的小说写作。他那种试图闯入陌生的空间去体会一种占有欲望、一种入侵的感觉，想闯入属于或不属于自己的生活的主观冲动，使他对现实、生活固有的逻辑和秩序进行艺术“颠覆”。无疑，二十世纪六十年代出生的小说家苏童的写作源于个人的想象性体验，这种强烈的、鲜明的个人性体验也铸成了他的整体的文学叙述风格。风格其实是个体化的语态、语言、结构、故事、人物的和谐统一，那么没有风格就一定是这些小说要素杂乱无章、混乱分裂的结果所致。可以肯定，一以贯之的“叙事意识”，使苏童的小说在虚构与真实之间充满了弹性空间。这也是苏童小说能使阅读产生一种临界感的主要原因，也恰恰是这种叙事意识，使小说在有限的叙述空间内产生了消除肤浅地说明生活的冲动，发现了“存在”中的许多新的东西。苏童深谙小说的使命。按米兰·昆德拉的说法，小说是对存在的未知方面所进行的勘探。同时，小说也是以自己的方式、以自己的逻辑去发现“只有小说才是能够发现的东西”。这种小说理念正暗合着苏童试图进入陌生空间，想象陌生事物、陌生人的叙事意识、叙事心态。实质上，苏童的“想象”在转换成语言的文本后，为我们提供了一个新的阅读和感受的“视界”或世界。我们也清楚，苏童的小说与其他作家的小说文本一样，没什么虚构本质上的不同。但前文说了，苏童的短篇小说文本体现着他更强烈的“叙事意识”。苏童对叙事角度、叙事方式和叙述人的选择也决定了他小说整体叙事结构的变化，他对叙事视角的选择更注重像韦恩·布斯所说的“审美距离”的变化，即“间离”效果。也就是隐含作家、叙述人、小说中其他人物以及读者，相互之间保持着一种或道德或智力或时间或情感价值上的审美距离。也可以说，小说所致力营造和表现的已经不是对个人审美经验的描述，而是尽可能地使话语表现对象自身的内在张力得以充分地凸现，不同的作品中，叙事视点随故事的起伏而变化切换。前期的小说《沿铁路行走一公里》《游泳池》《稻草人》《狂奔》《吹手向西》等尚处于偏重“叙述”本身的状态。小说叙述的故事排除了解释现实和存在的先验动机，小说的自身不具有构成内在隐喻的所谓“深度意义模式”①，苏童只是把某些事实突然提取出来加以强制性的催化，以此获取荒诞的诗意。就是说，苏童并不刻意地将隐喻带入他的小说世界中。

许多人关注或强调二十世纪八十年代中期苏童在小说“反主题”“反历史”方面的先锋性特征，而并未重视这个阶段他短篇小说“文体的自觉”。其实，他的故事已渐渐向感觉敞开，并且更多地考虑叙述的形式和意图对叙事效果的影响和意义。在这里，虽然不能排除在“先锋潮流”中苏童叙事方式选择的“激进”性和“极端”性，也不能忽略博尔赫斯、塞林格、乔伊斯、辛格、福克纳、马尔克斯、雷蒙德·卡佛等一大批外国作家对他的深刻影响，但可以肯定，苏童是二十世纪八十年代以来较早具有文体意识和形式感的作家之一。也就是说，对小说尤其短篇小说的文体“革命”，在苏童这里并不是一次性完成的，而是一个渐进的、漫长的过程。我们能在他作品的气韵上深深地感知到那种对形式近乎唯美的追求。

关于短篇小说艺术，苏童不止一次地表达过他的叙事目的和叙

---

① 陈晓明：《无边的挑战：中国先锋文学的后现代性》，广西师范大学出版社 2004 年，第 47 页。

事立场："我是更愿意把小说放到艺术的范畴去观察的。那种对小说的社会功能、对它的拯救灵魂、推进社会进步的意义的夸大，淹没和扭曲了小说的美学功能。小说并非没有这些功能和意义，但对于一个作家来说，小说原始的动机，不可能承受这么大、这么高的要求。小说写作完全是一种生活习惯，一种生存方式。"[①]"有时候我觉得童话作家的原始动机是为了孩子们上床入睡而写作，而短篇小说就像针对成年人的夜间故事，最好是在灯下读，最好是每天入睡前读一篇，玩味三五分钟，或者被感动，或者会心一笑，或者怅怅然的，如骨鲠在喉，如果读出这样的味道，说明这短暂的阅读时间都没有浪费，培养这样的习惯使一天生活始于平庸而终止于辉煌。"[②]我觉得苏童对小说的理解更接近文学的本性。当然，许多作家的小说，作品中的情境透出的人生隐喻、人间哲学或人生体验的独特深刻，在思想深度上令人刮目相看。但苏童在小说中所追求的更多是结构的讲究，人物的特质，简单优雅的语言，叙述的迷宫或陷阱，一种特殊的立体几何般的小说思维，一种黑洞式的深邃无际的艺术魅力。一句话，在通往艺术的玄学之道上表达生活的感悟和神思。因此，对艺术的敏感也就产生出了苏童小说的不同风貌：或者朴素空灵，或者诡谲深奥，或者是对人性的某种张扬，或者是虚实相生的淡雅。苏童是那种想象力极强的作家，并不是那种凌厉的社会性较强的作家。所以，对于他这种颇具诗人气质的写作形态，我们是无法用诸如"深刻"这样的词汇来描述和阐释的。

其次，对于苏童的短篇小说，最重要的一个因素就是小说的叙述问题。因为对叙述的把握和有效控制是苏童拓展短篇小说写作可能性的至关重要的途径。

---

① 林舟：《苏童——永远的寻找》，《生命的摆渡：中国当代作家访谈录》，海天出版社 1998 年，第 81 页

② 苏童选：《枕边的辉煌：影响我的 10 部短篇小说》，新世界出版社 1999 年，第 1 页。

苏童似乎早已意识到了短篇小说的叙述问题，包括叙述视点和叙述语言、叙述氛围，并且抓住了关键——那就是对叙述中各种小说元素的有效控制。

我们注意到，苏童的短篇小说大致都在六千到八千字左右，超过一万字的很少。他乐于把长篇比作多幕剧，把短篇比作独幕剧。短篇小说要求故事的完整，而它背后潜藏的主题还要表达清楚，因此，它必须依靠精确的描绘、灵巧的设计、精心的设置、谜底式的叙述安排，创造出极富于个性的文本世界。苏童对什么素材、题材可以处理成短篇小说似乎有一种极好的艺术直觉。在他的一百三十余个短篇小说中，即使在每篇区区几千字的篇幅里，他也能努力地控制文字、控制叙述的节奏，同时有效地“控制”想象力。对于一个有艺术天分、有天才想象力并善于虚构的作家，虚构就不仅是幻想，更重要的是一种把握，一种超越了理念束缚的把握。苏童对此也十分自信：“虚构不仅是一种写作技巧，它更多的是一种热情，这种热情导致你对于世界和人群产生无限的欲望。按自己的方式记录这个世界这些人群，从而使你的文字有别于历史学家记载的历史。有别于与你同时代的作家作品”①。苏童在想象和虚构的热情中寻找短篇小说的叙事方式。多年来，苏童在他的短篇小说创作中，始终追求并保持其想象的奇特、风格的优美、故事的魅力，基本形成了独特的美学形态，尤其是，他不遗余力地对小说文体主要是结构、语言、叙述更进一步地精心结撰和探究。在近些年创作的短篇中，无论是在小说的故事层面还是人物、语境都更加精致，对叙述的有效把握、控制，使他的短篇小说越来越接近纯粹的小说。苏童认为，小说艺术尤其是短篇小说就是戴着镣铐舞蹈，在控制中叙述，在叙述中控制。艺术产生的过程天生不是追求自然的过程，这就如同陕北的“信天游”和西洋的歌剧，未经雕琢的民间艺术“信天游”，由民间歌手在令人担忧的高音上拼力一搏加深了天生的悲

① 苏童：《纸上的美女》，人民日报出版社 1998 年，第 161 页。

怆，而帕瓦罗蒂对技巧的控制和美声技巧的运用，却使歌剧华美的气氛达到了高潮。苏童反复强调艺术之所以成为艺术，必不可少的就是这副“镣铐”，艺术的镣铐其实是用自身的精华锤炼的，因此它不是什么刑具，我们应该看到自由与镣铐同在，而艺术的神妙就在于它戴着镣铐可以尽情地飞翔。我的理解是，这里的“镣铐”就是作为艺术本身所应有的限制，而作家只有在这种介乎理性与感性或智性的叙述中，才能创造出艺术，才能使艺术产生力量。

表面上看，苏童的意绪似乎仍沉浸在过去时代的记忆里，难以走出少年时代“香椿树街”浓重的投影，耿耿于怀的还是过去时代的记忆和价值关怀。其实不然或绝不止于此。苏童总是试图以独有的心灵方式讲述记忆中的往事。在近些年所谓“众语喧哗”“欲望叙事”“身体修辞”等直指当下的写作潮流中，他的创作就稍显沉寂。而实际上，苏童是在不露声色地蕴蓄力量。我们在他的作品中早已深深地体会到一种自由、散漫、沉静、雅致、节制的叙述。有意味的是，苏童能够在对已成往事的自足、封闭、古旧世俗生活的缅怀中发掘出新意。在有“限制”的叙述中寻求对生活的某种超越，在平淡、平实、平和中衍生故事结构本身的内在张力，营造奇异的想象空间。这已构成了苏童写作的一种内在必然性。

《蝴蝶与棋》《神女峰》和稍早些时候的《木壳收音机》《亲戚们谈论的事情》都是实验性很强的短篇小说，体现出苏童在叙述中很好的视点控制，正是这种对叙述视点的把握，才创造出了小说的兴趣、冲突、悬念，乃至情节本身。作家据此传达出他的感觉和情感，并在这个角度上将生活调整到适应作家所见到的现实。《蝴蝶与棋》就是一篇典型的利用叙述中人物视点的移动，表达人的感觉和生活的不确定性的小说。苏童对小说中人物身份的置换有极大的兴趣，这种置换以及由此发生的戏剧性冲突，常常引导出小说背后隐藏的主题。《蝴蝶与棋》中人物神秘地互换身份，而《木壳收音机》写一个幽闭的孩子和他的母亲到医生家看病，两个泥瓦匠在医生并不需要筑漏的屋顶补漏、午餐，原本为别人看病的中医，最后自己却死了。前者中的棋手和昆虫爱好者、后者中的医生和病人之间的换位，视点人物的变化，不仅体现出人生、命运的无常和不确定性，也体现出一种玄机，其中不仅会给我们带来迷惑、惊悚，恐怕还有更隐讳的东西在里面。《棚车》叙述视点的选择与控制也恰到好处，祖母和姐姐及老妇人互为视角，不断地移位变化，让你在眼花缭乱中记住两代人的巨大的人生差异，小说结尾处的收束体现出扎实的叙述功力。《向日葵》隐约地留有苏童在艺术学院做辅导员时那段生活的“底色”。项薇薇这个女孩的个性得到了比较充分的表现，苏童清楚，短篇只能讲一个故事而已，难在其中设置冲突，而还要讲究对人物的描述，但又难用很多文字去刻画人物性格。对于项薇薇这个人物，苏童在小说中采取了细致巧妙的“控制”策略，既设置了与她相关的情感冲突，又清晰地刻画出人物的性格特性。这是通过对几个人物视角转换的描述形成的交叉式的互为作用。

一般地说，任何一种小说叙述语言，都隐含着诸如告知、指令、说明、倾诉、独白和说服等或此或彼的言说意图。在苏童的叙述中，叙述言语主要采用的是一种“告知式独白”，使人在极其精致诡谲的叙述中想象、感受文字背后的神秘氛围和气息。这种氛围和气息已成为小说叙述的结构成分，已经获得了一定程度的动感倾向，它是读者通过阅读可以达到的一种情境。可以说，苏童以唯美的写作姿态，倾心地对生活场景进行着诗化描绘。《水鬼》讲述一个处于玄思臆想中的城市女孩的平淡故事，并且要讲出古怪、传奇的意味。她神情恍惚的状态、古怪的思想和行为方式令人匪夷所思。在二十世纪六七十年代百无聊赖的岁月中，女孩好奇、乖戾、敏感又执着的个性心理特征呈现为独异于环境的疏离；另一方面，也反衬了那个时代精神生活的匮乏与浮泛。水鬼在女孩的感觉、幻觉中时隐时现，女孩执拗于对其追踪而产生庸人自扰式的恐惧，颇具象征意蕴。女孩手捧凝结着水珠的红色硕大莲花，她的哭泣和沙哑的嗓音，修码头民工莫名其妙地在水中浮现，这些娓娓道来的描述，营造出神秘、感伤的氛围，给人以惆怅、疑惑之感。我们真的怀疑起来，水鬼是在女孩的幻觉错乱中，还是游移于女孩周围的人们对她的猜测中？苏童用新奇而含混的暗示、隐喻等手段造成了叙述语言与日常语言相疏离的效果。叙述语言的韵律、“独白式”叙述产生了“陌生化”效果，使小说变得愈加诡谲起来，使我们对久已陌生的生活重新发生兴趣。《巨婴》的神秘气息也笼罩故事的始终。华莱士·马丁说过：“小说意味着词与人物之间的错误联系或者是对不存在之物的言及”[①]。苏童仍然用“告白式”语言讲述荒诞的故事。小镇乡村医生自以为他的“送子汤”使乡村丑陋妇女居春花怀孕，而生产了十八斤重的巨大婴孩，而这个男孩咬人成性，被视为“狼孩”。居春花生育的初衷是为报仇，仇恨的对象又无法言明。巨婴神速长成少年后，其母带他四处寻父和找人复仇。情节荒诞不经，又使人讳莫如深。这篇小说与他前期的《樱桃》十分接近，我们从弥散在小说的气息中，可以把文学设想为是对于言语行为的一种想象，而非对于现实的模仿，这种对荒唐颠倒的世界所进行的稗史笔法的叙述，这种“审父”“寻父”“无父”的意识，在小说审美过程中到底是浮躁还是虚无，怀疑还是揶揄，已不言自明。以上几篇小说都呈现出环境积淀的“意识力量”与小说人物的个人意识之流之间的碰撞，出现了新质，小说内容陡然升华。

在读过《你丈夫是干什么的》《大气压力》《飞鱼》等作品之后，我们更不必担心苏童小说的秩序会在什么时候坍塌或崩溃。人物心理上的情感、情绪冲突构成叙述内核。这几篇小说从某种意义上印证了苏童对小说的另一种认识：“沉重的命题永远是我们精神上需要的咖啡，但我也钟爱一些没说什么却令人感动令人难忘的作

---

① ［美］华莱士·马丁：《当代叙事学》，伍晓明译，北京大学出版社1990年，第231页。

品”①。这些小说，有的采用参与性叙述视角，有的采用观察性视角，基本上不用全知全能性视角。许多小说“外视点”叙述，偏重于外在“故事”和“行动”及阐述，把所要再现的一切进行了“冷处理”。这样，就往往造成叙述中的“真空”“空白”状态，使故事产生更大的张力。因为视角的设立可能发现不易察觉的生活内容。人物的或怪诞或奇异或实在的个性在一定的叙述空间里自然地凸现，才能充分地发挥叙述语言的功能。苏童十分注重叙述节奏的变化，尤其是表层节奏的起伏，通过叙述人有节制地控制故事的来龙去脉、人物性格的呈现，叙述人的节奏与生活的自然律动达到某种审美上的和谐，有时我们很难在小说中寻觅到它所能提供的意义踪迹，更难见诗的高蹈和哲学的深沉，有的只是阅读过程中或紧张或松弛或懒散的感觉，但正是这类“波澜不惊”的小说，给我们带来了更多阅读的松弛和欣赏的惬意。

第二节 “叙述”对“记忆”的精微表现

讨论苏童的短篇小说，我们仍然不能忽略的还有一个“记忆”和“体验”的问题。

作家张锐锋将作家分为三种类型：记忆型作家、摹写型作家和先知型作家。他认为，记忆者在过去的光阴里沉湎，并像考古工作者一样，细心地掘开生活的表土，收集着被人遗忘的碎片。从某种意义上说，记忆是价值的存储器——只有通过记忆才能使生活的意义或心灵的困惑释放出来。我觉得，多年来苏童就是这样一位凭借想象力和唯美表现力，追寻“曾经的现实——历史碎片”的提炼者或修补者。仔细算起来，苏童的短篇小说中有百分之八十的篇章是取材于“记忆”的，包括“心灵记忆”“生命存在记忆”。关于苏童

① 苏童:《短篇小说，一些元素》,《苏童散文》，浙江文艺出版社2000年，第235页。

为何沉于“过去的生活记忆”“历史想象记忆”，已有评论者、研究者作过一些猜测和推断，或以为苏童的创作主要与童年生活经历有关，或以为是其性格、天赋使然等等。其中陈晓明的说法比较令人信服：苏童在二十世纪八十年代后期崛起时所遭遇的面对知青群体的历史晚生感；面对“大师”无法摆脱的艺术上的迟到感；面对传统所陷入的文化上的颓败感，大致决定了他后来写作的路向。[①] 虽然，与他同代作家们的创作大都在九十年代初发生了不同程度的转型，但苏童的艺术创作风格和叙事写作姿态却执着地延续下来。要理解苏童对“记忆”的再体验，不妨对苏童小说创作题材稍作回顾。从题材上讲，苏童小说大致有三种取材范畴：一是城市小说。具体地说，他选定的是处于城乡接合部的“香椿树街”作为故事背景，并以此展开的又大多为少年们的故事；二是以乡村为背景的“枫杨树”系列故事。这类作品明显受福克纳或者莫言的影响，类似于他们的“约克纳帕塔法”“高密东北乡”系列小说；三是以二十世纪三四十年代城市为背景的“妇女生活”系列小说。从这类小说可以看出，这些作品纯粹是苏童想象的产物。

从苏童近几年的创作实绩看，他仍对两个方面显示着不减的热情：一是继续以“香椿树街”为小说叙述背景演绎他的“怀旧”故事，一是继续不断地对短篇小说的艺术形式进行不懈的探索。不仅注意对地理、地域环境的观察，更重视特定岁月中的历史视景的辨析。如今，苏童虽然不时把目光和笔触停下来，“凝神谛听现实世界的声音”，但他仍更加眷顾着“过去的声音”。可贵的是，苏童并不是单凭记忆和想象力作为唯一写作方式和途径的作家，从他作品的厚实感、“结实度”来看，我们就会意识到，苏童也不是那种依靠刻意挖掘生活中的“诗意”进行表述的“写匠”。想象力不会无根地浮游，记忆，必定是一种有精神向往和归属的沉潜。因此，童

① 陈晓明：《无边的挑战：中国先锋文学的后现代性》，广西师范大学出版社 2004 年，第 396—418 页。

年的记忆在延宕了无数的岁月之后，仍然能够生发出坚实的人文意蕴来。

前文提到，“香椿树街”是苏童为自己小说预设的一个恒久的叙述背景。总览他三十年的小说创作，以此为背景的小说超过他创作总数的大半。可以看出，苏童特别喜欢在这个背景下展开他的文学想象，淘洗他记忆中的生活铅华，对记忆中的生活再次体验。主动进入主体性体验，通过自己心灵之光照耀过去的生活，突破自己晦暗性的生活，从而创造一个又一个有意味的世界图景：南方俗世生活的浮世绘。这对一位极有创作个性的作家而言，无疑是一种对记忆的坚守，而这种坚守，即使是浩渺岁月的断简残篇，也倾注了其与众不同的感觉和意绪，这肯定会给苏童带来创作上无限的喜悦和巨大的收获。《白雪猪头》和《人民的鱼》是颇值一提的两篇小说。这仍是两个关于“香椿树街”二十世纪七八十年代发生的故事。《白雪猪头》以逼真的文字再次将我们带回到六十年代不堪回望的生活情境。在那个物质极度匮乏的年代，很难想象，一个有五个需要正常生长的孩子的母亲会如何面对他们身体的正常需求。在那个年代，人们的聪明和智慧同样具有狡黠的功利品质，而“关系”的处理是一条人情关联的秘密通道。母亲与肉铺店张云兰之间的故事再次显示了作者的构想力。阅读这篇小说，我们会得到一些启发，很难也不必再用类似高尚、博大、无私这样的字眼来形容一些小说的主人公，人要坦然面对物质，要相信物质是建立精神尊严对付贫困必不可少的基础。富裕、明亮的生活，才是一个人纯净品质的最好营养，摆脱贫乏的生活窘境不是罪过，也不是羞耻的事情。我敢肯定，这浸透了苏童少年时代切身的经验，因为小说始终弥漫着那种令人心痛的苦涩感、疼痛感。小说故事结尾处，“白雪猪头”的出现，立刻给整篇文字带来了传神的色彩，它成为有生命力的物象，使张云兰的行动更具有感染性，也使叙述腾挪出整体与记忆、真实与想象、道具与背景等要素间的张力，从而为读者留下思考、回味、体验的空间，同样，获得对传统故事的那种满足。可以说，“白雪猪头”是苏童奉献给当代小说的一个独特的意象。我始终觉得，对苏童的小说，很难对其进行重复性讲述、描述，它给我们留下的常常是一种特别的阅读感觉。《人民的鱼》同样是讲述“香椿树街”两位女性之间发生的故事，它被搁置于时代变迁的动态背景下，这无形之中增加了叙事因素的多元性。小说通过主人公柳月芳和张慧芳对“鱼头”的好恶转换，演绎着社会、时代与世俗风尚的沧桑变化。“鱼头”的命运似乎主宰了小说中人物的命运，强烈地透射出主人公的命运、生活形态的剧烈变化。苏童将这篇小说命名为《人民的鱼》，“人民”这个概念在这里有着更宽泛、更世俗、更富于幽默的含义。人民的鱼都会游向哪里？当然是游向人民自己的生活，它肯定会带给人们无尽的乐趣。“白雪猪头”和“人民的鱼”都让我们闻到了小说的气味和余味，让我们体验到了作家记忆中的事物，并在我们的感受中灵动起来。

苏童的“记忆”有时也显得格外沉重。他的两个短篇《骑兵》和《点心》就分别写了一个少年残疾者和一个青年生理缺陷者的生活状态。在这里，苏童的体验，成为记忆中的动感地带，他对记忆中的事件或者说故事进行了整合。在这类作品中，苏童对自己的想象力是有所“控制”的，想象的空间有意缩小，叙述中主要对旧事物进行重新发现，更加注重个人情感表现，并以此支撑起小说叙述的空间和时间，“记忆”“回忆”在时间中可逆的线性“轮回”，从另一种意义上“重复”已消逝在时间中人的命运。对小说时间的把握也是对短篇小说有限结构的无限的唯美追求。《骑兵》中的残疾少年左林试图通过一种病态幻觉来拯救自身的现实境遇，模拟自己应有的未来，把握自己的幸福，似也合乎情理，但这种离奇的选择在现实中所遭受的彻底粉碎，断绝了所有试图努力消除个人存在恐惧的精神通道，少年左林的畸形梦想就成为一种悲剧。我们也许会作深入的联想并且发问：少年左林的选择是不是对成人世界的模伤？小说人物表现的“试验”是否象征人类的精神苦旅？我觉得，没有人会阻止这种解读，只不过苏童注重的只是讲一个故事，他追求小说所产生的审美意蕴，而不会去刻意赋予小说某种社会功能，以此来拯救人的灵魂。介于小说和散文两种文类之间的《点心》，也许并未引起人们的广泛关注，但这篇小说依然保持着苏童以往此类作品表现男女关系的大致路向，叙述的视点并不复杂，人物关系也没有复杂化的倾向。小说中的阿翘和小德制造的也是一场“几乎无事的爱情悲剧”，他们之间，准确地说是阿翘对小德的情感倾向被苏童描绘得笨拙而又略显荒唐，但一点也不丑陋与卑琐，反而给人既可笑又可爱的感觉，更不触及道德规范等宏大题旨和信条。苏童擅写女性，也擅写男女之“痒”。在这篇小说里，苏童并非要表现女性意识，或彰显人文关怀的成分，但一个小市镇女性的性爱意识的自我觉醒、自我完成虽不能说是人事风华的南方风情，但也不能说是败德淫邪，只能理解为小市镇俗风俗雨中的暧昧与感伤。有一点与以往这类小说相同，那就是男人小德仍是被作为一个残疾、颓败、“逃逸”的男性角色出现的。叙述人透过这个故事或生活片断，触及了那个时代的伦理、欲望、物质和精神的现实，文本缓缓地浸润出无尽的失落与惆怅、清冷与寂寥的情绪色调，再次让我们感到底层谋生者的生存归宿，构成贫乏荒诞、颓废时代的人生风景，生发出别样的生活意蕴。

第三节　结构和语言的力量

在很多人看来，好的短篇小说的出现对于一个作家来讲，是具有偶然性的意外获得。而对苏童则不然。他的短篇小说既可以说是精心结撰、潜心打造，也可以说他对短篇小说有一种天分上的结构智慧。坦率地讲，苏童对自己的短篇小说的写作高度是寄予很大“野心”的，这就使得他格外重视小说的结构。作为一个有强烈的唯美写作倾向的作家，面对现代世界及其存在的复杂性，苏童不仅注意到叙事的省略和凝聚的技巧，保持结构的明晰性，有暗示，有比兴，有过人的机智，而且他短篇小说的人物和故事，本身就具有情节力量的弥散性，有自身的叙事逻辑、脉络和骨骼。它没有那种大家倡导的短篇小说“以小见大”的企图，也没有所谓生活“横断面”的片断感，他所表现的生活完全是一个具有整体感的自足世界。每个钟情于短篇写作的作家都很清楚，一个短篇小说，要在有限的篇幅内对人物、故事或者意蕴、细节作出合理而和谐的表达，必须考虑到小说中各种元素及其相互关系，也就是要求作者“摆平”其中的每一个元素，显示和凸现短篇小说结构所具有的能量。

我们在前面谈到“叙事策略”时，曾论及苏童对各种小说元素包括叙事视点的有效控制，其实，短篇小说由于其有限的篇幅，它必须找到自己种种叙述材料的联系方式和手段。也就是说，作者对于这种结构的驾驭肯定是“功利性”的，情节、人物、背景、视点这些叙事的组成元素，如何在不同情况下都能够相互融合，成为一个表达过程中紧密相连的组成，是最为重要的。苏童在他的短篇小说写作中始终自觉地寻找合理的内在结构，在情节的设置中去发现叙事的基本结构。另外，在苏童的短篇小说中，人物与事件的关系是一个很复杂的问题。一般地说，我们在其从容的叙述中几乎看不出特别复杂的人物和更复杂的事件。但是，人物却具有一种不容忽视的伸缩力量。尽管苏童很少为人物的复杂性表演留有更大的余地，也就是说，人物的精神和思想并不是很“深刻”，有些人物的“性格”甚至都未能来得及在小说中得到发展，但我们不能不认可苏童笔下的人物都是有趣的人物。这种“有趣”，既得之于人物身上的“疑点”为作家所发掘，也源于人物与叙事之间的有机联系。一般地说，小说人物既可能是纯粹的虚构想象，也可能是生活的事实。苏童总是让他的人物为生活的某种力量，甚至某种怪异的力量所左右。所以，我们也就很难说清楚在苏童的小说里，是人物控制着叙事结构，还是叙事改变或影响着人物。人物与结构、层次的变化浑然一体。还有，叙事视点的选择和变化，也是一篇小说具有坚实结构的关键性要素。这些，我想，短篇小说《西瓜船》足以印证这一点。

应该说，《西瓜船》是苏童短篇小说中结构非常独特的一篇。说它独特，主要是由于它结构的起承转合自然而幽远，叙事焦点的转换、变化充满智性而奇诡。这篇小说看上去是讲述进城卖西瓜的松坑乡下人与城里人的一场激烈冲突。陈素珍所买的一只坏西瓜欲换不能，遭到卖瓜人福三的讥笑、拒绝，儿子寿来听到后，潜在的暴力倾向突然扩张，用刀捅死福三，从而引起一场血案。接下来，福三家乡亲人蜂拥来到“香椿树街”，大动干戈地对寿来一家实施报复。叙述到这里，即使立即终止、结束，也已经是一篇结构非常完整的作品。但是，苏童接下来又用大量的篇幅写了福三母亲来城里寻找西瓜船的故事。这显然给这部小说建立了又一个叙事单元。小说写福三母亲如何在城北地带的“香椿树街”寻找西瓜船，并得到大家的热心帮助，先后许多人物出场，为福三母亲找船而奔走，最后，福三的母亲将“西瓜船”摇离了“香椿树街”，这个故事令人异常感动。我们注意到，若将小说划分成两个叙事单元的话，那么前一个单元，讲述的就是一个“暴力的故事”，后一个单元写的则是一个极其“温暖的故事”。在一个短篇小说的结构里，如此处理人物和事件的迅速更迭，极为鲜见。前面的那个单元，人物的行动是迅速的、激烈的，叙述话语也具有强烈的冲击力；后一个单元则由于人物行动性的减弱而放慢了叙事节奏，叙述间隙里弥漫着细腻的情绪性，这时的叙述话语使文本充满抒情性风格，形成了自己新的叙述秩序和场域。从另一个角度讲，小说的叙述完全跨过了“道德的边界”，人物与情节就像自我与世界一样，它们所建构的意义，是由它们两者在一条“路”的位置和方向决定的，人物在静态中充满了张力，在动态中拉动情节的进展。这里，作家虽然没有刻意去寻找人物与现实的某种隐喻关系，但结构的独特却开拓了小说新的表现空间和维度。可以说，这是小说写作经由“故事”转向“叙事”的经典范例，而完成这种转换的内在推动力量则是结构的支撑。

另一篇小说《两个厨子》的人物与结构也充分显示出苏童小说结构的力量和独特。小说中那两个厨子，两个人物的内心像两股激流，在起伏中相互冲撞、回旋，人物的内心波澜在对话和行动中演绎着、拉拽着情节，最后将故事引向一个不可思议的结局。我们不得不惊叹苏童设置结构、控制节奏的功力。

最后必须要谈到的，就是苏童短篇小说的叙述语言问题。小说说到底是语言的艺术，小说家在语言上下功夫是必不可少的一项需要磨砺的工作。既是基本功，又有天分在其中。我认为，这对于短篇小说尤其如此。而且，短篇小说的语言表现方式及其风貌对任何一个作家来说都是一个巨大的挑战和考验，是必须面对的问题。一般地说，一个作家的文学叙述语言的训练或者说技术，大致有几个提高的过程：一是使用现代汉语写作，二是更好地运用现代汉语，三是写出属于自己的现代汉语。因为这是构成小说叙事美学风格个性的关键性因素。尤其对苏童而言，它体现着一种由语言贯注的美学气韵。苏童的叙述语言不仅极大地扩展了短篇小说表达的话语、意识边界，而且并没有使感觉和情感迷失在叙述过程中，他是运用那种能够捕捉感觉本身的语言进行叙述。也就是说，苏童的文学感觉、想象中的故事，凝聚着情感的真实内核，由叙述人用最切近生活的语言细腻、逼真地描述，产生一种魔力。倘若将整个想象世界的存在当作“物”的话，那么，叙述语言的使命就是缩短“物”与“我”可能性现实世界及读者的距离。这个最佳的路径就是用感觉性语言作为传达、沟通的中介，唤醒人们与自己过去知觉经验的某种联系。对世界的体验，充满色彩和旋律的视、味、听觉被通感语言表现出来，使小说产生了一种超越文学自身层面的文化表达语境，接近了语言的狂欢，这种狂欢的语言是充满激情的舞蹈，是腾跳于传统思维方式和观念之上的自由的舞蹈。可以说，苏童的语言叙述状态也接近心理学者马斯洛所说的“高峰体验”，从中我们感受到超越一切的和谐和愉悦，优美、宁静而纯粹。

还有，我们经常提及的苏童小说语言的“陌生化”问题。那么，在苏童短篇小说中，其叙述语言“陌生化”是怎样的形态呢？可以这样讲，如何使小说叙述语言在表达上获得审美意义上的提升和价值，成为一个作家有别于另一个作家的标志。这种陌生化体现为叙述语言的“诗化”倾向。具体说，叙述语言的陌生化表现为语言的音乐性、新奇而含混的隐喻、象征和暗示，从而造成与日常语言、传统文学语言的疏离效果而产生特别的审美感觉和深邃意味。俄国形式主义理论家斯克洛夫斯基认为，构成“陌生化”的要素有两点：一是运用普通语言中基本不用或根本不存在的新词语、新用法；二是采用诗的特有的节奏、韵律、意象声音等进行文学叙述，改变了普通语言的常规表达方法而显示出陌生化效果。陌生化效果的追求使小说的叙述话语创造出令人耳目一新的语言表达范式，同时，对于想象性情境的表现，也给这种语言提供了更为广阔的舞台。对苏童来说，这无疑得之于西方、拉美现代小说语式和中国古典白描语言的双重影响，异域语调与白描式语言神韵的交相杂糅，直觉、意识流动，隐喻魔幻等语言表达方式激活了汉语的光芒，形成了苏童所特有的“现代文人话语”风格。华丽、婉约、神秘、轻曼、柔和的语句、语式成为苏童小说语言与众不同的特性。他的大部分小说在行文中取消了人物对话时标点符号的使用，小说人物与叙述融为一体，相互制约相互辅助，在阅读和感官体味上更为流畅。充满文人浓郁、浪漫怀旧意绪的故事内容被优美地讲述、推演和铺张。这种独创性叙述话语制造出了文学表现中“暧昧”“迷蒙”

的美学格调，将具体的、历史的、道德的形而下内容引入一种文化上的超验性体悟。这样，文学的写作与接受都进入了一种中立性的审美观照状态。关于这一点，我们在后面论述苏童叙述语言个性时还要进一步引证，暂不赘述。

前面曾提到苏童短篇小说中意犹未足之处，以及我们在对研究对象作综合性探讨和整体性把握时，意识到的问题和缺憾。这肯定是苏童短篇小说写作中不应忽视的一些倾向，甚至可能是导致创作走向平庸化的重要因素，是苏童应该警惕的方面，因为任何事物的发展都有多种可能性向度。

我们一方面论述和称道苏童短篇小说在叙述上的精致，他用心良苦的营构，对当代短篇小说艺术的发展做出的努力；另一方面的悖论可能同样令人忧虑，这种用心的雕凿、讲究，不可避免地会使一些作品不同程度地沾染上一种匠气。尽管他的每篇小说都在保持文体风格稳定性的情况下，不断地寻求变化和灵动，但终究会否彻底摆脱无意义的空洞，不丢失朴素的底色，营造有生命感觉的小说，尚需时间的考验和读者最后的甄别。另外，苏童的叙述语言已渐渐形成一种自主的惯性，强调感觉，重视密度、浓度，在专注细节中寻求轻灵，特别是对塞林格叙述语调、博尔赫斯叙述语式的喜爱、迷恋甚至刻意模仿，倘若不能有意识地剥离翻译文体裹挟的西崽气，就很容易丧失母语的底气，遮蔽掉汉语本身的光芒。这就需要将西方文体的长处，真正融入东方古典的语态。对此，孙郁曾忧虑和感慨："舍弃几千年的传统，以译文的标准从事创作，几十年佳作殊少，那也是自然而然的了"①。

还有，写作的终极愿望，是否要考虑读者对小说牵动心弦的渴求，因为小说也是读者解读世界的选择方式。依靠想象写作的苏童的叙述，很难让阅读从叙事的层面进入各种价值的层面，对形式的

---

① 孙郁：《文体的隐秘》，《当代作家评论》2001 年第 5 期。

不惜“气力”，会否让厚重的情感体验游离于叙述的语言之外？对唯美叙述的刻意追求，同样会否使作品的生动形象性受到损失？如果利用叙述性文本独特的“裂变”功能可以增加幻象的真实性，那么就会引起另一个问题：小说所呈示的一切到底意味着什么？有人说，苏童多年来一直是在过去的阳光下行走，因此，想象、虚构和语言的关系也是苏童面临的主要问题。苏童认为，创造语言就是创造一种生活，想象和语言是心灵表达的一座浮桥，摹写现实生活的作家不一定就介入、参与了现实。强调超验写作，强调情节要借助符号想象和虚构，作家不可避免地会越写越孤独，到最后可能仅剩下一颗心灵。问题是，过去的生活作为一个“封闭的记忆库”，作家若永远沉迷其中而无现实的激发和鼓舞的话，那文学想象的空间究竟还会有多大？心灵的“内宇宙”永远大于“外宇宙”吗？追踪关注苏童创作的读者肯定不愿意苏童成为某种模式化的符号。

但无论怎样讲，在忧虑之后，我仍认为苏童是当代中国为数寥寥的具有鲜明唯美气质的小说家之一。无论其所表现的阴森瑰丽、颓靡感伤的人事风物、历史传奇，还是精致诡谲的文字和神秘意象、结构形式，无不呈现着叙述的精妙与工整，发散出韵味无穷、寓言深重的美学风气。我们说，唯美的，不一定就仅是颓艳的，也不就是伤感、放纵的，但一定是诗意的。苏童就是更多地从个人记忆、个人生命内在体验方面想象生活、进行心灵创造的小说家。他讲究叙事技术，风格摇曳多姿，而且擅长将记忆中的经验或生活诗意化，他的叙述常常引导读者离开日常生活，努力地进入一种更高的艺术真实，使叙述与我们的内在感受息息相关。苏童始终痴迷短篇小说文体的探索与营构，从容自信地打磨短篇小说艺术形式的利器，刻意地使小说更“像”小说。虽然，这种持续的坚持与冲击取决于多种条件的限制，包括个人想象力、语言敏感度、文体控制力、社会语境、语不惊人死不休的文学叛逆精神，但正是这些，使他的小说看上去朴素而老式，叙事的坐标虽少有移动，但还是不断有新的独特意境出现，充满了丰富而瑰丽的想象。

我们完全可以将苏童的短篇小说置放于当代世界、现当代中国短篇小说写作的历史、现实格局中进行考察，因为，在苏童的小说里都隐约留下了中外短篇小说大师们不朽的声音和印记，体现出苏童文学叙述努力地摆脱艺术孤独的自信和勇气。辛格、福克纳、博尔赫斯、雷蒙德·卡佛、鲁迅、张爱玲、沈从文、汪曾祺、孙犁等现代短篇小说大家的气脉和风度，灌注于苏童小说的字里行间。同时，苏童也在自己的数篇短篇小说里，为我们贡献出许多令人难忘的结构和细节，诸多抒情、优雅、精致的小说元素，艺术想象力在他的短篇小说里熠熠生辉。不夸张地讲，苏童为中国当代短篇小说的发展做出了重要的贡献。

虽然，与前辈短篇小说大师们相比，他的短篇小说在叙事气魄上还嫌谨慎精微，深刻上还远不如鲁迅，洒脱自如也不比赵树理，飘逸难以越过孙犁，空灵也无法与汪曾祺比肩，也就是说，苏童的努力，注定要面向他的前辈大师们挑战。但苏童对于短篇小说的抱负却可谓至盛至纯，一丝不苟。他文体文风的柔软绵密、语言气度的大气和华丽凄美，对于人性、道德的曲折铺展，整体结构的精致唯美，字里行间所弥散出的颓美气息，与前代作家路数迥异，自成一脉。毕竟苏童在执着地探索叙事危机时代的叙事可能，促进着当代叙事艺术的自我更新。他拥有自己的叙事智慧，保持着文本虚构的张力，而且在表现人事风物和情境上也表现出惊人的才华。

关于短篇小说，沈从文早在 1941 年的一次演讲中曾有一段论述非常令人回味，他认为，短篇小说“不如长篇小说，不如戏剧，甚至不如杂文热闹”，“从事此道的既难成名又难牟利……是个实实在在的工作”。[1] 可见，在许多不同的文化、文学语境下，短篇小说似乎都是一件寂寞的工作。苏童对于这种文体的喜爱和迷恋，显然是

① 沈从文：《短篇小说》，《国文月刊》1942 年第 18 期。此文为沈从文 1941 年 5 月 2 日在西南联大国文学会的讲演稿。

想在对唯美层面的捕捉中获得深度的意味。他不仅耐得住寂寞，还真正地具有将自己燃烧在里面的投入。因此，在想象的维度里，尽管苏童曾表示自己的想象力会无可挽留地衰退，但我们相信，他肯定会是一位对现实生活有所超越的作家，在一定程度上，他还是一位想象力和原创力“大于”生活的作家。无论是他对历史、记忆的想象和虚拟，还是对当下的写实和审美狂欢，唯美的叙述都会有强烈的穿透力。我们有理由相信，苏童在短篇小说创作上一定会走得更远，因为他早已为自己的写作找到了方向和边界，而且价值丛生。这种价值与功绩在于，他的小说既给人们讲述了迷人的故事，又给文学贡献了一种独特的语言形态，捍卫了短篇小说文体在文化上的尊严，并使小说神圣起来。

第六章　论苏童的散文创作

小说家的散文，近些年已成为文坛的一个重要景观，尽管写散文不是小说家的“专业”，但其中确实出现了许多优秀的散文精品，甚至令专事散文写作的散文家们汗颜。如韩少功的《世界》、张炜的《融入野地》、史铁生的《我与地坛》、霍达的《天涯倦客》、王安忆的《窗外与窗里》等，或深厚，或平和，或舒展轻灵，或深沉凝重，写得幽远耐读，引人瞩目。而苏童的散文《虚构的热情》《纸上的美女》《三棵树》《城北的桥》等也以其潇洒、优美、流畅的风格别具韵味。在《寻找灯绳》《虚构的热情》和《纸上的美女》几部散文集里，包括了苏童近年创作的童年记事散文、世态人情散文、文艺随笔、序跋、对话等，更体现出了极其鲜明的个人风格。我们发现，像苏童这样想象力惊人、叙述潇洒富于韵味、语言感觉纯净透明的小说家，他的散文也依然保持着既幽雅又平实的气质和格调，颇见苏童人格、文风中坦诚、素朴的一面。在这里，我们不禁想到了王国维在著名的《人间词话》中提出的“句秀”“骨秀”“神秀”三个境界的说法。倘若将其用之于评价苏童的散文质地，正可以说是体现出苏童多年来对文字“神秀”的艺术向往和追求。

从某种意义上讲，东方文化的精髓正在于其深刻隽永的生命体验，在于具有内倾和神秘的精神特质的表达，这也正是苏童散文“神秀”的扎实呈现。苏童曾在他的小说中以一系列非常态的生命体验，展示了一种东方文化典型的生命形态和情绪记忆；而他的散文，若是把其中的一幅幅耐人寻味的常态生活图景收集起来，完全可以作为其小说世界的补充。同时，这些散文与他的小说又异曲同工，具有相同的艺术气质和不同的艺术风貌，成为苏童另一个有特色的文学景观。在散文中，苏童常常驻足停留于古典与现代的边缘、东方与西方的交界，体验世态人生的变数，有节制地抒写生命的歌哭，体味文学大师的经典叙述。这些文本，也为我们感知苏童文学记忆、想象、写实和虚构的表意、隐喻关系提供了审美的情境和依据。

第一节　沉潜的神韵

童年记忆是个体生命成长期的神话，是写作最可信赖的积淀和背景。不论是采取搜求奇趣的阅读姿态，还是单纯以生命体验为出发点，我们都能够从苏童的童年回忆性散文中获得极大的阅读快感。作者把湮没于时间深处的体验发掘整理成一幕幕动人的生命图景，这些图景虽然只存在于彼时彼地仿佛已然定格，但在成年视角的观照下，它们并非是永不复返的幻想，而是具有唤醒记忆、生发激情和写作欲望的弥足珍贵的精神财富。每个人的童年记忆不尽相同，但其中蕴含的要素，诸如怀旧、沉思、亲情、乡情、生命意识等等，是最能引起共鸣的。好的文学作品，却并不止于共鸣，而是进一步提供一些典型的心灵图式，一种能唤醒内在情绪、情感的符码。如果把人的心灵比喻为一座迷宫的话，这样的图式就是其生命经验的某一部分的地图。童年记忆是心灵、性情迷宫中最为神秘的部分，因而童年记忆所能提供的心灵图式也是最有生命和文化意义的。

我认为，在苏童的童年回忆散文中，呈现了两种基本的艺术表现图式：一是执着于事物型。其动态过程是：向往—沉迷—得—失—失后的向往、怀念、平复、完成；二是执着于人际型。其动态过程是：引起关注—熟悉—命运变迁、流离—消失或死亡—感悟、怀念、平复、完成。这两种形态的循环，最后都归于一种近似平常心的初始状态，构成某种有意味的深情回味形式。

我们可以以《三棵树》为例来分析苏童“执着事物型”散文循环范式的特性。我认为，这是一篇抒发关于他童年时的心爱之物的重要散文。

首先，我们看第一个阶段“向往”的叙述：

> 我看着车窗下方的那块白色的旅程标志牌：上海—三棵树，我看着车窗里那些陌生的处于高速运行中的乘客，心中充满嫉妒和忧伤。
>
> 三棵树很高很挺拔，我想象过树的绿色冠盖和褐色树干，却没有确定树的名字……
>
> 我没有树。没有树是我的隐痛和缺憾。
>
> 我的树在哪里？树不肯告诉我，我只能等待岁月来告诉我。[①]

在这里，儿童的白日梦和富于幻想的潜质引发并指向了一个具体的物象：树。树是自然界生命力的载体，也是对不容一树的苏州城北平民人家景观的反动，也是所有生命力遭受压抑的儿童质朴愿望的曲折表达。苏童用了他特有的略带忧伤的平淡语气，絮语般地陈述，细腻的抒写使文字的表达远离了感觉上的粗糙。

再看第二个阶段，“得与失”的叙述语言：

> 我种过树。……我把一棵树带回了家。它在花盆里，

① 苏童：《三棵树》，《苏童散文》，浙江文艺出版社2000年，第18页。

但是我的树。因此成为我的牵挂，我把它安置在临河的石埠上。……后来冬天来了，我把花盆移到了窗台上，那是我家在冬天唯一的阳光灿烂的地方。就像一次误杀亲子的戏剧性安排，紧接着我和我的树苗遭遇了一夜狂风。……一个冬天的早晨，我站在河边向河水深处张望，依稀看见我的树在水中挣扎，挣扎了一会儿，我的树开始下沉……[1]

这是第一次得失之间的心灵震撼，在儿童的世界里，心爱之物的得与失，往往是他们某一阶段生活的全部意义。这也正像成人世界里的奋斗与追求，获得与失落同样动人心弦。一个具有内省气质的儿童，能够深刻地触及他内宇宙先在的文化规定性，即人类天性中的向往自由发展、向往无限、向往生命本身的情结——与树相伴，与树同在，是人作为个体的生命而形成的原始心灵寄托，而与自然相伴、与自然和谐，是它的现代性翻版。我们也许可以沿着这个线索解读这一有代表性的人生行走的心路历程。

第二次的得失不是童年视角的叙事，因而更为具体、完备，并贴近现实。作者说：

秋天午后的阳光照耀着两棵树，照耀着我一生中得到的最重要的礼物。伴随我多年的不安和惆怅烟消云散，这个秋天的午后，一切都有了答案，我也有了树，我一下子有了两棵树……

城市建设的蓝图埋葬了许多人过去的居所，也埋葬了许多人的树。……七年一梦，那棵石榴，那棵枇杷，它们原来并不是我的树。[2]

① 苏童：《三棵树》，《苏童散文》，浙江文艺出版社 2000 年，第 19 页。

② 苏童：《三棵树》，《苏童散文》，浙江文艺出版社 2000 年，第 21 页。

与童年时期的向往相一致，人的内驱力是指向自然的，而外部的不可抗力是抵制自然的。人在这一矛盾过程中追求、得失、感悟，从而体验生命在某种程度上的残缺。关于树的梦想，就是人生体验的一个经典片断，叙述中弥补曾经有过的生命缺失。所有的梦想，都具有类似的矛盾过程。

第三个阶段是“平复与完成”，即心理过程终结，同时又回到思维的原点：幻想。人的一切都寓于幻想中，舒展开来后又归于幻想。这个完成，就是在得与失之间的迷恋与感悟：

> 现在我的窗前没有树。我仍然没有树。树让我迷惑，我的树到底在哪里？我有过一棵石榴，一棵枇杷，我一直觉得我应该有三棵树，就像多年前我心目中最遥远的火车站的名字，是三棵树，那还有一棵在哪里呢？我问我自己，然后我听见了回应，回应来自童年旧居旁的河水，我听见多年以前被狂风带走的苦楝树苗向我挥手致意，我在这里，我在水里！[1]

这是一个谜一般的结局，代表一个理想主义者唯美化的追求，同时赋予散文以灵气与沉潜的神韵。这时，散文写作在苏童没有任何预设的写作姿态中，渐渐走出了职业作家虚构的樊篱，焕发出灵动的辉光。

其他的状物散文如《金鱼热》《船》《自行车之歌》等，都浸透了这种深情，只是把这种执着于物的深情转移到了童年习见的一些其他事物上，作者怀着淡而细腻的忧伤，追忆逝去的东西并平复由于不完美而产生的种种忧伤。

另一类是有着相似的状貌结构的“执着人际型”散文文本。它们的视点几乎都放在了人物身上，这一模式的散文有《女人和声

---

① 苏童：《三棵树》，《苏童散文》，浙江文艺出版社 2000 年，第 23 页。

音》《女裁缝》和《女儿红》。这些散文把女人的身世感写得淋漓尽致。因为都出之于童年视角，她们的故事远远地湮没在过去的时光，蒙上一层扑朔迷离的色调。一个小孩子身边一段一段的故事发生后，引起他特别注意的那些特别的市井女人曲终人散，这个旁观的孩子却在心灵深处为她们保留着一段段或美好或忧伤的记忆，并久久地为之感动着。

除了上述两种童年回忆散文的基本写作模式外，苏童还为我们提供了很多其他的散文样式。有的只是一些回忆的场景、片断，如《露天电影》《夏天的一条街道》《童年的一些事》《过去随谈》等，大多是围绕着苏州城北那条百年老街和三座桥展开的一幕幕的生活图景。南方的地域特色和各式各样的人、物都在一个孩子的世界里留下了痕迹并定格成为情绪图像；还有一些是具有抒情意味的状物散文，如《雨和瓦》《河流的秘密》《飞沙》等，精神的潜流在这些篇章里彰显凸现，情感的波澜在叙述中沉浮。这虽不完全是回忆，却是带着一些沧桑感的人生感悟，而且是饱含个中滋味的优美或忧伤的生命意绪。这部分带有个人心灵史成分的散文，明显具有中国传统性灵派散文的格调和韵致。

第二节　返观内心的言说

苏童在一些看似信手拈来的状写世态人情的散文中，经常采取两种视角：一种是走向自我的人心的内部返观，一种是看似游离人心的外部探求。这两种趋向在苏童的散文中诱发出新的表意激情与灵感爆发。当然，我们从这些散文里看到的，不仅仅是闲情逸致。如果说苏童的童年回忆散文是个体心灵史的话，那么这些描绘世态人情的散文就是一部社会生活的变迁史。而闲谈、幽默、洞察力是这些篇章的写作动力和要素。它们具备传统的中国闲适散文所没有的洞察力，作者不断通过世情，达至生命的深层，探讨现代人之所以如此生存的理由和依据，也就是捕捉、梳理人的从“由内到外”到“由外到内”的心灵细节。

我们感到，在叙写身边琐事的时候，苏童更加能表现出其富于幻想的潜质。但不可避讳的是，在一个喧嚣浮躁的时代氛围里，一个富于幻想的理想主义者是常常会遭遇意想不到的尴尬的。《无用的东西》就是写这样一个生动的小场景——美国西雅图的街头，一个装扮怪异的美国年轻人在首次演奏他发明的一种怪异的乐器。这一发明，引起作者的兴趣，然而最终发现，这是不被世俗务实的人们所接受的，它会自生自灭、不了了之的。“没用的东西不如不要”，作者是怀着复杂心情说出这句话的。世界上的那些常常不容于世的幻想家，他们思想中迸发出的火花，有多少能够留下痕迹，能得以传承发展呢？人类是极端奢侈浪费的，人们一方面苦于灵魂的苍白贫乏，思维能量和资源的不足；另一方面又恣意地浪费着这些宝贵的资源。这是一个存在的悖论。艺术家，就是一种努力挽回这方面的损失，努力从所谓“没用”的东西中发现意义和价值，从而实现自身价值的人。在一定的意义上，是幻想成就了一个作家，也间接地成就了人类的社会文明。这里，我们强烈地感到，苏童所进行的是“痛并快乐”的一种幻想。

对于每一个日常琐屑的事件、习见的场景、司空见惯的话题，苏童都通过散文，引导到一个他自己所构筑的文学的“空中楼阁”中，同时又直指世道人心。虽然他没有在散文里关注到极端的生存困境和内在的灵魂疾患，但是，如同季节的循环一样，人心的律动有其节奏和规律，把这个过程如实地表现出来，便能契合于自然，达成某种充满艺术形式感的意境。当然，作家信笔写来的时候，并没有刻意地去追求这个境界。他只是通过语词内部的和谐感、言说的姿态、语义的微妙联系，充分或部分地实现他写作的最初动机和目的，这或许就是对意义的探寻。从《狗刨式游泳》《先生小姐哪里人》《广告法西斯》《电视与宗教》《直面人脸》《多吃多占》等篇，看不到耸人听闻或逗人捧腹的故事，而这里却有很多耐人寻味的意趣，类似写意画般舒展与轻灵。

更为有趣的是，苏童在佯装俗气、饶舌、幽默、随和……的时候，似乎有意无意地显出有些“笨拙”。他终于在《沉默的人》里不打自招了：“在很多场合我像葛朗台清点匣子里的金币一样清点嘴里的语言，让很多人领教了沉默的厉害。事实上很少有人把沉默视为魅力，更多的人面对沉默的人感觉到的是无礼或无聊。”也许正因如此，苏童便有意识地“多嘴多舌”，谈锋甚健，并且，专门挑选当下流行的话题喋喋不休：《HIV 阳性》《追星族》《牛奶浴后上金床》《纸上的美女》《口头腐化》等等。这一类的文章，虽相对于苏童散文中的童年回忆部分，显得有些“底气不足”，但完全可以看作是一种调侃或生活点缀。当然，我们应该允许一个有才华的作家偶尔游戏一下笔墨，客串一个角色。一个作家身上的标签是他自己贴上去的，因而无论他拿出哪一套笔墨，披上哪一件外衣，都会不由自主地保留一点本色的东西。苏童在关于世态人情方面散文中所发表的种种对生活的见地，无疑也是这样。比如苏童就忍不住在《出嫁论》《苍老的爱情》这样的文字中，表露他骨子里的古典式和东方式的婉约“情结”，用一双暗含忧郁的眼睛，凝视芸芸众生里面薄命的红颜、苍老的爱情，以及一切沉默而无助的小人物。所以说，作家不仅应该有一双洞察人心的眼睛，更应该有一种深刻的同情心和悲悯之心。苏童恰好具有这两个天生的资质和条件，所以即使在一些看似单薄的小篇章里，他也能传达出某种震撼人心的东西，显示迷人的魅力。

苏童的读书写作琐谈，无疑也可以视为一种个人化的生命体验和艺术探寻的记录。作家关于创作的言论不一定能够完全客观地表现其实际的写作状况，但一个作家文化上的家世渊源、传承、艺术追求、个性和风格可以由此清晰地看出大致的脉络。

苏童在谈他的阅读体验的时候，曾多次在《阅读》《三读纳博科夫》《短篇小说，一些元素》《想到什么说什么》一些散文随笔中，提到塞林格、博尔赫斯、纳博科夫、福克纳、卡波特、索尔·贝娄、麦卡勒斯、雷蒙德·卡佛等人的艺术风格，坦诚地描述这些文学大师对自己的影响。尤其强调塞林格、雷蒙德·卡佛和纳博科夫对他小说写作的深刻影响。“阅读是一件美妙的事情”，正如苏童所说，那些外国作家的作品所提供的阅读感受，是丰富博大的，塞林格“柔弱的水一样的风格”、纳博科夫的语言魔力、纪德的敏感细腻，都在苏童作品中留下了些许的痕迹。这可以看作是作家向外部世界寻求艺术营养的途径和结果，尽管在实际写作中，苏童常常采用本土化的题材、方法、形式，用纯粹的中国想象写纯粹的中国小说。苏童强调形式感和美的语言和结构，认为一个好的作家的功绩也在于提供永恒意义的形式感，形式往往对应着人的内心。这无疑也是中国作家通过向域外探求、向内心挖掘而得的成果，是极为可贵的。从这个角度看，也许，正是本土文学资源的匮乏或衰落，导致了目前的文坛状况和作家普遍焦虑的心态。

我们在苏童的许多散文中看到，苏童不仅能常常返观自己的内心，同时也常常反观自己的作品，并忠实地记录下观感。他说：“有时候我像研究别人作品那样研究自己的作品，常常是捶胸顿足。内容和艺术上的缺陷普遍存在于当代走红的作家作品中，要说大家都说，要不说大家都不说。”这样的言说方式，正是属于那个在苏州城北小街上长大的无所依赖的男孩。然而坦然地承认自己写作的有限性，承认当下中国文坛的流弊对写作的困扰，这显然不失为一种豁达的态度。作家在某种程度上就像炼金术士一样，冶炼着词句，经营着语言，悉心照看着手中的材料，期待着奇迹的出现。苏童在语言上的苦心经营，使他的散文既有灵性，又有气韵。同时，在日常生活化的言说中夹杂着谐趣，有些另类但不放肆，自如地驱遣着文字并坦然地衡量着得失。

对于严肃的理论问题，作为小说家的苏童还是以他惯用的戏谑化、生活化的语言进行了探讨。“内心冲突”是苏童所强调和偏爱的话题。作为阐述创作理论的一篇文艺随笔的标题“答自己问”，正是一种自诘、自省、自我冲突的表现。苏童所采取的写作姿态，正是一种缓解和化解内心冲突的姿态，是他内心的需求，而写作就是平衡的手段。福克纳在接受诺贝尔文学奖颁奖时说：“我们目前的悲剧在于普遍的恐惧感，每个人都只惧怕肉体的痛苦，但时间久了，对这些惧怕也习以为常，学会了忍受它，而全然不考虑到精神问题，只是老想着：我什么时候会被炸？由于这点，现今的男女作家写作时，就完全忘了只有描写人类内心自我冲突才能成为上乘之作，也唯有那种主题才值得花心力去写，才能产生优秀的文学”[①]。这与苏童在《答自己问》里表达的看法如出一辙，这也许是有成就的作家当中普遍存在的一种追求。他在《虚构的热情》中关于“虚构”问题的阐述更是一语中的：“对于一个作家来说，虚构对于他一生的工作是至关重要的。虚构必须成为他认知事物的一种重要手段”。

正如其他很多作家一样，苏童不断努力地突破其固有的写作模式，摆脱他以往的思维走向上的诸多纠缠，因此，他也承受着一定程度的心理压力，并且苦苦寻找着更高更广层面上的写作支点。他说：“障碍是什么？是作家给自己套上的小鞋，穿着挤脚，扔了可惜，扔了要是找不到鞋怎么办？这是一种普遍的忧虑”。乐观的苏童面对存在的复杂和写作的艰涩，有时也不免要大声疾呼：“正在寂寞，正在流血”[②]。

作为先锋小说的代表人物之一，苏童还多次在散文中表述关于“先锋”问题的见解。苏童答记者问的时候说：“没有人会为了

---

① ［美］惠特曼等：《美国作家论文学》，刘保端等译，生活·读书·新知三联书店1984年，第367页。

② 张清华、苏童：《正在寂寞，正在流血》，《西部·华语文学》2007年第9期。

先锋去写作。如游泳的目的是到达彼岸，而不会考虑姿势。先锋不先锋，完全取决于一个作家的内心生活。”在西方后现代文学思潮席卷中国文坛的情况下，我们也许忽略了本土文化资源的作用和本土文学发展的正常规律。不仅仅是外因促成了先锋文学。实际上仅仅依靠现实主义那种精密的表现力，人类精神文化是无法全部传承的。在文学的童年期，人类经历了想象力的黄金时代，然而当下，在经历了普遍的物质文明爆发式进程之后，产生了一个文化的反拨，出现了另一个更高层面的文学想象的黄金时代。从一定意义上讲，中国当代“先锋文学”，是文学进化的一个不可缺少的链环，中国先锋文学作家们大多是遵循他们内心的需求，而少有故作的先锋姿态。我们能够感知到，随同“先锋潮流”而来的，是更加令我们惊羡的想象力的爆发、艺术形式剧变的完成。我们处在一个缤纷的时代，我们没有理由不以虔敬的态度去面对这个广阔的文学天地，打量这些文学的奇异景观。在一次文学对话中，苏童还直言：“写作当然是以人为本，任何优秀的小说都是关注人的问题。在小说中，人的细枝末节纵贯整个历史长河，也纵贯整个文学史。人是写不光的，作家一辈子都在实际生活和文字生活中，双管齐下地与人相处。人写好了，一切大的问题都解决了。而我的创作目标是看清人性自身的面目，来营造一个小说世界。”[①] 苏童的内心深谙文学写作与对人性表现的深刻关系，他乐于思考也善于思考小说写作的堂奥，这也是他文学写作实践的积累使然。苏童的文学观，也由此可见一斑。

我们说，苏童对于写作的沉思默想，正是作家深刻地自省，自觉地探索文学精神，努力构建自身文学理念的结果，这也可窥见他寻找艺术灯绳的文学路径。

归结起来讲，苏童散文所使用的素材，主要有童年、世态、关

---

① 苏童、周新民：《打开人性的褶皱》，汪政、何平编《苏童研究资料》，天津人民出版社 2007 年，第 203 页。

于写作本身这三个方面。作家仰赖作品而生存，作品仰赖体验而存在，而体验则是建立在作家内在的心理图式基础上的。苏童的散文对材料的组织，整体上体现出了一个环环相扣的结构线。其切入点是童年，然后深入到世事人情更广阔的领域，最后归结于写作活动本身，而这些距离作家本人目前的生活状态最为切近。这种安排由远及近，表述的材料也呈现出清晰的层次感。这种层次感契合于写作活动的内在本质。因为写作活动就是一个由表及里的探寻意义的过程。苏童以散文这一形式最大程度地满足了他的倾诉欲和呈现欲，调动了他全部的材料和情感，全方位地描绘出了他自己的心灵史和写作动力。并且，从盛装的女子到晦暗的市井生活图景，从水乡的水、河流、船到北国的飞沙，从九岁的病榻到中年的心态，完成了他文学世界的基本构筑。我想，他还一定会凭借天才的灵感和勤奋，洞悉生活和世界的幽暗，寻找到进入艺术殿堂的那根灯绳。

第七章　苏童的唯美写作及其意义

第一节　当代作家的唯美写作

从某种意义上说，作家的写作主要是源于作家对他所感知、体验到的世界的不满意，还有对存在世界的精神性焦虑引起的叛逆性思考以及反抗的欲望。因此，他要通过文字叙述建立起一个他自己所认同的文学世界，对现实进行有效的颠覆。这样看来，作家与现实之间，就必然地形成一定程度上的“对立”。这种对立，主要体现为作家对现实的判断性“修正”，他要将“现实”的种种形态重新经过心灵的过滤，重建一种现实并将其转换成与众不同的精神图像，而在这个时候，作家的表达却呈现出各不相同的方式和策略，他可以很“现实”地对存在进行破坏，也可以非常“浪漫”地摆脱生活的具体纠缠，沉溺于非功利的古雅的独语。与前者相比，后者更多的是“建立”，更注重在将生活表现出来时那一过程的享受与陶醉，并且将这一切艺术化、审美化，渐渐剥离生活、存在世界中人为附加的种种因素，建立一种充分依托艺术、美学体验的心灵现实，生活艺术化，艺术形式化，通过语言变换来搜索人的精神的种种可能，使自己的世界保持一定程度上的本真和自然，成为某种自足而满意的艺术存在，获得相当复杂的生命情怀和人生情结。也可以说，前者强调的是从生活到生活的差异，后者则推崇从生活到艺术的腾挪。从这个角度讲，“写实”和“现代”“自由”“浪漫”构成了文学写作的两大阵营，前者接近古典，后者更注重形式力量，本质上应隶属唯美的范畴。在这里，我无意陷入有关“现代主义”“后现代主义”“唯美主义”“颓废主义”等或思潮或概念或范畴的争论的怪圈，它们作为一种思潮或运动虽然都曾经历史地存在过，但是，更为重要的是，它们都是一种富于独创性审美诉求的艺术表达，因此，我更愿意将现代主义、唯美主义理解为一种文学立场，一种艺术感觉方式，或者是一种文学传承，一种文学精神。具体说，唯美的写作倾向和立场，既是形式的，也是内容的，是艺术和人生在形式策略上的嫁接点。也可以说，面对生活，文学叙述帮助作家建立了一整套与现实的对抗性话语系统，使艺术成为精神向现实之外的蔓延。同时，现代、唯美的高雅、超凡脱俗的审美质量给文学带来了新的成分、新的生机和活力、新的气质，甚至可以说是对古典艺术精神在另一个方向上的延伸，作家文学写作的浪漫质量，注定了艺术的终极方向：文学真正的核心价值在于艺术而不在于思想，在于一种境界而不在于一种潮流。

在近八九十年的中国现代、当代文学发展中，许多中国作家在他们的写作活动中身体力行地大胆借鉴与尝试现代唯美主义的风格与方法，表现出较为强劲的现代唯美倾向。在现代作家中，朱光潜、沈从文、周作人、朱自清、废名、郁达夫、徐志摩、田汉、闻一多、何其芳等人，既是现代唯美主义的传播者、研究者，也是这一文学倾向的写作实践者。虽然在“五四”这个文化、文学多元的时代格局中，唯美主义始终没有形成一股强大的走势或潮流，而只是以“颓风美雨”的零星飘洒表明着它的存在，但这些作家在外来文化的广泛影响下以及与世界文学的对话与交流中，体现出富于东方神韵和古典风范的审美创造灵性，体现出富于现代感的能够超越功利，进入诗性和纯美艺术空间的想象力。在二十世纪二三十年代，这些中国现代唯美主义写作最早的实践者，没有生硬地吞食颓美之果，“偏至”、遁逸到泛美的魔界，或刻意效仿西方唯美主义大师的趣味和技法，而是在相当程度上保持自己浪漫的艺术理想和社会理想的有益结合，并非彻底地陷入“为艺术而艺术”的极端状态和颓废的个人主义本相。这一代作家在追求超功利、超世俗的超然的文字表达时，在追求叙述、语言、文体的变幻与完美时，还是充分地考虑到“中国经验”和汉语文化、文学的特殊语境。唯美主义虽然并未像异域那样形成潮流或较大的声势，也未在中国文学的土壤里结出相同的“恶之花”果实，但从作家到文本，却表现出这一代作家对“纯美”“颓废”及相关人生观、美学观、文学观的内在认同和有益实践，以及对另一种生命价值、美、形式主义意义的觉悟、发现和求证，并达到一定的广度和深度。而自二十世纪四五十年代起，由于社会政治的时代性变化，唯美主义写作日渐衰微，尤其五六十年代政治、文化、文学的一元化美学和话语垄断，唯美写作几乎销声匿迹，荡然无存，甚至到了“谈美色变”的地步。应该说，在当代真正有唯美主义倾向或因素的小说，最早出现在八十年代。在思想解放、文学解放的破冰声中，虽有“伤痕”“反思”“改革”“寻根”等所谓主潮风起云涌，但是，自由的、回归艺术本身的强烈愿望也构成一股很大的力量。无论是最初的小说形式探索、叙事革命，还是对“美文”的呼唤，我们都可以在当代文学艺术思维空间的拓展中感受到唯美主义潜流的涌动。

最早显露唯美写作端倪的作品当数汪曾祺和张承志的小说。汪曾祺在一篇札记中强调：“中国语言还有一个世界各国语言没有的格式，是对仗。就是思想上、形象上、色彩上的联属和对比。我们总得承认联属和对比是一项美学原则，这在中国语言里发挥到了极致。”[①]“我的作品不是悲剧。我的作品缺乏崇高的、悲壮的美，我所追求的不是深刻，而是和谐。这是一个作家的气质决定的，不能

---

① 汪曾祺：《关于小说语言》，中国社会科学出版社文学编辑室编《小说文体研究》，中国社会科学出版社 1988 年。

勉强。”[1]我想，汪曾祺这里所谓的“美学原则”“和谐”，既是指一种美的表现形式，也指一种美的境界。它所表现的实质上是流淌在作家内心的超然的艺术感觉，其审美目光所专注的乃是性灵和艺术本身的魅力。这也恰如黑格尔所说：“和谐开始解脱定性的纯然外在性，所以它能吸取而且表现一种广大的心灵性的内容”[2]。这种追求艺术美的理念在汪曾祺的小说中有充分的体现。小说《受戒》《大淖记事》等作品所呈示出的正是创作主体对生命和自然的诗性把握，是对存在、生活一种纯美的注视，而这种超然散淡的写作心性，则是完全建立在作家对美的崇尚和对任何社会学写作思维规约的不屑上。如果说汪曾祺更多是以其淡定的审美实践彰显着某种“艺术自律”的话，张承志则坚决地举起创造“美文”的旗帜，从理论到实践张扬他的艺术理念。他在那篇著名的论文《美文的沙漠》中，从翻译学的视角探讨了母语写作创作美文的可能性，论证汉语这一语言形式本身的表现力量：

> 句子和段落构成了多层多角的空间……当词汇变成了泥土砖石，源源砌上作品的建筑时，汉语开始闪烁起不可思议的光。情感和心境像水一样，使一个个词汇变化了原来的印象，浸泡在一派新鲜的含义里。勇敢的突破制造了新词，牢牢地嵌上非它不可的那个位置；深沉的体会又发掘了旧义，使最普通的常用字突然亮起一种朴素又强烈的本质之辉。叙述语言连同整篇小说的发想、结构，应该是一个美的叙述……小说首先应当是一篇真正的美文。[3]

张承志还强调，真正的美文有时可能是孤独的，但并不就是

① 汪曾祺：《汪曾祺文集》（文论卷），江苏文艺出版社 1994 年，第 208 页。

② ［德］黑格尔：《美学》（第一卷），朱光潜译，商务印书馆 1996 年，第 321 页。

③ 张承志：《美文的沙漠》，中国社会科学出版社文学编辑室编《小说文体研究》，中国社会科学出版社 1988 年，第 26 页。

“颓废”“堕落”的，而常常是诗化的、激情的和昂扬的。这种“美文意识”贯穿在他所有的小说写作之中。在《黑骏马》《北方的河》《绿夜》《春天》等作品中，作家选择自己独特的叙述视角，在语言的艺术世界中展开自我的经验世界，既考虑形式的美感，即叙述的节奏、时空、语言的色彩和语调，也善于捕捉意象，还真诚地袒露“清洁的精神”的价值理念。而且，这种清洁的精神与唯美还在一定程度上构成了和谐的对位，成为他独特的“美文的追求”。

现在回望、梳理或审视二十世纪八十年代，我们或许还会考虑，为什么在那种崇尚“思想解放”的时代会有汪曾祺和张承志这类小说的出现，可以肯定的是，在他们的这些小说中，只有“唯美”中的形式、空灵和浪漫的文学因子，只有对结构、语言纯美和雅致的兴致与激情，而无任何虚无、超然、颓废因素的介入。我们也当然无法拒绝任何时代唯美的滋生。实际上，直到当代文学走到八十年代中后期，也就是莫言、洪峰和残雪的文学探索以及稍后的“先锋浪潮”，其颇为极端的形式主义倾向开始强力推进文学整体的走势。我们也正是从这时的文学中感受到当代中国文学应有的美学上的深度。有趣的是，在八十年代末这个被称为“文化溃败”的历史转型期，竟会有一批年轻作家如此执着地沉溺于个人化的艺术感觉，对近几十年的文学秩序、语言规约、经典话语构成尖锐的挑战，引发出对于我们惯性阅读的强力冲击，这是否在重现二十世纪二三十年代的文学历史景观？多元化的文学环境，现代主义、后现代主义，主要是解构主义对文学“深度模式”的刻意拆除，使得“故事向感觉敞开”，“感觉向语言还原”，“苦难意识残酷化”，“荒诞感诗性化”[①]，特别是文学叙述中“叙述圈套”的出现，也使得文学的浪漫质量得以进一步呈现出来。我觉得，这无疑是中国当代文学形式“唯美”的发端，尽管莫言、苏童、格非、孙甘露等人的文

① 陈晓明：《无边的挑战：中国先锋文学的后现代性》，广西师范大学出版社 2004 年。

本中仍不乏对存在、历史或现实主题的情感思流，但那种潜隐已久的纯艺术暗流也正喷薄欲出。可以说，这是当代文学对现实主义文化、艺术规约的真正打破。

我们在1987年以后的小说里，更多地看到了中国作家对小说艺术本身的尊崇和新的小说理念的建立。陈晓明曾用“临界叙述”“临界感觉”的发生表述他对这些作家写作倾向变化的认识和判断：“关于叙述语言与感觉的问题，关于语言表象与实在世界的关系问题从来都被‘客观逻辑’取代了，因而更不可能去辨析在小说叙述中临界感觉穿越语言的内在机制，不断构成叙述的原动力的运行过程。所谓‘临界感觉’，简言之，即是指叙述人或故事中的角色处于语言与客观世界、语言与意义的双重辨析的情境，叙述因此始终处于真实与幻想的临界状态”[①]。从马原等人的“如何叙述”“以公开的形式营造世界的神秘”，到先锋小说注重词语对客体的“呈现”方式，可以看出，作家正渐渐开始摆脱以往那种对实在世界的“实实在在”的临摹状态，而进入超越现实的“仿真”写作。在余华的《四月三日事件》《世事如烟》，孙甘露的《信使之函》《请女人猜谜》，苏童的《1934年的逃亡》，格非的《褐色鸟群》《风琴》等篇章中，那令人绝望的悲伤或悲剧、优雅的笔调、悠远的抒情营造出令人惊奇的美学情境，使我们依稀体味出蕴含其中的对世界的浪漫化表达。同时，文本所暗示出来的审美方式和叙事立场的变异，已完全逸出当时所谓主流文学的潮涌，将自身推出了小说的常规界限之外，为小说提供了更为开阔的视角和语境，构成一种叙事形式的审美“偏至”。我们有理由将其视为中国当代“形式主义唯美”写作的开端。对“形式唯美”的重视，在一些当代作家的小说中具体表现为两个方面：一是作家对小说叙事方式的不断探索和深入，二是作家对小说语言内在张力的挖掘。话语形式也成为“有意味的形

---

① 陈晓明:《无边的挑战：中国先锋文学的后现代性》，广西师范大学出版社2004年，第66页。

式”，成为对世界进行纯诗性的艺术表达，文本形式本身凸显美的力量，形式在这时早已不仅是技术层面的问题，而是作品的重要内涵。形式在这里似乎是自主自律的，它可能来自一个宏大而神秘的存在世界的结构，也可能与社会和历史没有任何关联。对形式的沉浸，在文本的写作方向上，接近了唯美的语言精神和规约。那么，为什么在这个时候会出现一大批这样的作家来写作这样的小说呢？我想，最主要的还在于中国作家面对世界文学大师文本时写作形式感的被激发，中国作家试图以形式探索来摆脱社会、政治的工具情结对文学的种种压迫，以及深入表现世界和人性时自我书写方法的匮乏和危机，而且这不仅是文学叙述多个叙事路线的开辟，也是当代文学在现代主义、后现代主义巨大幻想运动影响下整体的启动和精神维度的增大。这一整体性的跃动，为当代唯美主义文学的出现制造了相应的条件和氛围。可以说，当代作家在二十世纪八十年代具有后现代意识的写作，对现实富于浪漫色彩的形式主义诉求，为唯美写作演绎出了充满锐气、充满理想气质的前奏。

实际上，唯美主义的内涵绝不仅仅局限于法国唯美主义代表人物戈蒂耶、波德莱尔和兰波所倡导的“为艺术而艺术”“为艺术而生活”和“感官的错乱”的观念，以及倾心于表现题材可能到来的奇特刺激、精神麻醉、性的放纵和变态，对传统道德规范和社会价值准则的刻意反抗，而且包含着许多很不单纯的非艺术因素和存在焦虑。在写作实践中，唯美—颓废主义写作也绝非只生产、制造那种具有病态倾向的作品，而常常饱含对生命感知的人文情怀，虽然其中不乏颇为浓重的悲观虚无主义色彩。所以，我们在审视作为一个国际性文学思潮或主义的唯美主义写作时，要祛除对西方唯美—颓废主义的一些流行的误解和认识，对其作开放性的理解，发现唯美主义、颓废主义、象征主义、“世纪末”等文学的同源性及其变体。基于此，我们可能才会更好地理解我们本土的唯美主义写作的存在、精神本质以及历史局限性。我们虽不能生硬而毫无依据地猜想西方唯美主义思潮对当代文学的直接或潜在影响，但特定历史时期或文化背景下精神的变迁和文学自身规律所引发的审美状态的出现，也必然会形成某种审美的偏至。

尽管我们直到现在仍无法从严格意义上厘清当代“唯美写作”的精神发展脉络，有时也很难明确地辨析“唯美写作”和唯美主义微妙的渊源关系，但是，我们却强烈地感觉到许多当代作家写作所焕发出的唯美意识和唯美气息，这使得他们的写作笔法独特，别走一路，雍容而绵密，超然且淡定。对于这些作家，我们是无法用诸如“深邃”“宏阔”等词语来简单地概述他们的文字的，但隐藏在叙述之下的美学法则和美学精神，却不能令我们忽视。我认为，在当代作家中，从题材到文本形式将唯美—颓废表达到一定程度的当数贾平凹和苏童。可以说，这两位作家真正写出了当代的精神之颓。而贾平凹最善于在社会、时代的风云际会中表现当代人的精神焦虑与颓废，展现千百年来令人苦闷的人本困境、欲望、虚无、闲适和感伤，对传统的人生悲哀作出当代的唯美的回答，赋予古典的生活趣味以现代的唯美意味，体现出深厚的文化积淀，其代表作便是《废都》和《秦腔》。前者主要凸显精神之颓，后者在于彰显灵魂的破碎之美。通过这部被作家自称为面对它“一切都是茫然，茫然如不知我生前为何物所变、死后又变何物，在生命的苦难中又唯一能安妥我破碎灵魂的”《废都》，作家真切地表现了当代人灵魂的倾颓，宣泄出难以抑制的“废都意识”。天性孤独、自卑、敏感和脆弱的贾平凹，在纷纭多变的现实中，似乎无法及时地摆脱自身的苦闷，为排遣其透骨的悲凉，他大胆而彻底地暴露笔墨，书写病态，描述人的物欲、性欲的扭曲和膨胀以及精神荒凉，拜金主义、享乐主义造成的人的心态的失衡、眩晕、迷惘和狂乱不羁，可以说，贾平凹毫不避讳地用文学表现了一个时代的迷乱和颓废意绪，加之其自身的颓然，透射出内心的感伤和挣扎。写于 2004 年的长篇小说《秦腔》，尽管是一部非“城市性”小说，但我们还是感到已经真正平静下来的贾平凹，面对西北乡村这个寂寞的所在，他同样试图以自身的生存经验，透过叙事，把深广和不可量度带向极致，去证明人生的深刻的困惑与困境。我们还是深深地感觉到，作家所表达出的整个乡村世界或人的精神的深刻的衰败、颓唐，它是作家内在化了的现实沮丧与内心残余激情的殊死搏斗，是对破碎生活的一次艺术整合，其中弥漫着呼天抢地的挫折感、绝望感和荒谬感。明清小说的流风遗韵，古老的士大夫气味，边缘文人、文化的颓废气息由此而出。虽然，贾平凹的小说呈示出“世纪末”心态给人们造成的存在性烦忧，但是，他终究没有像欧美唯美大师那样充当“看客”，也没有肆意调侃心灵的苦难，而是在悲凉之中抚慰心中的寂寞，宁静中渗透出伤悼的隐忍。

我们这里想深入论述的是，苏童作为当代具有强烈唯美写作倾向和立场的小说家，在三十余年的写作中对于唯美立场的坚守。概括地说，苏童在二十世纪八十年代中期“出道”，他起点颇高，一上手就显示出不凡的写作功力和想象天分，尤其是他独特的美学气韵，既体现在构思与文字的精致、意象营造的闪烁迷离，也表现在故事、传奇的颓靡感伤。神奇、瑰丽、凄艳忧郁的仿古拟旧风格，以及恬静的意绪、沉溺的叙述语调，都令人刮目和惊异。因此，我也更加理解苏童为何崇尚阿根廷小说大师博尔赫斯关于写作就是“幻想、自传、讽刺、忧伤”的小说信念，笃信俄国作家纳博科夫所说的，小说应当以小说自己的逻辑来构筑表意和理解，而且它还应该是对自然、现实和先验逻辑的反叛的文学理念。苏童的写作，尤其二十世纪九十年代以来，既很少像许多作家那样常常要忍受题材、人物、文体、语言等等如何感觉、定位的折磨，也不受诸如所谓文学潮流、“大势”的左右和束缚，正可谓是在写作中“特立独行、独善其身”，体现出他对艺术美执着追求的精神内质。对于他极富创造性的、心灵化的写作，我们的确很难用某些或一组“关键词”来定义和进行所谓的概括。我们不仅能从他大量的小说文本判断他作为现代唯美写作的特征，而且，他小说的语言，他那浸润在心性神韵之中的作品的灵气、由妙语而来的激情的喷发，以及蕴藏在小说文体之中的别致的美感、洒脱之气，精妙工整、韵味无穷，更让我们看到他文学世界的迷人和丰富。这些，也正是苏童有别于他同代作家的独到之处。算起来，苏童应该是当代作家中在唯美写作这一路走得最远，也是最自由和最自然的一位。在叙事资源日趋匮乏、叙述视野渐显狭窄的消费主义写作时代，他能摆脱浮躁、粗糙、虚弱、矫情和苍白，独辟蹊径并能坚守和保持生机，且总能在他的小说文本中释放出新鲜的意义，体现出强烈的审美张力和形式意味，这足以显现苏童的“定力”。不夸张地说，在短篇小说的写作方面，苏童已迫近大师的水准，他似乎也在写作的姿态和整体感觉中寻求自我更新和艺术嬗变。从这个角度看，苏童的唯美写作对于我们时代具有非凡的意义和价值。

那么，究竟是哪些因素，使得苏童的写作状态得以保持呢？苏童曾说过：“一个作家在成功的同时也就潜藏着种种危险。成功往往是依靠作家的艺术个性和风格，但是，所谓个性和风格很容易成为美丽的泥沼，使作家深陷其中，不能自拔”，而“一个好作家的功绩在于提供永恒意义的形式感。重要的是你要把你自己和形式感合二为一”。[①] 我想，苏童始终都在与僵化和重复做着顽强的斗争，能使苏童保持自己独特形式感的重要因素，就在于构筑他文本大厦时一以贯之的灵气和独特而柔美的语言，还有对小说文体的迷恋、倾心。这是决定苏童唯美写作的本质性因素，也是他现代唯美写作形态的具体体现，也决定了苏童那种“既古典浪漫又感伤的气质”。下面我们从几个方面展开论述。

---

① 苏童：《答自己问》《想到什么说什么》，《苏童散文》，浙江文艺出版社 2000 年，第 241、217 页。

第二节　苏童小说写作的“灵气”

研究苏童的写作，我们不能不考察、探究直接或间接作用于苏童创作的颇具神秘色彩的灵气。尽管苏童小说对细节的表现，对结构、意象的经营，人物的塑造，更多地体现出他的种种美学经验和艺术匠心，但我认为，苏童小说写作的灵气，似乎在一定程度上决定了他叙述的唯美品质和方向，更体现出苏童在文学写作中独特的智慧风貌。从作品整体的艺术风貌观察可以看出，苏童的内在精神气质，既不矛盾也不很复杂，因此，灵气对于唯美叙述感觉的激活，在他这里就显得纯粹而自然。他的虚构、想象生活的方式，也就摆脱了“类型化”的写作习气，透出飘逸、空灵和才气。

那么，什么是灵气呢？灵气对一个作家的写作究竟有多大的制约和引导？对于这个问题，我想，既不能将其极端化，也不能忽视它的存在和作用。它毕竟是人的精神创造活动过程中一种隐秘的智慧或思维现象。有人说，灵气“是艺术家的个性、思想以及美学趣味在意象中的集中体现，是艺术的媒介载体所构筑的表意—象征形式呈现出来的主体心灵神韵，‘它’往往具有某种难以言说的特点，但接收者可以感受、体验得到。‘它’是感性的、鲜活的、漂移的”[①]。简言之，“灵气”就是“灵机”或“灵犀”，抑或“气质”“性情”的意思，它和笨拙、愚钝相对，也就是说，“灵气”是作家在写作和文本中体现出的悟性、敏感、睿智、聪明等气质。一个作家有多大的文学天分和灵气，从其作品的面貌即可见一斑。清代文艺理论家袁枚在著名的《随园诗话补遗》中曾经提到了“笔性”的灵与笨的问题，这里的“笔性”，其实指的就是灵气，它是人性中的可贵品质。他认为，人有灵气，诗才可能会有生气和才气。当然，不同的作家有着各不相同的性情和灵机，有着对生活和世界不

① 何国瑞主编：《艺术生产原理》，人民文学出版社 1989 年。

同的感觉和妙悟，独特的玄思和想象方式。这一点也与中国古代文论中“自得”的命题和范畴颇为接近，它强调、重视诗人、作家自身体验的鲜明性、独创性等直觉思维色彩，以及智慧的天赋性。在审美发生的视域里，灵感的“自得”是一种自然而然的生成，而非刻意地苦思觅求，是写作主体对世界的意向性精神投射。也可以说，“自得”和独创是“原生态”文学产生的重要因素。从这些道理或角度看苏童，他有灵气，而且是与众不同的、非凡的灵气。

对于苏童来说，每一次写作也许都是一次机缘，由偶然的事物的感受触发而导致了灵感的天机，成就了一次次作品的有机生成，凸显出灵气的无处不在。

苏童的灵气，在于他对世界、生命、自然、人物林林总总的深切体验，尤其对于人性空间的细腻而富有哲思的感悟。这体验和感悟的程度，往往超越平时他对于生活的判断与思维。这既可能源于作家自身对生活的不满意和惊诧，源于他与存在世界之间的一种无法逾越的“鸿沟”，也可能是源于他所喜爱的写作这种活动对于他的某些心理暗示，或者他童年时代形成的性情的敏感。这个“鸿沟”形成了人与世界的对立，而心性的敏感促成了他个人情结和写作潜力的最终爆发。因此，他要建立自己的绝对审美的世界，找到自己看世界的视角或角度，从而超越物质世界、功利世俗的羁绊，达到“发前人所未发之秘”的境界。所以，这样的文学世界也就可能是唯美的、精神的，玄妙而有魅力的。正如苏童自己所言：“小说应具备某种境界，或者是朴素空灵，或者是诡谲深奥，或者是人性意义上的，或者是哲学意义上的，它们无所谓高低，它们都支撑小说的灵魂”[①]。无疑，特殊的生活经历和丰富敏感的天赋常常能够造就一个优秀甚至伟大的作家，也造就他精妙充实、意境浑融的境界。这也许才是真正艺术的神圣目的。于是，童年转瞬如烟的记忆，纷纭历史的碎片，江南城镇种种怪异的意象，生命中神秘感觉

① 苏童:《苏童创作自述》,《小说评论》2004 年第 2 期。

的幻化，毫发毕现，张扬于文字的地表，深透在灵魂的深处。当这种审美感觉涌现时，苏童就能够挥洒自如，一气呵成，同时，也散发出朴拙、厚实的形而下经验的浓郁气息。他的叙述具有“推土机般的力量”，扎实可靠的细节和飘逸灵动的意象，没有任何自以为是的回避和跳跃。写实中有虚拟，虚构里有质朴。我们说，苏童作品的灵气就深藏于此。

我认为，《祭奠红马》《水鬼》《人民的鱼》《拾婴记》和《桥上的疯妈妈》都是最能显示苏童小说灵气的代表性作品。

《祭奠红马》是苏童早期“枫杨树”系列中的一部极具代表性的短篇小说，但却是相对较少受到重视的一篇。在这篇小说中，苏童最早地表现出“先锋小说”叙述方面的开放性特征，也是最先在小说中体现叙事自由和寻找幻觉、追踪幻觉的风格。具体说，这是一个关于“外来者”的故事，也可以说是关于生命、生存、命运、欲望或者衰老的传说，还可以说是关于“古老的”叙述母题的某种演绎。小说虽然只是写了一个怒山老人、一个被称为锁的男孩和一匹红马在“枫杨树”短暂的生活经历，但这里所有的一切都为这匹富有灵性的、神明的红马而牵动。我感到，苏童试图在这个有关“回忆”的叙述中找寻解除束缚生命的密码。他意识到，包括“我爷爷”“我姑奶奶”在内所有人物无法摆脱命运的实际存在的境况，也深谙人的命运的沉重不堪。因此，苏童想表达的“何处是家园”“何处有梦想”的叙述动机，只有寄托于这匹有灵性的神奇的红马。他妙悟到了红马所具有的诗性，它的魔力、它的壮美、它的隐忍和勇敢，人所无法实现的梦想和朴素的愿望都可以被它所承载。

> 你听见我爷爷的铜唢呐再次吹响，摹拟锁的哭声，你要把锁想象成一个满身披挂野草藤的裸身男孩，他站在河川里撒尿，抬起头猛然发现红马正在远去，一匹美丽异常的红马鬃毛飘扬、四蹄凌空，正在远去。锁将手指含在嘴

里开始啼哭。锁的哭声对于我们来说持续了一百年。你在四面八方听见他的哭声，却再也看不到他。红马的小情人随着红马一起远去。

复归永恒的马，复归永恒的人，他们将一去不回。[①]

小说开始和结尾都重叠写到俊逸的红马的“远去”，写到它在挣脱人对它的束缚后自由自在消失的情境。苏童领悟到怒山人和枫杨树人的精神差异，他们对世界和生活不同的理解方式，怒山人与红马之间神秘而默契的关系，而这一切是很难以写实的手段来表达和处理的。于是，他从一匹马的到来和消失，一匹马的隐忍和愤怒，写到“拉磨”生活对它的天性的扼杀。那个红马好似一个精灵，出神入化般在我们的视野中自由腾挪，进而发掘和凸现其身后主人的性格和内心的表情。我们或许会发出这样的疑问，在这里，谁是故事真正的主人公呢？苏童对人与马都心领神会，捕捉到了两者相似的神韵，可以说，这也是苏童得之于自然的“神思”，而其中蕴含着情，这种“情”并非止于一般的日常情感和情绪，而是经过提纯、升华且加以形式化的审美情感。写作这篇小说时的苏童，作为中国当代先锋小说的重要作家，其时正对后现代主义文学精神情有独钟，但仍然能看出他对文学的古典主义传统的眷顾。这时，他极少在叙述中探索人物的深层心理状态，人物的“幻觉”已经不再作为揭示生活和人的内心隐秘的通道，幻觉也已成为生活的实际存在，与现实相互转换。叙述人，人物的感觉、体验乃至行动都在“现实”和“幻觉”的中间状态漂移不定。生活的虚幻性和人物命运的不可把握在一匹马和一个孩子身上自由地表现出来，它如此夸张，又如此真切，显示出独有的灵异。由此，苏童写作中的灵气也伴随抒情性文字荡漾而出。

我们看到，《水鬼》这个短篇小说，同样显示出苏童叙事的灵

① 苏童：《祭奠红马》，《苏童文集·世界两侧》，江苏文艺出版社 1993 年，第 213 页。

性，以及对雅致的文学品质的追求。这篇小说讲述的是一个处于玄思臆想中的城市女孩的乖戾而平淡的故事，即使如此，苏童还要讲出古怪、传奇的诗意来。那个女孩神情恍惚的状态、古怪的思想和行为方式确实让人感到匪夷所思。在二十世纪六七十年代百无聊赖的岁月中，女孩的精神表现与其生存的现实环境构成了强烈的反差。一方面，女孩好奇、乖戾、敏感又执着的心理个性特征在生活中呈现为独异于环境的疏离状态；另一方面，也反衬出了那个时代精神生活的匮乏与悬浮。水鬼在女孩的感觉、幻觉中时隐时现，她执拗于对其追踪而产生的庸人自扰式的恐惧，颇有象征意蕴。女孩手捧凝结着水珠的红色、硕大的莲花，她的哭泣和沙哑的嗓音，修码头的民工莫名其妙地在水中浮现，这些描述营造出了神秘、感伤的氤氲，给人以惆怅、疑虑之感。我们真的怀疑起来，水鬼是在女孩的幻觉错乱中，还是在女孩周围人们对她的猜测中？苏童通过新奇而含混的暗示、隐喻、意象等手段造成了叙述语言与日常话语相疏离的效果，叙述语言的韵律、“独白式”叙述产生了“陌生化”效果。苏童的叙述也变得愈加诡谲起来，使我们对久已陌生的生活重新发生了新的兴趣，尽管那个时代本少有极富个人性的惊心动魄的故事，而只有苍白无力的历史浑浊的虚妄的轨迹，就像小说开头描述的那条疲惫的油筒船：“一路上拖拽着一条油带，油带忽细忽粗，它的色彩由于光线的反射而自由地变幻，在油筒船经过河流中央开阔的水面时，桥上的女孩看见那条油带闪烁着彩虹般的七色之光”。这些无疑构成了贫乏、颓废时代的世俗风景。苏童在文字中机智地表达着一种似与不似、若有还无的感受与幻觉。当然，传统小说亦不乏注重描写、表现的精彩叙述文字，但是，能从描写、铺陈的语言中为叙述的故事制造出某种环境气氛，起到烘托陪衬的作用，赋予故事以浪漫情调，则显示出苏童天才的语言感觉和处置故事的能力。他并不想给现实提供某种实际的解答，而是奉献一种或多种疑问和耐人寻味的悬念。而这些皆出于对生活的一种“神思”

和“妙悟”，也就是艺术想象。在苏童这里，这些显然也已构成了创作主体的一种心态，仿佛他是在凭借某种幽冥中的“天启”之意获得灵感，获得独特的构思。

苏童的小说显得富有灵气，作为某种审美感受升华的写作契机，实际上就是他对意绪、意象、意境的感悟与获得。我们在这些小说中也发现，小说的取材和叙述时空，大多都选择了“香椿树街”这个他理想的叙事背景。小说中的回忆性人物、意象，并非是单纯的对于以往人与事的“普泛性”追忆，而是小说家以“回忆”的形式或摹写方式抒写自己的审美感悟，一种对已逝生活的再度想象和审美创造。可以说，回忆作为一种审美能力，成为艺术感悟的动力与前提条件，并使之成为很大的审美创造潜能。作家在对以往的情景、人物、事件的回忆和想象中，将自己的情感、意念、理想都融入意绪和意象的营造。其中一些非个人亲历的历史性、积淀性的回忆与想象，更是审美的创造对现实的本质性跨越。那么，存在于苏童内心的往事就构成了他文字中活跃而丰富、零乱而模糊的新体验、新感受、新意绪和新意象，成为新的审美图式，为文学叙述注入了新的内蕴和丰富的张力。这种意象、意绪和体验，加之苏童小说潜在的灵气，有这样的一些突出的特点：鲜明而柔和的浪漫色彩、深邃而宽厚的哲理性和充满哀婉愁绪的抒情风格。这些，对于苏童这样一位作家来说，无论是相对于创作主体还是针对文字建立起来的叙事情境，都非常的纯净和纯粹，没有丝毫混乱杂陈的意识形态意味。

再以《人民的鱼》为例。我们在谈到苏童短篇小说写作时，曾谈到这篇小说对时代变迁中世态人心、沧桑变化的精彩描绘。其实，这同样是一篇灵气十足的小说，它不仅让我们看到“香椿树街”两个女性之间的琐碎逸事，而且让我们感知了苏童小说的浪漫与哲理意绪和情境。那么，在我们读了这篇小说之后，会不会相信在现实中的实实在在的活鱼、死鱼真的像那个傻子光春说的那样，竟然真的能够以某种方式和形态“哭泣”和“游动”起来呢？还有，在鱼本身的生死与沉浮、喧嚣与寂寥中，真的有谁会“先知利害”地预测出人与人之间微妙、不可预测的心态变化、世俗生活的起承转合吗？我们也可以说这是一篇通过“鱼气”写“人气”的小说，实际上，在整个故事的叙述中，鱼和人是相互带动的，鱼的兴旺带给居林生一家快乐和失意后的心境，柳月芳和张慧琴由鱼头“牵引”的姐妹关系，以及最终张慧琴如愿让柳月芳吃上鱼头的内心隐秘，基本上都是依靠作家对“鱼”这种事物所产生的灵感发掘出来的。

> 本地人将鱼作为最吉祥最时髦的礼物，送来送去，在春节前寒风凛冽的街头，随处可见人与鱼结伴匆匆而行，这景象使冬天萧瑟冷寂的香椿树街显出了节日喜庆祥和的气氛。鱼不懂事，年年有鱼，年年有余，连小学生都懂得其中的奥秘，鱼类自己却不懂。鱼不认识字，不懂谐音，不懂灾难为何独独降临到鱼类身上，它们悲愤地瞪着眼珠子，或者不耐烦地甩着尾巴，有的用最后一点力气在人的手下跳跃着，抗议着，但我们知道，失去了水以后鱼的所有愤怒都是徒劳的，怎么跳也跳不回池塘里去了。[①]

苏童意识到并想象出了在那个年代里鱼和人之间所可能具有的莫名其妙的物质和精神联系，他也捕捉到了鱼的游动和沉浮与世道人心之间的生动气象，并以此进行喜剧性演绎。这里显示的灵气、对生活的思考就具有深厚的哲理思辨色彩。潜入心灵世界的感知既不生硬，也不矫饰，而是诗意地表达出对生活与时代隐蔽、暧昧、畸变的反讽。我想要指出的是，苏童对生活作浪漫、富于哲理性的表达的时候，其感悟中有时会带有一些柔软、伤怀以及温暖的气

---

① 苏童：《人民的鱼》，《桥上的疯妈妈》，春风文艺出版社 2005 年，第 13 页。

息。比如，小说在写居林生一家失意后，门前的冷冷清清，柳月芳拒绝去张慧芳鱼头馆时固执的微笑，都很有一种沧桑感怀、感伤的味道。两个家庭的兴衰变化，冷暖自知，不言而喻。这篇取名《人民的鱼》的小说，没有任何的“官腔”，而是流溢着十足的惆怅、抒情的小说的味道。

苏童的近作《拾婴记》堪称苏童最好的短篇小说之一。其叙事的灵动，更加显示出他以不同凡响的形式感驾驭、扭转生活的能力。其实，这同样也是体现苏童创作灵气的经典佳作。在这个小说中，再次显示了苏童对小说的独特理解和其作为创作主体的叙事美学气度。苏童体悟到中国文学叙事传统中关于轮回与可逆性时间的小说结构逻辑，借助其机敏的想象力，将故事讲述得神奇、飘逸和洒脱。“一只柳条筐趁着夜色降落在罗文礼家的羊圈”，这句话先后作为小说的开篇和收束，任意地打开和关闭一个既单纯又复杂、既诗意又怪诞的故事结构，不仅显示出苏童叙事方面的自信和坚定，也让我们感觉到他能够衔接不同的时间断层的灵气。飞去的婴儿与飞来的小羊，在叙述中来去自由，轻灵变幻。写实与虚拟、朴拙与修辞互为激活又相生相克，既实在又浪漫，因此，小说不落凡俗地将“弃婴”的故事渲染成一次抒情和“狂欢”的美妙旅程。自由自在地张扬一种意绪和生活的哲理。这样的构思，这样的文字，制造的幻觉和空灵氛围，虽然在它结构的精致和叙事策略下使故事的本意变得更加含蓄、隐晦，但依稀的迷离的意境曲径通幽，从另一个角度接近了唯美的叙述风貌。

无疑，《桥上的疯妈妈》是苏童近年写得令人感到较为哀婉、栖惶的短篇小说。在他早期的中篇小说《红粉》《妻妾成群》《妇女生活》等作品中，就曾大量写过那种颓废气息中呈现出的感伤的情怀、女性的温柔与薄命。而这篇《桥上的疯妈妈》，更加体现出苏童写作中的哀愁、感伤情结，彰显着女性命运、情调和文本内在涌动的不竭的诗意。其中宿命的悲天悯人感和红颜薄命的情境也由此而生。如何去把握、表现一个患有精神疾病的漂亮女人的内心，如何写出她与周围人群的关系？显然，这也是对一个短篇小说提出的挑战。我们看到的是，苏童在悉心地依照“我”的一种感觉方式，想象、充实、感悟出他所描绘的生活事件，他引进了一种反常规的经验和不协调的情景，使原本可能诡秘、神奇、怪异、不可思议的人物和事物变得鲜明、生动和易于理解。小说对“疯妈妈”内心或者说心理流程的呈现异常缓慢，叙述几乎是在显微镜下记录事情发展的过程。“疯妈妈”从最初的平静到最后的疯狂，绍兴奶奶、崔文琴和李裁缝内心的微妙而“疯狂”的行为，直接逼视出人心的“魔境”和隐秘。一枚蝴蝶胸针，一枚琵琶纽扣，竟能牵扯如此的世道人心。究竟谁才是正常的呢？苏童在寻找、体悟中推衍“疯妈妈”和所有人的“魔根”“魔性”所在。我们在“疯妈妈”这个人物身上所看到的，并不是她对常人世界的叛逆和拒绝，而是她对人心中真正的“魔性”“魔道”的恐惧，善良在这几个人身上出现了错位，发生了畸变。苏童这里表现的，不仅是人在某种苦境中的生活，而且发现了人与人之间对话的盲点和死穴，这不免令人心生悲凉之感。

苏童作品的灵气，源自他的感悟，但这些精妙神谕般的感悟又缘何得以生成？又为何持续不断地生成？这是最令我们感兴趣的问题。苏童不止一次在谈话中表达他喜欢写作的缘由：“许多人在他的生活当中都有他自己的表达方式。对作家来说，我觉得这个表达是比较神奇的。他写作的整个行为是生活的一部分，他面对的对象其实是个虚拟的空间，并不是面对一个人或一群人，这种表达不被打扰，自己的思维、想法，可以一泻如注，创造一个供自己一个人徘徊的世界。它恰好是一种最自由的表达：一方面它满足了我内心的扩张，另一方面也满足了表达的欲望。”“写作最有意义的一面对我来说是，它使我的生活变得丰富。我常喜欢说，我的生命很单薄、很脆弱。但是因为写作，我的整个生命变得比较丰富、柔韧一些，自己对自己的生命质量会满意一些。”[①] 在这里，我们能感觉到苏童写作的“关键词”和内在逻辑就是，一、写作会使单薄、脆弱的生命丰富而柔韧；二、写作已是生活、生命的一部分，而且是自己最自由的表达，唯有自由的表达，才有可能触摸、跨越灵魂和精神的边界；三、写作是神奇的表达，也是作家内心的扩张，也就是对于现存世界的不满意，满怀着改造现实的强烈意愿。由此，我们也更明晰苏童写作中那颗敏感而敏锐的心，以及他特殊的想象力，对生活、生命充满唯美色彩的如梦如烟般的演绎方式和写作冲动。可见他写作中的灵气、妙悟的强大基础，主要是对自我生命的独特体验和与众不同、不同凡响的美学激情，以及因敏锐、敏感之心生发的怅惘、愁绪、悲悯和诗意优势。其实，很早的时候我就强烈地意识到苏童小说中弥漫的那种十足而高傲的“贵族气”。我想，这一点恰是许多中国当代作家所不具有的一种独特气质。无论是关于记忆中少年生活一以贯之的摹写，对二十世纪三四十年代女性的想象，还是对古代宫廷生活色彩斑斓的描绘和凭吊，还有关于世界的种种隐喻、意象和诗化，无不显示出苏童式的庄重典雅、浪漫轻灵、摇曳生姿和气宇轩昂。应该说，苏童是在写作中将作家主体的理念与情感整合得相当好的作家。而且，他在小说中特别注目于高贵的人性、完善的人生和世界的美好的幻象。当然，这也是苏童写作通往唯美方向的重要途径。所以，苏童也就总能在写作中对现实有所超越，灵气洋溢，尽显叙述和语言的神奇与神气，尤其让我们感到，其小说为我们提供的不是知识或认识的文本材料，而是有关存在的神秘经验或难以言说的万物有灵的玄机和玄意。重要的还有他对世界、生活持续绵延的“虚构的热情”，从这一点讲，苏童已经越过了那根令人紧张的道德“红线”，沉醉于美学的道场。无疑，这是苏童哲学观、美学观、人生观的综合体现。

对于苏童写作的灵气，在对他的长篇小说《我的帝王生涯》《碧

① 苏童、谭嘉：《作家苏童谈写作》，《当代作家评论》2002年第5期。

奴》和《蛇为什么会飞》这几部作品写作的分析中，我们也许会找到更为合适的答案。关于《我的帝王生涯》，有学者指出它是“一部书写显得潦草随意、未经深思熟虑就出手的作品。它的前半部分还好，后面就愈发显得粗枝大叶和气力不佳，整个叙事处于漂浮状态，深在意蕴显得飘忽不定。作为成熟作家，他本该写得更好，更具有历史的真实感和批判力”[①]。我想，人们可能往往更多关注的是苏童小说的人性内容及其社会意义价值体系，其实，这对于苏童这样的唯美作家是一个极大的误解。我们很难以小说的历史真实感、批判力这样的一般性社会学、伦理学评价体系去界定、概括苏童的小说意蕴和价值功能。当然，我们会考虑到苏童作为唯美作家写作自身的经典意义，在这里我首先想交代的是苏童创作灵气所产生的智力和情感上的力量和魅力。在有些读者看来，《我的帝王生涯》“显得潦草随意”“叙事处于漂浮状态”，实际上，这是忽略了苏童小说的结构气韵和自身写作的美学取向。在一定程度上说，苏童是我们这个时代真正意义上的“纯文学”的代表，但也并不是说他不具有忧世伤怀意识。只是他对于世界、人生的理解与表现绝少有怨愤、激烈或不能见容之处。虽然精神、思想在扇形地展开后，也关切人性的质量，但是他却以“宽柔、雅致、广阔”而悠远的形式表现之，且显得稚气而雍容。这也许与苏童的写作较少复杂的动机有很大的关系。他在自己的幻想世界中沉浸得太深了，正如弗洛伊德所说：“作家的所作所为与玩耍中的孩子的作为一样。他创造出一个他十分严肃地对待的幻想的世界——也就是说，他对这个幻想的世界怀有极大的热情——同时又把它同现实严格地区分开来”[②]。我认为，《我的帝王生涯》正是苏童这种对世界想象方式和途径的必然结果，更是苏童文学天赋与灵光的实际显现。洒脱的文字，汪

---

① 张清华：《天堂的哀歌》，《钟山》2001 年第 1 期。

② ［奥］弗洛伊德：《弗洛伊德论美文选》，张唤民、陈伟奇译，知识出版社 1987 年，第 29—30 页。

洋恣肆的想象，人物自由漂泊，漫无际涯，可以说是对世界与人生丰富而神奇的表达。由此出发，我们会感到，苏童引领我们走进了一个诗的世界，它是一个幻想和狂想的世界，正是以这种幻想的方式，纯感受的领域也才能得以很好的倾诉。这其中亦不乏“游戏精神”，由此也让我们看到苏童这种幻想气质极重的艺术家性格的另一个重要方面。小说以近乎华美的文藻、工致的声韵、洒脱而不拘泥的结构，讲述一个人和一个王朝、江山社稷、个人命运以及自身个性的神秘、微妙关系，语言倾泻如注，近于流淌，又充满原创性、原始性、“原生态”的活力。我们完全不必将这部小说生硬地归类为所谓的“新历史主义”，那样的话，就肯定会限制对作品写作中作家个人天赋、气质的发现和把握，就会拆除或消解苏童想象世界、表现世界的智力与活力。对于没有更多写作方面的精神负累和世俗羁绊，依赖于梦想写作或者生活的苏童来说，这部小说就是他精神世界的一次尽情漫游。当他面对和描绘古代宫廷、嫔妃和笙箫弦乐，以及苦难和欢乐的交融、人生的动荡和起伏，并试图勾勒、幻想出一种完美的人生图景时，正是他心静如水、宁静淡泊的时刻，正是对历史和现实的某种超越甚至摆脱，他对世界的种种真诚、妙悟和灵气才得以凸显，这才有小说朴素空灵、诡谲深奥、节制松弛，在漫不经心的叙述中积聚艺术力量的文学境界。小说中的人物帝王端白沦为民间“走索王”的人生变故，细腻而阔大、绵密而悠远，仿佛一次灵魂的寂寥行旅。叙述中灵气与灵性贯通一体，蔚为大气。在一个富有魅力的小说世界中，我们也感受到苏童的真实写作愿景，他让我们摆脱、避免了具体历史背景的抽象化，而凭借“审美惊奇”进入一种自由的审美观照状态，以艺术的形式参与到某种个人生命的和历史的创造之中。

苏童在一篇“创作自述”中说：“小说是灵魂的逆光，你把灵魂的一部分注入作品，从而使它有了你的血肉，也就有了艺术的高度。这牵扯到两个问题：其一，作家需要审视自己真实的灵魂状态，要首先塑造你自己；其二，真诚的力量无比巨大，真诚的意义在这里不仅是矫枉过正，还在于摈弃矫揉造作、摇尾乞怜、哗众取宠、见风使舵的创作风气。我想真诚应该是一种生存的态度，尤其对于作家来说”[①]。这时，我们会更加清楚，苏童在写作中早已将作家自我、灵魂、真诚视为写作乃至生存的态度，他希望达到的境界是自然、单纯、宁静、悠远，而且丰富、复杂、多变。他还曾坦言，“艺术境界是一种光，若有若无，可明可暗”。可见，“真实的灵魂状态”构成了苏童写作的一种追求，一种精神范畴，一种内在精神的绝对自由。苏童是跳过了现实实际的种种障碍而直接进入文本想象空间的，自己的思维、自己的想法、自己的想象一泻千里，从而创造了一个可供自己徘徊的世界。同时，这也在改变自己的生命状态，看见自己的力量。无疑，这些个人情结都成为他创作的潜机与灵动之气，并产生强劲的爆发力，使文本产生无数新鲜的涵义。由此我们也可以推断，苏童写作中灵气的不断生成，既在于对灵魂、精神等生命形态和人物命运的关注，还在于通过写作探求一种使命。我们不会忘记他许多年前在短文《寻找灯绳》中所言：“小说是一座巨大的迷宫，我和所有同时代的作家一样小心翼翼地摸索，所有的努力似乎就是在黑暗中寻找一根灯绳，企望有灿烂的光明在刹那间照亮你的小说以及整个生命。”[②]这根奇妙的灯绳，可以是打开艺术之门的钥匙，可以是一个绝妙的构思，一种独特的叙述话语，更可能是一种感悟、感动、灵气的升华。真诚地创造一个自己的世界，或者说用使他快乐的方式重新安排他向往的世界和事物的时候，灵气就使作家显示出一种非同寻常的全神贯注的状态，似乎陷入内省性的沉思与想象中，沉溺其中有所生成，也可以说，它就是作家的一个个“白日梦”。但更值得注意的是，苏童这些年的写作，也是经历了一个激情、想象、平稳、连贯的循环曲

① 苏童：《苏童创作自述》，《小说评论》2004年第2期。

② 苏童：《寻找灯绳》，《寻找灯绳》，江苏文艺出版社1995年，第116页。

线，先是渐渐地从记忆的洪流中缓缓滑出，冲上幻想的波涛，再步入宁静沉郁的森林，有时依靠感觉，有时仰仗经验，还有时凭借纯熟的技术。现在回头审视苏童三十余年的小说创作，这部《我的帝王生涯》，是他在三十岁前写出的最富想象力、最有灵气的长篇佳构，是苏童最好的小说之一。如果说，想在苏童这部小说中寻找什么“深在意蕴”的话，就要先触摸到苏童写作的文化底蕴，而它的真正底蕴就是以幻想的灵光普照晦暗现实的雍容气度，还有其对西方现象学和东方神秘主义哲学的无师自通。而苏童“青春作赋”的主观抒情主义，也是他写作中“神与灵游”“智与梦往”的重要助力，从这一点看来，苏童在写作姿态上的确是一位很“自我”、很自由的作家。就《我的帝王生涯》的艺术创作方法而言，也基本未出企图“与天地精神往来”的浪漫思路和心理图景。这或许也是苏童“文采风流”诗人气质、尽情地编织“白日梦”的自我表现。

而写作于2006年的长篇小说《碧奴》，则完全可以视为一个优秀而成熟作家的“巅峰”之作。苏童自己也反复重申这是自己迄今“最好的作品”。作为参与全球“重述神话”文学行动的中国作家苏童，这种带有半命题性质的写作并未给苏童带来任何写作上的压力、困扰，而是给了他更大的想象的激情。在这部小说中，苏童抓住了一个文学中经常表达却不易表现到位的情感因素——“哭”，这个元素在作品中的出现，再次显示出苏童的灵性。一方面，如何写“哭”，对一个成熟作家来讲，同样是一个挑战。另一方面，神话、传说这种作家们喜欢“借用”的小说原型或小说元素，也恰好给苏童提供了“再造”新文本的机缘和写作生长点。从写作学的角度看，对于苏童这样富于灵气的作家，具有某种“原型”的故事线索更容易打开文学广阔的想象维度。因为，苏童从来就喜欢天马行空地在自己的想象领域驰骋和翱翔。他再次找到了讲述故事、自由叙述的天空。应该说，这是一次穿越历史和撕扯人性的文学行旅，一个古老传说重新被另一种气韵和灵感所支配所演绎。苏童诗意的想象力在这部小说中再次获得了强烈的倾泻。

我始终认为，苏童不是那种传统意义上的具有写实主义文体风格的作家，他喜欢在想象的世界里确立自己与现实的审美关系。所以，苏童的想象就必然要超越现实的层面，作心灵化的表达。但我并不是说，苏童不能摹写当下现实，而是这里似乎对他有一种表现的“魔障”：一个坚信写作就是“幻想、自传、讽刺、忧伤”的小说家，在一定程度上是很难以存在的经验来带动想象的，他选择的往往是以幻想整合经验。那么，翻检苏童的所有作品，我们就不能不面对这样的文学写作的现实：不论是何种题材，不论是长篇还是中、短篇，只要文本叙述题材、生活的年代不出三五年，也就是一旦离开了“历史叙事”，苏童的叙述就会显得缺少以往的自信和从容，似乎缺少了那种在文字的天空纵横捭阖的自由度，灵气也就变得僵直而不灵动。

创作于二十一世纪初的长篇小说《蛇为什么会飞》，便是苏童在现实中对于精神灵动的一次艰难而并不理想的寻求。苏童的这次写作灵感来自“千禧年”前一个夜晚在火车站的经历，他在人群的沼泽里穿越火车站广场到候车室用了二十分钟的时间，这一点点“直面人生”的经验，就唤起了他写作这部小说的激情。这部小说讲述的是生活在世纪之交的若干社会底层小人物的生存状态，他们的生活理想、现实精神、命运和人生遭际，渴望得到尊重并生发出做人的尊严，这些人物都试想有一个较为完整的生存、精神出路。在这里，作家是想通过对这个边缘性的社会群落的描绘，表达在商业化时代生活的急遽变化，以及弱势人群的浮躁、沉沦、无奈与失重。小说选择“火车站”作为叙述的背景，以这个无名的城市火车站作为二十世纪末中国都市社会的缩影和生存图景。看得出，苏童是想通过叙述和描绘，伸展到人物的人性空间，让我们体验到人物惊悚、凄凉、感伤的现实苦痛。多年来，苏童的写作始终倾向于捕捉人物的某一人生瞬间或片断，呈示人生世界的凄凉或绚烂。这部小说中的克渊、德群、冷燕、修红、金发女孩等人物的命运虽说也跃然纸上，但如同小说中作家营造的贯注整个文本的许多意象一样，如蛇、世纪钟、逃离，并没有能实现作家的预期和想象，尤其在表现人性嬗变、人与现实种种隐喻关系时，明显局促和生硬，有时甚至使我们对他的叙述感到茫然和困惑。我想，对这部苏童曾寄予深厚期待的小说，他极力想摆脱的那些文本品质仍顽强地存在于小说的体内。由于题材选择的当下性和对现实的“深度”考虑，“审美距离”没有拉开，所谓“间离”效果也就无法产生，作家、叙述人、小说人物及读者，难以保持一种或道德、或智力、或时间、或情感价值上的审美距离和张力。在此意义上，灵气受到这些因素的掩抑和限制，叙述“腾挪”出对现实的耐心，造成自由的缺乏。其实，苏童已经觉察到了这一点，但他迫切想“打碎标签化了的苏童”的现实考虑，还有那种对写作“温和的固执”的作用，令其无法遏制叙述灵气的板结。进一步说，苏童在这部小说中，寻求的现实是一种“公众的现实”，而不是个人的现实，才思、灵感、灵气无法横空出世，“破执”而生。因此，文学叙述的神秘性魅力、不可知性和诗意必然受到一定程度的毁损。

由于种种非艺术和才情的原因，灵气在苏童创作中偶尔出现被“遮蔽”情形也并不足怪。虽然我们无意渲染其类似宗教体验的某种价值趋向，却也不应忽视苏童写作中的天性作用和力量。但我们所希望的是，他能够保持“神以知来，智以藏往”的神光，因为这是他“一种先知的异秉”[①]。已故学者胡河清曾经戏称苏童为“灵龟”。他细腻地比较了苏童与同代作家格非的微妙区别：格非的小说意境诡奇，并且透出一种成了精似的灵慧心计；而苏童大多是凭借幽冥中的天启之意获得灵感和构思。以此入手，他以苏童短篇小说《蓝白染坊》和中篇小说《1934 年的逃亡》为例，分析了苏童写作中的神秘象数与历史进程，小说透射出来的超理性力量形态，隐藏其中

① 胡河清：《灵地的缅想》，学林出版社 1994 年，第 178 页。

的社会历史发展规律、震撼人心的神秘预言等现象。这里，对于胡河清引入涵括着中国传统史学精神基础的神秘学和中国术数文化解读苏童的小说文本，我虽不能完全认同，但我相信，苏童的写作在一定程度上具有文化的寓言性，他在大量历史的和现代的小说文本中，极力避免叙述中产生与具体历史背景的比附，而让人感觉始终保持在一种中立性的审美观照状态。当然，我们也能意识到他对历史进行叙事时的敏感和自我沉醉，同时感觉出其敏锐的历史感与充满稚气的唯美形态之间的不谐调性。

无论怎么讲，从分别写于二十四岁、二十六岁的《1934年的逃亡》和《妻妾成群》，到后来的《武则天》《我的帝王生涯》《米》《碧奴》，都是尽显灵气之作。苏童一路循着自己对生活、历史独特的感觉方式、表达方式和幻想力，以他极好的小说意识，借助“历史”的先天之气，构造历史叙事的独特而富有个性的美学逻辑，弥补了他一定程度上的现实意识的阙失，并建立起属于自身的对纯粹的小说本体意识的把握。在此，苏童为当代中国文学打开了唯美写作的一路，灵气、颖慧、想象和意蕴构筑了写作新的维度与小说写作新的可能性，无疑，这是文学的自信和可能，同样是我们时代文学需要和缺少的一种重要品格和方式。

第三节　苏童小说的叙述语言

小说写作的关键不仅仅在于对生活世界和人的种种精神破译，更在于叙述感觉和叙述语言所创造的文学意境。在我看来，一个具有唯美品质的作家，在写作中更应该充满对语言或者话语美妙境界的热切的感觉和想象，并且，他不断地朝向一种梦想的语言，如罗兰·巴尔特所言，“文学应成为语言的乌托邦”[1]。当代哲学家理查·

① ［法］罗兰·巴尔特:《符号学原理》，李幼蒸译，生活·读书·新知三联书店1988年，第108—109页。

罗蒂也认为，“语言是创造而非发现”[①]。也可以说，小说语言是小说家对世界发出的独特的、个人的声音，它要摆脱、远离他人话语的笼罩，以自己的精神建立起灵魂和话语之间的深层联系。概括地说，文学语言绝不仅仅是一种简单的命名和修辞，而是某种精神或灵魂的对事物的再现和附体，它代表着小说家的感觉方式、说话方式和写作姿态，也呈现写作者丰富复杂的个人经验空间，它是作家创造词语并以词语叙述、呈现事物的才能。一句话，语言呈示着作家的创造力。从一定意义上讲，创造性的文学语言才有可能是接近唯美的语言。关于语言，苏童几乎没有专门的文章论及，只是在一次访谈中谈到小说写作中语言的自觉：“有一种非常强烈的意识，就是感觉到小说的叙述，一个故事，一种想法，找到了一种语言方式后可以使它更加酣畅淋漓，出奇制胜。”[②]可以判断，苏童最早对语言的自觉意识的形成是在1985年前后。他多次坦率地表达了塞林格、海明威、福克纳、麦尔维尔等小说家对他早期写作的启示，那种切近原著的现代翻译语体，尤其世界文学大师们的语气、语调、语感等小说叙述才能，对苏童的写作产生了极大的影响。而文学作为语言的艺术，由于其母语文化的承传性，在作家的动态审美活动中，也不可避免地发生母语自我更新式的精神与形态的双重裂变。既可能与其自身的文学传统构成某种反叛、变革的倾向，也可能在与文学的现代性呼应中求得自我更新的确证。现在看，苏童自二十世纪八十年代迄今的写作处于一种相当复杂的文化、文学语境中，这就使他的内心体验、他对语言的感悟和选择以及大量的文学文本呈现出一个时代的精神症候和镜像。因此，我们研究苏童的语言、话语方式就必然能够测量我们时代这一时期的文学节律。

有关苏童作品的语言感觉和语言风格，学者和评论家已经有过许多的论述：

---

① ［美］理查·罗蒂：《语言的机缘》，《哲学译丛》1992年第1期。

② 苏童、林舟：《永远的寻找——苏童访谈录》，《花城》1996年第1期。

苏童小说的抒情风格，不是实验性技巧或狂乱的语法句式表达的结果，它是故事中呈现的情境。苏童的笔法圆熟高妙之处，在于人物的性格命运与叙事话语完美和谐交融一体。那些女性天生丽质而柔情似水，佳期如梦却魂断蓝桥；而苏童的叙事始终徐缓从容如行云流水，清词丽句，如歌如诉，幽怨婉转而气韵跌宕。①

苏童创造了一种小说话语，这就是意象化的白描，或白描的意象化。白描作为中国小说特有技法，可以说在“五四”时期经鲁迅的改造出现了新的气象，但后来被简单化和庸俗化了，一度被人作为细节描写的同义词。一些实验小说者因此而鄙视白描功夫，小说话语基本以引进国外的成品为主。苏童大胆地把意象的审美机制引进白描操作之中，白描艺术便改变了原先较为单调的方式，出现了现代小说具有的弹性和张力。②

突破了启蒙语式的苏童在这方面获得了自己的活力，形成了突破。他从中国现代作家嗤之以鼻的中国传统文学中汲取了养料。读苏童的小说，我们很容易会联想到唐诗、宋词的意境，苏童的小说是以意境取胜的，苏童的小说，使用的是一种意象性语言，一种在唐诗、宋词、元曲中流传着的具有汉语言特殊情韵的语言方式。③

另外，像朱伟、阿城、洪子诚、王德威等知名作家和学者，也

① 陈晓明：《无边的挑战：中国先锋文学的后现代性》，广西师范大学出版社 2004 年，第 142 页。

② 王干：《苏童意象》，汪政、何平编《苏童研究资料》，天津人民出版社 2007 年，第 318 页。

③ 葛红兵：《苏童的意象主义写作》，汪政、何平编《苏童研究资料》，天津人民出版社 2007 年，第 466 页。

都在论及苏童小说“叙事”和“意象”时关注到他小说语言在结构、意境中涌动的独特情调，以及叙述带来的绵密通透的质地，流露出来的感伤忧伤、哀朽颓败的气息。

我们随意翻阅苏童的任何一部作品，都会强烈地感觉到苏童小说独特的语言风格，而且能够立即将其与其他作家的小说区别开来。他的小说的话语方式、修辞造诣、词语运用和语言的经验、质地、情态，语言堆砌的意象，都显示出“这一个”的写作风貌。我们无法忽略这些因素所产生的叙述的浪漫和唯美品质，以及苏童小说所特有的抒情风格。我觉得，我们首先有必要将苏童早期的一些小说作些细致的分析，以便发现他这个时期的作品中与众不同的一种叙述语气、叙述节奏和文字意境的面貌，也可清晰地看到前文提到的话语的“公共性”和自我的“异质性”在作品中的具体呈现。

从苏童早期的小说中，我们就会感觉到他的灵气之异、禀赋之高、叙述才能和语言天分。他的短篇小说《蓝白染坊》《桑园留念》和《乘滑轮车远去》就是典型的例子。《蓝白染坊》是苏童小说中为数不多的略显“怪异”的文本，它讲述三个小男孩寻找一只无缘无故失踪的黄狸猫，进而引起关于“蓝白染坊”的故事。这是一个近乎神秘的故事，三个男孩和染坊的小姑娘小浮之间也似乎存在某种极其隐秘、虚幻和深邃的关联。人物微妙变幻的感觉和人物最原生态的语态，语义和词语造成的意向飘忽不定，叙述使文本形成不同层次的感觉和体验。《桑园留念》和《乘滑轮车远去》明显是两个关于青春期的记忆和书写。我们知道，前者是苏童自己最珍爱的早期作品之一，它和《伤心的舞蹈》《金鱼之乱》等属于在模仿西方现代作家技法过程中建立自己叙述方向的一批作品。颇为值得关注的是《乘滑轮车远去》，这个短篇小说在意蕴上很像余华差不多同一时期创作的《十八岁出门远行》，可以说都是试图在表现“青春期遭遇”中人生所难免面临的惊悸和惆怅。我想，这篇小说并没有花费苏童太大的心机，但却体现出富有个性的艺术气质，尤其语言质地和叙述声调，不仅显现出苏童的写实才能，而且奠定了他文字独特的“抒情风格”。

> 我想今天碰到的事情都出鬼啦。但是不让我上课也没什么可伤心的。我沿着学校的围墙走。九月的阳光在头顶上噼噼噗噗奔驰而过。有一只小白兔从围墙的窟窿里钻出来，在草丛里蹦蹦跳跳的。那只兔子的眼睛像红宝石一样闪闪发亮。我撒开腿去追兔子，兔子就惊慌地逃了。我也不知道追兔子有什么好玩的。问题是你不追兔子又有什么好玩的呢？
>
> 我最终想说的就是九月一日的夜里。那是我学生时代睡得最晚的一夜。夜里我发烧了，我知道自己烧得很厉害，但我不想对父母说。我裹紧了一条旧毯子躺在小床上，听见外面的街道寂静无比，蟋蟀在墙角吟唱，夜雾渐渐弥漫了城市，钻进了你的窗子。我的思想在八千米的高空飞行。如果那真的是思想的话，你用一千把剪子也剪不断那团乱麻。我不知道我是否睡着了，只记得脑子里连续不断地做梦。梦中，我的滑轮车正在一条空寂无人的大路上充满激情地呼啸远去……①

二十世纪七八十年代的小说，曾有过崇尚真实抒情的写作流向，其一是以王蒙为代表的“意识流”小说，其二是以张承志、史铁生为代表的“知青小说”。但它们并不是作为一种审美价值被确认，而是文字为种种意识形态的指涉所遮蔽。因此叙述话语和语言就具有双重或多重的规约，话语本身的抒情性就被纳入某种文化甚至社会秩序当中。从上面引述的苏童小说的一段文字中，叙述的主

---

① 苏童：《乘滑轮车远去》，《苏童文集·少年血》，江苏文艺出版社 1993 年，第 298 页。

人公的行动、言语、情绪，都是在他的脑海中发生的，文字为了捕捉一个人在回忆中各种流荡飘忽的感受和体验，叙述人的感觉也渗入其中，语言单纯、干净，语流随着主人公的意绪起伏奔涌。这种句法显然受了西方现代小说家如塞林格等人的影响。富于个性化的、自溺的语调表达出苏童对自己叙述话语和声调的寻找，对一种叙述方式的寻找。这时苏童就已经意识到，自由的感觉和思绪需要自由、无羁的语言去表现，需要蝉蜕掉话语的“公共性”而走向一种自由。可以这样讲，苏童小说自身的“语言革命”就是在这个时候静悄悄地开始的。

我曾在前文《苏童小说的叙事形态》一章中谈到苏童小说语言的“古典性”和“抒情性”，是想探讨苏童建立在“古典”之上的先锋性语言品质，尤其是他早期小说创作也即他在“先锋小说”写作的巨大声浪中的大量文本所具有的文体意义和与众不同之处。记得作家余华说过，一个作家终其一生，无法改变的就是他的语言风格。那么，实际上写作《1934 年的逃亡》和《罂粟之家》时的苏童，就已经在强调语词呈现客体的方式，讲究在“如何叙述”的语言经验积累中，确立了自己的基本叙述语法。在先锋作家们普遍强调“临界感觉”、真实与幻觉潜对话的叙事策略时，他就渐渐奠定了自己的话语节奏和行文秩序。当然，他最初的写作也毫无例外地受到“先锋小说”新的语言观念——整体话语方式和叙事走向的规约。具体地说，“先锋”话语所追求的“临界感”已经不仅是指词语所具有的状态，而是涉及整个叙述的意指活动方式，为使叙述向感觉彻底地还原，先锋话语甚至不惜要使语言对外在世界进行无条件的“统治”。从苏童这一时期的作品看，其叙述语式、叙事节奏、叙事时间不可避免地呈现出“反传统”的气质。这个时期苏童的文学语言尽管像其他先锋作家一样，有许多自我成分以外的“公共性”，但他自身的异质性仍难以掩抑地呈现出来。我们可以将苏童这一时期的文本、语言视为他的“养气”过程，是为其纯净如水风格形成的不算短暂的“蓄势”，只不过这种“自觉”的叙述，暂时地延宕了苏童本然的语言感觉的外化和萌动。直到《妻妾成群》《红粉》和一批“香椿树街”短篇小说出现，苏童自己似乎也突然意识到，他从自己具有深厚“古典性”的叙述语言里感觉到了属于自己的艺术思维方式。这种思维方式延续并逐渐固定下来的结果，就是苏童式话语方式的初步形成。

其实，语言的表现方式及其风貌对任何一个作家来说都是一个巨大的挑战和考验，是其必须面对的问题。这是构成一个作家小说叙事、语言风格及其个性化的关键性因素。尤其对于像苏童这样的作家而言，语言是体现其诗性感悟、贯注文本始终的美学气韵的重要因子，它已经超越了一般性的语言技巧。我注意到，尽管苏童及其这一代作家大量地接受过西方文化和语言（严格地讲是翻译文学语言）不同程度的影响，但苏童的语言意识中还始终潜藏着东方传统思维的本质意蕴。或许，苏童就是在对中国古代文化不经意的潜移默化的领略和体察中，获得了汉语内在的“只可意会，不可言传”的美妙“通感”。虽说在他早期的一些作品中难免有些许的翻译腔，但对于苏童这样有极好语言天赋的作家，他充满个性的体验、充满鲜明个性的想象力，使他很快就摆脱了模仿的痕迹，产生或者说创造了自己的语言和文体。考察一个作家是否是一个真正的作家，一个重要的标志就是他有无自己的文体和语言，而语言的个性与创造，直接决定作家创造精神的状态和结果。也就是说，西方文化或语言对于有自主创造性的作家的影响只是启发性的、浅表性的。在这里，我们也会发现一个有趣的现象，中国作家，往往会在一个文化或者社会的重大变革时期，对汉语写作表现出极其敏感的心理反应。“五四”时期，鲁迅、胡适、沈从文、钱钟书等人，都是在中国传统文化特有的内省、内敛和静寂状态下，展开与西方文化的精神对话。他们的写作也不同程度地含蕴中国语言的辩证思维方式，既有与中国文化的深层联系，又有对所处时代世界艺术潮流的超前性理解和把握，并且能够在东西方文化的碰撞中创作出自己石破天惊的叙述文本。而在二十世纪七八十年代，当中国文化、文学再次处于和“五四”相近或相似的状态、情形时，以苏童、格非、余华、孙甘露等人为代表的五十年代末、六十年代前期出生的中国青年作家，几乎面对着与“五四”那一代作家相同的写作“磁场”和历史“悬念”，而且在许多方面甚至比前者处于更为复杂的境遇和自我焦虑状态。由于世界格局中的多元化时代的到来，中国后现代主义的产生，二十世纪八十年代中国“思想解放”运动和西方现代思潮对中国文化潮流的双重推动，中国社会的文化和经济乃至社会意识所发生的多方位的深刻变化，中国文学、中国作家所面临的诸多戏剧性的变化常常在无所知的情形下悄然发生。对此，陈晓明有过相当深入的分析。他指出：“我们称之为‘先锋派’的那个创作群落（他们主要包括：苏童、余华、格非、孙甘露、叶兆言、北村等），是在二十世纪八十年代后期步入文坛的，他们不仅面对‘卡里斯玛’解体的文明情境，而且面对着‘新时期’危机的文学史前提——这就是他们无法拒绝的历史和现实。与其说他们从这个历史前提找到新的起点，不如说他们承受了这个‘前提’的全部压力仓皇逃亡。他们与这道前提的关系天然地是对抗的、背离的，他们注定了是新时期的叛臣逆子”[①]。我们可以不去争论关于“先锋派”的命名和相关界定，但我们不能否认历史彻底解放了苏童这一代作家，唤醒和激发了其诗性的文本创造才能，作家个人的自然性、自由性得以充分彰显。这种写作的意义虽说尚不能与“五四”一代作家相提并论，但在二十世纪八十年代文化“溃败”的历史境遇中，他们孤独的个体的、年轻的写作，他们近乎狂乱的想象和有关记忆和现实的“诗意祈祷”，对现实政治甚至大众的超越和远离，其自身就构成了对历史、现实和非文学特质的摆脱、弥

① 陈晓明：《无边的挑战：中国先锋文学的后现代性》，广西师范大学出版社2004年，第35页。

合或隐喻。无疑，对苏童文学语言及其话语方式和内在诗性的深入辨析，可以使我们以一种方式进入当代复杂多变的文化情境。

归结起来说，苏童彻底挣脱了多年以来沉重的启蒙式话语的羁绊，或者说改造了文学语言的意识形态性质，逼近一种具有浓厚唯美品性的抒情性话语，在为汉语写作提供一种新的可能性方面，表现出巨大的潜力。也正是在这一点上，进一步体现出他在中国当代文学中的重要性。

具体地说，首先，我认为苏童的文学叙述语言扩展了文学表达的边界，但却没有使感觉和审美意绪迷失在叙述过程中，而是运用那种能够捕捉感觉本身的语言进行叙述。也就是说，苏童的文学感觉、想象中的故事，都凝聚着情感、情绪的坚实内核，由叙述人用最切近人物性格命运的叙事话语，进行细腻、逼真的描述。清词丽句对细节模拟的真切，经过悉心改造的古典的白描，对事物寥寥数笔的修剪，使整个叙述产生出一种魔力。可以说，倘若将整个想象世界的存在当作“物”的话，那么，叙述语言的使命就是缩短“物”与“我”的可能性现实世界以及阅读者的距离，这里最佳的路径就是使用感觉性语言作为传达、发散或沟通的中介，唤醒人们与自身过去知觉经验的某种联系。这样一来，对世界的体验就充满了色彩、旋律，视、听、味觉被通感性语言表现出来，使小说产生一种超越文学自身层面的文化表达语境，几近于语言内在的狂欢。这种狂欢性的语言仿佛充满激情的舞蹈，是腾跳于传统艺术思维方式和理念之上的自由的舞蹈。苏童的语言和叙述状态，接近心理学家马斯洛所说的“高峰体验”，我们会从中感受到超越现实世界的和风细雨般的愉悦、优美、宁静和纯粹，无论是表现人物的内心，还是贴近现实的情境。在《妻妾成群》中，“人”和“物”有时互为表里，精微一致，意蕴迭出，深美闳约，明显是对现实可能性存在与先验精神的有效整合。

下了头一场大雪，萧瑟荒凉的冬日花园被覆盖了兔绒般的积雪，树枝和屋檐都变得玲珑剔透、晶莹透明起来。陈家几个年幼的孩子早早跑到雪地上堆了雪人，然后就在颂莲的窗外跑来跑去追逐，打雪仗玩。颂莲还听见飞澜在雪地上摔倒后尖声啼哭的声音。还有刺眼的雪光泛在窗户上的色彩。还有吊钟永不衰弱的嘀嗒声。一切都是真切可感，但颂莲仿佛去了趟天国，她不相信自己活着，又将一如既往地度过一天的时光了。

颂莲发现窗子也一如梦中半掩着，从室外穿来的空气新鲜清冽，但颂莲辨别了窗户上雁儿残存的死亡气息。下雪了，世界就剩下一半了。另外一半看不见了，它被静静地抹去，也许这就是一场不彻底的死亡。颂莲想我为什么死到一半又停止了呢，真让人奇怪。另外的一半在哪里？[①]

在这里，句子和句子之间没有半句是“闲笔”。外在世界的情境和人物的玄想胶着在一起，生命、存在在切近真实和实在的瞬间轻盈无着，颂莲无边的沉重在“自我物化”中遁入无可摆脱的虚无。款款流淌的词句，感觉的变化异常缓慢，叙述几乎是在显微镜下漫溢，独语行为中饱含着灵魂深处的“潜对话”，白描中略微透出的景深映衬着人物的精神错位和现实警觉，一切都是在幻觉的自然延伸处萌生出不宜摧毁的感悟力量。可见，文字的开放性不是简单、肆意的形式铺排，也不是语言表意的最大值，而是句群形成意蕴后的整体性力量。实际上，在苏童的小说中，类似的语言比比皆是，不一而足。我们会想到，苏童最早写作过大量的诗歌，只要稍加留意，我们就会在其字里行间发掘出他永远摆脱不了的诗人的情结和激情，所以，他的小说文字显而易见地具有结晶的性质，其结构性力量是依靠叙述文字的张力、激情的渲染来呈现诗意的。像

① 苏童：《妻妾成群》，上海文艺出版社 2004 年，第 47 页。

“萧瑟荒凉……”的铺陈写意之后，“还有……”句式的反复，再回到人物内心的感受，这样的句群明显具有充分的诗化的品质。这种场景，显然是文本的场景，它所指涉的现实也是文本意义上的现实，也就是说，文字修改了事态的进程，成为作家所理解的人、物关系，而且满含作家的激情、想象和暗示，特定语境中词语发生一定程度的移位和偏差，在这里，汉语写作中的超验性词语直接指向心灵体验。当然，这些都还需要以新的时间观、叙事节律和对语言功能的重新认识作为支撑点。我感觉，苏童在循着“古典”的路径自觉或不自觉地探索现代小说新的可能性。我坚定地认为苏童小说创作具有“贵族气息”，一个相当大的理由或依据就是苏童写作中具有一种虔诚的迷醉般的心灵狂喜，对文字所营造的世界的浪漫沉入、心灵化介入。这肯定源于苏童先天和后天的心理积淀和情感储备。人的心灵，即内在世界有着比理性及其要求更高的东西，这就是想象力、自我感觉、兴奋的感受性。一个作家本身必须通过活生生的个体的灵性去感受世界，而不是通过理性逻辑去分析认知世界。我透过苏童的文字猜想和判断，苏童叙述文字被赋予了情感、想象的功能、诗的感觉，而想象的功能和诗意就在于将文字中有限的东西引入到无限。在这一点上，苏童语言的浪漫品质，就是它竭力将不透明的、沉抑的、散文化的客体世界变化成为一种活的、灵性的、飘忽的、摇曳生姿的诗意图景。因此，苏童常常能在看似朴拙的叙述中制造出令人心碎的场景来。巴赫金在谈到“诗的话语和小说的话语”时指出：“任何一个活生生的话语同自己所讲对象相对而处的情况，都是各不相同的。在话语和所讲对象之间，在话语和讲话个人之间，有一个常常难以穿越的稠密地带。活生生的话语要在修辞上获得个性化，最后定型，只能是在同上述这一特殊地带相互积极作用的过程中实现。”①我想，巴赫金所说的这个“稠密地带”应该是语言最难以抵达的区域，即我们前面提到的“人”与

① ［苏］巴赫金：《小说理论》，白春仁、晓河译，河北教育出版社1998年，第55页。

“物”之间的精神对话的现场，它是作家经由心灵建立的语言和事物之间的同构关系。笔触所至，我们能够意识到作家尽力地通过语言传达出对世界的神秘体验。苏童的语言也必然是虔诚的，因为我们在他的文字中发现了令人着迷的梦幻性质，含混性和清晰度被同时考虑到，因此他的叙述总是能在文字之外获得延伸和回响。

还有，我们前文提及的苏童小说语言的“陌生化”，在苏童的小说中，这种“陌生化”使叙述语言在表达上获得审美意义上的提升，获得真正意义上的持久的诗意成分。对于任何一个作家来说，创造语言就是在创造一种生活，创造一种世界、一种意义。这是小说最本质的东西。在论及苏童的短篇小说时我们曾经提到，这种语言的“陌生化”具体体现为叙述语言的“诗化”倾向，即远离日常公众话语、日常消息语言的彻底的文学化语言特质。具体地讲，叙述语言的陌生化表现为语言的音乐性、新奇而含混的隐喻、象征、意象性的暗示，以及它们所造成的叙述语言与日常语言、传统文学语言的疏离效果，而产生特别的审美感觉和深邃意味。俄国形式主义理论家提出，构成“陌生化”的要素主要有两点：一是运用普通语言中基本不用或根本不存在的新词语、新用法；二是采用诗的特有的节奏、韵律、意象、声音等进行文学叙述，改变了普通语言的常规表达方法而显示出陌生化效果。这些，尤其在《我的帝王生涯》《武则天》《妻妾成群》《红粉》等叙写、演绎“过去时代故事”的篇什中，陌生化效果使苏童小说的叙述话语呈现出令人耳目一新的语言表达范式。这其中，个人性修辞语境与常态的生活词语产生一定的离心力，我们在叙述的语流中常常会感到几种力量的汇合：时间感、人物内心的现实、想象力的自然升华、词的构造力及其解构力。同时，文字中倾力对于想象性情境的表现，也给这种语言制造最高的虚构真实提供了更为广阔的舞台。对苏童来说，这无疑得之于西方、拉美现代小说语式和中国古典白描语言的双重影响，异域语调与白描式语言的神韵交相杂糅，直觉、意识流动、隐喻、魔幻等语言表达方式激活了汉语的光芒，母语与外来语式的奇特混合形成了苏童所特有的“现代文人话语”风格。我们不难在苏童的大量小说中感受到塞林格、博尔赫斯、纳博科夫和马尔克斯语言的规约，衍生成华丽、婉约、神秘、轻曼、柔和的语句语式。苏童的大部分小说在行文中取消了人物对话时标点符号——引号的使用，小说人物与叙述融为一体，互为伸缩，相互辅助，在阅读和感官体味上更为流畅。苏童认为，“引号放在小说里非常扎眼，他给作家和读者都造成某种障碍。请注意，有人要说话了。我觉得不需要这种中断，甚至要让读者分不清这是内心独白还是对话，或者一种描述。这样的状态下，小说的语言流动才能真正像水一样，这是一种比较高的小说语言境界”[①]。在苏童的小说中，充满文人浓郁、浪漫怀旧意绪的故事内容被优美地讲述、推衍和铺张，气韵生动，绵密流畅。

> 陈佐千怏怏地和颂莲一起看窗外的雨景。这样的时候整个世界都潮湿难耐起来。花园里空无一人，树叶绿得透了凉意，远远地那边的紫藤架被风掠过，摇晃有如人形。颂莲想起那口井。颂莲说，这园子里的东西有点鬼气。陈佐千说，哪来的鬼气？颂莲朝紫藤架努努嘴，喏，那口井。[②]

第一段将陈宅大院的神秘、阴森可怖与颂莲的疑惧心态以舒缓轻捷的语气荡溢出来，人物和氛围鲜活地融为一体，“这样的时候整个世界都潮湿难耐起来”，这虽然是一个简单的句子，但在这个语境中却涌荡起深远的意绪，在这里，词语的有所节制的扩张立即拉开了人与物之间的距离，叙述让人物暂时地游离于现实世界之

---

① 苏童、姜广平：《“留神听着这个世界的动静”——与苏童对话》，《莽原》2003年第1期。

② 苏童：《妻妾成群》，上海文艺出版社2004年，第14页。

外，突然性地强调一下叙述人和人物的同感，再将人物拉回具体的现实情境中。诗人欧阳江河说过："写作就是减少自我，即使整个世界与这个自我相加也是徒劳的"[①]。苏童善于在描述感觉与感觉冲撞的复杂层面上展示事物存在的情境，颂莲和陈佐千微妙的心理，小心翼翼地从简洁的文字中浮现出来。而这时，叙述人总是若即若离、时隐时现，人物的现实仿佛是永远无法把握的一种奇妙存在。

> 父王驾崩的那天早晨，霜露浓重，太阳犹如破碎的蛋黄悬浮于铜尺山的峰峦后面。我在近山堂前晨读，看见一群白色的鹭鸟从乌柏树林中低低掠过，它们围绕近山堂的朱廊黑瓦盘旋片刻，留下数声哀婉的啼啭和几片羽毛，我看见我的手腕上、石案上还有书册上溅满了鹭鸟的灰白稀松的粪便。[②]

第二段文字以平和的语调诉说内心惆怅、孤寂的人生心态，像"太阳犹如破碎的蛋黄"这样的比喻，鹭鸟的"数声哀婉的啼啭"，纯粹的诗性的直觉如同神游，叙述语气的压抑和迫切显而易见。纵然是父王驾崩也难唤起存在的勇气和激情。可见，从某种意义上讲，诗性、诗化构成了迥异于传统叙述语言的"陌生化"特征。

总的说，这种文法和语态有西方、拉美小说的诱发和启迪，但主要还是深受古典诗词的自然神妙之法的浸淫，其体式、语感、格调和功力直逼王国维评论近人诗词时所言："言情体物，穷极工巧"，且"深婉""隐秀"，叙述中的言外之味、弦外之音呼之欲出。实际上，语言风格、气韵与叙述中的修辞有所不同，苏童对塞林格、博尔赫斯、雷蒙德·卡佛所直接感觉到的实质上是作家的叙述节奏或叙述感，而非语言形态，因为，我们的阅读和感受只能对

① 欧阳江河：《站在虚构这边》，生活·读书·新知三联书店 2001 年，第 161 页。

② 苏童：《我的帝王生涯》，花城出版社 1993 年，第 1 页。

自己的母语有所体验，是无法对翻译文学有肌肤之感的。因此，我们看到的是，苏童以自己对汉语的理解和运用照亮了文学本身，而且，这种独创性叙述话语创造出了文学表现中“暧昧”“迷蒙”的唯美诗学的格调，叙述已将具体的、历史的、道德的形而下的内容引入一种文化上的超验性体悟，毫无疑问，这是一种充满现代主义精神和气质的话语方式。苏童与众不同的语言禀赋、气质、想象力，铸成了延续至今仍活力不减的话语方式。苏童小说写作持续存在的可能性，也正是因为有如此牢靠的语言基础而显扎实、坚固，并且丝毫不缺少美学上的平衡。这样的文学叙述与接受就都进入一种中立性的审美观照状态。从文本形式看，话语的产生发于修辞学止于修辞学，但在文本显露出的底蕴方面则超越了修辞学，在这一点上，苏童的小说语言风格是对当代小说语言的重要贡献。从当代作家写作视角看，苏童作为中国当代具有唯美风格的作家，他对现代汉语的领悟和感知，流动与变幻，以及在新的叙述层面上的发掘和长期实践，必然会显示出自身的影响和力量。

第四节 《碧奴》——经典的唯美文本

苏童重写了“孟姜女哭长城的传说”。无论怎样讲，“重写”本身，就意味着对曾有叙述的不满意或不满足，觉得曾有的“意思”似乎还是缺少什么，对旧文本的感动之余，必是感慨其中缺少美丽的细节，空留艰涩虚言，而少繁复的奇观或是忧伤的隐喻。倘若如此，当代人就有责任与其重新对话，对其进行重新演绎，或推波助澜，或另寄情怀，或道破文学与历史难以言表的症结。我不知道，这是否就能成为对这个神话进行重绘和重复修辞的理由，但对于苏童来说，在当前这样一个复杂的文化、文学情境中，写作这样一部作品，是借此改变或调整自己多年不辍而略显郁闷的写作，继续保持自己的先锋品质，重新出发，还是权且当作是冒险去从事的一场华丽、悲壮的叙事游戏，这的确是应该仔细斟酌的。因为，苏童毕竟不是无所不能的文学魔法师，尽管我们非常了解、相信苏童天才的潜力、韧力和气度，尤其是他想象的奇诡与绚烂，处理、驾驭历史题材的得心应手。这些，当然是苏童得天独厚的潇洒之处和先天优势。但在读到这部作品之前，我们还是难以猜测他如何面对这样一种形式的写作，因此，心中充满了疑虑甚至担忧：苏童如何越过两千年时空，重述一个几乎尽人皆知的神话、传奇故事？长篇小说《碧奴》，是否真的如苏童自己所言，是“迄今自己最满意的小说”？他究竟是想借壳生蛋、借尸还魂、顺水推舟，抑或“搅浑历史的清水”，是要随意连缀历史烟云中记忆的断简残篇，还是要创造新的文本奇迹，和传说中的人物一起飞翔，去淋漓尽致地作细密的精神考证，并令我们豁然开朗呢？

显然，“孟姜女”这个传说如同一个民族的文化象征符码，千百年来在民间流传被多元演绎，并已经成为一种深层的文化积淀。它虽然讲述的是一个忠贞的故事，是一个道德的寓言，但却又不仅仅是关于“思夫”的神话。孟姜女以她的执着、坚韧的内心和行动牵扯着一代代人的情感、情操，在一定程度上，她还代表着整个人类灵魂、精神的高度。而在它漫长的流传、讲述史上，其讲述者的姿态，故事、人物的精神走向都大致保持着一个基本的格调和氛围。其中若是有些许的变化，也是只有“建构”的立场，而没有刻意“颠覆”其精神内核、质地的后现代冲动。也就是说，尽管“一千个听者就有一千个孟姜女”，但是，面对这样一个历史传说或者说神话框架，同时，面对“重述神话”写作计划这样一种近似“命题作文”式的写作，如何选择、厘定叙述的方向，保留或剔除哪些叙述元素，如何重新演绎出不同凡响的意义来，对任何一个作家来说，都是一个必须认真对待、仔细考虑的重大的写作问题。正如苏童自己所说：“一个家喻户晓的故事，永远是横在写作者面前的一道难题”[①]。

我们感兴趣的，当然是苏童是以何种姿态进入写作的，他叙述的欲望或动力何在？因为，这次写作，肯定不是一次简单的叙事革命，人们更想知道的是，这样的写作，能否开启苏童小说创作的一个新的阶段？尤其是，当审美活动正日趋超出所谓纯艺术、文学范围而渗透到大众的日常生活，当代作家面对世界、面对现实如何“写作”，如何才能真正地摆脱文学整体的贫乏与困境、虚脱与焦虑？作为八十年代就已成名的“先锋文学”旗帜性作家苏童，究竟还能够为当代的汉语文学写作带来多少新的元素和新的生机？

现在看来，苏童无疑还是凭借他独特的写作，对孟姜女的传说进行了更具魅力、深厚、扎实而且空灵的想象和叙述。依然是出手不凡，令人眼界一新。显然，苏童对女性和“哭泣”这样的题材始终有着难以言传的兴趣。而且，这一次，就像当年苏童告诫读者的“不要把《我的帝王生涯》当历史小说来读”一样，这部《碧奴》，已褪去了历史传说所应有的纵深度和苍凉颜色，除了沿用神话的神奇品质之外，他似乎更在意童话般的境界和简约、质朴的传承。因此，我们就会跨越某种具体写作思维的限制和局限，去深入地体味苏童的聪明与单纯。在《碧奴》中，他的整个表意系统，仍然选择了“发现”和“建构”的姿态，并使文本坚守着古典叙述的线性时空秩序，于是，小说就有了一个“简洁而温暖的线条”。但是，我在字里行间感觉到，苏童写得自由、洒脱、轻松，取材于历史，却没有任何历史的重压；表现俗世的、亘古不变的爱情，却少有伦理的束缚和细碎的纠缠；记录一个女性偏执的情感历程，却无丝毫两性的窘境和困惑。但叙述又是精致的，看得出，这里有不应忽略的一个优秀作家的自信。虽说他已经表现出了一个历史或时代的沉重

① 苏童、张学昕：《在不断的写作中给自己制造困境》，《大连日报》2006年6月6日。

和古旧，却能以一种特别的思维方法，“在生活之中，尽情地跳到生活之外”，在历史之中，又能浮出历史地表。他轻松地过滤掉我们擅长的对人与人、人与世界可能的逻辑关系的分析推理，诸如碧奴缘何要百折不挠地寻找岂梁，碧奴的执拗是自觉的还是个人宿命的，是天经地义的伦理担当，抑或是但求无愧于心的心理情结在鼓胀。这似乎又都显得不重要。只是有了这种写作准备，他就不会计较是否会改变传统故事应有的旨意和方向，而是以抒情性的诗意呈现，巧妙地利用故事中的写实元素，让传奇渗透出更强烈的浪漫、唯美品质。这里，苏童还很智慧地将小说主人公的名字改为“碧奴”，以此也就彻底放下了历史或是寓言的沉重的拖累和包袱。“孟姜女”这个大众符号，在脱离了世情的根基后，使苏童的叙述完全能够沿着想象的道路缓缓前行。但是，这个关于“孟姜女”的寓言并未变调，只是在缺少了旧有的冷峻和矫饰的成分之后，碧奴更像是一个让我们感到有些陌生的、气宇轩昂、无怨无悔的英雄。

小说选择的是一个封闭式的结构，小说的叙事线索也异常单纯：一个寻夫女子从家乡桃村出发，直至终点大燕岭长城脚下的孤独的坎坷行旅。行走的路线和版图，与苏童的另一部古代题材“历史想象小说”《我的帝王生涯》的想象、叙述方式颇为近似。有所不同的是，《碧奴》的整体氛围和气息，不再似前者那样衰败腐朽，而是呈现清新、丰沛的劲道。苏童为了使故事的叙述更具有说服力，更具感染力，在写实的大的历史背景下，采用了陌生化的、被略萨称之为“中国套盒”的叙述结构。一点点由“不能用眼睛哭泣”到碧奴全身的“哭泣”，由一个故事牵引出另外一些故事，进而带动出从民间到王朝的种种历史上可能的细节，熙熙攘攘的众生相：桃村女人对碧奴冰冷的目光，暮色中凄凉的“人市”，青云郡百春台供郡王享乐的鹿人和马人，“梁上君子”门客芹素，五谷城詹刺史府的“泪汤”，刺客少器的神秘、诡谲，十三里铺农妇的善良，还有那只通灵的青蛙……人性、神性有隐有显，或迷离、或峥嵘，举重若轻，而且，苏童的描写尽可能地避开情绪化的形容词，竭力使叙述话语纯净、透明、简洁、有力。故事中虽不乏残酷的情境，所表现的生活却显得坚实且富有质感。时间仿佛浓缩了，作家似乎要用特别逼真的方式显示给读者看，情节、人物，尤其细节呈现出惊人的活力。叙述，以从容、舒缓的节奏进入人的微妙难言的心灵。

我们都看到，在这部小说中，苏童抓住了一个文学中经常表达却不易表现到位的情感因素——“哭”，这也是小说最引人注目的部分。眼泪这个元素在作品中的大量出现和刻意被渲染，看得出苏童就是要就泪的意象大做文章，肆意地铺排，这却也特别地显示出苏童的天赋和灵性。如何写“哭”，对一个成熟作家来讲，同样是一个挑战。他对眼泪与人的关系如此的处理，真的是前所未见。最终，碧奴在囚笼之中的哭泣，令所有的人忏悔，这绝对是属于汉民族自己的忏悔；哭泣，令一个象征坚固不堪的秩序和统治坍塌，其实，在此之前，碧奴早已用生命里的某种执拗的“原始力量”，本然地击溃了一切缺乏美好心性和灵性皈依的精神城墙。有人说，这部小说眼泪写得精彩动人，但缺少“泪与墙的冲撞”，实际上，碧奴的所有行程，就是与“人性之墙”冲撞的过程。所经之处，所遇之人，何处何人不是一幢厚厚的心墙呢？但碧奴的眼泪，是没有任何惊悸和恐怖的幸福的眼泪，是充满神性光芒的耐人寻味的眼泪，无疑，也是以极其个人性的方式逃脱绝望的眼泪。我们会深深地感到，思念这一最朴素、最普通也最美好情感的被吞噬，使作为女性最后的能耐的眼泪，这源自其自身的苦闷、对抗、圣洁的暴风骤雨，强劲地渗透、进入人的焦虑不安的内心，令其翻滚出不竭的真情涌动。苏童在竭力地表达哭的力量和价值，不屈不挠的哭泣，伴随一次孤独而寂寥的漫长行旅，试图去打开人类摆脱现实困境的神秘通道，长城的坚硬与眼泪的柔软，如同一次由“寻找”发动的漫长对话，尽管在苏童的文学叙述的背后很少有意识形态的规约，其精神的暗示或寓意也闪烁飘逸，令人捉摸不定，但我们在此还是看到了我们民族自己的西西弗斯或堂吉诃德的精神品质。我们清楚，碧奴是在为活着挽回尊严，是在以自己柔弱的身体和愿望，去见证人性应有的品质。她对孤独的存在境遇没有丝毫的恐惧，她完全是“用眼泪解决了 个巨大的人的困境”，用眼泪完成了 个英雄的使命。她哭倒了长城以后，民间寄托给碧奴的已经不是凡人的事迹，而是神的行为。

无论是随心所欲的哭，还是沿途遭遇的千奇百怪的屈辱，还有背负石头在“官道”上的坚韧爬行，作品都表达出了不可再现的生命景观。尤其十三里铺官道那奇异的风景：平地流出的细细水流、青蛙排成的绿色的队伍、硕大密集的白蝴蝶，构成了一道异常纯粹的唯美的视觉盛宴：

> 那女子所经之处，积沙向路下退去了，平地上流出一道细细的水流，那水流发亮，像一支银箭射向北方。水流开道，无数来历不明的青蛙排成一条灰绿色的队伍，浩浩荡荡地向大燕岭方向跳，跳。……蛙群还没有过去，一群白色的蝴蝶沿着官道飞过来了，平羊郡也盛产蝴蝶，但农妇们从来没见过这么硕大这么密集的白蝴蝶，它们飞得那么低，翅膀上还残留着南方温暖的阳光，看过去是一条白色镶金的花带在向大燕岭漂浮。[①]

所谓“惊天地，泣鬼神”的精神，在这里幻化成一个个美妙、奇诡的意象。虽然，整个小说的叙述，间或“逸出”人物行走的轨道，但叙述始终没有偏离唯美的方向。在这里，历史被想象得如此单纯，情感被复现得如此清雅，如同阅尽世事苍凉后对世道人心的从容不迫的一次次振荡，千言万语，直指人心。这已不单单是记忆

---

① 苏童：《碧奴》，重庆出版社 2006 年，第 207 页。

中的前世今生，晶亮的话语境界散发出灵魂自由的气息。我知道，这是苏童的拿手好戏，也是没有任何精神压力的对生命和存在即景的咏叹。很简单，苏童在竭力地刺激自己的艺术冲动，在对眼泪和哭泣的淋漓尽致的描写中追问：人类表达情感的基本权利被剥夺之后，何时才能有真正的哭泣？哭泣之后还剩下什么？或者说，苏童是在专注地、单纯地写一个眼泪的神奇的传说吗？实际上，哭泣是一种仪式，眼泪早已偏出了是以苦涩还是满足来论质定价的坐标系。我想，苏童绝不会以眼泪的九种流法来显示想象力的卓越，而一定是在以自己的方式，沿用魔幻写实的技巧，展开他的叙事美学，通过碧奴这么一个“命定”的角色，对存在、对历史的脉动进行一次艺术诠释，或者以此来遥指时间和历史之谜的偈语。既呈示那广泛而深刻的痛苦，也建立宽厚而博大的力量。

我们还注意到，这部小说自始至终，作为碧奴追寻的人——丈夫岂梁一直处于“缺席”状态，而且，文本中所涉及的几乎所有男性，无论是刺客、门客，还是国王，非死即亡，多有不测。可见，“死亡”这一苏童曾经迷恋的主题在这部小说中仍有一定的繁衍。只是碧奴在只身行走历尽磨难中九死不悔，善始善终，浴火重生，这里多少有些男权统治亟须被唤醒、被质疑的意味。我们以为，碧奴的一路千回百转，“寻夫”的气力会被时间的长度所消解，但在小说最后，我们读到碧奴在大燕岭断肠岩上，惊天动地的大悲怆猝然爆发，令长城颤动、山崩地裂，而人的情怀则天长地久，此恨绵绵。这不由得使我想起多年前舒婷的《神女峰》中的诗句：“与其在悬崖上展览千年，不如在爱人肩头痛哭一晚”，这让我们相信，残暴、欲望、血腥和邪恶的乌云不会永远地遮蔽朗朗的乾坤，岂梁们的愤怒和碧奴的眼泪将汇成人心的洪流，摧毁一切残酷悲剧制造者的人性之墙。我觉得，苏童甚至无意塑造什么人物形象，碧奴就像一个穿梭于人神世界的精灵，织就了一幅天、地、人的镜像，照耀着生死乾坤，散发着神性的光芒。由此可见，孟姜女的故事，能够征服苏童、征服读者的不仅是民间传说的魅力，还在于这个神话传说里面有一个非常严肃的、巨大的人生命题，甚至可以说是哲学命题。它里面显示了世态人心，生存的遭遇。在这里，《碧奴》的文本意蕴不言而喻。

我以为，苏童在这部小说的构思和写作中，延续并牢牢地抓住了他一以贯之的叙述和虚构策略：一是古典而浪漫，一是先锋而唯美。这种具有充分现代感的小说叙事美学原则，以及他对现代小说技术的娴熟运用，不仅超越了写实主义对想象的羁绊，而且通过文学虚构的本质，赋予生活以简洁而有力的形式，由此探索和推断存在、人性、时代等有关生命的迷津。而惊人的想象对已有叙事元素的改变和延伸，也是苏童"扭转"生活和发现人性魔幻的有效策略。可以看出，苏童的写作仍难掩其"先锋小说家"的风范和气度。可以说，《碧奴》是对古典、浪漫故事的唯美而充满先锋气质的自由抒写，也可以说这完全是一部类似童话的写作，我们可以不必考虑从神话到童话的灵感和机变，其中隐含多少异质性写作因素，但是，在叙述中童话的特质体现在所有情节、文字的肌理中。苏童虽然写的是一个忧伤、苦涩、悲壮的故事，却没有一点伤逝的味道，叙述主线清晰，貌似写实，实则虚幻、玄想，颇具抒情意味，很多情节出其不意，正可谓令人"匪夷所思"，不时有节外生枝的蔓叶。文笔酣畅绵密，思路精微又圆转跌宕，而在结构和文法方面，还依稀可见博尔赫斯式的机智。

应该说，神话、传说这种作家们喜欢"借用"的小说原型或小说元素，给苏童提供了"再造"新文本的机缘和写作生长点。人所共知，苏童过去的作品，就善于"营造阴森瑰丽的世界，叙说颓靡感伤的传奇"[①]，看得出，这部《碧奴》，与此前的《米》《武则天》《我的帝王生涯》等都有文体上的某种呼应和精神因缘。虽然《碧

① 王德威：《当代小说二十家》，生活·读书·新知三联书店2006年，第106页。

奴》在结构上还略嫌单薄，不够丰腴，几处后设情境，也有冗长松懈之虞，但童话的模型却恰好保持着文本的节制和敷衍故事的清晰线路，人物的“漫游”中也不乏凛然之气。从写作学的角度看，对于苏童这样富于灵气的作家，具有某种“原型”的故事线索更容易拓展文学广阔的想象维度。但“原型”的意义在此已经显得微不足道。因为，苏童从来就喜欢天马行空地在自己的想象领域驰骋和翱翔。他再次找到了讲述故事、自由叙述的天地。因为一部虚构小说的主体不是一种现实，它仍然是一种虚构，关键是，如何让虚构掌控着一种不失分寸感的文体和想象的方式。苏童的小说世界，显然没有受到原有故事框架的“奴役”，而是另辟蹊径，娴熟地运用现代小说技术，创造出了一个独立和自给自足的幻想空间。而且，苏童还有意地放低了写作者的姿态，只有对生命、世道荒凉之意的渲染，而没有任何启蒙之意的张扬，他小心翼翼地考虑着讲述者与人物之间的角度和距离，让所有的故事都穿插在现实与虚幻之间，呈现出存在世界的迷魅。也就是说，在这部小说中，苏童并没有保守地循着旧有的套路肆意地“滑行”，而是大胆地对自我作了一次精心的盘整。

不夸张地讲，在一定程度上，苏童的《碧奴》为当代小说提供了许多新的元素：迥异于日常语言的叙述话语，结构的形式感和叙事的音乐性，语境的传奇与魔幻，修辞造境的奇诡，百味杂陈的人间万象。这些，都使文学对人的生命、自由、命运的表达扩展了更大的话语空间和边界。另外，这部作品也试图在神话传说、童话和小说之间，打破某种固定的文类形式，尝试新的文体实验，这些都显得难能可贵。尤其是，这种相对纯粹的唯美写作，也击打着我们日渐枯竭的文学想象力和写作重心。

苏童相信，民间从来都隐藏着最丰富的文学想象力。“最瑰丽最奔放的想象力往往来自民间”，神话是飞翔的现实[1]，对于“孟姜

---

① 苏童:《碧奴·自序》，重庆出版社 2006 年。

女”的传说，他显然无心通过小说去验证这神话传说的深刻性，他是在用热情慢慢地梳理这其中潜藏的民间哲学和人性中最瑰丽的东西，以迥异于历史叙述、迥异于神话的方式，耐心地踩在传说的肩膀上，挖掘或呈现这后面的“艰难时世”。可以说，在现时代，神话依然会有一种神奇的力量，是一种现实的飞翔，尽管沉重的现实飞翔起来也许仍然沉重。我们有时还是期冀短暂地脱离现实，以求得某种精神的解脱，而神话的确能让我们感到释然。可以说这是文学的力量，一种民间的力量，一种超越世俗的唯美的力量。

我们知道，苏童熟悉福克纳、博尔赫斯、雷蒙德·卡佛等西方现代主义小说精神与技术策略，但这一次，他也似乎更在意寻找其与“中国经验”的细密整合。碧奴，是以其真正中国的姿态走出了神话，走向了世界，这颇有与世界文学进一步相互对话的深厚意味。在这里，传说和神话构成了触动艺术灵感和想象力的引线和精神资源。我认为，说到底，这部小说，与其说是重写了一个伟大的神话，不如说是创造了一个蕴涵着诗人般精妙体验的美丽的成人童话。其中，既有个人的心悸、情愫，又有时代的幽思和惆怅。童话取代了历史，或者说历史在童话中漫延、滋生。我们的时代实在是太需要这样的童话了，无疑，苏童当仁不让地填补了这样的空缺。应该说，这是一次穿越历史和撕扯人性的文学行旅，一个古老传说重新被另一种气韵和灵感所支配、所演绎。苏童诗意的想象力在这部小说中获得了强烈的倾泻。虚构是令苏童兴奋的工作，虚构的实质就是赋予生活新的形式感，这种形式感也可以理解成一种对待生活和艺术的态度和方式。这部小说也再次让我们重温了苏童的唯美风格、苏童叙述故事的柔曼的话语、句式和文字的独特形式魅力，这种苏童式的小说叙述美学在这部童话般的作品中获得了令人惊喜的效果。那么，回过头来看，苏童在多大的意义和范畴上超越了自己，也就自不待言了。

毋庸置疑，苏童是一位能够经受得住世情诱惑的作家，对小说艺术的热爱和自觉，将会使他在写作的道路上走得更远。我相信，《碧奴》的出现，虽然还不能说就是他写作“巅峰”的到来，但应是他在现代唯美写作道路上的又一次愉悦的迈进。

第五节　唯美，永远的寻找

考察作为唯美作家的苏童的文学写作，我们不能忽略的还有苏童写作的一个重要方面，这就是苏童的小说，无论是长篇小说还是短篇小说，他都能够赋予文本形式以新的生命。我们说苏童是当代最具形式感的作家之一，他以创造出“有意味的形式”的勇气和能力，给幻想以更大的空间。在一个被称为“故事几近于没落”的时代，还能以一种纯粹的小说话语，运用现代小说技术，对个人经验、历史、时代重新进行记忆和想象的延伸，实在难能可贵。不仅如此，文学在苏童的小说中还获得了新的诠释和理解：文学是现实，但现实在艺术创作中就是幻想，就是空灵，就是可能。苏童的“有意味的形式”，在他文学叙述的连贯性和对故事情节有节制的控制中，在祛除了写作中历史、文化、意识形态的沉重负担后，呈现出优美的姿态。由此，我们还可以这样判断苏童的写作：苏童并非那种简单或偏执的“唯美”或“先锋”，在倾注于“形式”的同时，他并没有对终极价值信仰进行否定，更没有以消解主体、取消意义、躲避解释、逃离价值判断、游戏人生的态度来写作。苏童重视形式感，却不把语言实验和探索提高到文学本体的高度，以颠覆传统的表现形式与技术，而是对现代与传统叙述方式进行多元整合，自我消化，在自信的叙述中赢得文本和话语的再生。苏童渴望与众不同，与自己不同，因而他才能不断地调整自己的写作惯性，避免遁入自己的“叙事圈套”。

我们还会注意到他创作中的又一个方面，就是苏童对影像艺术的迷恋对于他小说创作的深刻影响。我们知道，一种艺术形式与另一种艺术形式之间具有内在的本质联系，电影艺术、影像魅力带给苏童的整体感、画面感、情节律动，为小说叙述增添了新的质感。我曾有意在苏童小说中追踪、寻找其作品与一些影像作品之间的神秘联系。我觉得，苏童在他的小说中很好地借鉴和整合了“诗与画”的内在联系，影像和画面更适宜展开空间并列的事物，而文字文本展现时间先后承续事物的优势，使叙述更具有想象的魅力。一句话，苏童以他的写作，以他的想象和语言，为我们提供了一种具有永恒意义的形式感。

无疑，苏童在写作的精神状态上，应该说是较早进入非功利写作层面的中国当代作家之一。多年来，他一直处于主流之外的“边缘地带”，虽说他的写作带有些微的工作和专业的性质，但他自己作为作家的写作活动却始终没有成为文学以外的任何其他事物的焦点，而是满怀对文学的敬畏之心勤勉劳作。进入二十世纪九十年代以后，“创作”和“写作”的区别早已不是概念上的差异，而完全是写作立场和姿态的迥异。从“先锋”时代走过来的苏童，不仅在形式革新方面始终保持着一如既往的品格，而且在文学的创作动机和姿态上依然还坚守着不变的信仰：对文学本性、本身的敬畏和神圣感。这在今天的商业主义时代已难能可贵，我们也由此看到了苏童作为一个优秀作家的人格、文格操守。这当然也是苏童成为唯美作家的一个重要理由。他三十余年的写作虽说不是总能够得心应手、驾轻就熟，但也称得上是潇洒自如、行板如歌。可以说，苏童凭借自己“想象中国的方法”创造了极富个性的小说世界。苏童持续至今的唯美写作，已经成为中国当代文学不容忽视的坚实存在。这种技术主义写作，在当代俨然已经成为独特的话语方式。对苏童自身而言，他的写作目的也许很单纯：“写作最有意义的一面对我来说是，它使我的生活变得丰富。我的生命很单薄、很脆弱。但是因为写作，我的整个生命变得比较丰富柔韧一些，自己对自己的生命质量会满意一些……这不仅是对自己的体验，最奇妙的是，在写作过程中你能试着去体验他人的生活，你在纸上干涉别人的生活。这本身也让我感觉到某种满足”[①]。也许，正是因为单纯，他的写作、他的感觉、他的文字才异常的通透，充满了驰骋的艺术幻想力，才成为富于个性的文学选择。在他的小说中，即使是那些被称为“新历史主义”的小说，都很少历史的重负和破坏性的“解构”。因此，我们说，苏童的写作，是二十世纪七八十年代以来延续至今的理想主义写作精神的自然发展。从作品中也不难看出，他对于理想人性、理想文化、理想文体的热切期待。现代心理学告诉我们，人的动机在相当程度上是受本能所支配的，这里的“本能”，就是指生命力的重要潜能，它不断地寻找发现和寻找精神的释放，尤其是具有创造性天赋的杰出作家，其本能较常人就更为丰富而强烈。所以，苏童很早就在小说创作上表现出兴奋型、天才型气质，这也是他能在二十四岁和二十六岁分别写出他的成名作和代表作的重要原因。再加之他出道时极其良好的文化、文学契机和环境，他接受的良好的文学教育和熏染，为他渐渐形成现代唯美的汉语写作风格奠定了扎实、深厚的基础。

苏童的作品多年来为什么始终受到如此广泛而持久的关注？他的写作为何独树一帜地遵循着自己的一种美学原则不断地为文学、为我们提供个体的经验和内心？多年以来，他在纯文学的范畴内对历史、现实和未来寻找着新的可能性表达，尤其是在文学看似愈来愈无足轻重、千人一面的商业文化和大众文化年代里，他依然以他的写作对强大的低俗文化呈现出抗议性和批判性，求证着文学的尊严。这不仅是因为苏童骨子里是一个对事物和自身都极其坚定和自信的人，还在于他关注现实人生的写作姿态。无论怎样讲，人类或

---

① 苏童：《作家苏童谈写作》，孔范今、施战军编《苏童研究资料》，山东文艺出版社2006年，第55页。

者说当代人的内心依然眷顾着文学对灵魂温暖敦厚的抚慰。在当代文坛，的确很少有如苏童、贾平凹、格非这样的作家，仍坚定、执着地以纯粹的文学语言，以清洁的文学之心，来拯救文学本然的天真和纯正。他们堪称真正的先锋，其语言、文体在自我锤炼中既能作技术主义的解读，也能适宜普遍而广泛的阅读。

另外，我们还在苏童的身上，看到了文学的诚实与纯粹。这正如他的做人，潇洒大气而又厚道坦然，文字中永久地保持着高雅的气息和精神生态的安逸和静谧。他自“先锋时代”起，就一直坚持写作的个人性气度，当然，个人性的不一定就是唯美的，但唯美的一定是个人性的。这是隐含着文学自身的个人性、独立性、自由性的写作姿态和选择。我们在苏童身上看到了文学最后的魅力和归宿。因此，我们也可以说，苏童是我们时代令人感奋和欣慰的抒情诗人。我们能越来越深地体味到，苏童的小说是纯粹的小说，至少在与现、当代文学史上众多作家的比照中，我相信，苏童的小说，尤其是短篇小说是丝毫也不逊色的，在幻想和现实、故事和结构、虚构和寓言之间，他似乎找到了使之和谐的方法与途径，是对当代日益衰微的“纯文学”的修复与重建。作家残雪曾多次申明她对“纯文学”的初衷不改，她表示要自始至终地像寻找天空、粮食和海洋一样，去寻找那种不变的、基本的东西，而且要掠开表层记忆而无限地深入混沌的精神内部。苏童就是这样，他不断地在寻找着自己所处时代文学的粮食和天空，使这个世界呈现其应有的澄澈和晴朗、平静和深沉。我们已在他的写作中深深地感觉到了文学所建立的精神和历史、文化和个人存在的广阔性和优越性，而且它远远地超越了作家自身及其文本的空间。

在苏童近年的写作中，我们已经发现了他感觉上和叙述方面的某些疲惫，也就是说，当苏童的写作视域正渐渐成为一个经典作家的视域的时候，他恐怕真的需要在艺术上有所“破执”，需要悉心地调整。这是苏童必须面对的问题。因为，如何改变许多职业作家一生都难以超越的种种写作宿命，不断地创造自己写作的新时代是每个作家的美好愿望。而我们所期待的，则是他在写作了长篇小说《碧奴》之后，能有一个较长时间段的原始经验财富的积累和精神储备，重新出发，从而再次为我们带来全新的艺术经验和艺术震撼，开创新的“苏童时代”。

我相信，无论苏童的写作走到怎样的高度或出现偏颇，他都会无怨无悔、虔诚坦荡地去寻找艺术美的真谛。对于苏童来说，这种寻找，是永远的寻找。

第八章　重构“南方”的意义

第一节　独具精神意蕴的“南方”

我们看到，二十世纪七十年代末以来，中国文学的发展变化，经历了若干不同的阶段，因为文化、文学语境的不断变化，直接影响到每一个不同的阶段或时期的文学形态，自然，也就会有不同的作家和作品在不同时期各领风骚。但是我们也都会注意到，在三十余年的“新时期”和“新世纪”文学历程和时空跨度内，有为数不多的一些作家，能够坚持几十年“可持续性写作”，而且迄今创作力不衰，一直在保持、积蓄、聚集更为稳健并使创作走向成熟的力量，不断地拿出有影响力和可能成为经典的作品。虽然，我们还不能判断这个时代究竟可能出现多少堪称经典的杰作，也许，他们的价值和意义，还有待时间和阅读的多重选择，但从这些作家、作品的面貌、品质和格局看，他们已经成为中国当代文学不可或缺的重要构成，成为一个较长历史时期文学写作的中坚。无疑，苏童就是这些作家中的一位。回望、梳理和“整饬”苏童三十余年的文学写作，我们会深感这位出生于南方古城苏州的作家，他提供给我们的文学世界，呈现出诸多无与伦比、不可复制的美学风貌和精神个性，使我们体味到其小说的精致深邃、气韵气象、灵动隽永、意味绵长。现在，我们也可以将苏童置于中国现代、当代文学，乃至世界文学发展的范畴内，来考察其写作的独特贡献，审视这位成长于二十世纪八十年代中国社会、文化转型期的中国作家，其写作中所触及的现实、经验、问题和意义，发现他的“变”与“不变”；发掘他与“文学传统”、古典精神、现代美学之间的神秘联系，还包括他的卓尔不群的想象力、审美判断的视野与表现现实的幅度；考察他在特定文化环境下的叙事，其文本美学价值对现代汉语写作所做出的贡献。苏童数十年“沉湎”甚至“沉溺”于中国“南方”，在对于“南方”生活世界的描述中，他不断地引申出当代生活剧烈颤动的形态和人性，灵魂的曲折、精微变异。在“南方”生活的表象背后，苏童并不是仅仅叙述某种“地方志”般的生活样态、负载或格局，而是以文学的叙述方式和结构，彰显了一个时代的文化、历史记忆。这种记忆，传达着精神、想象、虚构与其共同“发酵”的力量，在“写实”的基础上，让虚构制造出最接近生活、现实的可能性。对此，我曾经有过这样的疑问：苏童小说的“题材”，或者说，他所表现的生活，都“发生”在江南，不论是沉重的命题，或者有关日常生活的“没说什么却令人感动令人难忘的作品”，或者是关涉人性的窘迫与困境，其叙事的激情，缘何几十年来在写作中都源源不断、经久不息地释放出来，成为我们这个时代文学创作的重要构成？其叙事的动力何在？显然，苏童所叙述的南方，在很大程度上，已经不仅属于苏童这位作家，它已然属于当代，属于纯粹中国化的“东方”，是一个迥异于西方文学世界里那个“南方”的所在。也就是说，“南方”，是如何成为苏童书写“中国影像”的出发地和回返地的？

关于“南方”及其写作的基本内涵，在这里，我认为“南方”已然是一个文化意义上的概念或称谓。从地域的层面考虑，虽然很难以一个概念就准确界定某种文化的命意，但在更宽广的范畴和意义上理解南北文化所造成的人文差异性，还是十分必要的。实际上，苏童的这个“南方”，更准确地说，应该是接近长江流域，以江浙为中心、为代表的“江南”。这个“江南”又可以更确切为：包括了苏、松、杭、太、嘉、湖地区。盛唐、南宋以降，强烈的阴性文化色彩和诸多地域因素，在文化地理上，“完成”并形成了迥异于北方以及其他地域的文化症候和生活气息。其中包括日常的生活形态，在文化的视域上既有空间上的发散性，也有时间上的纯粹性。我们甚至可以通过文本，通过充满文化、文明气息的江南的每一个生活细节，在一个特别纯粹的时间状态中、特别感性的空间维度里，触摸到它非常诗性化的、充满诗意的柔软质地，感受到近千年来在种种“词语”中完成的个性化的“江南”。“江南文化不仅体现了南方文化的魅力，也曾在较长的时期里成为一个民族文明的高度，而其中的文学则真正地表达出了它的个性的、深邃的意味。其实，正是在这样的一个具有个性化的历史、文化背景下，文化、文学在一种相对自足的系统内，呈现出了生长的和谐性、智慧性和丰富性”[①]。在此，我们可以追溯中国现代作家鲁迅、周作人、沈从文、叶圣陶、朱自清、郁达夫、钱钟书直至当代汪曾祺等人的写作，其想象方式、文体及其与之形成的形式感所呈现的独特风貌，与中原、东北、西北等江南以外的文学叙事判然有别。江南文化和南方文学绵绵不绝、世世相袭的传承，更加显现了自身精神上的相近、相似性和地域文化方面的一致性。有所不同的是，新一代的“江浙”作家，在他们的身上出现许多新的禀赋、气质和气韵。同前辈作家相比，学识、才情、心智构成，对文化、文学精神的体悟，大多个性十足，鲜活异常，毫无疑问，他们已经成为自二十世纪八十年代以来崛起的中国当代作家中最有影响力的代表。他们大量的小说文本，在一定意义上，已经构成记录南方文化的细节和数据，成为用文学的方式抒写南方、表现家国命运、描述世道人心和民族文明

① 张学昕：《南方想象的诗学：论苏童的当代唯美写作》，复旦大学出版社 2009 年，第 6—7 页。

的灵魂秘史。在对南方漫长历史时期的表现中，南方的生态，在苏童文学文本中演绎出许多家国神话、现代寓言，其中，既能令我们感悟到东方文化的神韵，也能捕捉到以西方文本作为叙事参照系的东方意象。在这些作家中，苏童应该是最具代表性的一位。

其实，很早我就隐约地意识到，苏童最大的“野心”，就是试图为我们重构一个独具精神意蕴的真正的“南方”。南方的意义，在这里可能会渐渐衍生成一种历史、文化和现实处境的符号化的表达，也可能是用文字“敷衍”的南方种种人文、精神渊薮，体现着南方所特有的活力、趣味和冲动。与此同时，他更想要赋予南方以新的精神结构和生命形态，这些文本结构里，蕴藉着一种氛围、一种氤氲、一种精神和诉求、一种人性的想象镜像。“我的南方在哪里呢？我对南方知道多少呢？我的南方到底是什么？”[①] 苏童经常如此叩问自己，是否曾经真的有过一个南方的故乡，令他如此魂牵梦绕？对于那条他不断地描述以至无法自拔的南方街道，他了解得究竟有多深？对它固执的回忆，是否真会在文本的张力中触及南方最真实的部分？那么，苏童的“南方”究竟是什么？只是“枫杨树乡村”“城北地带”和“香椿树街”的故事吗？恐怕绝不仅如此。这时，我们会想起美国作家福克纳，他所虚构的位于美国密西西比州北部的约克纳帕塔法——“家乡的那块邮票般大小的地方”，他寄寓在那个地方的情怀悠远、沉郁，仿佛是以个人记忆和个人历史呼应着两个时代的“轻与重”。或许，对苏童来说，那条横亘在苏童记忆中二十世纪六十年代的南方街道，正在逐渐隐匿掉一个孩子对世界的模糊认识，召唤出那些与旧年代相关联的事物。所以，苏童在面对那些已经不确定的细节时，仍然能够以自己感悟生活的方式，对生活和历史进行有选择的接受和容纳，表达对生活的一种诚实看法。那个时代究竟失去了什么，留下了什么？显然，他在曾经熟悉的事物里看见了“经验”所不熟悉的事物，这会产生什么样的结

---

① 苏童：《南方是什么》，《河流的秘密》，作家出版社 2009 年，第 138 页。

果呢？像苏童的中篇小说《南方的堕落》里的“桥边茶馆”，在生活中确有一个他熟悉的原型，茶馆因无法补救，失火坍塌。在苏童小说里，有诸多此类案例，表面看上去，这似乎是一个写作蓝本的“突然死亡”，但是，这并不会阻碍苏童写作的有关南方生活的种种想象，一次次写作的发生，必定会超出一个作家对某种具体事物的凭吊，或是对一个象征或意象的哀悼，而在记忆废墟之上或沉重、或轻松地重建一种新事物，重构一个新世界。它也许是风情，是人物多舛的命运，可能是历史落不定的尘埃，也可能是对所看见的破旧而并不牢固的世界的精心求证。那么，苏童构造的文学南方意义何在呢？“我同样地表示怀疑。我所寻求的南方也许是一个空洞而幽暗的所在，也许它只是一个文学的主题，多年来屹立在南方，南方的居民安居在南方，惟有南方的主题在时间之中漂浮不定，书写南方的努力有时酷似求证虚无，因此一个神秘的传奇的南方更多的是存在于文字之中，它也许不在南方”[①]。那么，苏童所描摹的南方是什么？它究竟在哪里？“南方”的灵魂是什么？于是，这个“南方”，开始以属于苏童的方式出现在苏童的文本里。我们猜测，是南方“遇到”了苏童，抑或是苏童真正发现了南方？或者，最终连苏童自己也“自叙传”般地成为这些故事中主人公的影子？

归结起来说，苏童的“南方”，由三百余万字的小说文本组成。从最初的成名作中篇小说《妻妾成群》《红粉》，以及《1934年的逃亡》《罂粟之家》《刺青时代》《飞越我的枫杨树故乡》，到长篇小说《米》《城北地带》《我的帝王生涯》《蛇为什么会飞》《河岸》《黄雀记》，还包括大量杰出的短篇小说，除极少数几部作品外，基本上都以“城北地带”和“香椿树街”为背景。这些长篇、中篇和短篇小说，本身是各自独立的，但彼此又有衔接、交叉、相互的内在通联，许多人物在各部作品中，也时有穿插出现。叙述的线索，林林总总，并非一条。家族、暴力、逃亡、死亡、欲望、人性，社会历

① 苏童：《南方是什么》，《河流的秘密》，作家出版社2009年，第139页。

史变迁和南方地域文化特性，给人物带来的命运浮沉、精神心理的变迁，伴随着南方的浓重印痕和“胎记”，丝丝缕缕，在苏童的笔下浸淫，弥漫四溢，若隐若现，层出不穷。这个南方，在“旧”上做足了文章，“怨而不怒”之旧，流风遗韵、慷慨悲凉之旧，在一个写不尽的“旧”里检视着时代之秋、灵地的苍凉之气。如果从二十世纪八十年代“先锋时期”的写作算起，苏童有关“城北地带”和“香椿树街”的叙述，实际上已绵延或“延宕”了三十年，非但没有丝毫的疲惫，反而“愈演愈烈”。可以看出，苏童小说的重要因素，基本都有实际生活的“原型”，他是从印象深刻的地点和人物出发，旁生出各种枝节，并衍生出无数南方的故事和情境。苏童对南方的理解和文学建构，都是在他所有关于南方的感悟、理解和叙述中完成的，他的小说组成一个耐人寻味的美学意义上的南方，构成“文学苏童”的独特魅力和意义。

对此，我们还会进一步思考：支撑苏童小说叙述的动力是什么？南方，对于他而言，难道存在着某种理念、信念上的暗示和指引吗？也有人曾怀疑、批评苏童：“一个作家怎么可能一辈子陷在‘香椿树街’里头呢？你走不出一条街，算怎么回事？”其实，对苏童来说，他所担心的问题，并非是不是要深陷在这里的问题，而是陷得好不好的问题，是能否守住“一条街”的问题，是陷在这里时究竟能够写出多少有价值的东西的问题。要写好这条街，对苏童已经是一个非常大的命意，几乎是他的哲学问题。一条街可以通往世界，也可能穿越时空，超越既往的和实实在在的现实，在呈现人与现实，以及在“掘进”人物的内心生活上达到新的深度，而如何克服经验的狭隘和局限，让“抒情主体”在对具体感性世界的推断中，智慧地修正和延伸隐匿于事物表象背后的意义，这是一个成熟小说家在艺术实践中应该努力尝试的。当然，这其中，他的写作，在呈现其诱人魅力一面的同时，难免会存在某些精神、理性层面的缺失以及相对薄弱之处，这既可能是探索中的问题，也或许就是某种写作的宿命。

有关写作的发生，苏童曾经讲过："最初的写作实践是为了满足我追逐文字的兴趣，满足我的表达的欲望，写作面对的是一个虚拟的空间，这种表达不需要靠交流完成，首先具有私隐性，安全，不被打扰，自己的思维，自己的想法一泻千里，可以创造一个可供自己徘徊的世界；其次写作这个姿态本身也改变着我的生命状态，我能感到打量世界的时候自己的目光，也看见了自己的力量，写作就像是一面镜子，借助它可以看到自我和他人的两个世界。因此对自己的生命质量也会更满意一些；还有，写作也可以借助纸上的时间，文学的虚拟世界，拥有一个物质生活之外的另一个精神空间。"①我们在苏童大量具体作品里，看到他沿着这样的美学习惯，将叙述的道路，引向了所谓经验已知世界之外的存在世界，在能够感知到的空间里寻找叙述所能抵达的真实，在那里，让事物呈现可能或应有的形态，这是小说家的使命和责任。"我从来不相信我看世界的目光是深刻的、深厚的，但它绝对是个人的。这个个人的就是价值所在。我觉得他是天生有残缺的。如果一个作家对世界的认识始终是很坚定的，我觉得这恰恰是可疑的。我觉得一个比较好的作家要与真实相处，必须要与疑虑相处"②。这时，也就注定了苏童的"南方"是一个充分个性化的南方。一个作家的选择和写作，或者一部成熟的作品，不免与对现实世界思考的困惑和犹豫有关，苏童从自己的童年记忆出发，从熟悉的南方的一条街出发，寻找最切近生命体验的渊源，踏实地叙述存在世界的可能性，大胆不羁、不揣任何意识形态价值修复欲望的初衷。对南方世界人性的幽暗、挣扎和生生不息力量的感知，既有怀疑也有猜想。只是无论他在想象的世界如何驰骋，却都难以超越宿命般的故乡、原乡情结。在他

---

① 苏童：《南方是什么》,《河流的秘密》，作家出版社 2009 年，第 139 页。

② 苏童、张学昕：《回忆・想象・叙述・写作的发生》,《当代作家评论》2005 年第 6 期。

几百万字的叙述文本中，始终有一条与想象世界中故事发生的空间位移线索，时而重叠，时而又交叉往复的“实线”，这条线几乎贯穿着苏童小说的所有时空，其间布满了人物活动的踪迹，激荡着有关人性、命运的生死歌哭、爱恨情仇，这条路线所贯穿的时空维度，就是苏童写作的“小说人文地理”，构成一个作家想象的发源地和支撑点。这也是所有中外优秀作家无法逾越和摆脱的小说地理坐标，它既是“精神地理学”“情感地理学”和“文化地理学”，也是饱含着写作所必需的基本愿望、冲动和生命力的精神起征点。因此，从一定意义上讲，这条街从一个作家的“原乡”通向世界。

另一方面，苏童不是那种一定要刻意去“表现”什么、证实什么的作家，也不是那种有志于“挥斥方遒”，犀利地拿世界和人性“开刀”并且精于“算计”的作家，他写作的过程，有灵魂的坐标和沉郁的思索矗立其间。他对小说的独特理解，使得我们能够立即将他与平庸的作家划清界限：“小说应该具备某种境界，或者说朴素空灵，或者说诡谲深奥，或者是人性意义上的，或者是哲学意义上的，它们无所谓高低，它们都支撑小说的灵魂。实际上我们读到的好多小说没有境界，或者说只是一个虚假的实用性外壳，这是因为作者的灵魂不参与创作过程，他的作品跟他的心灵毫无关系。小说是灵魂的逆光，你把灵魂的一部分注入作品从而使它有了你的血肉，也就有了艺术的高度”[①]。苏童表达出他对小说更具深远意义的理解。其实，若想以一种理论、学理的方式，来总结、“概括”苏童这样的作家及其写作，是非常困难的。因为，苏童小说叙述的精神重心，总是沉潜在故事、人物、语言和结构的背后，虚构的热情，裹挟着幻想，有时也隐藏着寂寞，将对时空变幻中的事物、记忆进行美学把握，赋予阴鸷、俗世的存在以抒情式的悲悯。一种超越理念束缚的审美判断和把握，超越个人有限的思想、视野，捕

① 苏童、张学昕：《回忆·想象·叙述·写作的发生》，《当代作家评论》2005 年第 6 期。

捉生活新的生长点，这样，文字所涉及的历史、现实和记忆，也就成为个人心灵的历史，在文本的空间里敞开，意味隽永，生发开来。南方生活的无限生机和活力、滞涩和酸楚，来自他对未来的激情遐思，也来自对历史的沉淀和缅怀，但都为了撞击出现实的灵魂真相。与同辈作家、同时代作家相比，苏童是在遥远的记忆和乡音里，找到不同凡响的有关“南方”的修辞，而且，这个“南方”是东方的南方，完全是自己呈现出来，而不是通过“他者”的表述。

第二节　历史、人物、精神

在提及“南方”及其写作的概念时，我们会想到非常令人尊敬的美国现代最重要的小说家之一：福克纳。他所虚构的位于美国密西西比州北部的“约克纳帕塔法”县——“家乡的那块邮票般大小的地方”的故事，是由十五部长篇和几十个短篇组成，叙述了若干家庭的兴衰荣辱。其中有康普生等庄园主世家，有斯诺普斯这样的暴发户，也有本德仑式的穷困白人，各种性格迥异的黑人、印第安人，他们职业纷杂各异：商人、牧师、律师、医生、军人和妇女，等等。福克纳在这部庞大的文学“世系”中，描述了近两百年的美国南方社会生活，主要是社会生活变迁所带来的各阶层人物及其命运的起伏变动，人性的复杂性，灵魂的震颤，精神的困境。像《喧嚣与骚动》《我弥留之际》《押沙龙，押沙龙！》等作品，都是福克纳在创造性的构思中，实现对特定存在环境和背景下人物、人性丰富性的表现。而福克纳表现这种生活时，也多是选择通过无数生活片段，构成美国“南方”世界整幅图景的方法。这些片段，有着朦胧不清的故事起源，但他的想象总是像新生的世界，将我们的经验和阅读包容和覆盖，不断把我们已经知道无法磨灭的经验传递给我们，在作品中一丝不苟地表现美国南方的生活、南方社会的时代演变，以及“一战”后的“荒原意识”。也许，这就是福克纳努力想从人的精神材料中创造出某种过去未曾有的东西的愿望。可以这样讲，西方文学或拉美文学中的“南方”，与苏童东方文学视域中的“南方”，在文学的空间视域内，构成一个富有深层文化意味和写作学价值的“互文性”网络，体现出他们各自对生活和世界的美学把握。有所不同的是，在虚构的道路上，福克纳笔下的南方是炎热的，阳光是灼人的，光线亮得刺人，热带的昏晕构成镂刻般的意象；苏童的南方，多水多雾，水雾伴着袅袅的烟云，罂粟和水稻，黑瓦白墙的房屋，造就了阴暗、迷离、烟花春雨的图像和情境。在苏童看来，虚构不仅是幻想，更重要的是一种把握，一种超越理念束缚的美学审视。而且，苏童把握世界的秘方就是虚构，虚构，为一个作家有限的思想提供了新的写作生长点。可以说，虚构是一种精神，是“重构”世界时写作的途径。

无论是福克纳还是苏童，他们所依靠的叙述途径和方法，无疑都是虚构。我非常赞同王安忆对虚构的理解：“虚构是偏离，甚至独立于生活常态之外而存在，它比现实生活更有可能自圆其说，自成一体，构筑为独立王国。生活难免是残缺的，或者说在有限的范围内是残缺的，它需要在较大较长的周期内起承转合，完成结局。所以，当我们处在局部，面临的生活往往是平淡、乏味、没头没尾，而虚构却是自由和自主的，它能够重建生活的状态”①。作为优秀小说家的王安忆，深知文学写作的深意，她对仰仗想象力的虚构格外看重，视为写作的生命。虚构，恰恰可以让残缺的生活变得圆满起来，可以重建我们所期待的另一种可能性状态，“纸上的王国”所具有的虚构的特质，可以完成任何一种理想和浪漫，以至于令我们在阅读中产生信赖感和依赖感。在苏童的写作中，或者说，在他虚构的世界里，天分可能会不断地战胜发生学上的逻辑、实证意义，从而“还原”和重构出新的精神价值。实际上，作家在试图重

---

① 王安忆：《虚构的苏童》，《小说选刊》2016 年第 10 期。

建生活的那一刻，就已经在一定程度上扭转了生活已有的形态，想象力所产生的内暴力，在这个时候显示出异质性的威力。

仔细体察苏童的“南方”生活，具有强大的“阴柔”文化的弥散性，扩展出独特的“唯美”品质，它在虚构中发掘历史，考量家族兴衰，发掘人性的复杂，直指文化本身的质地，这也可视为文学的虚构的本命及其伦理承担。而我们在苏童小说里所获得的“南方形象”，无疑是现代以来中国文学与文化独特、重要的组成部分。这其中，不仅是在风物、人物书写上独具格调和色彩呈现，而且，它有别于其他中国作家的“南方”情结，铺张了南方既有的精致、细腻、轻曼、祥顺，也放大了暴力、粗鄙、凶险和叛逆。我们从中能够清晰地爬梳出自二十世纪二三十年代迄今的南方经济、文化、历史等人文变异的“猩红”轨迹，南方的城乡市井及其神韵，“苏童式”的南方文体，赋予这个地缘视景以文化诗学的维度。一路过来，正是这种“文化弥散性”，使其对历史的诗意描摹，家族之罪和苦难的铺排，生命、性的颓败感表现，包括“城北地带”少年血的逼视、孤独“红粉”的剩余想象，在叙述的“古典性”和“抒情性”张力中，树立起一个记忆修复中的南方，需要“救赎”的南方，一个充满种种想象性、可能性的南方，借此探触生命最实在的层次，呈示家国往事、个人命运的伤痛、多舛，历史的迷魅，演绎为文学的记忆。

我们前面曾经提及的，苏童早期短篇《桑园留念》《U形铁》《沿铁路行走一公里》《古巴刀》《游泳池》，中篇《刺青时代》等，表面上看，仿佛是苏童对少年生活一种自我深情的回味，或者是精神上令生活本身的扩张。它们始终保持着苏童对逝去生活的鲜活感、现场感。记忆丛生的地方，应该最容易唤醒沉睡的事物，但是，充斥其间的“底色”，却激荡着暴力和残忍。《刺青时代》将二十世纪六十年代的“稚气少年”的单纯，演绎成兄弟之间的冷酷寡情，其间少年团伙无端的肉搏和厮杀，显然隐喻“文革”年代成人世界身体、心理双重暴力场向外部的肆意蔓延，这个中篇与短篇《古巴刀》构成一种内在的呼应，让我们不由得想起切·格瓦拉时代的革命。那个年代意识形态给空虚少年的心理暗示，编织成红色梦想，“古巴刀”成为叙事展开人物必不可少的功能性道具，它既是特定历史时期的“历史化石”，蕴含着那个时代的尖锐、锋利与沧桑，也是人物所处年代“暴力情结”的“见证物”，它完全逸出了“刀具”本身的含义，进入人的政治心理范畴。短篇小说《犯罪现场》中，启东是一个患有心理疾病的少年，他对于注射针管的迷恋到了无以复加的地步，治病救人的器械，在一个无知少年手中俨然成为杀人武器，这从另一个侧面暗示出时代的荒诞不经、不可理喻。但我感到，苏童并不是想写启东这个人物的什么性格，因为，任何疯子的性格就是疯子，在非理性时代，“解决”疯狂的方法也只有发疯。因而，那个莫医生将启东的疯狂也变成自己的理性迷失。一般地说，苏童的故事经常有意无意地回避叙事深度，依靠人物的行动直接判断心理和精神，这既是短篇小说的要求或限制，也是作家放弃“居高临下”的普遍审美视角的智慧选择。写于2005年的短篇小说《西瓜船》格外引人注目。这部短篇小说虽然也是以“香椿树街”为叙述背景，细腻地描写了一个懵懂少年寿来因为一件小事杀死乡村青年福三的暴力事件，但叙述已经越过了一般性人性冲动的事件描摹，关注点开始移向城乡纠葛及其冲突，其中福三的乖戾、种种不可思议的心理背后，隐藏了城乡世俗观念的巨大差异，故事给我们带来对那个特殊年代的深层文化思考。

人物的个人命运和家族的兴衰，如何在历史和时间的框架内凸显出来，是涉及作家历史感、审美判断力的结构性选择，苏童自然不会轻视这一点。因为发现人性的张力，才可能呈现生命最极致的层面。无论是《罂粟之家》《南方的堕落》《园艺》，还是《米》《我的帝王生涯》《河岸》《黄雀记》，苏童写出的不仅是“衰世”“乱世”“转型期”人的生存状况，主要是渗入南方内在肌理的风俗，还能够在人物命运中传导出世事的沧桑、沉浮。王德威曾精到地概括苏童的写作姿态："作为南方子民的后裔，苏童占据了一个暧昧的位置，他是偷窥者，从外乡人的眼光观察、考据'南方'内里的秘密，他也是暴露狂，从当地人的角度渲染、自嘲'南方'所曾拥有的传奇资本。南方的堕落是他叙事的结论，但更奇怪的，也是命题。他既迎合又嘲讽'南方主义'的迷思，从而成为当代大陆文化、文学论述中的迷人声音"[①]。即使苏童的"重构南方"没有自身太多的"主体意识"的"介入"，历史、人物、精神的重心也于不经意间成就了苏童小说的题旨。

特别是隐蔽的强大而复杂的精神张力，在字里行间无尽地蔓延。尽管他的"南方"只有"枫杨树"和"香椿树街"（进而扩展为以此为核心的"城北地带"）两处主要的地理标志，但其中生生不息的人群，在不同时代背景下，演绎的个人或家族历史的腐朽、颓废及人性图景，为我们提供了更宏阔的历史、人性的想象奇观。一个值得注意的现象是，苏童这位"说故事的好手"所讲述的故事，大多是不能轻易地"复述"或进行"口语化"讲述的，尤其他大量的短篇小说。他的叙述，完全是依靠人物、语言、情节结构的整体性力量，获得叙事的节奏、张力和缜密的细节。我们考察苏童小说主题时，特别强调挖掘"性""罪恶""暴力""逃亡"等生命极致状态下人的现实困窘，但同样不能忽略的是，苏童小说人物在日常状态里强烈的"南方性"特征，人物在"欲望""原欲"驱动下呈现的悭吝和乖张，以及在苏童所营构的"艺术氛围"中人物内心涌动的人性风暴。《舒家兄弟》中的舒工和舒农，《米》中的五龙，《河岸》里的库文轩，《黄雀记》中的柳生，他笔下人物所负载的命题，常常就是苏童设想的人类的种种困境，或者宿命般的归属。在他的文本里，我们可以体味到作家所赋予人物的气质、面孔

---

① 王德威：《当代小说二十家》，生活·读书·新知三联书店2006年，第121—122页。

和行动的美学效果，在一种压抑、荫翳的潮湿氛围里隐隐凸现。也许，我们会发生疑虑，苏童小说的人物身上，缘何总是弥漫着阴郁、怪诞、死亡之气？他文字中的南方，缘何总是流淌着颓败、肮脏、浑浊、幽暗不明的氤氲？苏童又为何在如此时间长度内痴迷南方人物的形态及其幻象的书写？我想，苏童之所以以三十余年功夫小心翼翼、煞费苦心地让人物成为他优雅、精致、忧郁叙述中的重要元素，主要是因为他需要表达对生命记忆的尊崇，对他赖以生长的南方的坚守，对南方满怀宿命的神秘猜想和不遮掩的诚实。作为小说家，他并不想极力地宣扬什么，更不会有意地回避什么，他所关心的，永远是人的存在形态甚至困境，种种孤独、寂寞、忧伤、惊悚以及自我救赎。因此，从这个角度讲，苏童在他的“南方小说”中表达出人类生活中许多重要细节。我们在苏童不同阶段写作的文本中，也会发现他内心的微妙转移，人物所透示的存在经验和文化、生命，变动不居的世间万象之间，存在着隐秘而密切联系的踪迹。我认为，苏童的文本里，南方人物，生死忧欢与颓败行径，记忆中的历史与想象中的世间风情，它们之间一定存在某种“镜与灯”的互为映照。难道这就是那个“阴柔的南方”吗？那个黏稠着颓靡、欲望、神秘的南方吗？我们在颂莲、秋仪、小萼、织云、绮云、慧仙和那些“妇女生活”中找到了“性别南方”的骚动和焦灼吗？可以相信，苏童自然不会“迷思”掉自己的感受。

从塑造人物看，苏童并不是一个“传统”小说家，当然也不是那种喜欢刻意标新立异的小说家，他不想只是通过人物的敏感来发掘和启悟人类灵魂与良知，以此体味人类生活，但他却智慧地在人物身上不惜气力地试探人性的秘密、存在的世象和最深层的幽暗。他始终注重讲故事的方法，凭借对生活可能性的有力推断和审美想象，在一个更具有寓意的文本空间展示人性的“函数最大值”。小说中，他虽然并没有特别倾心人物的塑造，但我们还是能够感觉到他十分注重人物作为小说结构性功能的作用和意义。海明威主张，作家要塑造“活的人物”，他认为，“如果作家把人物写活了，即使书中没有伟大的性格，他们的书作为一个整体也有可能流传下来”①。黑格尔也认为，“一个真正的人物性格须根据自己的意志发出动作，不能让外人插进来替他作决定”②。苏童的小说人物大多属于这种“心理性人物”。像《红粉》中的秋仪，《米》中的五龙，“城北地带”“香椿树街”系列中的少年小拐，《黄雀记》里的保润和柳生，他们都没有所谓“大的性格”，但算是极活跃的“人物”，他参与到作家营构的生活里面后，集叙述视角、线索、性格等于一身，具有自己相对“独立”的扩张性。

与众不同的是，苏童小说的这些相对“独立”的人物，常常具有作用于情节和故事的结构性功能作用，是作品重要的结构性元素，也就是说，这些人物倘若离开了叙事结构，即特定的“上下文”，人物的力量将会失去自身的生命力。人物的独特个性和心理特征是伴随故事和情节“被讲述”而显示出来的。苏童通过小说人物，审视南方现实及其历史存在的来龙去脉，包括人物与小说叙事，人物的人性及其生活的意义。苏童小说叙述与人物有复杂的关系，这些，可能会从另一个层面或美学维度，呈现苏童小说的另一种魅力。所以，如果继续沿着美学的路径，来考察苏童“南方小说”的话，我们也许会注意到苏童小说内质中的“浪漫性”和“唯美”品质，无不是通过悲剧的形式，蕴藉完成的。我们会在他几乎占五分之四甚至更多的文本里，看到悲剧是如何层出不穷地涌现在“香椿树街”的“城北地带”，悬浮于“枫杨树乡村”这片乡野的。悲剧往往发生在故事的内核和靠近人性的深层部位，比如说，在《妻妾成群》陈佐千的深宅大院里，在《红粉》的老浦与秋仪、小萼的相互关系及其命运里，在《园艺》的父子关系中，在《刺青时代》“惶惑年代”少年小拐们懵懂、扭曲的心灵世界中，还有，在

---

① ［美］海明威：《午后之死》，《春风文艺丛刊》1979 年第 3 期。

② ［德］黑格尔：《美学》（第一卷），朱光潜译，商务印书馆 1996 年，第 307 页。

《米》中五龙逃亡、混迹江湖、"还乡"的漫漫旅途上，在《河岸》的浑浊的河水和斑驳的船体上，在《黄雀记》保润、柳生和小仙女于两个不同时代的身体和情感的纠葛中，甚至，在"唯美"感极强的《碧奴》中，碧奴的身体和心灵，都处处闪耀着悲剧的光芒，令万里长城的传说散发出历史和个体生命交汇、撞击的訇然奇景。可见，苏童小说的悲剧性，虽由唯美、哀婉或宿命不断衍生，但"南方性"早已潜在地蕴藉于叙事中，跳荡在人性的"深水区"，起起伏伏，如同一次次"仪式的完成"。虚构的力量，不断呈现出来，历史与现实同生，哲理与沧桑共融，营造与模拟之间亦真亦幻。这一定是同时代的许多作家都面临的类似的难题，应该为读者描绘一个什么样的世界，如何让这个世界的哲理和逻辑并重，忏悔和警醒并重，良知和天真并重，理想和道德并重，如何让这个世界融合每一天的阳光和月光？这实在是一件很难的事，但却是唯一的选择。

第三节　实感和感悟的丰厚重组

如果从"古典美学"的角度考察苏童的小说，就会强烈地感受到他文字中张扬出的不同凡响的小说气象、文化气息及与之相契合的美学特征的糅合。实质上，它是"先锋"和"古典"的合谋。我感觉，蕴藉在苏童文本中的气象和气息，可以用古典文论中论及的"体志气韵"来描述。苏童的叙述面貌和气度，始终鼓胀着一脉贯通的气象、气息。所谓"体""志""气""韵"，其含义可意会则难以言传。对于苏童小说而言，"体""气"和"韵"尤为重要。"体"，在这里可以理解为包括创作主体在内的生命本体，具体呈现为文本的体貌、体式，也体现为文本的格局、规模，这是文体的根本；"气"是作家精神、气质、性情、激情、天赋、才华等因素的集合体，这两者决定了"韵"的生成。"韵"的独特文采、韵味、情韵，蕴藉在语言的意蕴里，在苏童叙述中体现为隽永，隐含着悠远、幽怨和绵密。正是这些因素，使苏童的写作，渐渐生成他叙述的总体意绪和意象，这在美学层面上恰恰是符合或者属于南方的。也许，每个人都有自己喜爱的“意象南方”，当代作家中与苏童同时“出道”的江浙籍作家余华、格非、孙甘露等，他们叙事中的南方与苏童有大体相近之处，又有很大区别。尽管他们的叙事背景、铺排故事也都涉笔江南，或隐或显，但终究还只是“背景”成分占去很大比重，而让我们感到“剔除”背景因素后，即便算是“发生”在北方的故事也并不牵强。而苏童小说中的风物、人物，背景和故事，“历史和记忆”，都散发着充足、充沛的气息，既具备“南方心绪”，又突破了具体的“区域”界线。它以自己的气息、色彩诠释、吞吐着南方铅华。就是说，苏童写的既不是“经典化”的“南方”，也不是纯然“个性”的南方，倒像是具神话气质的有气度、有血性、有阴柔、有规模、有历史的南方。许多作家都可能写出一个地域性较强的风貌、魔力、神奇和传奇，但让气息“统治”叙事主体，进而在接近或“浸淫”南方文化的同时，超越“固体”南方，创建想象的南方，重构精神性南方，这不仅要依赖能超越意识形态规约的创作主体的美学精神，还倚仗对“地气”的衔接，更要避免干扰和影响个性写作的“潮流”的局限。

二十世纪九十年代，人们曾将马原、余华、格非、苏童、叶兆言、孙甘露、北村等人的创作，统统与“后现代主义”联系在一起，认为他们的写作接受了“现代主义”“现代性”影响。实际上，不仅这些作家的创作与此前刘索拉、徐星等人的“现代主义写作”大相径庭，这些作家之间的写作差异性也非常之大。苏童的美学感觉、叙事面貌、文本结构和叙事姿态，与格非、余华的个性就有很大不同，苏童的古典主义底色和浪漫主义韵味，既不是马原的路径，也非其他“先锋作家”所能取代。特别是，当人们津津乐道于小说叙事姿态，小说背后有无坚定的文化、意识形态、精神价值取向时，苏童的叙事早已走在“新写实”的道路上。他的写作，既没有“启蒙”的压力和道德的承载，也非刻意制造“价值中心的空缺”，以体现历史的“无根”和文化的悬浮感，但他对存在世界沉实的呈现，具有“扭转力”的虚构或“重构”，则不受控于任何“符号”系统和语言“代码”的指派。富于质感的想象，对个性修辞的喜爱，给这位深得南方水土浸淫的中国作家以无穷的激情和活力。《罂粟之家》和《1934年的逃亡》的想象、叙事是神奇的，遍布南方土地的罂粟的“吊诡”气息，在当代小说中实属罕见；在《红粉》《妻妾成群》和《园艺》，以及大量的中短篇、长篇小说中，他不仅写出了跨度超过半个世纪的地域性凸显的南方，而且还让我们细腻和真切地感受到一个充满氤氲气息的、诡谲的、有湿度的颓靡南方。能写出这样一个文学世界，既是对自己体温、气味和情绪的追寻，也是挣脱地域局限在虚构世界创立小说这座建筑“穴眼”的固执选择。而悲情、沧桑和荒寒，在他的文字里缓缓弥散。那么，如何表现这种带有体温和气温的“文学南方”，苏童十分注意在写作中承接好自己与这块地域山川河流的“地气”。刚刚开始动笔写作《河岸》的时候，苏童恰好去德国访问一段时间，其中几万字在那里完成。回国后，竟然无论如何也无法接驳上此前的叙述，只好废弃掉这几万字重新来过。这种情况如何解释呢？显然是有“地气”衔接的问题。看来，一个作家的想象力和虚构，与他写作的环境和位置有密切关系，虚构的才能和技术，到一定的时候可能因娴熟、练达而形成某种惯性，但最终也可能成为作家写作的障碍。我无法知道苏童写作小说时，是否真能够突破感性、理性和神秘主义的多重制约，自觉地进入一种极其自由的写作状态。但我想，即使是非理性的写作方向，也是对一个很自然的存在状态的呈现，它也应该是一种比较真实的状态，具有扎实、朴素的内涵。因为，只要沉浸在自由自在的写作状态里，无论经意或不经意、自觉或不自觉，都会体现出一个作家固有的天分。而其中的“体志气韵”，更会在其间尽显无遗。因为文本“气韵”的最终生成，取决于作家与地域性元素浑然一体的“中和”。

我在描述苏童小说创作总体特征时，曾试图用“南方想象的诗学”，界定苏童小说的地域性想象面貌，同时，也有意深入发掘童年生活的经验和记忆，对苏童小说写作的重要影响。虽然我无意去苏童的虚构世界里寻找其现实存在的“对应”经历和确切的地理依据，但一个作家在对世界和生命深入感知后，自然生成的种种“情结”，必然在他的心理上形成某种“机制”，对写作产生各种暗示或指引。苏童有大量散文、随笔记叙他童年生活旧事：《过去随谈》《城北的桥》《童年的一些事》《三棵树》《露天电影》。我们从中感受到他那种强烈的怀旧、恋旧意绪。许多文字中，弥漫着浓郁的惆怅和感伤，更多的还有对过去生活、人物的珍惜、怜爱，其中不乏大量在他后来的小说中频频隐现的重要意象。我猜测，他的许多小说都是从这些感伤、珍爱和意象中衍化而来，甚至都可能寻找到其中的必然联系，这就在相当程度上决定了他小说的取材方向和想象源头。虽然，作家的写作出发点并非一定是现实，而可能是他的另一个自我，但这另一个自我一定是现实的精神投影。同时，文学起源于心灵，心灵是人的第二个自我，这个自我只能以精神的方式即关于情感、生命的艺术方式到达理想的存在彼岸，重组往日生活的情境，一次次完成文字与世界、回忆与往事的双重认知。无疑，这是最为接近“体志气韵”的选择。短篇小说《桑园留念》，则是最能体现苏童“整理”自己心理、身体的文字，苏童曾多次表达自己对它的喜爱。这篇表现少年成长的小说，可以说浓缩了苏童少年时代的“街头”生活，可以说，它是苏童此后“香椿树街”系列小说的起点或“引子”。“街头”，一定是只有二十世纪六七十年代出生的孩子才可能有的一个身体的、精神的和心理的活动空间，成为那个年代童年、少年的青春期被“启蒙”的场所。这个小说中的“我”，后来就像影子一样飘荡、隐现在《沿铁路行走一公里》《伤心的舞蹈》《刺青时代》《回力牌球鞋》《游泳池》《舒家兄弟》《午后故事》《小偷》《独立纵队》等作品中。这些小说的故事、人物、叙述语言包括情境、氛围，构成了浑然一体的动态画面，给人以身临其境之感。即使其中有些作品的风格非常散文化，叙述仿佛是一段童年、少年记忆，或是一些散漫、惆怅、忧怨、平淡的思绪，但它表现出少年走进现实世界时的懵懂、冲动、敏感、孤独。同时，小说还表现出他们成长途中与那个时代芜杂、零乱、荒唐的成人世界之间的隔膜和猜忌。苏童在他的随笔《城北的桥》和《南方是什么》中反复提及、描摹的那个桥边茶馆，显然是他的著名中篇小说《南方的堕落》中“梅家茶馆”的原型。虽然发生在那座两层老楼里的生死歌哭、爱恨情仇是苏童的虚构、想象和演绎的产物，但小说中喜爱幻想的少年，必定带有苏童自身的影像。那个桥边茶馆，一定是苏童心理、生理发生变化过程中，不可或缺的地理标记。它承载起的不仅是某种具有南方氛围的隐喻性，恐怕还充溢着南方柔腻、脆弱、虚幻和颓靡的宿命味道。《红桃 Q》实际上是苏童的亲身经历的文学记叙。“我”的形象明显意象化、朦胧化，在“香椿树街”这个虚拟的空间里踯躅、游荡，张扬着从“身体诉求”到“精神诉求”的主体萌动和向往。《刺青时代》中少年血的黏稠，更是富于文学意味，面对“少年血”在那个混乱无序年代的流淌，苏童细腻而耐心地梳理出它的曲折轨迹。苏童小说虽触及“文革”，但他并不以成人视角进入那个年代，而以单纯孩子的眼光，表现灾难生活中少年们生活的些许阳光，这很像知青作家所描绘的自己在“蹉跎岁月”中对青春的缅怀。这些，在叙述上无意构成了对当时主流、宏大叙事话语的某种反拨。由于苏童对少年生活体验的敏感与细腻，使他不经意间本然地走出了当时风靡的“八十年代”的文化想象。他不去附着任何具有理性色彩的启蒙话语，只有对存在本身的自由、姿态、欲望和人性的感知，小说的道德向度则处于中性的摇摆状态，更绝少有某种意识形态的价值判断。因此，他小说中的地理空间很单纯，避免了更复杂的文化压力的纠缠。而在《南方的堕落》《园艺》等作品中，由于叙述人“我”与作家的经历脱离，出现双重视角的巧妙收束，于独白中透露出冷静的沉思或批判，亦不乏对“南方”的另类打量。这时的“叙述人”大胆地浮出水面，以高于人物的姿态，以既熟悉又陌生的面孔，越过人物生长的平面，成为“孤独”的讲故事者。相形之下，在长篇小说《武则天》中，叙述人就“腾挪”到故事的背后，虽未达到罗兰·巴尔特所说的那种“零度写作”，但明显已无“亲历性”经验的复现。多个视点交叉，不断地复现一个人物的种种侧影，人物心理过程处理简单，刻意营造人物内在神秘感或疑团，故事游弋在现实与虚幻之间，获得与“全知全能”视角迥异的“陌生化”效果，使苏童的叙事跃出狭隘的文体边界，彰显出绵绵无尽而独特的个性“气韵”。

作家库切说过：“所有的自传都是讲故事，所有的写作都是自传”[①]。其实，最初那些“香椿树街”少年小说的地点、背景、故事和人物，就有很强的“自传”性和“原生态”味道，关键是，苏童善于“挤压”住乳汁般的生活原味，让“纸上的王国”渗透着强烈的文化“气韵”和力量。而1996年以后，苏童陆续写作的《古巴刀》《水鬼》《独立纵队》《人民的鱼》《白雪猪头》《骑兵》《点心》《小舅理生》《茨菰》《桥上的疯妈妈》《西瓜船》《拾婴记》等，已将“香椿树街”衍生、“预设”成他小说持续、恒久的叙述背景。而“枫杨树乡”却在他后来的文本里，渐行渐远，若隐若现，“知天命”的苏童，开始将记忆的血脉灌注在更实在的“香椿树街”，叙述愈加平静，不再过于缥缈。苏童三十年的小说写作，以“香椿树街”为背景的小说，超过了他创作总数的大半，可以看出，苏童特别喜欢、迷恋在这个背景下展开他的文学想象，在叙事中淘洗他记忆里的生活铅华，不断地对记忆中的生活、感受进行再体验，创造出新的有意味的“南方世界”。他以自己更加成熟的小说理念和

① 转引自王敬慧《库切评传》，北京大学出版社2010年，第101页。

心性感悟，重新照耀过去的生活，在新的艺术表现层面上，通过意象、意绪、场景、人物，超越传统写实情境而达到对现实具象的张扬与超越。在这组小说中，记忆和想象铸就的意象，已经很少在小说中有明显外在的痕迹，过去的生活、当下的故事已存在于这一重要的地理“背景”之中，融进小说的灵魂。苏童在以小说整理世界、整理情感的时候，格外注重叙事背景和地点，他对自己的“约克纳帕塔法”是一种极端的迷恋。他自己也意识到这是一种近乎病态的“沦陷”，但不能自拔。对此，苏童曾坦言：“‘香椿树街’和‘枫杨树乡’是我作品中两个地理标签，一个是为了回头看自己的影子，向自己索取故事；一个是为了仰望，为了前瞻，是向别人索取，向虚构和想象索取，其中流露出我对于创作空间的贪婪。一个作家如果有一张好‘邮票’，此生足矣，但是因为怀疑这邮票不够好，于是一张不够，还要第二张、第三张。但是我觉得花这么长时间去画一张邮票，不仅需要自己的耐心、信心，也要拖累别人，考验别人，等于你是在不停地告诉别人，等等，等等，我的邮票没画好呢。别人等不等是另外一个问题，别人收藏不收藏你的邮票又是一个问题，所以依我看，画邮票的写作生涯，其实是很危险的，不能因为福克纳先生画成功了，所有画邮票的就必然修得正果。一般来说，我不太愿意承认自己在画两张邮票，情愿承认自己脚踏两条船，这其实就是一种占有欲、扩张欲。我的短篇小说，从八十年代写到现在，已经面目全非，但是我有意识地保留了‘香椿树街’和‘枫杨树乡’这两个‘地名’，是有点机械的、本能的，似乎是一次次的自我灌溉，拾掇自己的园子，写一篇好的，可以忘了一篇不满意的，就像种一棵新的树去遮盖另一棵丑陋的枯树，我想让自己的园子有生机，还要好看，没有别的途径。其实不是我触及那两个地方就有灵感，是我一旦写得满意了，忍不住地要把故事强加在‘香椿树街’和‘枫杨树乡’头上”[①]。我同意王德威的看法：“在苏童

① 苏童、张学昕：《感受自己在小说世界里的目光——关于短篇小说的对话》，《当代作家评论》2008 年第 6 期。

的虚构民族志学中，他不仅描述了南方的空间坐标（枫杨树与香椿树），而且有意赋予某一种时间的纵深——虽然所谓的纵深将证明为毫无深度”[①]。王德威所讲的“时间纵深将证明毫无深度”，我以为，苏童倾情倾力所叙事的重心，从民间市井生活、生命个体的细微颤动的气息，到家族、国族的兴衰与变迁，“醉翁之意”皆在于保持记忆，“改写”表象浮尘为寓言意义，因为苏童断然不会被现实功利影响到自身审美的路线，所以，历史、现实的时间维度，在苏童的“文学南方”世界的骨骼里，自然就变得无足轻重了。

人的生活都是在物质世界的空间里建立的，每个人的日常生活实践，也都要依赖一个能支持其活动的有效、有益的物理空间以及与之对应的人文空间。小说叙事的空间，最重要之一就是地域和地理，但需要写作者的精神对其进行有效的超越。文学所呈现的物理空间，实际上是一种自然的空间，是我们能够切近和感知的具体的、物质的、具有地理和地缘意义的客观存在，作家对它们的选择，不仅体现为地理性，而且体现为创造艺术、美学空间文化内涵的需要，也是揭示人性心理空间、呈现无尽意韵的需要。这样，文学才能在其间生发出无限的想象，建立一个多层面的、可阐释的空间，新的、自由的空间，“香椿树街”和“枫杨树乡”就是承载了“灵龟般苏童”试图隐喻的南方、飘逸的南方。苏童的小说，看上去处处弥漫着一股特殊的“空气”，仿佛是“烟化”的境界，叙述仿佛就放在江南古巷的缕缕似隐似现的“烟”里，其中的人物、故事、场景真实可感，体现了一个杰出小说家细节刻画的才能。而他最特别之处则在于，能在细节中制造出一片迷离的“烟带”。那是一种迷离的“烟化”般的场景或意蕴，如韦庄的“江雨霏霏江草齐，六朝如梦鸟空啼。无情最是台城柳，依旧烟笼十里堤”的“烟”的世界。水乡的江南，“烟笼十里堤”的特殊意境，是只有依赖“线”与“墨”的“中国画”的“皴法”才能表现出来的；而

① 王德威：《当代小说二十家》，生活·读书·新知三联书店2006年，第116页。

在文学作品里，也只有中国“南方”的诗人、小说家长于表现这种特殊的“东方”之“南方”神韵。能接续这种中国古典的东方神韵的，新文学史上自然要数“京派”一脉作家最为明显，但在废名、沈从文、汪曾祺之后，当代作家中有这种气质的十分罕见，苏童无疑是难得的继承者。而同是出生于江南的小说家余华，因为受西方文学浸淫太深，他的东方神韵在很大程度上被大大压抑，只是在最近的新作《第七天》中才稍有隐现。与余华相比，苏童自成名始，就以《1934 年的逃亡》《妻妾成群》等文本，将中国古典的东方神韵播散出来，此后就一直没有断绝过。苏童在叙述技法上，神奇地将“中国画”的“线”“墨”笔法转化成了一种语言上的意味，无论怎样写故事，怎样写人物、叙述情节、营构场景，仿佛都是在“烟”的里面进行。这种“烟”一样的中国画中才有的“西山有时渺然隔云汉外，有时苍然堕几席前”的“迷离”感，弥漫在他小说的所有叙述元素中，“对话”“描写”“叙事”，甚至“节奏”“情绪”，承受着江南之“轻”，使人感到“烟”里才有的那种“远而近”“真切而恍惚”，呈现充满矛盾的经验。也许，这也是苏童小说给人印象最深的颇为“古典”的地方。

这里必须提到苏童小说的语言，它体现其个人才情对叙述、虚构和重建“南方”的表现力。语言的力量在于能充分再现经验，苏童再现生活和虚构生活的力量，与语言的表现力具有极大关系。从一定意义上讲，汉语写作的魅力，在苏童对南方的想象中，就显示出充分的张力。苏童无疑是中国当代作家中语言感极好的作家之一，从某种意义上讲，现代汉语的“暧昧性”，很大程度上给苏童的叙述提供了灵动的契机。苏童的文字，被赋予了情感、想象功能、诗的感觉，而想象的功能和诗意就在于将文字中有限的东西引入无限。在这一点上，苏童语言的浪漫品质，使得它竭力将不透明的、沉抑的、散文化的客体世界变成活的、灵性的、飘忽的、摇曳生姿的诗意图景。因此，苏童常常能在看似朴拙的叙述中制造出令人心碎的场景。巴赫金在谈到“诗的话语和小说的话语”时指出：“任何一个活生生的话语同自己所讲对象相对而处的情况，都是各不相同的。在话语和所讲对象之间，在话语和讲话个人之间，有一个常常难以穿越的稠密地带。活生生的话语要在修辞上获得个性化，最后定型，只能是在同上述这一特殊地带相互积极作用的过程中实现”[①]。巴赫金所说的这个“稠密地带”，应该是语言最难以抵达的区域，即“人”与“物”之间精神对话的现场，它是作家经由心灵建立的语言和事物之间的同构关系。笔触所至，我们能够意识到作家尽力地通过语言传达出对世界的神秘体验。苏童的语言令人着迷的梦幻性质、含混性和朦胧性，在文字之外获得延伸和回响。对于任何一个作家来说，创造语言就是在创造一种生活，创造了一种世界、一种意义。也许，苏童早已意识到自己的个性无法依赖经历、经验将叙事调整到某种轨道上，所以，他往往会忽视现实经验而宁愿以想象和虚构“扭转”生活，重建生活的秩序，这就构成了苏童在文本中“眺望”的姿态，因为充分地运用想象力是一个作家的才能，本身并没有层次高低之分。

张新颖在概括莫言创作时，认为莫言的写作，是一个经由别人发现自己的过程。[②] 我想，有才华、有作为的作家，都是在前辈作家的影响下超越自身。苏童就是在福克纳、博尔赫斯、纳博科夫等大师启发下，把自己的写作从既定的文学理念和艺术表达惯性里解放出来，发现自己所确认的、独有的世界的价值和意义，对自己的实感经验和感悟作出丰厚的重组，进行美学“重构”。三十年的写作，这个世界已经鲜明而独特地描摹在苏童文学创作的版图上，作为一个杰出作家的痛感，他的爱憎、他的超越、他的“宗教”，甚至才情，都已经充分自由地帮助他获得自己的构建方式，看到并重

---

① ［苏］巴赫金：《小说理论》，白春仁、晓河译，河北教育出版社1998年，第55页。

② 张新颖：《莫言的短篇：“自由”叙述的精神、传统和生活世界》，《文汇报》2012年12月15日。

新塑造一个世界，使这个有着“异己”性力量的存在，通过文本叙事实现作家的精神和叙事伦理。作家内心深处和外部世界的诸多异己性力量在文本里终获扬弃，生活中异质的和离散的成分因作家的叙事美学，奇特地融合成文化的有机关系，呈现出独特的精神品质。这样的写作，对于我们这个时代无疑具有重要价值和美学意义。

苏童文学创作年表

1963年　一岁

1月23日，农历虎年的小年夜里，苏童出生。苏童，原名童忠贵，祖籍江苏扬中。老家在苏州城最北端的一条名叫齐门外大街的小街上，这是一条很窄的有着几百年历史的老街，从名字看叫齐门外大街，其实是一条小街巷，那条街走到头就可以看见郊区乡村的村落和田野。这条老街后来常常出现在他的小说中，被他虚构成“城北地带”和“香椿树街”，苏童大约有二分之一的小说，都是以这条街为叙事背景的。

苏童家里有六口人，除了父母外，还有一个哥哥、两个姐姐。“我父母除了拥有四个孩子之外基本上一无所有。父亲在市里的一个机关上班，每天骑着一辆破旧的自行车来去匆匆，母亲在附近的水泥厂当工人，她年轻时曾经美丽的脸到了中年以后经常是浮肿着的，因为疲劳过度，也因为身患多种疾病。多年来父母亲靠八十多元钱的收入支撑一个六口之家，可以想象那样的生活多么艰辛。”[①] 在漫长的童年时光里，苏童有着许多无法抹去的关于家和亲人的记忆，那应该算是所谓“童年经验”的重要构成，其中蕴藉了许多情绪的、精神的碎片；没有童话、糖果、游戏和来自大人的过分溺爱，隐约弥漫着的是一种清苦甚或凄清的、别梦依稀的感觉。

---

① 苏童：《过去随谈》，《河流的秘密》，作家出版社2009年，第76页。

1966年　四岁

这一年的5月16日，历时十年的“文化大革命”全面发动。“革命”“历史”，在苏童幼小的心灵里留下的是残酷、血腥、暴力的印记，这样的童年记忆与经验，对他后来的以“文革”为背景的小说，产生了深远而潜在的影响。

1967年　五岁

苏童第一次去学校，这一次，他不是去上学，而是去玩。或是因为家中无人照看，所以，他跟着大姐到了她的学校，那是坐落在僻静小街上的一排泥砖校舍。

1969年　七岁

秋季，苏童进入由从前的耶稣堂改建的齐门小学校读书。起初牧师布道的大厅做了这所学校的礼堂，孩子们常常搬着凳子椅子排着队在这里开会，名目繁多的批判会或开学典礼都在这里进行，与昔日此地的宗教仪式南辕北辙、大相径庭。就是在这样一个充斥着激烈的社会政治运动的混乱的背景下，苏童开始了他最初的文化、文学接受。

苏童小学时的启蒙老师是一位五十多岁的女老师，她“姓陈，是一个温和的白发染鬓的女老师，她的微笑和优雅的仪态适宜于做任何孩子的启蒙教师……后来我的学生生涯里有了许多老师，最崇敬的仍然是这位姓陈的女老师，或许因为启蒙对于孩子弥足珍贵，或许只是因为她有那个混乱年代罕见的温和善良的微笑”[①]。也许，正是这个优雅的女性启蒙者在课堂上始终不变的微笑和柔和，对苏童日后涉及女性的小说创作产生了微妙的影响和潜在的审美导向。

---

① 苏童：《过去随谈》，《河流的秘密》，作家出版社2009年，第78页。

1971 年　九岁

小学二年级，苏童患了很严重的肾炎和并发性败血症，于是，休学半年在家专心治病。那时候，苏童跟随父母去医院，坐在父亲的破旧自行车后座上，母亲在后面默默地扶着。大半年内，苏童没有吃过一粒盐，每天都是喝一碗又一碗的中药。病榻上辗转数月，常常独自在家里熬药喝药，生病造成的痛苦因素挤走了苏童所有的稚气的幸福感觉，九岁的苏童，便尝到了恐惧死亡的滋味。正是这种童年时对死亡的体验，才使得苏童作品中总是弥漫着一种生命的脆弱和命运的不确定性，以及人对死亡感到恐惧的阴郁氛围。半年之后，苏童的病痊愈了，又回到了学校继续上学。也许，九岁的病榻，不仅使苏童懂得了健康的意义，也使他在童年时代就充满对孤独、恐惧和命运的想象，甚至产生些许自闭的倾向。所以，在他后来的创作中，我们常常会看到，一大群孩子当中总是会有一个孤独的孩子出现，像是一个游荡四方的幽灵。他与其他人的那种隔膜感，不仅仅是与成人世界的隔膜，还存在于同年龄的孩子之间，他们与整个街区的生活都有隔膜，因此他们经常外出徘徊。

在病榻上度过的这大半年时间里，苏童经常随手拿起姐姐借来的小说，“最早读过的小说就是《艳阳天》，那时候有一奇怪的癖好，在纸上写下一连串臆造的名字，然后在名单后面注明这人是党支部书记，那人是民兵营长，其实是在营造人物表”[①]。这应该算作苏童最早的文学启蒙和最早的文学创作了。苏童始终善于“臆造”小说及其人物的名字，像《园艺》《妇女生活》《红粉》《妻妾成群》《桑园留念》《白雪猪头》《西瓜船》等，看似很平常的词语，都成为颇有生气的小说名字；像颂莲、秋仪、五龙、寿来、碧奴等作品中的人物名字，既有东方的朴素和厚实，又赋予了人物某种隐约的西方想象。

---

① 苏童：《答自己问》，《河流的秘密》，作家出版社 2009 年，第 231 页。

1972年　十岁

苏童随舅父、外祖母和表姐去了一趟老家——江苏扬中县的三湄乡。苏童的父母曾在那里生活过。父亲十四岁离开老家，而母亲则是十八岁以后带着苏童大姐离开这里到城市的。这是苏童第一次回老家，为了节省钱，他们这支队伍搭上了一辆棚车。后来他写过一个短篇小说叫《棚车》，凭借的就是这次旅行的经验。他们到了镇江之后又坐船，看见江水扑到窗上，水面上的浮标，还有江猪突然从水中跳起来，苏童觉得很新鲜。那天早晨江上、码头上雾很大，朦朦胧胧间突然就看到一座小岛。苏童当时上了这个岛，以为马上就能到外婆家或者舅舅家，可是走了一个又一个村，走过一片又一片竹林，一直走完一条贯穿全岛的路，才到了舅舅家。这是他第一次漫步世界的经历，也是外部世界对苏童构成的第一次冲击。所以，后来"枫杨树乡"系列里面总是迷迷蒙蒙的，这和他这第一次踏入外部世界的氛围是一致的，他在写作那些作品时，总是处于这么一种"迷离"的状态。

1975—1980年　十三—十八岁

苏童的中学阶段。

苏童的中学五年，是在苏州市第三十九中学就读的（苏州市第三十九中学与苏州市第三中学于1996年合并）。中学时代的苏童，经常身穿与他的年龄极不相称的蓝色或者是灰色的中山装，显得老气横秋，"当了学生干部却缺乏应有的能力，功课不错，尤其是作文深得老师赏识，经常被推荐参加竞赛或展览什么的"[①]。

苏童初中毕业曾报考过南京的海员学校，但没有考上。在上高中时，苏童就开始试着创作，最初的诗，写在一个塑料皮笔记本上，保留至今，但此后从来没有再翻阅过。"放学后开始写诗，吟

---

① 苏童：《年复一年》，《寻找灯绳》，江苏文艺出版社1995年，第91页。

诵我的家后窗外那条黑不溜秋的河。”[①] 正是这条被“吟诵”的“黑不溜秋的河”，在苏童后来的创作中，不断成为他虚构的灵感之源和叙述的“渊薮”，“香椿树街”系列的许多作品，都离不开对那样一条浑浊、肮脏而神秘河流的神秘猜想。

1980 年　十八岁

苏童考入了北京师范大学中文系。苏童曾写过一篇名为《十八岁出门远行》的短文，这也是余华的一个短篇小说的名字。文章讲述他十八岁以前离家出门的记录只有四次：上海、扬中、南京和无锡。而这一年适逢十八岁，如愿以偿地实现了出远门的理想。从此，苏童开启了他的新生活。在大学期间，苏童“基本上沉默寡言，说话带着口音而且常常词不达意”[②]，大部分时间都是在阅读小说和文学杂志。

1983 年　二十一岁

这一年，《飞天》第 4 期发表了苏童生平第一组诗（以原名童忠贵发表）。《星星》诗刊也发表了苏童的一组诗《松潘草原离情》。最初的诗歌写作，成为苏童的文学训练期。这种早年对语言和意境的锤炼，对苏童日后的诗性小说的语言形态的形成有着重要影响。苏童的短篇小说处女作《第八个是铜像》发表于《青春》第 7 期，并于第二年获得了《青春》的“青春”奖。这一年，还有小说《我向你走来》发表于《百花园》第 8 期。虽然苏童后来回忆起这些作品时觉得它们十分荒唐、稚嫩，但是正是因为这些作品的发表，让苏童重拾信心，“有一种找到光明前途无量的骄矜和自傲，从此确立了要当作家的宏大理想”[③]。

---

① 苏童：《年复一年》，《寻找灯绳》，江苏文艺出版社 1995 年，第 91 页。

② 苏童：《年复一年》，《寻找灯绳》，江苏文艺出版社 1995 年，第 92 页。

③ 同上。

从1980年到1984年，苏童在北京完成了四年的学业，这四年的时间对于苏童来说，代表的并不只是简单的大学生活，更是其走向作家生涯的“真正开始”。时至今日，苏童仍然十分怀念那段时光。

1984年　二十二岁

发表短篇小说《老实人》（《百花园》第2期）、《江边女人》（《青春》第4期）、《空地上的阳光》（《青年作家》第4期）、《近郊纪事》（《青年文学》第7期）。苏童最早还短暂地使用过“阿童”的笔名。这个时期，苏童用“阿童”的名字在韩东编的民间刊物上发表了《桑园留念》和《金鱼之乱》两个短篇小说。

苏童大学毕业，离开了北京，选择了去既有繁华旧梦又是六朝古都的南京工作和生活。他被分配到南京艺术学院当辅导员，任务是帮学生领助学金、召集学生大扫除之类。他常常是白天工作，晚上开夜车写小说，屡屡第二天上班迟到，一副懒散的样子。他对当老师并没什么兴趣，学校对他这样的老师似乎也无法赏识。

1985年　二十三岁

发表短篇小说《一个白洋湖男人和三个白洋湖女人》（《青年文学》第1期）和《石码头》（《雨花》第6期）。

年底，苏童离开南京艺术学院，来到《钟山》杂志社做了编辑，这对苏童来说是人生的一个重要的转折。《钟山》杂志社给予了苏童一个很好的文学氛围。由于苏童主要负责西北、华北区的组稿，所以他接触了贾平凹、铁凝、路遥、张承志等许多著名作家，并与他们针对文学进行了较为深入的探讨。正是这样一段经历，增进了苏童文学创作的动力，以至于他1988年发表的许多作品，都是在这一时期创作的。

1986年　二十四岁

苏童发表短篇小说《白洋淀　红月亮》(《钟山》第1期)、《门》(《湖海》第1期)、《水闸》(《小说林》第2期)、《祖母的季节》(《十月》第4期)、《青石与河流》(《收获》第5期)、《北墙上那一双眼睛》(《广州文艺》第7期)、《流浪的金鱼》(《青春》第7期)、《岔河》(《作家》第8期)。其中,《青石与河流》是苏童在《收获》发表的第一篇小说,苏童非常兴奋,感到"好多人似乎是一下子认识了我"[①]。

9月,苏童开始写作中篇小说《1934年的逃亡》。这篇小说,苏童最初是当作"家族史"来写的,对家族的神秘探究和想象,构成了这部中篇的写作初衷。这一阶段的苏童,仍处于写作的摸索期。

也是这一年,苏童开始与苏州姑娘魏红谈恋爱,魏红是苏童老家苏州一条街上的邻居,是他中学时候的同学。

1987年　二十五岁

发表短篇小说《飞越我的枫杨树故乡》(《上海文学》第2期,《名作赏析》1991年第1期转载)、《桑园留念》(《北京文学》第2期)、《黑脸家林——一个人的短暂历史》(《解放军文艺》第2期)、《有三棵椰子树的地方》(《西湖》第3期)、《后院的紫槐和少女》(《广州文艺》第3期)、《北方的向日葵(徽州女人)》(《湖海》第5期)、《算一算屋顶下有几个人》(《钟山》第5期)、《蓝白染坊》(《花城》第5期)、《故事:外乡人父子》(《北京文学》第8期)、《丧失的桂花树之歌》(《作家》第8期)、《遥望河滩》(《奔流》第11期),中篇小说《1934年的逃亡》(《收获》第5期)。这一年对于苏童的创作是至关重要的一年。

《桑园留念》写于1984年10月,是苏童到南京后写的第一篇小说,最初是发表在朋友的非正式油印刊物《他们》上,之后,连续

---

① 程永新编著:《一个人的文学史》,天津人民出版社2007年,第8页。

向许多家杂志投稿三年，直到1987年才由《北京文学》发表。这篇小说被苏童认为是自己第一部真正意义上的小说，也是苏童“香椿树街”系列小说的起点，后来发表的一大批作品，如《沿铁路行走一公里》《伤心的舞蹈》《刺青时代》《回力牌球鞋》《游泳池》《舒家兄弟》《午后故事》《西窗》等写童年、少年生活的小说中，都能看到《桑园留念》中“我”的影子，而且这些作品凸显出典型的苏童式“成长小说”的印痕，其叙述视角、精神向度以及美学风格，都与其他作家的“成长叙事”迥然相异。

《飞越我的枫杨树故乡》与《1934年的逃亡》《故事：外乡人父子》，使苏童在1987、1988年悄然跻身所谓“新潮小说家”行列，渐渐引人瞩目。是年，“苏童以《1934年的逃亡》和洪峰、格非等一起，成为先锋小说的领军人物之一”，小说以“别具一格的叙事方式、叙述语言，成为先锋小说的代表作”。[①] 这篇小说在苏童的创作历程中，可以说有着十分重要的意义。《1934年的逃亡》是苏童的第一个中篇小说，也是他的“枫杨树乡”系列的第一部作品，在某种程度上，它开启了苏童小说的所谓“先锋”实验之路。

苏童虽然是以“香椿树街”起步，但是却是以“枫杨树乡”闻名文坛。因为“枫杨树”不仅作为一个意象反复出现在苏童后来的许多小说中，而且文本中代表着故乡的枫杨树乡村，更是一个精神故乡和文学故乡，寄寓着苏童的怀乡和还乡的情结，也体现出苏童对家族血缘关系尽心尽意的关注和热忱。而且，这篇小说的创作期，正是“寻根”文学思潮比较热闹的时期，这一思潮推动了苏童对“自己的精神之根的探索”[②]，所以这种关于“怀乡、还乡”的写作其实也是苏童关于自己的“根”的一次次的探究。

虽然在创作这部作品时，苏童试图在想象的历史图像中寻找、激发写作的美感，但也存在着不尽完善的因素，因为年轻气盛，还

---

① 苏童、周新民：《打开人性的皱折——苏童访谈录》，《小说评论》2004年第2期。

② 同上。

没有充分意识到写作中的节制，想象力极其活跃，急于想表达的东西太多，反而产生了许多叙述上的障碍，意象繁复，叙述拥挤，色彩瑰丽，使作品留下了一些缺陷和遗憾。这篇小说也不自觉、不期然地与叶兆言、格非、北村、刘震云等人的作品一起，被文学史家和评论家们界定为“新历史主义”小说。

是年，苏童与魏红结婚。“一九八七年我幸福地结了婚。我的妻子是我中学时的同学，她从前经常在台上表演一些西藏舞、送军粮之类的舞蹈，舞姿很好看。我对她说我是从那时候爱上她的，她不信。”①

1988 年　二十六岁

发表短篇小说《环绕我们的房子》(《雨花》第 2 期)、《U 形铁》(《雨花》第 2 期)、《午后故事》(《雨花》第 2 期)、《乘滑轮车远去》(《上海文学》第 3 期)、《水神诞生》(《中外文学》第 3 期)、《死无葬身之地》(《中外文学》第 3 期)、《你好，养蜂人》(《北京文学》第 4 期)、《井中男孩》(《花城》第 5 期，《小说月报》1989 年第 4 期转载)、《一无所获》(《小说界》第 5 期)、《怪客》(《作家》第 5 期)、《祭奠红马》(《中外文学》第 5 期)、《伤心的舞蹈》(《上海文学》第 10 期)、《遥望河滩》(《奔流》第 11 期)，中篇小说《罂粟之家》(《收获》第 6 期)，散文《捕捉一点小小的阳光》(《文艺报》8 月 20 日)，创作谈《想什么说什么》(《文学角》第 6 期)。小说集《1934 年的逃亡》(上海社会科学出版社)。

《乘滑轮车远去》《伤心的舞蹈》《午后故事》等近十个短篇小说，是一组典型的成长小说，以一个少年视角来观望和参与生活，以苏童从小长大的苏州城北的一条老街为背景，反映出苏童成长过程中有关心灵的一些事情。它们是在苏童对于美国作家塞林格一度迷恋的时期写下的。其中，《乘滑轮车远去》作为一个象征，还被

---

① 苏童:《一份自传》,《河流的秘密》, 作家出版社 2009 年，第 106 页。

《第四代人的精神》一书当作二十世纪六十年代人童年生活的一个符号。

短篇小说《祭奠红马》可以说是苏童早期“枫杨树乡”系列中的一部极具代表性的短篇小说，却又是相对较少受到重视的一篇。在这篇小说中，苏童最早地表现出“先锋小说”叙述方面的开放性特征，而这也是“最先在小说中体现叙事自由和寻找幻觉、追踪幻觉的作品”[①]。写作这篇小说时的苏童，作为中国当代先锋小说的重要作家，其时，正对后现代主义文学精神情有独钟，但从小说中仍然能看出他对文学的古典主义传统的眷顾。

《罂粟之家》是苏童另一部极具先锋性的中篇小说代表作，同样也是其“家族叙事”的代表性作品。陈晓明在评论苏童的《罂粟之家》的文章中这样说道：“《罂粟之家》，可以推为百年来中国中篇小说首屈一指的作品之一。……是一篇风格性很强的小说，其叙述的语式与语言的韵味显示出鲜明强烈的形式主义特征。在很大程度上，它代表了 80 年代后期中国先锋派小说的艺术特色，也标志着汉语小说在 80 年代后期所达到的艺术高度。”[②]

是年，相关评论文章有王干、费振钟《苏童：在意象的河流里沉浮》(《上海文学》第 1 期)，李振声《读苏童——限于他一九八七年的小说》(《上海文论》第 3 期)，宏鑫《读〈乘滑轮车远去〉》(《上海文论》第 3 期)，程德培《逃亡者苏童的岁月——评苏童的小说》(《作家》第 3 期)，午弓《苏童的叙事艺术》(《当代作家评论》第 3 期)，汪政、晓华《虚构的回忆：苏童小说随想》(《雨花》第 11 期)等。

---

① 张学昕：《南方想象的诗学：论苏童的当代唯美写作》，复旦大学出版社 2009 年，第 166—167 页。

② 陈晓明：《论〈罂粟之家〉——苏童创作中的历史感与美学意味》，《文艺争鸣》2007 年第 6 期。

1989年　二十七岁

发表短篇小说《杂货店的女人》(《时代文学》第2期)、《仪式的完成》(《人民文学》第3期)、《舒农或者南方生活》(《钟山》第3期)、《逃》(《青年文学》第3期)、《南方的堕落》(《时代文学》第5期),中篇小说《平静如水》(《上海文学》第1期)、《妻妾成群》(《收获》第6期,《小说月报》1990年第2期转载),散文《叶兆言印象》(《文学角》第1期)、《三读纳博科夫》(《文学角》第6期),创作谈《风景这边还好》(《文学自由谈》第1期)、《小说家言》(《人民文学》第3期)、《答问》(《百家》第4期)。其中《妻妾成群》于1990年获得了《小说月报》第四届百花奖中篇小说奖。苏童创作历程中最重要的部分作品都是在这一年发表的。

这一年发表的《平静如水》《仪式的完成》和《逃》等作品,被视为是转换了艺术视角——走出了"枫杨树"之后的作品。

《妻妾成群》后来被改编为影视作品,使"苏童"这个名字红遍大江南北,也为苏童带来了巨大的声誉和广泛的影响力。其中产生反响最大的应该是于1991年9月上映的电影《大红灯笼高高挂》,导演张艺谋,主演为巩俐、马精武、何赛飞等。这部电影于当年获得威尼斯电影节的多个奖项,次年获得奥斯卡的最佳外语片提名,1993年获得"百花奖"最佳影片奖以及其他十余个大奖。《妻妾成群》这部小说又被台湾导演拍成了二十三集电视剧《大红灯笼高高挂》,于1992年在台湾地区上映。2003年中国大陆的导演也将四十集的电视剧《大红灯笼高高挂》搬上荧屏。或许是由于他小说强烈的画面感和意象特征,与现代电影特别是第五代导演的审美选择产生默契,此后,苏童的小说不断被国内知名导演选择、改编后搬上银幕。

此后二十余年,《妻妾成群》不断被研究界、批评界提及,重视和深入阐释,还经常被不同艺术形式作为改编的蓝本,又被改编为芭蕾舞剧、晋剧、音乐剧等。可以说,《妻妾成群》这部作品自身及其多边关系、“复合性”主题，也构成了一部极其丰富的“接受史”。

这个时期，苏童蜗居在阁楼上写作。著名摄影家肖全曾经拍摄了一张“经典印象”，朴素地呈现了苏童当时写作、生活的具体情形，这张名为《在阁楼上的写作》的黑白照片，被收在摄影集《我们这一代》里。这部著名的摄影集收录了一大批二十世纪九十年代的文化、艺术和文学精英人物的影像。

是年，苏童的女儿童天米降生。“一九八九年二月，我的女儿天米隆重降生。我对她的爱深得自己都不好意思。”①

是年，相关评论文章有李洁非《一派清纯的苏童——读〈一无所获〉有感》（《小说评论》第1期），武跃速《苏童的小说世界》（《小说评论》第3期）、《转换：走出枫杨树——苏童近作印象》（《当代作家评论》第4期），竺亚《画魂：苏童近期小说一读》（《当代作家评论》第4期），朱水涌《叙事迷宫的营造与困境》（《福建文学》第6期），刘江滨《孤独：生存世界的惶惑——苏童〈平静如水〉读解一种》（《文论报》6月25日），汪政、晓华《互补的青年意识——与苏童有关的或无关的》（《读书》第7、8合期）等。

1990年 二十八岁

苏童发表短篇小说：《已婚男人杨泊》（《作家》第4期）、《棉花地、稻草人》（《青春》第4期），中篇小说《妇女生活》（《花城》第5期）、《女孩为什么哭泣》（《时代文学》第5期，后于1996年被黄克敏导演改编为电视剧《女人为什么哭泣》），散文《令人愉悦的阅读》（《文学自由谈》第3期）、《我的自传》（《作家》第7期）。同年，台湾远流出版社和香港天地图书公司分别出版了小说集《妻妾成群》。苏童于该年加入了中国作家协会。

7月，苏童的母亲去世。关于母亲，后来苏童始终想写一点东

① 苏童：《一份自传》，《河流的秘密》，作家出版社2009年，第106页。

西作为纪念，但没有写。

这一年发表的中篇小说《妇女生活》，于2004年被改编为电影《茉莉花开》，导演侯咏，主演章子怡、陆毅、姜文、刘烨等。这部影片在当年获得了第七届上海国际电影节评委会大奖以及其他多个奖项。由《妇女生活》改编成的话剧《女性生活》则于2009年3月11日在上海话剧中心首演。

是年，相关评论文章有季进、吴义勤《文体：实验与操作——苏童小说论之一》(《当代作家评论》第1期)，薛毅《小说时空的演变和隐喻——兼论苏童、林斤澜、余华》(《艺术广角》第2期)，秋野《妻妾的悲哀与女性的解放——〈妻妾成群〉漫议》(《作品与争鸣》第4期)，王干《渡向白描的彼岸——读苏童近作〈棉花地、稻草人〉》(《青春》第4期)等。

1991年　二十九岁

发表短篇小说《狂奔》(《钟山》第1期)、《我的棉花、我的家园》(《作家》第1期)、《吹手向西》(《上海文学》第2期)、《像天使一样美丽》(《小说林》第6期)、《木壳收音机》(《人民文学》第7、8期)，中篇小说《红粉》(《小说家》第1期)、《另一种妇女生活》(《小说界》第4期)、《离婚指南》(《收获》第5期、《小说月报》1992年第1期转载)，长篇小说《米》(《钟山》第3期，后由台湾远流出版社出版单行本)，随笔《短篇、中篇和长篇》(《小说界》第3期)。小说集《伤心的舞蹈》(台湾远流出版社)、《妻妾成群》(花城出版社)、《妇女乐园》(浙江文艺出版社)、《红粉》(台湾远流出版社)、《祭奠红马》(江苏文艺出版社)。

其中《离婚指南》和上一年发表的《已婚男人杨泊》，是苏童作品中少有的以男性为主要形象的作品，且都是以“杨泊”这个人物作为主人公进行结构的。这对于苏童来说也是一个有意的“更改”，从而使自己作品的总体形象更加丰富饱满。《离婚指南》于

2005年被改编为同名电视剧。

小说《红粉》是苏童参加《小说家》1991年举办的擂台赛之作，可以说，这部中篇延续了《妻妾成群》的古老叙事的路数，更进一步强化了其女性群体化风格，使读者感到他不仅善于宏观把握在大的历史背景下的人物的命运，也善于用细腻敏感的笔触刻画女性微妙的心理变化。根据《红粉》改编的同名电影于1994年在中国内地和香港地区同时上映，导演李少红，主要演员有王姬、王志文、何赛飞等。这部电影于次年获得了柏林国际电影节“银熊奖”，并获柏林电影节“金熊奖”提名。2007年这部小说再次被改编成三十三集的电视剧，于各大电视台播出。

同年发表的《米》，也是苏童最重要的、不容忽略的作品之一。《米》的创作让苏童第一次深刻地感受到了创作的艰辛和磨难：“《米》，我的第一个长篇小说，一九九〇年冬天写到一九九一年春天。……我想这是我第一次在作品中思考和面对人及人的命运中黑暗的一面。这是一个关于欲望、痛苦、生存和毁灭的故事，我写了一个人具有轮回意义的一生。……我想我在这部小说中醉心于营造了某种历史，某种归宿，某种结论。”[①] 这样的一部作品，在若干年后，苏童再次回忆，觉得就其写作姿态而言，还是有不尽意的地方。然而，《米》这部长篇却在许多评论家那儿得到了一致的肯定。

由《米》改编的电影《大鸿米店》于1995年拍摄完成，但是由于种种原因至今仍未公开上映。该片导演是黄健中，主演有陶泽如、石兰、杨昆等。

是年，相关评论文章有汪政、晓华《浪子的悲歌——苏童〈飞越我的枫杨树故乡〉赏析》(《名作赏析》第1期)，黄毓璜《面对共同的历史——周梅森、叶兆言、苏童比较谈》(《钟山》第1期)，胡河清《苏童的“米雕”》(《七画》第6期)，刘江滨《走出虚幻的迷雾——苏童近作艺术转换窥见》(《文论月刊》第8期)，居运《揭

① 苏童:《急就的讲稿》,《寻找灯绳》,江苏文艺出版社1995年，第153页。

示心灵深处的黑暗》(《文汇报》12 月 4 日）等。

1992 年　三十岁

发表短篇小说《西窗》(《漓江》(春号）第 1 期)、《金色的松涛》(《小说天地》第 1 期)、《十九间房》(《钟山》第 3 期)、《回力牌球鞋》(《作家》第 4 期)、《沿铁路行走一公里》(《时代文学》第 5 期,《语文世界》(蓝 B 版，1992 年第 3 期转载)、《来自草原》(《芳草》第 5 期)，中篇小说《园艺》(《收获》第 6 期)，长篇小说《我的帝王生涯》(《花城》第 2 期)，小说集《南方的堕落》(台湾远流出版社、香港天地图书公司)、《红粉》(长江文艺出版社、香港天地图书公司)、《伤心的舞蹈》(香港天地图书公司)。同年，《我的帝王生涯》由台北麦田出版公司出版，长篇小说《米》由香港天地图书公司出版。

《我的帝王生涯》可以说是苏童的得意之作："在创作它的时候，我的想象力发挥到了一个极致，天马行空般无所凭依，据此我创造了一个古代帝王的生活世界，它不同于历史上任何一个已经有过的王朝，却又在一些根本方面似曾相识。"①《我的帝王生涯》和之前发表的《米》这两部长篇，被认为是最具寓言性的新历史主义小说，而前者更是运用新历史主义小说手法的典范。《我的帝王生涯》《米》和之前发表的《妻妾成群》《红粉》可以看作是苏童虚构的另一个方向——"历史想象"，与以往"香椿树街"系列作品相比较，这类作品是对"自我往事追述"的深入与超越，具有幻觉、超验的特征，充分体现了作家高度的审美自觉。从"香椿树街"到《我的帝王生涯》，苏童写作的心理起点完全达到了一种创造性的审美回忆。

是年，相关评论文章有叶砺华《新潮的洄流——评苏童的创作转型及其价值意义》(《文学评论家》第 1 期)，吴义勤、季进《追

---

① 苏童、林舟：《永远的寻找——苏童访谈录》，《花城》1996 年第 1 期。

寻：历史的与现实的（苏童小说论之二）》（《扬州师范学院学报》第1期），耿菊生《对人的传统悲剧的当代关注——〈妻妾成群〉文化意识解读》（《文艺评论家》第3期），钟本康《两极交流的叙述形式——苏童〈米〉的“中间小说”特性》（《当代作家评论》第3期），韩子勇《苏童：南方的植物》（《小说评论》第5期），胡河清《论格非、苏童、余华与术数文化》（《当代作家评论》第5期），吴义勤《在乡村与都市的对峙中架筑神话——苏童长篇小说〈米〉的故事解析》《沦落与救赎——苏童〈我的帝王生涯〉读解》（《当代作家评论》第6期），王干《苏童意象》（《花城》第6期）、《叶兆言苏童异同论》（《上海文学》第8期）等。

1993年　三十一岁

发表短篇小说《刺青时代》（《作家》第1期）、《烧伤》（《花城》第1期）、《一个朋友在路上》（《上海文学》第1期）、《狐狸》（《小说家》第2期）、《游泳池》（《小说家》第2期）、《灰呢绒鸭舌帽》（《小说家》第2期），《纸》（《收获》第6期），长篇小说《城北地带》（《钟山》第4期到次年第4期连载），散文《二十年前的女性》（《常州日报》1月6日，《散文选刊》1993年第5期转载）、《过去随谈》（《钟山》第2期，《美文》（下半月）2007年第5期以《文学史灵魂的逆光》为题转载，《读书文摘》2009年第12期转载），创作谈《我的短篇小说“病”》（《小说林》第1期）、《第五条路》（《新生界》第4期），对话《文学的自信与可能——开始在南京的对话》（叶兆言，《小说家》第2期）。

是年，西南师范大学出版社在4月出版了《苏童小说精品》，华艺出版社、台北麦田出版公司和香港天地图书公司相继出版了小说集《离婚指南》，还有《一个朋友在路上》（台北麦田出版公司、香港天地图书公司）、《刺青时代》（长江文艺出版社）、《我的帝王生涯》（花城出版社、香港天地图书公司）。这一年，江苏文艺出版社出版了《苏童文集·少年血》《苏童文集·世界两侧》《苏童文集·婚姻即景》和《米》。

《城北地带》这部小说是以"香椿树街"为背景，沿用少年视角来看这个世界，但是它在某些方面却不同于苏童以往的"香椿树街"系列的作品，"我一直未能割舍我的那些'街头少年'小说，觉得在写了那么多短篇以后，应该写一个长一点的东西，把它们串起来，集中地予以表现，所以就写了《城北地带》……我觉得很过瘾，觉得是圆了一个梦，并且也可能算是对我的'少年小说'的一个告别。"[①]《城北地带》采用的是一种比较老式的结构，群体描绘，主线是达生和美琪。它不是单线发展，而是围绕着一群人的生活展开，他们间众多的纠葛构成了这部小说的主体内容。

是年，苏童第一次出国，去的是德国，参加歌德学院有关的一次中国作家节，主要活动在柏林，同去的有作家刘震云，张懿翎。

是年，相关评论文章有彭基雄《价值·立场·策略——苏童文本论》(《当代作家评论》第 2 期)，范小青《说说苏童》(《芳草》第 3 期)，李原《诱惑难禁苏童》(《山花》第 3 期)，林舟《女性生存的悲歌——苏童的三篇女性视角小说解读》(《当代文坛》第 4 期)，胡河清《论格非、苏童、余华与术数文化》(《当代作家评论》第 5 期)，柯泽《苏童历史悲剧观评析》(《文论报》10 月 16 日)等。

1994 年　三十二岁

发表短篇小说《与哑巴结婚》(《花城》第 2 期)、《什么是爱情》(《江南》第 3 期,《小说月报》1994 年第 8 期转载)、《樱桃》(《作家》第 3 期,《名作赏析》1995 年第 2 期转载)、《美人失踪》(《作家》第 3 期)、《小莫》(《大家》第 3 期)、《民丰里》(《啄木鸟》第 4 期)、《肉联工厂的春天》(《收获》第 5 期)、《桥边茶馆》(《青年文学》第 7 期)、《一个叫板墟的地方》(《青年文学》第 7 期)、《一

① 苏童、林舟:《永远的寻找——苏童访谈录》,《花城》1996 年第 1 期。

朵云》(《山花》第10期)，长篇小说《紫檀木球》(又名《武则天》)(《大家》第1、2期)，散文《还能干什么?》(《作家》第4期)、《初入学堂》(《家庭》第5期)、《九岁的病榻》(《青年博览》第9期，《人民文摘》2011年第1期以《我从来不敢夸耀童年的幸福》为题转载)、《思想的气球》(《深圳青年》第9期)、《我怎样活着过日子》(《传记文学》第11期)，评论《读〈青黄〉》(《芙蓉》第6期)，对话《写作：是他们的生命——与苏童叶兆言一席谈》(《文学报》4月21日)。

是年，中国建设出版社出版了《城北地带》。江苏文艺出版社出版了《苏童文集·末代爱情》《苏童文集·后宫》和《武则天》，而《武则天》同时又被香港天地图书公司和台北麦田出版公司出版，还有《十一击》(台北麦田出版公司)。

截至1994年，江苏文艺出版社共出版了《苏童文集》五卷(《少年血》《世界两侧》《婚姻即景》《末代爱情》《后宫》)，这五卷于1995年被国家出版部门评为1995年十大优秀畅销书之一，这一年，苏童获得“江苏省文学艺术奖”。

小说《紫檀木球》在评论家看来并不是一部成功的作品，甚至连苏童自己都不是很满意：“这个长篇写得很臭，我不愿意谈它。我的小说从根本上排斥一种历史小说的写法，而《武则天》恰恰做的就是这样一件事情。”[①] 王德威对于这篇小说也作出了负面的评价：“《武则天》是本令人失望的小说。一代女皇武则天那样丰富多变的生命，原应是苏童一显身手的好材料，但这回苏童似乎失了准头。”[②]

而这一年发表的《樱桃》可以说是苏童小说中在表现女性情绪孤独方面最具有代表性的作品，也是苏童尝试在作品中加入恐惧色彩的实践之作。

---

① 苏童、林舟：《永远的寻找——苏童访谈录》，《花城》1996年第1期。

② 王德威：《南方的堕落与诱惑》，《读书》1998年第4期。

1994 年是苏童的“国际旅游年”，除了去美国的纽约、芝加哥、旧金山、洛杉矶、西雅图讲学、观光，还到丹麦、瑞典、挪威这三个北欧国家进行学术交流，此后又去了德国和意大利。

是年，相关评论文章有徐亚东《苏童笔下的女性世界管窥》(《南都学坛》第 1 期)，夏 鸣《寻找〈园艺〉的中心话题》(《当代文坛》第 3 期)，张应中《世纪末的回眸——论苏童》(《当代文坛》第 5 期)，季红真《逃亡者在窥视中的回归之路》(《文艺争鸣》第 8 期)等。

1995 年 三十三岁

发表短篇小说《饲养公鸡的人》(《钟山》第 1 期)、《那种人》(二篇)(《花城》第 3 期)、《种了盆仙人掌》(《特区文学》第 3 期)、《十八相送》(《芙蓉》第 4 期)、《把你的脚捆起来》(《上海文学》第 5 期)、《蝴蝶与棋》(《大家》第 5 期)、《亲戚们谈论的事情》(《大家》第 6 期)、《玉米爆炸记》(《长江文艺》第 7、8 期)、《花生牛轧糖》(《湖南文学》第 7、8 期)、《流行歌曲》(《广州文艺》第 8 期)、《棚车》(《东海》第 9 期)、《小猫》(《东海》第 9 期，《东西南北》2006 年第 2 期转载)，中篇小说《三盏灯》(《收获》第 5 期)，随笔《短篇小说之梦》(《东海》第 9 期)。其中《三盏灯》于 2000 年 9 月获得江苏省首届“紫金山文学奖”。

是年，苏童的小说集《刺青时代》和《红粉》被长江文艺出版社收入“跨世纪文丛”出版，其他被出版的还有小说集《樱桃》(香港天地图书公司)、《刺青时代》(台北麦田出版公司、香港天地图书公司)、《城北地带》(台北麦田出版公司、香港天地图书公司)，《离婚指南》(今日中国出版社)，散文随笔集《寻找灯绳》(江苏文艺出版社)。

是年，相关评论文章有吴义勤《苏童小说的生命意识》(《江苏社会科学》第 1 期)，吴毓生《孤独者的梦——读苏童的短篇小说〈樱桃〉》(《名作赏析》第 2 期)，傅翔《面对生存：肉体与精神的阐释——串读苏童与北村》(《文艺评论》第 2 期)，朱伟《1934年的逃亡》(《当代作家评论》第 2 期)，郜元宝《苏童〈刺青时代〉简评》(《萌芽》第 4 期)，王干《苏童传说》(《今日名流》第 5 期)、《话说苏童》(《记者谢天下》第 10 期)，张子开《可怜的苏童》(《作品与争鸣》第 6 期)，季红真《苏童：窥视人性的奥秘》(《芒种》第 10 期)等。

1996 年　三十四岁

发表短篇小说《犯罪现场》(《花城》第 1 期)、《霍乱》(《天涯》第 1 期)、《公园》(《作家》第 1 期)、《表姐来到马桥镇》(《萌芽》第 1 期)、《声音研究》(《收获》第 2 期)、《红桃 Q》(《收获》第 3 期)、《新天仙配》(《收获》第 3 期)、《灼热的天空》(《大家》第 5 期)、《世界上最荒凉的动物园》(《山花》第 6 期,《意林》2006 年第 2 期、《晚报文萃》2007 年第 18 期、《青年博览》2007 年第 20 期、《视野》2007 年第 24 期、《散文选刊》2008 年第 11 期转载)、《两个厨子》(《收获》第 6 期,《广州文艺》1998 年第 5 期转载)、《天使的粮食》(《北京文学》(精彩阅读)第 11 期)，散文《薄醉・茶香》(《中国残疾人》第 2 期)、《食指是有用的》(《钟山》第 5 期)、《饮酒歌》(《钟山》第 5 期)，创作谈《苏童谈电影和文学创作》(《文学报》1 月 18 日)，访谈录《永远的寻找——苏童访谈录》(林舟,《花城》第 1 期)，对话《没有预设的三人谈》(王干、叶兆言,《大家》第 3 期)。

是年，江苏文艺出版社出版了《苏童文集・米》和《苏童文集・蝴蝶与棋》，被出版的还有小说集《桥边茶馆》(香港天地图书公司)、《把你的脚捆起来》(台北麦田出版公司)，散文随笔集《捕捉阳光：苏童语丝》(上海书店出版社)。

1997年　三十五岁

发表短篇小说《告诉他们，我乘白鹤去了》(《收获》第1期)、《海滩上的一群羊》(《上海文学》第3期)、《神女峰》(《小说家》第4期)、《八月日记》(《雨花》第9期)、《他母亲的儿子》(《雨花》第9期)，长篇小说《菩萨蛮》(《收获》第4期)，随笔《沉默的人》(《家庭之友》第1期)，散文《不要急》(《今晚报》8月18日，《读者》1997年第12期转载)、《欧洲的大字》(《青年文学》第11期)。

是年，出版了小说集《天使的粮食》(台北麦田出版公司、香港天地图书公司)，“九月丛书”之一《碎瓦》(江苏文艺出版社)。

5月，苏童参加了《钟山》杂志在南京、苏州、无锡三地举办的“九七文学笔会”，与会者还有迟子建、林白、徐坤、余华、刘醒龙、叶兆言等作家。

1998年　三十六岁

短篇小说《小偷》发表在《收获》第2期，后被改编为电影《小火车》，导演是郑旭。是年发表的还有短篇小说《过渡》(《人民文学》第3期)、《人造风景》(《十月》第5期)、《开往瓷厂的班车》(《花城》第6期)，中篇小说《群众来信》(《收获》第5期)，杂文《广告法西斯》[《杭州日报》9月23日，《青年报刊世界》1998年第12期摘转，《杂文选刊》(下半月版)2004年第7期转载]，评论《柏古〈同志同志〉读后》(《金山》第3期)，随笔《南腔北调》(《文化月刊》第2期，《语文教学与研究》2006年第9期转载)和《童年的诗篇来自何处》(《雨花》第11期)，访谈《走近苏童——苏童访谈录》(袁晓庆，《绿洲》第5期)、《写作：最困难的是讲故事——苏童访谈录》(王雪瑛，《文论报》11月19日)。这一年出版了《碎瓦》(江苏文艺出版社)、《菩萨蛮》(台北麦田出版公司)。是年，苏童重要的散文随笔集《纸上的美女：苏童随笔选》由人民日报出版社出版。

苏童的散文、随笔善于收集耐人寻味的常态生活图景，完全可以作为他小说叙事的补充或互文，提供更多的生命、心灵图式。这部散文集在很大程度上体现出作为小说家的苏童，同样在散文文本中有着充溢的灵气、美学趣味和沉潜的神韵。

同年，苏童和余华、毕飞宇、莫言等一起参加在意大利都灵举办的学术研讨会，题为“为何写作”。

是年，相关评论文章有摩罗、侍春生《逃遁与陷落——苏童论》(《当代作家评论》第2期)，董瑾《缺席的在场者——方方〈风景〉与苏童〈菩萨蛮〉的叙述学解读》(《文艺评论》第3期)，张学昕《想象与意象架设的心灵浮桥——苏童小说创作论》[《辽宁师范大学学报》(社会科学版)第4期]，王德威《南方的堕落与诱惑》(《读书》第4期)，李志坚《苏童小说的色彩词》(《写作》第9期)等。

1999年　三十七岁

发表短篇小说《向日葵》(《大家》第1期)、《拱猪》(《上海文学》第1期)、《古巴刀》(《作家》第1期)、《水鬼》(《收获》第1期)、《巨婴》(《大家》第2期)、《你丈夫是干什么的》(《大家》第3期)、《新时代的白雪公主》(《大家》第4期)、《肉身凡胎的世界》(《东海》第5期)、《独立纵队》(《大家》第5期)、《奸细》(《大家》第6期)、《天赐的亲人》(《青年文学》第8期)、《大气压力》(《人民文学》第10期)，中篇小说《驯子记》(《钟山》第4期)，随笔《虚构的热情》(《台港文学选刊》第1期，《小说选刊》第11期选载)、《池莉印象》(《时代文学》第2期)、《美声唱法、信天游和镣铐》(《滇池》第1期)、《关于“腔调”——谈短篇》(《作家》第1期)、《为什么对我感到失望》(《现代交际》第2期)，创作谈《短篇小说，一些元素》(《读书》第7期)。小说集《当代中国文库精读：苏童卷》由明报出版社出版。

《蝴蝶与棋》《神女峰》和稍早些时候的《木壳收音机》《亲戚们谈论的事情》都是实验性很强的短篇小说，体现出苏童在叙述中很好的视点控制。正是这种对叙述视点的把握，创造出了小说的兴趣、冲突、悬念乃至情节本身，作家据此传达出他的感觉和情感，并在这个角度上将作品中呈现的生活形态调整到适应作家所见到的现实中。

是年，由苏童选编的《枕边的辉煌：影响我的十部短篇小说》由新世界出版社出版。这套丛书共四种，其中还包括莫言、余华和王朔的选本。苏童专门为这个选本作序《短篇小说，一些元素》，表达了他对契诃夫、莫泊桑、艾萨克·辛格、福克纳、博尔赫斯、卡佛等世界杰出小说家的敬畏。苏童毫不掩饰自己所接受的文学影响，自己怎样在“大师”的牵引下走进文学的殿堂，以及自己与他们在文学感觉、心灵上的相互契合，还深切地道出他对短篇小说这种文体的喜爱和理解。当然，从苏童大量的短篇小说中，也可以窥见这些作家对苏童写作潜在而微妙的影响。

苏童曾谈到外国文学特别是美国文学对自己的影响，以及与美国作家的交流情况：“美国文学对我个人的写作有影响，但这影响到底有多大，我自己也说不清。大家对霸权之类的东西很警惕，但文学是无法用别的东西制造霸权的，文学的霸权是一部部书写出来的。如果将美国文学开一份书单，我就会从福克纳开始，一直到约瑟夫·海勒，1994 年，我看到他的最后一本小说《最后一幕》。”[①] 苏童曾多次在《阅读》《三读纳博科夫》《短篇小说，一些元素》《想到什么说什么》等散文随笔中，提到塞林格、博尔赫斯、纳博科夫、福克纳、卡波特、索尔·贝娄、麦卡勒斯、雷蒙德·卡佛等人的艺术风格，坦诚地描述这些文学大师对自己的影响。苏童尤其强调塞林格、雷蒙德·卡佛和纳博科夫对他小说写作的深刻影响。

是年，香港明报出版社则出版了《当代中国文库精读：苏童

---

① 苏童、王宏图：《苏童王宏图对话录》，苏州大学出版社 2003 年，第 40 页。

卷》。初冬，苏童参加南京全国书展活动。

是年，相关评论文章有张学昕《精致诡异的文学叙述——漫评苏童近期的短篇小说》[《泰安教育学院学报》(岱宗学刊)第2期]、《苏童小说的叙事美学》(《呼兰师范专科学校学报》第3期)、《灵魂的还乡——论苏童的小说〈米〉》[《辽宁师范大学学报》(社会科学版)第3期]、《人文关怀的注入与女性意识的凸出——苏童小说女性形象的塑造》[《佳木斯大学学报》(社会科学版)第4期]，王山《沉重的温馨——苏童的中篇小说〈驯子记〉》(《文艺报》11月11日)等。

2000年　三十八岁

发表短篇小说《遇见司马先生》(《钟山》第5期)、《白杨和白杨》(《作家》第7期)、《七三年冬天的一个夜晚》(《天涯》第7期)，中篇小说《桂花连锁集团》(《收获》第2期)，还有书评《莫拉维亚的〈再见〉》(《长城》第2期)，散文《沙漠中的一天》(《绿洲》第2期)、《三棵树》(《人民文学》第10期)、《河流的秘密》(《人民文学》第11期)、《洞》(《人民文学》第12期)、《母校》(《语文教学与研究》第20期)，杂文《古典派、西洋派和上海派》(《万象》第1期)、《一个说评弹的女人》(《万象》第2期)、《女声》(《花城》第3期)、《狗刨式游泳》(《祝您健康》第4期，《语文教学与研究》2001年第14期转载)、《一个女裁缝》(《万象》第5期，*Women of China* 第7期转载英文版)，访谈《苏童访谈：女性是大写的》(寒露，《东方文化》第36期)、《苏童访谈：看球是种幸福》(寒露，《东方文化》第37期)。

是年，江苏文艺出版社继续推出了《苏童文集·水鬼手册》，台海出版社则出版了小说集《米》和《妻妾成群》，此外还有《中国当代作家选集丛书：苏童卷》(中国人民文学出版社)、《苏童散文》(浙江文艺出版社)，《片断拼接》(西苑出版社)。是年苏童还被《东方文化周刊》评选为“南京十大文化符号”之一。

散文《三棵树》是苏童早期最重要的散文作品之一。它表达了苏童对童年感受的深情回忆。苏童以他特有的略带忧伤的平淡语气，通过有关“树”的记忆和遐思，体验童年梦想和生命缺失，细腻地抒写和陈述了人类天性中向往自由发展、向往无限、向往生命本身的情结。

10 月，苏童应邀参加香港岭南大学文学院举办的“张爱玲与现代中文文学”国际研讨会，主办者邀请海峡两岸的“张派传人”到会，中国大陆代表是苏童、王安忆和须兰三位。苏童以“张爱玲让我想起了林黛玉”为题发言，他认为“生活对于张爱玲是一件磨破了领口的旗袍，记录这磨破的领口成为了张爱玲的天职”。

是年，相关评论文章有冯爱琳《突围与陷落——论苏童小说的孤独意识》(《当代文坛》第 1 期)，张学昕《论苏童的小说创作》[《辽宁师范大学学报》(社会科学版)第 1 期]，汪云霞《〈桑园留念〉：苏童的经典》(《江汉论坛》第 5 期)等。

2001 年　三十九岁

发表短篇小说《伞》(《收获》第 1 期)、《女同学们二三事》(《花城》第 4 期)、《贪吃的人(素描两则)》(《钟山》第 5 期)、《两部政治小说：〈公众的怒火〉和〈天秤星座〉》(《畅销书摘》第 9 期)，散文《沙漠回访》(《青年博览》第 5、6 期)、《苏童答自己问》《中华读书报》2 月 21 日)、《女性比男性优秀》(英文，*Women of China* 第 5 期)，对话《写作，为了心灵：关于文学的对话》(张宗刚，《太湖》第 5 期)。其中《伞》荣获《小说选刊》2001—2002“仰韶杯”优秀小说奖和江苏省第二届“紫金山文学奖·荣誉奖”。

是年被出版的作品还有小说集《枫杨树山歌》(中国社会科学出版社)、《走向诺贝尔：当代中国小说名家珍藏版·苏童卷》(文化艺术出版社)、《一个礼拜天的早晨》(广西师范大学出版社)、《像天使一样美丽》(广西师范大学出版社)、《你丈夫是干什么的》(广西师范大学出版社),长篇小说《我的帝王生涯》(北岳文艺出版社)、《菩萨蛮》(江苏文艺出版社)。

是年,苏童去美国参加爱荷华大学的国际写作计划,每周一个交流会,每个作家都要发言,交流各自的写作感受。而苏童的发言讲的是自己的短篇小说《白雪猪头》。

是年,相关评论文章有张清华《天堂的哀歌——苏童论》(《钟山》第1期),张宗刚《归去来兮 吾归何处——苏童〈桂花连锁集团〉解读》(《名作赏析》第1期),章蕾、张学昕《透过生活氤氲的精致叙述——苏童短篇小说解读》(《北方论丛》第1期),艾华《香椿树街少年苏童》(《语文世界》第3期),汪云霞《永远在路上——苏童小说〈米〉的象征意蕴》(《小说评论》第5期)等。

2002年 四十岁

发表短篇小说《白雪猪头》(《钟山》第1期),《小舅理生》(《山花》第7期)、《人民的鱼》(《北京文学》第9期)、《点心》(《书城》第10期),长篇小说《蛇为什么会飞》发表于《收获》的第2期,后由云南人民出版社和台湾一方出版公司分别出版成书,访谈录《作家苏童谈写作》(谭嘉,《当代作家评论》第5期)。其中《白雪猪头》于2005年获得江苏省第二届"紫金山文学奖·短篇小说奖",《人民的鱼》则获得了《小说月报》第十届"百花奖·优秀短篇小说奖"、江苏省第二届"紫金山文学奖·荣誉奖"和"新世纪第一届《北京文学》奖"。5月,春风文艺出版社出版了小说集《苏童代表作:妻妾成群》。

到这一年为止,苏童关于"香椿树街"的短篇小说以1996年为界,可以分为两个阶段。"前一阶段的'香椿树街'少年小说的背景、故事和人物都有很强的'原生态'味道。而1996年以后写作的《古巴刀》《水鬼》《独立纵队》《人民的鱼》《白雪猪头》《骑兵》《点心》等，已将‘香椿树街’衍生、‘预设’成他小说恒久的叙述背景。”[①]

《蛇为什么会飞》这篇小说虽然仍未脱离“香椿树街”这样一个叙述背景，但是从苏童的创作历程来看，却可以说是个人的转型。苏童自己这样说：“我确实在破坏我自己，破坏某种我赖以生存的、用惯了的武器，比如语言、节奏、风格等等。我不再满足于我自己，我想改变，想隔断与自己过去的联系。把以前‘商标化’了的苏童全部打碎，然后脚踏实地，直面惨淡人生。”[②] 这部长篇小说，可以视为苏童创作再一次向现实的回眸。

苏童的随笔《南方是什么》是苏童为参加美国伯克利大学的一个研讨会准备的发言稿，后来发表在《书城》杂志上。在这篇文章里，苏童深情而智慧地表达了他对于“南方”的感受和理解，以及他对于南方少年时代生活的真切回忆。

2003 年　四十一岁

发表短篇小说《骑兵》(《钟山》第 1 期)、《马蹄莲》(《大家》第 3 期)、《老爱情》(《语文教学与研究》第 4 期,《小说选刊》2003 年第 7 期转载,《星火》2005 年第 1 期转载)、《五月回家》(《人民文学》第 5 期)、《垂杨柳》(《香港文学》第 6 期,《小说选刊》第 8 期转载)、《哭泣的耳朵》[《北京文学》(精彩阅读)第 10 期]，散文《雨和瓦》[《阅读与鉴赏》(高中版)第 3 期,《语文教学与研究》2005 年第 6 期转载]、《父爱》[《高中生》第 12 期,《美文》(下半月)第 6 期转载,《意林》(金故事)2007 年第 4 期以《无言的爱》为题转载]，创作谈《关于写作姿态的感想》(《时代文学》第 1 期),

① 张学昕:《南方想象的诗学：论苏童的当代唯美写作》，复旦大学出版社 2009 年，第 24—25 页。

② 陆梅:《把标签化了的苏童打碎》,《文学报》2002 年 4 月 18 日。

对话《“留神听着这个世界的动静”——与苏童对话》[《莽原》第1期，《文学教育》（中）2010年第1期转载]。小说集《二十世纪作家文库·另一种妇女生活》（春风文艺出版社）、《妇女生活》（江苏文艺出版社）、《苏童文集：中国当代经典作品》（长江文艺出版社），散文随笔集《虚构的热情》（江苏人民出版社）。

7月，苏州大学出版社将王宏图与苏童的对话整理成《苏童王宏图对话录》出版。书中，王宏图与苏童就“创作心路与个人成长过程”“新历史主义小说”“‘香椿树街’的世界”“南方精神”“直面现实的作品”“短篇小说的艺术”这几个话题展开了对话。

是年，《小说选刊》开设了“小说课堂”版块，从第6期到第11期，苏童发表了一组小说，依次为：《把他送到树上去》《如何与世界开玩笑》《流水账里的山峰》《盖茨比有什么了不起》《去小城寻找红木家具》《谁是谁的卧室》。作为小说家的苏童，以一个小说家的心智去体味其他小说家的心智，构成一种同行之间十分有趣而体己的对话，使读者获得了意想不到的审美体验和阅读快感。

是年8月，苏童出席由新加坡举办的两年一度的新加坡“作家节”，此次参加的还有旅英中国女作家虹影及中国台湾作家焦桐。苏童分别与焦桐和虹影开设讲座并发表了演讲。具体为：

8月23日下午三时，在瑞士酒店茂昌阁（Swissotel Merchant Court）Rosewood厅，由《联合早报》执行编辑兼副刊主任潘正镭主持，苏童和焦桐以“‘吃’一碗文学”为题发表演讲。

8月24日下午三时，在瑞士酒店茂昌阁宴会厅，由国大中文系助理教授吴耀宗博士主持，苏童与虹影主讲，题为“文字撞击感官的巨响——诠释现代华文学语境中的暴力意识与现象”。

9月，新加坡“金笔奖”揭晓，苏童、虹影任评委。

是年，相关评论文章有王干《关于苏童的浮想联翩》、姜异新《边缘人的文化格局——苏童〈蛇为什么会飞〉解读一种》、赵玫《苏童故事》、黄毓璜《也说苏童》、迟子建《闲适的苏童》（《时代文学》第1期)、葛红兵《苏童的意象主义写作》(《社会科学》第2期)、黄维敏《在社会边缘随风飘荡》(《当代文坛》第6期)等。

2004年 四十二岁

发表短篇小说《手》(《花城》第2期)、《桥上的疯妈妈》(《小说选刊》第3期)、《堂兄弟》(《上海文学》第7期)、《私宴》(《上海文学》第7期),散文《我读女儿的作文》[《新语文学习》(小学低年级版)第9期]、《乡间小路带我回家》[《现代语文》(高中读写版)第10期,后改名为《约翰·丹佛》收录在散文随笔集《河流的秘密》中]、《作家漫画》(《天涯》第3期),对话《精致柔美的温情表达——苏童短篇小说〈人民的鱼〉片谈三题》(洪流,《名作赏析》第11期)。其中《手》获得了《小说选刊》"贞丰杯"2003—2006年度全国优秀小说奖·短篇小说奖,《私宴》则于次年9月获得了《小说月报》第十一届"百花奖·优秀短篇小说奖"。

8月,上海文艺出版社出版了《苏童文集》(1—10卷),包括长篇小说《武则天》《城北地带》《菩萨蛮》,中篇小说《妻妾成群》《红粉》《罂粟之家》《刺青时代》《驯子记》,短篇小说《骑兵》《神女峰》《向日葵》。上海社会科学院出版社出版了《苏童中篇小说选》。

3月,苏童作为由二十七人组成的"中国作家团"成员之一,赴法国参加3月18日开幕的2004年法国图书沙龙。

5月20日,苏童参加同济大学作家周"文学与人文关怀"大型文学对话会,出席者还包括余光中、莫言等,并于22日发表演讲,题为"小说家存在的理由"。

是年,相关评论文章有张学昕《发掘记忆深处的审美意蕴——苏童近期短篇小说解读》(《文艺评论》第1期)、《"唯美"的叙述——苏童短篇小说论》(《当代作家评论》第3期),李遇春《病态社会的病相报告——评苏童的长篇小说〈蛇为什么会飞〉》,焦雨虹《苏童小说:唯美主义的当代叙述》(《小说评论》第3期),吴义勤

《短篇的力量——读苏童的〈私宴〉〈堂兄弟〉》(《上海文学》第7期)等。

是年,《小说评论》第2期在“小说家档案”板块中开设了“苏童专辑”,包括於可训《主持人的话》,苏童《苏童创作自述》,周新民、苏童《打开人性的皱折——苏童访谈录》,周新民《生命意识的逃逸——苏童小说中历史与个人的关系》,《苏童作品目录》。

2005年　四十三岁

发表短篇小说《西瓜船》(《收获》第1期)、《冬露》(《莽原》第1期)、《垂杨柳》(《语文教学研究》第5期,《文学港》2007年第2期转载)、《二重唱》(《文学教育》第7期)、《小三宝吃点心》(《语文教学与研究》第15期),散文《周作人的“夏夜梦”》(《扬子江诗刊》第1期)、《心灵的挽歌——读子川的诗集》(《诗探索》第2期)、《我认识的黄蓓佳》(《时代文学》第2期)、《我真那么像小偷吗》[《大众文艺》(快活林)第9期],创作谈《关于现实,或者关于香椿树街》(《青年文学》第7期)。

是年,出版的作品还有《我的帝王生涯》《米》(上海文艺出版社),小说集《驯子记》(云南人民出版社)、《桥上的疯妈妈:苏童短篇小说代表作》(春风文艺出版社)。

是年,百花文艺出版社出版了由苏童编选的《一生的文学珍藏:影响了我的二十篇小说》,这是一个外国小说读本,是苏童迄今所做的第二个文学经典选本,苏童不仅道出了他为什么选择这些作品的理由,和这些作品对他写作的重要影响,还深切地回忆了数年前他阅读这些大师们的经典篇章时宝贵的阅读记忆。这一年,苏童担任“第八届香港中文文学双年奖”的评委。

其中《西瓜船》获得了江苏省第一届“紫金山文学奖·短篇小说奖”。《西瓜船》在结构上给人以不规整的感觉,而这也正是苏童在创作上的有意尝试。“这个作品,现在读起来,因为其结构的不规整，情节突然拐弯，天地豁然开阔了许多，在作品的深度开掘上，却反而增添了积极的动力。"[①] 这篇小说在苏童的两百余篇短篇小说中，是结构十分独特的一篇。

是年，《当代作家评论》的第 1 期刊登了苏童的创作谈《短篇小说，一些元素》和随笔《关于迟子建》，而第 6 期的"批评家论坛"专栏中刊登了张学昕《"虚构的热情"——苏童小说的发生学》和张学昕、苏童《回忆·想象·叙述·写作的发生》。

2002 年至 2006 年，苏童的短篇小说写作出现了一次小高潮。苏童迄今最优秀的一部分短篇小说，大多写于这个阶段。此后，苏童的创作精力更多放在长篇小说方面——《碧奴》《河岸》《黄雀记》三部长篇，将苏童的长篇小说创作带入一个新的阶段。关于苏童短篇小说的成就，学术界、批评界及其同行都有许多赞誉和评价。作家王安忆曾在复旦大学的"小说讲堂"专门讲析苏童的短篇小说。

是年，相关评论文章有南宋《被改写的苏童形象》(《文学自由谈》第 1 期)，李美皆《从苏童看中国作家的中产阶级化》(《当代作家评论》第 1 期)，黄敏《苏童的南方情结》(《四川文学》第 3 期)，李申华《寻找灯绳的苏童——谈苏童近几年的短篇小说创作》(《当代文坛》第 5 期)，张学昕《"虚构的热情"——苏童小说的发生学》(《当代作家评论》第 6 期)、《寻找灯绳的旅途——论苏童的散文》(《黑龙江社会科学》第 6 期)，徐颖《在"迷宫"里寻找出口》(《文学报》9 月 29 日) 等。

2006 年　四十四岁

发表短篇小说《拾婴记》(《上海文学》第 1 期、《中华文学选刊》第 1 期选载、《小说月报》第 3 期转载)、《小说三篇》(《莽原》第 1 期)、《牛车水、榴莲及其他》[《晚报文萃》(B) 第 12 期]，散

---

① 苏童、张学昕：《感受自己在小说世界里的目光——关于短篇小说的对话》，《当代作家评论》2008 年第 6 期。

文《追星族》(《语文教学与研究》第3期)、《最贵重的礼物》(《视野》第6期),创作谈《谈谈〈包法利夫人〉》(《图书馆杂志》第7期)、《神话是飞翔的现实》(《上海文学》第11期)。是年,人民文学出版社出版了小说集《离婚指南》《妻妾成群》和《红粉》,还有《苏童精选集》(北京燕山出版社)、《私宴》(文汇出版社)。

《拾婴记》于2006年获得了《小说月报》第十二届“百花奖·优秀短篇小说奖”、入选中国小说学会“2006年度中国小说排行榜”。可以说,《拾婴记》是苏童最好的短篇小说之一。作品中唯美的叙述与想象的修饰相得益彰,不仅展现出苏童不同凡响的形式感,驾驭、扭转生活的能力,更加显示了他对小说的独特理解和其所拥有的叙事美学气度。

3月,苏童出席以英语为主要语言的“Man香港国际文学节”,出席这次文学节的还有2005年布克奖得主约翰·班维尔(John Banville)及诺贝尔文学奖得主西默斯·希尼(Seamus Heaney)等四十余位国内外作家。

5月,孔范今、施战军主编的《苏童研究资料》由山东文艺出版社出版,是《中国新时期文学研究资料汇编》丛书系列乙种之一。这本书就2004年以前国内对苏童的研究成果和现有评论水平作了全面系统的展示,包括苏童的生平创作自述、与他人的部分访谈录、权威学者和评论家的研究论文,并以“附录”的方式展现作家研究成果的整体索引。

8月30日,苏童新作《碧奴》在北京国际图书博览会首发,这是全球首个同步出版项目“重述神话”[①]中的首部中国神话作品,

---

① “重述神话”系列图书是由英国坎农格特出版公司发起,美国、加拿大、法国、德国、意大利和瑞典等三十多个国家和地区的知名出版社参与的首个跨国出版合作项目。项目将邀请各国的著名作家,重写他们最感兴趣的神话。它不是对神话传统进行学术研究,也不是简单的改写和再现,而是要根据自己的想象和风格创作,并赋予神话新的意义,是一场远古神话在当代语境下的复苏。“重述神话”系列之“中国卷”还包括叶兆言的《后羿》、李锐的《人间》和阿来的《格萨尔王》。

随后将在全球十五个国家推出。《碧奴》由重庆出版社出版（重庆出版社是“重述神话”项目在中国大陆的唯一合作机构）并于同年获得“华语文学传媒大奖·2006年度杰出作家”提名。

《碧奴》是对古老故事“孟姜女哭长城”的“重述”。苏童在谈到为什么选择“孟姜女哭长城”这个故事时，说道：“孟姜女故事给我的启发，给我的一个角度，就是从世俗出发，一个普通的民间女子怎么成了一位神？她身上如何散发神性的光芒？我觉得，以我的观点完全可以说，我们中国的传统文明中塑造了一个神的形象——哭泣之神、眼泪之神、悲伤之神。”[①] 苏童竭力想表达的是哭的力量和哭的价值，是在孤独寂寥中，在试图摆脱现实困境过程中的不屈不挠的精神，在眼泪的柔软和长城的坚硬之间开启漫长的“寻找”之旅。苏童没有像人们猜测的那样，对这个民间传说选择颠覆性的“重述”，而是选择不颠覆、不解构。《碧奴》这部长篇，从整体上来看是一种对“民间哲学”的探寻，而从细节上则更加引人注目，它迥异于日常的叙述语言，富有音乐性的叙事节奏，极具形式感的结构，传奇与魔幻性兼备的语境，奇异的修辞造境，以及百味杂陈的人间万象，这些都为当代小说提供了新的元素，从对人的生命、自由、命运的表达中为文学扩张出更大的话语空间和边界，并且它试图打破神话、传说、童话和小说之间固定的文类形式，尝试新的文体实验，这些都是难能可贵的。

8月31日下午五点，苏童做客新浪谈新作《碧奴》。9月23日下午，苏童来到天涯社区广州分公司，接受天涯社区的访谈。

9月1日，北京大学召开“苏童新作《碧奴》学术研讨会”，陈晓明主持会议，与会者有诺贝尔文学奖评委马悦然、中国社科院研究所当代研究室的陈福民研究员、中国作协办公厅主任阎晶明、诗人胡续东、重庆出版集团北京办事处总经理陈建军、北京大学副教授孔庆东，还有孟繁华、格非、张颐武等知名学者、作家、批评

---

① 苏童：《神话是飞翔的现实》，《上海文学》2006年第11期。

家；苏童也参加了此次会议。

9月15日上午，在复旦大学逸夫科技楼，苏童发表了题为“神话是飞翔的现实”的演讲。

9月15日下午，“苏童小说《碧奴》作品研讨会”在复旦大学举行，十余位当代文学研究界的学者和评论家就苏童的创作和中国神话的重述展开了讨论。在肯定了苏童的创作想象力和保持了先锋叙事的同时，也有部分专家对于《碧奴》中存在的问题提出了自己的看法。

11月12日，中国作协第七届全国代表大会选举产生新一届领导机构，铁凝当选为中国作家协会第七届全委会主席，成为中国作协主席；苏童当选为中国作家协会第七届全委会委员。

12月2日，来自全国各地的作家、评论家五十人出席了由江苏省作协主办的“苏童小说创作研讨会”。中国作协书记处书记、副主席陈建功到会，代表中国作协致祝贺词。江苏省委宣传部副部长，江苏省文联、省作协党组书记杨承志也作了发言。评论家雷达、陈思和、吴秉杰、李敬泽、阎晶明、吴义勤、王干、张学昕、李建军，作家格非等人在发言中普遍认为，苏童的创作从整体上来说个性突出，风格明显，长、中、短篇上都有可喜的成就，而短篇小说的成就更显著，也更富有感人的艺术力量，而就其作品的影响力来看，早期作品相比晚期更有开拓性意义。评论家张学昕、洪治纲、王宏图、谢有顺等人着重从苏童小说的美学意蕴方面作了阐述。评论家张燕玲从苏童书写女性的角度作了分析。出席此次会议的还有江苏省作协党组副书记、副主席赵本夫，江苏省作协党组成员、书记处书记张王飞，江苏省作协副主席范小青、叶兆言、周梅森、储福金、毕飞宇、丁帆等。

是年，相关评论文章有安妮·居安里《从诞生到死亡：生存的迷宫》(《上海文学》第1期)，张学昕《历史迷魅中的“罪与罚”——论苏童小说的母题》(《当代作家评论》第2期)、《先锋与古典：苏童小说的叙事形态》(《文艺评论》第 4 期)、《论苏童小说的叙述语言》(《吉林大学社会科学学报》第 5 期),罗雪辉《苏童:眼泪是一种悲伤到底的力量》(《中国新闻周刊》第 3 期)等。

2007 年　四十五岁

发表短篇小说《茨菰》[《钟山》第 4 期,后于 2008 年被《北京文学》(中篇小说月报)第 4 期转载]、《为什么我们家没有电灯》(《收获》第 5 期),散文《我的读书生涯》(《世界中学生文摘》第 5 期,又以《阅读》为题收于散文随笔集《河流的秘密》)、《费里尼的人生礼赞》(《书城》第 6 期)、《后窗的风景》(《苏州杂志》第 6 期)、《名著中的桥》(《青年科学》第 6 期)、《我为什么不会写杂文》[《语文新圃》第 7 期,《杂文选刊》(上旬版)2009 年第 11 期以《我为什么写不出鲁迅那样伟大的杂文》为题转载]、《"黑客"一词的来历》(《青年科学》第 9 期)、《"一字千金"的来历》(《青年科学》第 9 期)、《吴为山的雕塑》(《雨花》第 12 期)。

苏童凭借《茨菰》获得了第五届"鲁迅文学奖",同时荣获江苏省第四届"紫金山文学奖·荣誉奖"和全国短篇小说奖。《茨菰》的最初灵感来自苏童年少时到他家做客的一个农村女孩,但是故事情节都是苏童自己虚构的。这部小说是"香椿树街"系列的另一个延伸,并且延续了苏童一贯的关注人的命题,从主人公的命运中折射出人性的内涵,人与人的关系的问题,以及城市与乡村的问题。

6 月 23 日,苏童来到浙江师范大学,做客"尖峰论坛",与浙江师大学生探讨"为什么我们还要写作"。

7 月,天津人民出版社出版了《苏童研究资料》,由汪政、何平主编,是"中国当代作家研究资料"丛书系列之一。这本书主要包含苏童自己的生平和创作谈、有代表性的研究论文和观点辑录、主要作品梗概、苏童作品总目、研究论文论著总目这几大项。

8 月,"中国当代作家作品精编"丛书之一的《苏童作品精编》

由漓江出版社出版，该书中收录了长篇小说《城北地带》，中篇小说《园艺》《红粉》《妻妾成群》《驯子记》，短篇小说《狂奔》《我的棉花，我的家园》《吹手向西》《回力牌球鞋》《灰呢绒鸭舌帽》等一些有代表性的作品。

是年7月22日，苏童参加“‘中德·名城·名家·名作’城市推广交流活动”，和德国知名文学家米歇埃尔·罗斯博士分别作为两国代表，互访两个半月。互访期间，两位作家记录下各自在对方城市的所见所闻和所感所想，并不定期通过网络博客和两国报纸发表。8月，他应歌德学院邀请去莱比锡做驻市作家，在莱比锡生活了三个月，并作有《莱比锡日记》，在《莱比锡日记》中，苏童细致地描写了他在这座城市的深刻印象和感受。这次莱比锡之行成为苏童德国之行的最美好的经历，长篇小说《河岸》正是在此前开始动笔。

是年，相关评论文章有张学昕《自由地抒写人类的精神童话——读苏童的长篇小说〈碧奴〉》(《当代作家评论》第1期)、《孤独“红粉”的剩余想象——苏童小说人物之二》(《南方文坛》第2期)、《论苏童小说写作的“灵气》(《当代作家评论》第4期)、《南方想象的诗学——苏童小说创作特征论》(《文艺争鸣》第10期)，翟业军、吕林《寻找三盏灯——苏童论》(《扬子江评论》第2期)，吴义勤《“戴着镣铐跳舞”——评苏童的长篇新作〈碧奴〉》(《南方文坛》第3期)，陈晓明《论〈罂粟之家〉——苏童创作中的历史感与美学意味》(《文艺争鸣》第6期)等。

这一年，《文艺争鸣》第4期开设了“苏童小说讨论”专辑，包括丁帆《〈碧奴〉一次瑰丽闪光的叙述转换》，刘洪霞《文学史对苏童的不同命名》。

2008年　四十六岁

发表散文《莱比锡笔记》(《作家》第9期)，对话《纸上的海市蜃楼——与苏童对话》(李建周,《南方文坛》第4期)。

是年，人民文学出版社出版了《苏童短篇小说编年》(1—5卷)，包括卷一《桑园留念》(1984年至1989年)、卷二《狂奔》(1990年至1994年)、卷三《十八相送》(1995年至1996年)、卷四《白沙》(1997年至1999年)和卷五《垂杨柳》(2000年至2006年)。这是苏童短篇小说的“集大成”编年文集，整饬、汇集了苏童二十余年的短篇小说佳作，呈现出苏童作为当代“短篇小说大师”的创作成就。《香椿树街故事》由上海人民出版社出版。

4月2日，苏童开始了第一次日本之行。由旅日作家毛丹青策划、日本关西广域机构促成的苏童关西文学之旅，正赶上樱花时节，恰逢苏童的《碧奴》日文版出版，让随行者目睹了苏童与日本汉学家之间的第一次亲密接触。3日，在大阪进行了苏童与日本汉学家的交流座谈会，与会者中有译过莫言、贾平凹、李锐作品的吉田富夫先生以及余华、铁凝作品的翻译者饭冢容先生，后者同时也是苏童《碧奴》的翻译者。4日，苏童还访问了神户、大阪两个城市。10月，大型图文书《苏童·花繁千寻》由上海锦绣文章出版社出版。这是苏童首次牵手旅游图书，这本书记录了苏童此次赴日本文学交流的全过程，包括游记、文学对话以及与日本汉学家们面对面的谈话内容。

6月，广西师范大学出版社出版作家王安忆和批评家张新颖的《王安忆张新颖谈话录》，该书在“同代人”中专节讲述苏童。王安忆评价苏童是一位能“在现实之上自行构建一个存在”的作家，苏童写得“越来越好的地方，在于他已经不到怪的里面去找，他开始走到朴素的材料里面”[①]。

12月，苏童第四次前往德国，同往年一样，参加德国歌德学院举办的中德文化交流活动。

---

① 王安忆、张新颖:《王安忆张新颖谈话录》，广西师范大学出版社2008年，第243—247页。

12 月 18 日下午，苏童来到大连理工大学“大工讲坛”，作了题为“我的文学时代”的报告。报告会上，苏童受聘成为大连理工大学第一位“驻校作家”。

是年，相关评论文章有张学昕《苏童与当代作家的唯美写作》[《渤海大学学报》(哲学社会科学版)第 2 期]、刘涛《汉语变异带来的文学变异——以苏童小说〈碧奴〉为例》(《南方文坛》第 5 期)、马炜《苏童小说的死亡叙事》(《名作赏析》第 22 期)、蒋建强《经典重评——〈妻妾成群〉再阐释》(《小说评论》2008 年第 S2 期)等。

是年，《当代作家评论》第 6 期开设了“苏童研究专辑”，包括张学昕、苏童《感受自己在小说世界里的目光——关于短篇小说的对话》，张学昕《苏童与中国当代短篇小说的发展》，汪政、晓华《苏童的意义——以中国现代小说为背景》。

2009 年　四十七岁

发表长篇小说《河岸》(《收获》第 2 期)，散文《在明孝陵撞见南京的灵魂》(《明日风尚》第 5 期，后以《一个城市的灵魂》为题收入散文随笔集《河流的秘密》)、《八百米的故乡》(《人民文学》第 10 期)、《我为什么在莱比锡》(《作家》第 11 期)。是年出版的作品还有长篇小说《米》(作家出版社)，小说集《1934 年的逃亡：苏童中短篇小说选》(明报月刊)、《苏童作品精选》(跨世纪文丛精华本，长江出版集团和长江文艺出版社)，散文随笔集《河流的秘密》(作家出版社)。

3 月 4 日，苏童在鲁迅文学院“长篇小说深圳研修班”开设讲座，题为“长篇小说内部结构诸问题”。

4 月 16 日，苏童的长篇小说《河岸》在上海市福州路上海书城举行首发仪式，这部小说由人民文学出版社出版。《河岸》在这一年为苏童一举获得了多个奖项：“华语文学传媒大奖 · 2009 年度杰出作家奖”、2009 年度“曼氏亚洲文学奖”[①]、江苏省第四届“紫金山文学奖 · 长篇小说奖”、《当代》2009 年度“五佳小说奖”，以及“腾冲杯 2008—2009 文学季中华文学奖 · 长篇小说奖”。

“华语文学传媒大奖 · 2009 年度杰出作家奖”的授奖词这样写道：“他在 2009 年度出版的《河岸》，依旧陈述历史和现实重压下的个人记忆，如此荒诞，又如此真实，个人的卑微和高尚在以意识形态为主体的伟大叙事中，渐渐被抽象成了一个无，而权力对日常生活的修改，又让我们看到，在扭曲的时代里根本造不出笔直的人性。苏童以轻逸写繁复，以叙事呼应抒情，以宽恕之心解读历史的专断和个人的欲望，他的写作，是关于灵魂的叙事，也是一门个体生命如何自我展开的学问。”

8 月 14 日，在“文化名人大化行”采风活动中，苏童接受了吕成品的访问，成文题目为《我见到了苏州的童忠贵——访著名作家苏童》。

9 月 22 日，苏童应邀去北京大学参加盛大文学讲座——“中国北大作家行”系列活动，到场与网络作家对话。苏童演讲的主题为“重返先锋：文学与记忆”。24 日，苏童在北京大学“英杰交流中心”参加“北大作家行”第四场演讲会，主持人是北京大学中文系中国现当代教研室的陈晓明教授。

10 月 13 日，苏童参加在德国召开的第六十一届法兰克福国际图书博览会，一同参加的中国作家还有余华、莫言等。苏童在这期间的活动为：14 日 14 : 40—15 : 20“中德文学论坛——童年生活与当代文学”，16 : 50—17 : 50“对话——苏童与马海默”；15 日“我的创作——苏童演讲”；17 日“《妻妾成群》朗读会”。

11 月，苏童再度来到大连理工大学，作为“驻校作家”作了两场文学演讲。

---

① 曼氏亚洲文学奖，意在表彰“未以英语出版过的亚洲小说”，从而将亚洲作家介绍给世界。

是年，张学昕著的《南方想象的诗学：论苏童的当代唯美写作》由复旦大学出版社正式出版。作者将他十余年对苏童研究的成果整合成书，分别从苏童小说的写作发生、母题、人物的美学谱系、叙事形态，苏童短篇小说论，苏童散文创作，苏童的唯美写真及其意义等几大方面作了深入全面的分析评论。并且，这本书的附录中还收入了三篇作者与苏童的访谈和两篇关于苏童作品的评论文章。

是年，相关评论文章有陈才华《苏童短篇小说中“物”的叙事功能》(《当代文坛》第2期)，周新民《塞林格与苏童：少年形象的书写与创造》(《外国文学研究》第3期)，吴义勤《罪与罚——评苏童的长篇新作〈河岸〉》(《扬子江评论》第3期)，王干《最后的先锋文学——评苏童的长篇小说〈河岸〉》(《扬子江评论》第3期)，张学昕、梁海《重现历史幽暗处的生命与灵魂——读苏童的长篇小说〈河岸〉》(《文艺评论》第6期)，汪杨《梦想照进现实——评苏童长篇新作〈河岸〉》(《文艺争鸣》第6期)，张柠《逃离愚人船的流浪汉——谈苏童长篇小说〈河岸〉》(《全国新书目》第11期)等。

2010年　四十八岁

短篇小说《香草营》发表在《小说月报》第8期，被《小说界》同年第3期转载，并于2011年获得《小说月报》第十四届“百花奖”短篇小说奖。这篇小说源自苏童当年住在“吉兆营”的时候，一个瘸腿邻居将自己唯一的房子租出去，自己在院子里搭小房子住的真实事件。出版的小说集有《南方的堕落》(黄山书社)、《三盏灯》(新华出版社)。

1月，范小青当选江苏省作家协会主席，苏童、赵本夫、叶兆言、张王飞等当选江苏省作家协会副主席。

3月18日，受香港大学文学院现代语言及文化学院现代中国研究课程的邀请，苏童在香港大学出席了一次公开讲座，集中阐述了其作品中女性的地位及两性关系。

3 月 21 日，复旦大学中国当代文学创作与研究中心和《当代作家评论》杂志社联合主办的“苏童作品学术研讨会”在复旦大学召开，王安忆、范小青、陈思和等十余位中国文学界、文学评论界知名人士参与了这次研讨会，就苏童近三十年的写作生涯及文学创作进行了全面细致的梳理和评价，苏童自己也参与了这次会议。这次会议的主持人陈思和认为，苏童是新世纪十年，乃至贯穿这三十年文学最为重要的作家之一，研讨交流他的文学创作，对于中国文学三十年来走过的道路有着非常典型的意义。江苏省作协主席范小青也作了发言，她认为多年来苏童笔耕不辍，几乎没有受到外界因素的干扰，并且不断尝试在自身变化中寻求突破。而上海市作协主席王安忆分析说，自二十世纪八十年代以来，苏童不间断地创作了两百多篇短篇小说，其创作冲动和作品数量均值得肯定。苏童擅用隐喻的方式，以有趣的“谜面”引导读者去揭开“谜底”。关于“童年视角”的演变，郜元宝也展开了一番论述。苏童作了这次会议的最后发言，谈到了作家与评论家的关系以及自己的创作。

5 月 10 日，苏童应邀参加常熟理工学院第五届“书香校园”读书月活动之“名家讲座”，为大学生讲述他的小说生涯。

5 月 17 日，苏童参加每年一度的“悉尼作家节”，此次“悉尼作家节”在澳大利亚悉尼港湾举办。组委会给苏童安排了四场演讲活动，是他在海外参加类似作家节活动中安排演讲最多的一次，其中包括在悉尼大学举行的一次读者交流会。

5 月 19 日，苏童在宾馆的咖啡厅里接受新华社记者专访，讲述他的创作经历、对文学的理解和未来的创作计划，称自己“只不过是文学的一位忠实仆人”。

6 月，苏童和格非等担任中国首届汉语蚂蚁小说“金蚂蚁奖”的终评委，评选出了五位金蚂蚁作家。

8 月 2 日，加拿大作家李彦、米歇尔·蒂瑟里尔（Michelle Tisseryre）访问江苏省作家协会，苏童出席座谈会，一同出席的还有江苏省作协主席范小青，副主席黄蓓佳、叶兆言等，双方对中加文化间的交流、两国作家评论家之间的对话以及在国际化全球化的新形势下双语写作的重要性等话题进行了交流。

9月4日，苏童担任曼氏亚洲文学奖评委会主席，与享誉国际文坛的爱尔兰著名作家科尔姆·托宾在上海市长宁区图书馆进行了对话，就彼此的作品、小说创作等话题展开了深入交流。

9月9日至10日，苏童参加了由韩国文学翻译院（Korea Literature Translation Institute，简称 KLTI）与南京大学韩国学研究中心联合主办的 KLTI 韩国文学翻译（南京）论坛，这次论坛举办地点是南京大学。

是年，相关评论文章有杨丹丹、张福贵《历史·成长·女性——解读苏童的〈河岸〉》（《小说评论》第1期），洪治纲《论苏童短篇小说的“中和之美”》（《文学评论》第3期），陈思和、王安忆、栾梅健《童年·60年代人·历史记忆——苏童作品学术研讨会纪要》[《渤海大学学报》（哲学社会科学版）第6期]，杭零、许钧《翻译与中国当代文学的接受——从两部苏童小说法译本谈起》（《文艺争鸣》第11期），赵强《〈河岸〉：为生活立心》（《文艺争鸣》第23期）等。

是年，《当代作家评论》第1期的“江苏文学论坛”栏目，集中对苏童的《河岸》进行了研讨，收录有苏童《关于〈河岸〉的写作》、王德威《河与岸——苏童的〈河岸〉》、洪治纲《从“寻根”到“审根”——论苏童的〈河岸〉和艾伟的〈风和日丽〉》。

2011年　四十九岁

发表创作谈《重返先锋：文学与记忆》（《名作赏析》第7期），小说集《香草营》（海豚出版社）、《枫杨树山歌》（重庆大学出版社）、《茨菰》（江苏文艺出版社）、《少年血》（重庆大学出版社）、《婚姻即景》（重庆大学出版社）。

3 月 18 日，苏童出席了江苏省作协首届“壹丛书”首发式暨“美在震泽”笔会，这次首发式在吴江市震泽镇隆重举行。

4 月，苏童和王安忆一同获两年一度的“布克国际文学奖”提名，这是中国作家首次入围该奖项。布克国际文学奖（Man Booker International Prize）是英国文坛著名奖项“布克文学奖”主办机构于 2004 年另行创立的一个文学奖，每两年颁发一次，面向全球以英语写作或作品有英译本的在世作家，评选时考虑候选人的全部作品。

11 月，苏童应美国亚洲协会的邀请，与徐小斌等一行五人组成中国能源基金会访问团莅临纽约，出席美国亚洲协会主办的“亚洲文化节”。3 日，苏童、徐小斌以及访问团团长何志平等在法拉盛与纽约华裔文学界精英座谈对话，切磋文学创作心得与感悟。

11 月 21 日，苏童参加中国作家协会第八次全国代表大会。

是年，相关评论文章有申明秀《论苏童小说的诗性写作——江南世情小说雅俗系列研究》（《南京师范大学文学院学报》第 2 期），丁俊玲《“我看见我自己……”——苏童小说叙述的镜像视界》（《文艺争鸣》第 3 期），朱崇科、李淑云《失败的“故事新编”——评苏童的〈碧奴〉》（《文艺争鸣》第 7 期），郭佳音《论叶兆言、苏童等笔下的下层男性形象》（《中国现代文学研究丛刊》第 10 期），张从皞《暗黑世界的描摹——苏童小说的“空间诗学”》（《文艺争鸣》第 14 期）等。

2012 年　五十岁

发表散文《给陌生人写信（外一篇）》（《当代文坛》第 3 期），创作谈《创作，我们为什么要拜访童年？》（《中国比较文学》第 4 期），出版小说集《苏童作品精选》（北京燕山出版社）、《最具诺奖竞争力的中国作家代表作：苏童》（北京燕山出版社）、《白雪猪头》（上海文艺出版社）、《名家自选学生阅读经典——十九间房》（辽宁人民出版社)，出版的作品还有《蛇为什么会飞》(上海文艺出版社)、《我的帝王生涯》(精装版，长江文艺出版社)、《我们小时候：自行车之歌》(明天出版社)。

3月20日，苏童受聘担任香港大学的驻校作家。

3月24日，苏童与余华、莫言等三十余名中国作家飞抵巴黎，参加3月18日至3月24日的“第二十四届法国图书沙龙”。此届“法国图书沙龙”的主题是“中国文学”，作家们在法国举行了多场报告会。苏童、方方、莫言、陈建功等分别主讲“当代文学中传统的地位”“文学中的现代家庭”“四合院的悲哀与文学的可能性”等。

12月6日，苏童作为“驻校作家”，在大连理工大学图书馆伯川报告厅作了题为“我的文学世界”的演讲。

12月7日，苏童在辽宁师范大学作了题为“走近文学的河与岸”的演讲，并被聘为该校的“兼职教授”。

12月9日，苏童与张学昕在北京中国现代文学馆作了关于小说创作的大型公益演讲。苏童演讲的题目是“小说创作的‘点与线’”。

是年，相关评论文章有王安忆《虚构》(《东吴学术》第1期)，张学昕《苏童文学年谱》(《东吴学术》第6期)、《苏童小说的唯美品格》(《文化学刊》第6期)等。

是年，《当代文坛》开设“苏童研究专辑”，收录了张学昕《苏童的“小说地理”》、梁海《苏童小说与江南地域文化》、高小弘《描摹“世界两侧”的表情——读苏童小说》、王妍《无处逃遁的历史幽灵——读苏童的长篇小说〈河岸〉》。

2013年　五十一岁

发表短篇小说《她的名字》(《作家》第8期，《小说选刊》第9期、《小说月报》第10期转载)，长篇小说《黄雀记》(《收获》第3期)，随笔《我一直在香椿树街上》(《长篇小说选刊》第6期)，访谈《偏见、误解与相遇的缘分——作家苏童访谈录》(高方,《中国翻译》第2期),出版的作品有《妻妾成群》(花城出版社)、《米》(作家出版社)。

是年,上海文艺出版社再版“苏童作品系列”《苏童作品集》(全十四册),包括六部长篇小说《武则天》《城北地带》《菩萨蛮》《我的帝王生涯》《米》《蛇为什么会飞》,五部中篇小说集《妻妾成群》《红粉》《罂粟之家》《刺青时代》《驯子记》,以及三部短篇小说集《骑兵》《神女峰》《向日葵》。

4月,苏童参加由江苏作家协会、《当代作家评论》《作家》联合主办的“中国当代短篇小说论坛”。与会者有擅写短篇小说的著名作家刘庆邦、范小青、格非、叶弥、王手,以及批评家张新颖、汪政、张学昕、何平等,编辑家林建法、宗仁发。会上,苏童结合自己三十余年的短篇小说创作实践,就短篇小说写作中的问题提出了自己的观点。

8月,作家出版社出版了《黄雀记》单行本,这部小说依然延续了“香椿树街”系列的叙事背景。有所不同的是,苏童选择了一个有“虚拟”意味的精神病院,作为这部小说的主要叙事地点之一。三个少年经历了两个不同时代的氛围,从他们精神、心理、价值观所产生的巨大变异中,呈示社会生活的重大变化,以及由此引发的人性的深度变异,在高度物质化的现实社会中,从容地勾画出这个时代的灵魂面貌。苏童以沉淀已久的激情,祭奠逝去的青春,用他一贯的叙述耐力,温婉、轻曼,娓娓道来一个时代生活的惶惑与逼仄,精神世界的倾斜与瓦解。一条狭窄的街道,一个精神病院和一个破旧的水塔,在这局限的空间内却逼仄出人们的真假善恶,洗尽了无数的铅华。世道人心、亲情疏离、两性的博弈都在暴力中拉锯,连时间都充满着残酷和暴力的意味,一支“小拉”,代表着青春和浪漫的飞扬,却演绎出无数的罪恶和渊薮,成为年轻生命和岁月的咏叹和祭奠。

对于长篇小说写作，苏童曾表示，自己最满意的就是《河岸》和《黄雀记》，就写作过程的感受来说，不是什么从容，而是呕心沥血。尤其《河岸》，写作难度其实很高，他始终追求着这种难度。而在《黄雀记》中，苏童则在努力地精雕细刻。

迄今，苏童的作品已经被翻译成英、法、德、意大利、西班牙、葡萄牙、瑞典、荷兰、俄罗斯、塞尔维亚、日、韩等约五十多种文字。

12 月，苏童参加北京师范大学国际写作中心主办的“文学周”活动。

是年，相关评论文章有金炅南《中国当代小说在韩国的译介接受与展望——以余华、苏童小说为中心》(《中国比较文学》第 1 期)、金铎《论苏童小说的女性书写》(《小说评论》第 3 期)、王宏图《转型后的回归——从〈黄雀记〉想起的》(《南方文坛》第 6 期)、岳雯《既远且近的距离——以苏童的〈黄雀记〉为中心》(《南方文坛》第 6 期)、陈逢玥《罪与罚——论苏童的〈黄雀记〉》(《南方文坛》第 6 期)等。

2014 年　五十二岁

1 月，苏童的《黄雀记》获选《亚洲周刊》2013 年十大华语小说之一。

2 月，漓江出版社出版了《南方的诗学：苏童、王宏图对谈录》，这本著作是 2003 年苏州大学出版社出版的《苏童王宏图对话录》的再版。

3 月，苏童获邀为香港岭南大学 2013/14 年度驻校作家，以“发现短篇小说”为题，带领同学创作短篇小说。25 日，苏童在香港岭南大学开设公开讲座，题为“小时代与大时代中的文学”。

4 月 1 日，苏童获得了首届“腾讯书院文学大奖 · 年度小说家奖”，发表题为“今日之现实，明日之文学”的演讲。

4 月 10 日在香港中央图书馆作题为“从红灯笼到黄雀记”的公开讲座。

6 月 6 日，苏童应腾讯网之邀，前往巴西观看世界杯足球赛。

是年，相关评论文章有王书婷《苏童：一种冲淡反讽的叙事美学》(《小说评论》第 1 期)，张学昕《苏童：重构“南方”的意义》(《文学评论》第 3 期)，张学昕、梁海《变动不羁时代的精神逼仄》(《文艺评论》第 3 期)，韩松刚《“岸边”的苏童——关于新世纪苏童长篇小说创作和研究的评析》(《文艺争鸣》第 3 期)，于树军《苏童小说〈红粉〉的创作资源》(《小说评论》第 3 期)，黄云《苏童小说中“河流”意象的二律背反叙述》(《小说评论》第 3 期)，程德培《〈黄雀记〉及阐释中的苏童》(《上海文化》5 月号)，于京一《慌乱的野心——评苏童的长篇新作〈黄雀记〉》(《中国现代文学研究丛刊》第 6 期)等。

参考文献

苏童:《苏童文集·世界两侧》，江苏文艺出版社 1993 年。

苏童:《苏童文集·婚姻即景》，江苏文艺出版社 1993 年。

苏童:《苏童文集·少年血》，江苏文艺出版社 1993 年。

苏童:《苏童文集·后宫》，江苏文艺出版社 1994 年。

苏童:《苏童文集·末代爱情》，江苏文艺出版社 1994 年。

苏童:《苏童文集·蝴蝶与棋》，江苏文艺出版社 1996 年。

苏童:《苏童文集·水鬼手册》，江苏文艺出版社 2000 年。

苏童:《米》，江苏文艺出版社 1991 年。

苏童:《碎瓦》，江苏文艺出版社 1997 年。

苏童:《武则天》，江苏文艺出版社 1994 年。

苏童:《我的帝王生涯》，花城出版社 1993 年。

苏童:《枫杨树山歌》，中国社会科学出版社 2001 年。

苏童:《城北地带》，今日中国出版社 1994 年。

苏童:《蛇为什么会飞》，云南人民出版社 2002 年。

苏童:《寻找灯绳》，江苏文艺出版社 1995 年。

苏童:《纸上的美女》，人民日报出版社 1998 年。

苏童:《苏童散文》，浙江文艺出版社 2000 年。

苏童选:《枕边的辉煌：影响我的 10 部短篇小说》，新世界出版社 1999 年。

苏童:《碧奴》，重庆出版社 2006 年。

苏童:《伤心的舞蹈》，台北远流出版公司 1995 年。

苏童:《离婚指南》，台北麦田出版公司 1996 年。

苏童:《刺青时代》，长江文艺出版社 1995 年。

[德]黑格尔:《美学》(第一卷)，朱光潜译，商务印书馆 1996 年。

[美]韦恩·布斯:《小说修辞学》，付礼军译，广西人民出版社 1993 年。

[英]特伦斯·霍克斯:《结构主义和符号学》，瞿铁鹏译，上海译文出版社 1987 年。

[美]华莱士·马丁:《当代叙事学》，伍晓明译，北京大学出版社 1990 年。

[法]米盖尔·杜夫海纳:《美学与哲学》，孙非译，中国社会科学出版社 1985 年。

[德]沃尔夫冈·伊瑟尔:《虚构与想象》，陈定家译，吉林人民出版社 2003 年。

[美]海登·怀特:《后现代历史叙事学》，陈永国、张万娟译，中国社会科学出版社 2003 年。

[美]孙隆基:《中国文化的深层结构》，广西师范大学出版社 2004 年。

[秘鲁]巴·略萨:《中国套盒》，赵德明译，百花文艺出版社 2000 年。

[德]胡塞尔:《现象学的观念》，倪梁康译，上海译文出版社 1986 年。

赵澧、徐京安主编:《唯美主义》，中国人民大学出版社 1988 年。

王德威:《想像中国的方法：历史·小说·叙事》，生活·读书·新知三联书店 1998 年。

张大春:《小说稗类》，广西师范大学出版社 2004 年。

刘小枫:《诗化哲学》，山东文艺出版社 1986 年。

谢选骏:《荒漠·甘泉》，山东文艺出版社 1987 年。

陈平原:《中国小说叙事模式的转变》，浙江文艺出版社 1987 年。

张沛:《隐喻的生命》，北京大学出版社 2004 年。

孟悦、戴锦华:《浮出历史地表》，河南人民出版社 1989 年。

[法] 米歇尔·福柯:《福柯集》，杜小真译，上海远东出版社 2003 年。

[苏] 巴赫金:《巴赫金集》，张杰编选，上海远东出版社 1998 年。

[美] 浦安迪:《中国叙事学》，北京大学出版社 1996 年。

解志熙:《美的偏至》，上海文艺出版社 1997 年。

欧阳江河:《站在虚构这边》，生活·读书·新知三联书店 2001 年。

陈晓明:《无边的挑战：中国先锋文学的后现代性》，广西师范大学出版社 2004 年。

陈晓明:《表意的焦虑》，中央编译出版社 2002 年。

陈晓明:《批评的旷野》，花城出版社 2006 年。

陈晓明:《不死的纯文学》，北京大学出版社 2007 年。

格非:《小说叙事研究》，清华大学出版社 2002 年。

格非:《塞壬的歌声》，上海文艺出版社 2001 年。

洪子诚:《问题与方法》，生活·读书·新知三联书店 2002 年。

牟宗三:《生命的学问》，广西师范大学出版社 2005 年。

李欧梵:《中国现代文学与现代性十讲》，复旦大学出版社 2002 年。

林贤治:《时代与文学的肖像》，人民文学出版社 2003 年。

刘士林:《苦难美学》，湖北人民出版社 2004 年。

李泽厚:《历史本论》，生活·读书·新知三联书店 2002 年。

胡河清:《灵地的缅想》，学林出版社 1994 年。

王晓明等编:《胡河清文存》，生活·读书·新知三联书店 1996 年。

马原:《虚构之刀》，春风文艺出版社 2001 年。

王干:《边缘与暧昧》，云南人民出版社 2001 年。

王晓明主编:《二十世纪中国文学史论》(1—3 卷)，东方出版中心 1997 年。

苏童、王宏图:《苏童王宏图对话录》，苏州大学出版社 2003 年。

杨大春:《文本的世界》，中国社会科学出版社 1998 年。

耿占春:《叙事美学》，郑州大学出版社 2002 年。

余华:《我能否相信自己》，人民日报出版社 1998 年。

王德威:《当代小说二十家》，生活・读书・新知三联书店 2006 年。

王德威:《现代中国小说十讲》，复旦大学出版社 2003 年。

林建法编:《中国当代作家面面观》，春风文艺出版社 2006 年。

孔范今、施战军编:《苏童研究资料》，山东文艺出版社 2006 年。

汪政、何平编:《苏童研究资料》，天津人民出版社 2007 年。

图书在版编目（CIP）数据

苏童论 / 张学昕著. -- 北京：作家出版社，2019.7
（中国当代作家论）
ISBN 978-7-5212-0409-4

Ⅰ. ①苏… Ⅱ. ①张… Ⅲ. ①苏童 - 作家评论
Ⅳ. ①I206.7

中国版本图书馆 CIP 数据核字（2019）第 041676 号

苏童论

总 策 划： 吴义勤
主　　编： 谢有顺
作　　者： 张学昕
出版统筹： 李宏伟
责任编辑： 杨新月
装帧设计： 合和工作室
出版发行： 作家出版社有限公司
社　　址： 北京农展馆南里 10 号　　**邮　　编：** 100125
电话传真： 86-10-65067186（发行中心及邮购部）
86-10-65004079（总编室）
E-mail: zuojia@zuojia.net.cn
http: //www.zuojiachubanshe.com
印　　刷： 北京明月印务有限责任公司
成品尺寸： 152×230
字　　数： 240 千
印　　张： 19
版　　次： 2019 年 7 月第 1 版
印　　次： 2019 年 7 月第 1 次印刷
ISBN 978-7-5212-0409-4
定　　价： 46.00 元

中国当代作家论

第一辑

阿城论	杨　肖 著	定价：39.00 元
昌耀论	张光昕 著	定价：46.00 元
格非论	陈斯拉 著	定价：45.00 元
贾平凹论	苏沙丽 著	定价：45.00 元
路遥论	杨晓帆 著	定价：45.00 元
王蒙论	王春林 著	定价：48.00 元
王小波论	房　伟 著	定价：45.00 元
严歌苓论	刘　艳 著	定价：45.00 元
余华论	刘　旭 著	定价：46.00 元

第二辑

陈映真论	任相梅 著	定价：58.00 元
二月河论	郝敬波 著	定价：45.00 元
韩东论	张元珂 著	定价：50.00 元
刘恒论	李　莉 著	定价：45.00 元
苏童论	张学昕 著	定价：46.00 元
于坚论	霍俊明 著	定价：55.00 元
张炜论	赵月斌 著	定价：46.00 元